挥师京门

新中国从这里走来

陈宇 著

当代世界出版社
THE CONTEMPORARY WORLD PRESS

图书在版编目（CIP）数据

挥师京门：新中国从这里走来/陈宇著．—北京：当代世界出版社，2019.8

ISBN 978-7-5090-1514-8

Ⅰ.①挥… Ⅱ.①陈… Ⅲ.①纪实文学－中国－当代 Ⅳ.①I25

中国版本图书馆 CIP 数据核字（2019）第 165666 号

出版发行：当代世界出版社
地　　址：北京市复兴路 4 号（100860）
网　　址：http：//www.worldpress.org.cn
编务电话：（010）83907528
发行电话：（010）83908410
（010）83908377
（010）83908423（邮购）
（010）83908410（传真）
经　　销：全国新华书店
印　　刷：北京欣睿虹彩印刷有限公司
开　　本：700 毫米×1000 毫米　1/16
印　　张：17.75
字　　数：290 千字
版　　次：2019 年 10 月第 1 版
印　　次：2019 年 10 月第 1 次
书　　号：ISBN 978-7-5090-1514-8
定　　价：58.00 元

目　录

第　一　章

第　二　章

第　三　章

第　四　章

第　五　章

第一章

北京，对毛泽东来说，有着不解之缘分。

——作为湖南人的毛泽东，1918 年他第一次跨出湘界走向外地，第一个落脚点就是北京。北京作为中国政治、文化的中心，作为新文化运动的发源地，有着中国任何其他地方所不及的历史、文化传统。在北京这特定的、恢宏的政治气度中，毛泽东大开了眼界，认识世界的视角大大拓宽，从此完全站在了一个新的高度看中国，走上了一个新的台阶看世界。

——在世界共产主义运动中享誉全球的毛泽东，他在北京第一次看到马克思、恩格斯关于共产主义运动的理论书籍，并在李大钊等人的影响下在此确定了自己终生的政治信仰。

北京，凝重的文化氛围对毛泽东有着潜在的熏陶与影响。尤其是北京大学图书馆职员的工作，又使他如鱼得水，他在这座拥有极大藏书量的“图书海洋”里，读到了从未读过的书，丰富了知识。北京深厚的文化、社会沃土和北大图书馆得天独厚的优越条件，使毛泽东在成为革命者的同时，也为他把自己发展成为一代文化巨匠和思想巨匠积蓄了不可低估的力量。

北京，是一代名流学者、社会精英的荟萃地。毛泽东在北京接触到了蔡元培、李大钊、陈独秀等著名人士，这些名流学者精深的学问和其本身所具有的特殊魅力，对青年毛泽东都是一种精神鼓舞，这是毛泽东早年经历中的一笔宝贵财富，并在其后的个人修养和领袖品格形成过程中起着重要的潜移默化的作用。

是的，每个人在成长的道路上，都会有许多经历和机遇，都会遇到几个在人生道路上起决定作用的贤人“伯乐”，中国老百姓把这种人称为“贵人”。青年毛泽东的北京之行，就在北大恰好遇到了当时在此执教的那么一批“贵人”，尤其是他们的先进思想和优秀品格，使日后的毛泽东终生受益。

当 1949 年年初毛泽东率领中共中央机关由西柏坡进京，望到北平的城墙时，他深情地注视着脚下久违了的大地，曾无限感慨地说：“30 年了！30 年前我为了寻求救国救民的真理而奔波。还不错，吃了不少苦头，在北平遇到了个大好人，他就是李大钊同志。在他的帮助下我才成为一个马列主义者。

可惜呀，他已经为革命献出了宝贵的生命。他是我真正的好老师，没有他的指点和教导，我今天还不知在哪里呢!”

毛泽东的初恋也在北京。当年25岁的他，与杨昌济教授的女儿、刚满17岁的杨开慧相爱了。

杨开慧曾写下了她初恋时的情怀，说：“不料我有这样的幸运！得到了一个爱人。我是十分爱他。自从听到他的许多事，看见了他许多文章日记，我就爱了他，不过我没有希望过会同他结婚……一直到他有许多信给我，表示他的爱意，我还不敢相信我有这样的幸运……自从我完全了解了他对我的真意，从此我就有了一个新意识，我觉得我为母亲所生之外，是为他而生的。我想象着，假如一天他死去了，我的母亲也不在了，我一定跟着他去死！假如他被人捉去杀了，我一定要同他去共这个命运!”

北京，为青年毛泽东壮行！这是毛泽东从湖南走向中国迈出的第一步。其中的哲理或天机，很耐后人琢磨。

最紧要的是：北京之行，使青年毛泽东开始了站在历史潮头的生涯!

30年后，毛泽东又返回北京来了！这次进京，是他的第三次进京，但他已不是当年“湖南青年赴法勤工俭学”的带队人和“驱张请愿团”团长的身份，他是作为中国共产党的领袖到北平建立新中国的首都来了。他这次所收获的是一个崭新的中国!

本书所叙述的正是1949年毛泽东的这次进京。

从中华民族的母亲河走出，
偏要另出个太阳给蒋介石看看

黄河，中华民族的摇篮。当一代伟人毛泽东从这民族的源头里走出，新中国的太阳指日可见，即将升起在古老的亚细亚东方。

1945年重庆谈判期间，蒋介石曾执意要求中共放弃军队和解放区，气势汹汹地对周恩来说：“告诉毛泽东，要和，就照这条件和，不然请他回延安带兵来打。”毛泽东闻言则幽默地说：“蒋介石大概是看不起我们这几条烂枪，但就是这几条烂枪，既可以同日本人打，也可以同他蒋介石打，同美国人打。

蒋介石以为天无二日，地不可有二主，我就不信这个邪，偏要出两个太阳给他看看。”

果然，经过将近两年的军事较量，毛泽东即谋略开国大业于近时，中国的天空果真要出个红太阳了。

1948年年初，毛泽东来到了黄河岸边，这是他第二次从这里东渡黄河，他要由此进入华北，进入古都北平，立即着手出“太阳”的开国大业。

一个新的时代即将从这黄河岸边开始。

黄河岸边，毛泽东眼观大河上下，低吟着：

北国风光，
千里冰封，
万里雪飘。
望长城内外，
惟余莽莽；
大河上下，
顿失滔滔。
山舞银蛇，
原驰蜡象，
欲与天公试比高。
……
俱往矣，
数风流人物，
还看今朝。

这是毛泽东在12年前的黄河岸畔，镌刻在冰雪大地上的千古绝唱《沁园春·雪》词章，时值他第一次东渡黄河的1936年2月。那个月初，毛泽东庄严地发出了震撼中外的“为实现抗日，渡河东征”的战斗号令，率领长征到达陕北的中国工农红军第一方面军组成抗日先锋军，离开陕北向黄河岸边进发。

“密云遮星光，万山乱纵横，黄河上渡过抗日英雄。摩拳擦掌志气高，我们是铁红军。猛打猛攻又猛追，追到石楼城。”毛泽东从陕北清涧西辛关上船，由石楼东辛关上岸，就在此征途中书就的咏雪词章里，歌颂了脚下这“引无数英雄竞折腰”的多娇江山，也铸就着一代“欲与天公试比高”的今朝风流。

12年，弹指而过，大河上下，已发生了巨大变化。抗日战争胜利后，人民渴望和平，然而，蒋介石国民党政府挑起了内战，结果却是搬起石头砸了自己的脚。仅仅两年，人民解放战争已从原解放区打到了国民党统治区。华北重镇石家庄回到了人民手中，晋察冀解放区和晋冀鲁豫解放区连成了一片。夺取中国革命全面胜利的条件已经成熟，该是“出太阳”的时候了。

1948年春节刚过，喜笑颜开的毛泽东，开始与周恩来等人估算着战争的进程，这说明人民解放战争已进入了倒计时的总攻时刻。尽管这时与国民党军的最后较量还有几个大仗要打，但战争的胜利已露曙色，“出太阳”的浩大工程，现在就应该排上中共中央的重要议事日程。

时局的发展，连毛泽东自己也不曾预料到这样快。现在，他又转战来到了黄河西岸，做好了从这里第二次跨过黄河的准备。

黄河之水天上来。

咆哮南下的黄河水，在这片天地间如一把利斧，把华北大地从中一劈为两半，山西、陕西两省的天然分界线即在这激流中。由此说来，这山西、陕西的省名应该称为河东省、河西省才更贴切些。

在河西的葭县城边，毛泽东并没有急于渡过黄河，而是两次专程来到河边静思，是为了瞻仰这条流淌着中华民族祖先血液的历史大河风采，是为了崇拜这民族象征的母亲河伟姿。

近临河边，数公里外，即闻那浓郁的黄土泥水气息，从飞溅的水花中飘向两岸，沁人心扉。步上高岸，放眼望去，呵！呈现在毛泽东面前的是一幅气势磅礴的精彩版刻画轴：

狂放不羁的河水，在狭窄的深谷中奔腾着，一泻千里。旭日下，河面上金光闪耀，黄河如一条金龙，披万片金甲游动在高山峡谷里。满目碎金中，一团白亮耀眼的光点突然跳跃在涛峰浪尖，继而从水帘波缝间闪现出一只小船来——头扎白羊肚毛巾的船工正赤膊摇桨，裸露的肌肤在水光中映现着太阳的辉煌。

“呵！看那儿。”毛泽东指着激流中的小船，情不自禁地赞叹着，“这就是我们中华民族的精神！”

迎风而立的毛泽东，敞开衣服，双手叉腰，久久俯瞰黄河，对着河水大声评说："自古言黄河有百害而无一利。这种说法是因为不能站在高处看黄河。站低了，便只看见洪水，不见河流！"

"没有黄河，就没有我们这个民族啊！"他挥动着大手，激情洋溢，"不谈五千年，只论现在，没有黄河天险，恐怕我们在延安还待不了那么久。抗日战争中，黄河替我们挡住了日本帝国主义，即使有害，只这一条，也该减轻罪过。将来全国解放了，我们还要利用黄河浇地、发电，为人民造福！那时，对黄河的评价更要改变了！"

毛泽东紧紧握着刚上岸的船工的手，与他们津津有味地谈论黄河，赞扬船工们是黄河的儿子，是真正的英雄。

船工们簇拥着毛泽东，与黄土高坡融成一幅剪影。

看得出，毛泽东这位连名字都与水有着密切联系的人民领袖，是太热恋黄河了。黄河在有的人眼里是有害的，他却不以为然，并坚决地宣称即使有害，也定会变害为利。这就是伟人的品格和风骨！饱浸着黄河水乳汁繁衍的黄皮肤老百姓从此信奉："润之、泽东"，必将恩泽东方，光润中华。尽管此时战火未熄，隆隆炮声还震撼着长城内外、大河上下。但人们从全国正在发生着的巨大变化中，多少已权衡出些兴衰之大势。

此时前后，毛泽东身边的战局可视宜川大捷为重要转折点。1948 年 2 月 24 日至 3 月 3 日，人民解放军一举攻克宜川城，全歼国民党整编第二十九军三万多人，西北战局由此出现重大变化，国民党军开始走下坡路。

宜川大捷的第二天，周恩来向中央机关排以上干部兴奋地宣布："我们的党中央和毛主席准备过黄河到华北去了！"临行前，毛泽东向全党发出通报，公开宣告：中共中央首脑机关离开陕北，进行大本营转移。

3 月 19 日，毛泽东率领中共中央前敌委员会的成员周恩来、任弼时，以及陆定一、胡乔木、章汉夫等中央机关工作人员告别陕北，离开杨家沟，23 日晨来到了黄河西岸的吴堡县川口渡口，准备从这里渡河，向东岸的华北挺进，与在那里的刘少奇、朱德、叶剑英等中央工委和后委的同志会合，共同指挥即将来临的大决战，并谋划共和国的开国大业。

初春的黄河两岸，寒流仍急。但在春风一度中，滔滔河水冲破雪冻冰封，滚滚向前。

以工作作风细腻著称的周恩来提议，为了防备敌人从西安派飞机来空袭，渡河时间拟定在下午进行。因此，23日整个上午和中午，等候在这里渡河的毛泽东等人，即集合在渡口附近，在沙滩上来回踱步沉思，没有远离此地。

别情依依啊！他们一会儿望望脚下的河水，一会儿向黄河上下游眺望，但望得最多的还是身后那浑厚的陕北黄土高坡。自1935年红军长征到达陕北后，中国共产党与陕北人民结下了深厚的情谊，是这里的人民用小米“喂”大了中国革命。今天，就要离开这革命的摇篮，真是有点难舍难离啊！

中午时分，毛泽东等中央领导围坐在沙滩上，就地午餐。当地的地方干部感到没有照顾好首长，说了些道歉的话，表示过意不去。毛泽东则宽慰地说：“我们这么多人吃顿饭，也得你们忙几天呀。我们打游击在野外吃饭习惯了，没有什么问题。我们知道陕北的乡亲们对我们很好，现在要离开陕北，还真有点舍不得呀。等全国都解放了，我们还会来看望大家的。请你们转告陕北的乡亲们，谢谢他们。”

下午2时过，渡口上，十多条大木船已经起锚待发。船工工会召来了黄河边最有经验的船工承担渡河任务。毛泽东身穿一套褪了色的灰旧棉衣，头戴一顶带耳的帽子，脚穿布鞋，手持一根柳木棍，大步跨上第一只渡船；周恩来、任弼时上了第二只船，这只船先开一步，走在前面为毛泽东的船开道；陆定一、胡乔木等人上了第三只船，中央机关的工作人员分别坐在另外的十只船上。

欢呼声从河滩里、山坡上传来，到处都是欢送的陕北民众。

毛泽东深情地凝视着黄河西岸的人群，默默地频频挥手，万分依恋。然后，缓缓转过身来，上船后和船工们一一握手，说：“劳累你们了！”

“送毛主席过河，这是我们的光荣。”

“谢谢，谢谢！”毛泽东显得有些激动。

木船缓缓离岸，毛泽东站在船尾，向岸上的群众连连招手。船离西岸，船上人、岸边人的心中都油然涌起了一种无形的眷恋。

木船向着太阳升起的方向，载着中国人民的领袖，载着中国革命的前程。有人高歌《东方红》：

东方红，
太阳升，
中国出了个毛泽东。

他为人民谋幸福，

他是人民大救星。

信天游的调子伴着哗哗河水，满河谷流淌的都是歌声。

“黄河之水天上来，奔流到海不复回。”似有古人低吟。

“水能载舟，亦能覆舟。”一位古代贤人如是说。此刻，当人们目睹黄河岸边这感人肺腑的船工争相摇桨一幕，望着劈波斩浪穿行的航船，心中无不心潮澎湃，波涌浪叠，古时贤人的哲理名言和今朝民众的朴素感情，如这黄河之水翻滚升腾，交汇在一起。

“坐下吧，主席。”卫士对毛泽东说。

神采飞扬的毛泽东似乎没有听见卫士的话，继续站立着。他望着人影渐渐化入高山伟岸的河西，仍然挥动着双手向着送行的民众，深情地说道：“陕北是个好地方啊！陕北人民对我们太好了！我现在和撤离延安时一样，还是不愿意离开陕北，但是不能再提出不打败蒋介石我就不离开陕北。如果这么提，那就不切合实际了。”他显然想起了“出太阳”的诺言。

木船在河水中上下起伏着。

春潮水涨，浪花高腾。几名卫士紧紧靠在毛泽东的前后左右，卫士李银桥担心地再一次对毛泽东说：“主席，船摇晃得厉害，快坐下吧！”

毛泽东没有理会李银桥的话。

这时的毛泽东已是两眼湿漉漉的，他望着渐渐远去的黄河西岸，望着模糊了的岸边送行的人群，忽然对身边的叶子龙说：“脚踏黄河，背靠陕北，怎么样？子龙，给我照一张吧！”

叶子龙连忙拿出照相机，把镜头对向立稳身体、神情严肃的毛泽东，及时地按下了快门。

毛泽东在“咯嚓”一声之后，满意地笑着说：“好啊！把陕北的高原和人民，把黄河水照下来，这是很有意义的纪念。”

“嗨唷！嗨唷！”船工们奋力划动木桨，齐声喊唱着沸人热血的号子。

木船驶行河中，浪拍船帮。凌汛时期的河水里，夹杂着大大小小的冰块，撞击着船底，发出惊心动魄的“砰砰”声音。

“嗨唷！嗨唷！”在这热烈亢奋的船工号子声中，毛泽东稳坐船舱内，陷入沉思，他一定在回首河西十余年的征程。从他那微笑的面容中，卫士们会感到他的心情是满意和舒坦的；畅想河东的未来，他一定又充满了必胜的信心。

卫士石国瑞为了增加一点征途中的欢乐气氛，先开口打破了沉寂，说道："主席，上次撤离延安时，你提出不打败胡宗南决不离开陕北，现在，这个诺言已经实现了。在向白龙庙行军的时候，我们面对黄河念诗，你加了一句，'打败胡宗南，再拜托黄河把我们送到东岸'。现在，主席对黄河的要求也实现了。"

"哈哈，石国瑞，你还真能触景生情。好吧，你再念一首让我们听听。"毛泽东一听到石国瑞说诗，高兴地答话道。

"我这不叫朗诵诗，叫顺口溜。"石国瑞在毛泽东这位大诗人面前自然有点不好意思，但在毛泽东热切的目光中，只好红着脸说，"我念不好，请主席给纠正。"他随即念道：

"黄河蜿蜒像巨龙，波涛滚滚气势雄。流冰季节更艰险，木船加固才能行。主席微笑船上站，黄龙驮船直向东……"

冰水在船舷旁翻滚着，咆哮着。欢声笑语腾起在黄河上。

毛泽东在石国瑞念完他的诗作后，带头鼓掌，连声叫好。他突然转身望着大家，出乎人们意料地问道："你们谁曾游过黄河？"

警卫人员中有几名水性很好的，大家见毛泽东兴致很高，也都来了情绪。有人推荐道：

"马汉荣行。发大水那次他游过黄河给彭老总送信，他能游！"

"发大水的时候我游过延河。"

"我在枯水季节游过黄河，还可以试一试。"石国瑞、孙勇等人也跟着说。

毛泽东的眼光落在刚说完话的孙勇身上，笑着说道："那好极了！来，咱俩不用坐船，游过去吧！"

大家谁也没有想到毛泽东竟会以如此方法提出了"挑战"，一时把船上所有的人都惊呆了。没人再敢说话，尴尬的沉默中有人把埋怨的目光投向了孙勇。

"今天恐怕不行吧，现在是凌汛期。"有人小声嘀咕。

"是呀，今天河水里有大冰块，不能游了。"孙勇忙附和道。

"哈哈，不能游了？你们是不敢游啊！"毛泽东长吁了一口气，说起了似乎与游黄河不相干的事，"你们可以藐视一切，但是不能藐视黄河。藐视黄河，就是藐视我们这个民族。”

行船在一路的欢笑声中渐渐靠向东岸。毛泽东下船后再次回首凝视黄河，长叹一声：“唉，遗憾！”

河东岸上，成群结队的群众欢呼着向毛泽东拥来。

毛泽东游黄河的心愿终未能实现。新中国成立后他虽年过花甲，仍喜欢到江河湖海游泳。据报载，他先后在湘江、长江、南宁邕江、武汉东湖、韶山水库、北京十三陵水库等地18次畅游，但他却一次也没有游过黄河。其中缘由实难理清。

横跨山西：以车代马，结束了最后一次步行军

毛泽东的脚一踏上黄河东岸，他就快乐地在沙滩上走了几个方步，与前来迎接的慕丰韵科长和地方干部亲切握手问候。然后，顺着一条山沟赶路。

周恩来问：“主席骑哪匹马呀？”因为刚才渡河时拥挤，毛泽东的坐骑老青马掉进了水中，警卫人员和船工们正在组织营救。

“已经安排好了，请主席骑骡子。”警卫排长阎长林回答。这匹高大的骡子是贺龙司令员送的，毛泽东也很喜爱，但他由于骑惯了老青马，就不愿意再换别的坐骑，说：“咱们还是先步行吧，走累了再骑。”

不一会儿，落水的老青马在船工们的帮助下游上了东岸，由警卫员王振海牵了回来。毛泽东很动情地抚摸着老青马，并连声对船工说：“谢谢，谢谢！”

毛泽东骑上老青马，行十余公里后，在太阳傍山时，沿沙滩来到一个名叫寨则山的小村庄宿营。毛泽东在晚饭后，挑灯工作，一直到天亮才卧床休息，至中午时分起床，这时，机关大部分人员已经出发上路。周恩来等人在等着毛泽东起床后才一道登程，队伍离开寨则山，沿小河边山道向北行进。

清明时节，山风阵阵草木香。途中，毛泽东手中拄着那根转战陕北时就一直拿在手中的柳木棍，大步走在崎岖的山间小道上。他与卫士们海阔天空地交谈着，突然提议说：“今天咱们应当多走路，少骑马，这是走路的一个好

机会，以后这样的机会就不多了。”

卫士们并没有理解毛泽东刚才所说话的含义，问：“主席，为什么？”

“为什么？我告诉你们，今天是咱们最后一次步行军了。从明天开始，咱们就要乘汽车了。”毛泽东说。

队列中当即传出一阵热烈的笑声。有个警卫战士问：“主席，这副担架，我们扛了一年多了，明天它也该上汽车了吧？”

一说到担架，毛泽东就逗笑地说：“我早就说过，担架我是不坐的，叫你们不要扛担架了，可你们就是不听。那好吧，你们不是有力气吗？明天你们就把担架扛在肩上坐汽车吧。”

有的卫士问道：“主席，以前听说到了华北，就可以看见火车了，咱们什么时候才能看见火车呀？”

毛泽东边走边回答：“怎么？想看火车啦！不要着急，你们要想看到的，慢慢地都会看到。不但能看见火车，还能坐上火车。”

满面春风的毛泽东行进在山西境内，他的脚下是中共中央所划定的晋绥边区。一过黄河，东岸的山西境内即属晋绥边区管辖。这片坚实的土地，曾作为陕甘宁边区的屏障和大后方，发挥了巨大的作用。晋绥人民用车驮肩扛，把粮食和被服运过黄河支援陕北战争。以贺龙为主要领导的晋绥军区司令部做了大量工作，陕北的每一个胜利都与晋绥党政军民的大力支援分不开。毛泽东曾说：“晋绥边区是陕北战争的大后方。”因此，毛泽东在过黄河后，立刻对这片土地产生了浓厚的兴趣和感情，沿途不时停下来问这问那。

离开寨则山后，毛泽东一行的下一个宿营目的地，是中共中央后方委员会的机关所在地双塔村。党中央在一年前从延安撤退后的大部分机关和人员都来到后委工作。双塔村设有二十多部电台，党中央的指示通过这里转达到全国解放区，各地向党中央的报告，也经过这里转达到毛泽东手中，双塔村实际上是党中央指挥系统的枢纽机关。毛泽东东渡黄河的消息传来后，后委书记叶剑英，后方支队司令员杨尚昆，便做好了迎接中央前委东渡黄河后再东进的准备。

因此，毛泽东一听说要到双塔村了，神情便显得非常兴奋。延安时代一大批与他朝夕相处、可以信赖的中央机关工作人员和许多干部家属子女，以及久别的长子毛岸英就要与他重逢了。自从后委带大队机关、家属离开陕北东渡黄河后，毛泽东就经常惦记着他们，常说：“延安十年没有打仗了，战争一来，他们能否安全转移，生活又怎么样呢?”

黄昏时分，毛泽东一行抵达双塔村。在这前几天，叶剑英已奉命先期率队前往河北省平山县西柏坡，杨尚昆留在双塔村负责安排保障毛泽东的食宿和生活。杨尚昆率领后委留守人员早就迎候在村外，大家一见面，都紧紧地握着手，有着说不完的胜利后重逢的喜悦。

杨尚昆激动地对毛泽东说：“主席，你终于实现了你的诺言，打败胡宗南过黄河来了！今后已不是胡宗南的问题，而是要直接和蒋介石算账了。”

毛泽东见大家都非常激动，高声说道：“是啊，大家都这么想。革命形势需要我过黄河，我就过来了。”

杨尚昆把毛泽东的住房安排在双塔村南北大街路西的一个大院中，这里原是叶剑英住过的房子。周恩来住在杨尚昆原来住的房间中。

为了更好地组织好中央机关的这次大迁移，毛泽东在到达双塔村的当天晚上，对周恩来说：“要给机关动员一下，鼓鼓劲。行军是很艰苦的事情，还有敌情观念、群众纪律等问题。”

动员会在第二天下午召开，周恩来和任弼时在会上都讲了话，作了深入的动员。毛泽东在会上对大家说：“同志们，行军是艰苦的，可前途光明得很呀!”会场上响起了热烈的掌声。

毛泽东继续讲道：“咱们都是转战陕北的战友呀！大家同甘共苦一年多，我要好好谢谢你们！你们还记得吗？那次十多天的急行军，走了几百里、上千里的路，打了个沙家店（战役），我们算翻过了山坳，最困难的时期也就过去了，陕北战争中的主动权也就掌握在了我们的手中。我们现在要到华北去，还是要翻山越岭，还要经过华北最高的太行山脉，路上还有敌人的城市，如太原和大同。虽然我们有部队掩护，主动权掌握在我们手里，敌人不敢轻举妄动，但我们还要提高警惕，不能粗心大意。到华北平山县一带，那里的条件要好一些，对指导全国工作有利，所以我们说，行军是艰苦的，前途是光明的！翻过太行这座最高的山坳，我们在全国也就将渡过最困难的时期，以后就越来越好了。全国的胜利很快就要到来，同志们，努力吧!”

中央前委在双塔村住了两夜。第三天下午，毛泽东换坐了叶剑英留在双塔村专门送给他的一辆缴获的美制中型吉普车，向晋绥边区的首府兴县蔡家崖前进。

司机周西林在延安时就给毛泽东开车。在转战陕北到绥德时，由于战情的紧张，毛泽东对周西林说："老周，以后我不坐汽车了，你开着汽车过黄河吧。"

周西林却坚决地说："主席，我已经把汽车交了，我要跟着主席打游击。以后缴获了敌人的汽车，我再给主席开车。"

毛泽东为有老周这样忠心耿耿的司机而感到高兴，说："那好哇！咱们一块打游击。你不开汽车，还可以做党的工作嘛。"从那以后，周西林便跟随在毛泽东身边转战陕北，担任警卫科的党支部副书记，直到来双塔村前，他都没有摸方向盘的机会。现在，周西林接过了叶剑英送给毛泽东的吉普车，又开始为毛泽东开车了。

3 月 25 日上午，毛泽东在吃过饭上车前，问警卫排阎排长："周副主席走了没有?"

阎长林回答："没有走，刚才他还问主席吃了饭没有。我们说主席正在吃饭，周副主席说他很快就来。"

毛泽东向卫士们转身说道："那好吧，走，咱们先看看老侯他们去。"

马夫老侯是河南人，早年参加革命，比毛泽东在年龄上大几岁，与毛泽东有着很深的感情。他为了毛泽东的健康和安全，不辞劳苦，把三匹牲口喂得膘肥体壮，尤其是那匹老青马，不管白天黑夜，上坡下坡，总是那么稳稳当当听人使唤。老侯常常对人说："我不能拿起枪上前线，又不会拿起笔来写东西，我只会铡草煮料喂牲口。毛主席骑着我喂的牲口指挥部队打胜仗，我是越干越有劲头。"

毛泽东来到双塔村南头的马厩旁，紧紧地握住老侯沾满干草渣子的双手，亲切地说："老侯，谢谢你啦！咱们在陕北转战一年多，全靠你喂马。今天，我要坐汽车走了，你不能和我们一起走，要随机关一起行军。你年纪大了，走路不方便，就骑上老青马行军吧。你是老人，又有病，就骑马吧。你同你们的领导说，就说这是我的建议。我们在平山县见面。"

老侯已经知道毛泽东要坐汽车向河北进军了，但他怎么也没有想到毛泽东在临上车前还特意来到马厩看望他。他在听了毛泽东的话后，更是感激得热泪盈眶，说："主席，你放心吧，我能走。有困难了，走不动了，我一定按主席说的办。"

毛泽东又到马厩中专门看了看那匹老青马，通人性的老青马见毛泽东来了，停下了吃料，摇着脑袋向主人表示敬意，它也似乎感到了自己已完成了历史使命，“咴咴”地叫个不停。毛泽东温柔地抚摸着老青马，久久没有说出一句话来。

戎马生涯打天下的毛泽东，一生中所喜爱的坐骑并不多，说来最让他喜爱的只有两匹：一匹是小黄马，一匹就是老青马。小黄马是在1929年6月中旬红军挥师闽西，攻打龙岩地方军阀陈国辉旅时缴获的。毛泽东很喜欢这匹小黄马，它高1.4米，整个身材长得很匀称，浑身上下的毛油光闪亮，非常机灵和通人性。警卫员们给它起了如“小黄”“小识途”“千里驹”“好帮手”等许多好听的名字。毛泽东骑着它踏遍了中央苏区的每一个角落，参加了红军的多次反“围剿”战斗。后来它又驮着毛泽东走完了两万五千里长征路。

1938年秋，小黄马因积食生病死于延安。毛泽东知道后，搁下手中的笔，心情久久不能平静，惋惜地说：“小黄马对革命有功啊！一定要把它埋葬好。”小黄马后被安葬在延河畔，墓旁一块木板上写着：“对革命有功的小黄马之墓。”毛泽东来到这里，深情地说：“我这个人就是这样，骑过的马老了，死了，我心里都难过！”

老青马即是在小黄马死后来到毛泽东身边的。现在，毛泽东就要坐汽车向着华北进军了，他对老青马的惜惜离别感情，也是足让在场的所有人见了都泪遮眼帘的。

毛泽东又一次紧紧地握着老侯的手，说：“老侯同志，再见了！河北平山再见！”

“河北平山见！祝主席一路平安！”老侯抖动的双手，向着毛泽东的背影晃动着。

在晋绥军区司令部驻地蔡家崖，贺龙司令员和李井泉政委为毛泽东等中央领导人的到来做了细致的安排，并把自己的房间腾了出来。贺司令员一见毛泽东的面，就急切地说：“主席啊！你可到河东来啦！你来了，我们就放心了。”

晚饭时，贺司令员说：“希望主席、副主席在这里多停留几天，我们想向中央汇报军区和分局党委的工作。”

毛泽东连忙说道：“那好哇！恩来同志在双塔说过，我们要在你这里住几天。你们安排个计划吧，我们可以满足你的要求。”

“好，好，好！要得，要得。这就好得很哟！”贺龙高兴地大声说。

这时，东渡黄河后的毛泽东通过沿途中的耳闻目睹，对晋绥边区的土地改革工作，不免在心中存有许多忧虑。康生和陈伯达在临县和静乐县搞土改，搞乱了政策。贺龙要留毛泽东在蔡家崖多住几天，也主要是想当面向毛泽东反映这个正在解决的大问题。

土地改革是中国革命的一件大事，更是人民解放战争中的一项重要任务，关系重大。从1946年5月4日中共中央发出《关于清算减租及土地问题的指示》，到1947年年初，约有三分之二的解放区经过土改解决了土地问题。这年7月17日到9月13日，中央工委于西柏坡召开全国土地会议，制定《中国土地法大纲》，确定了普遍实行分配土地的原则。各解放区在全国土地会议后出现了一个空前规模的土改高潮，土改运动向着深处发展。但是，在土改运动发展过程中，“左”的偏差在一些地区也日益显露，主要表现是侵犯中农利益、破坏城镇工商业等。

为了使土改不脱离正确的轨道，中共中央立刻着手纠正这些错误倾向。从1947年年底，毛泽东在转战陕北的途中，便及时、有针对性地作出了各项指示。他还特派秘书胡乔木来到山西临县，调查土改中划分阶级成分扩大化和侵犯私人工商业的错误，同时要胡乔木把他在江西写的《怎样划分阶级成分》的小册子带到晋绥边区。

在党的“十二月会议”上，毛泽东严厉批评了晋绥土改中存在的错误，形象地比喻说：“土地改革是黄河主流，但主流向东时卷起了三股浪花，这就是侵犯中农利益，破坏工商业和乱打乱杀。不把这三股浪花反掉，它就会成为逆流。”会后，毛泽东对特地赶来参加会议的华东野战军司令员陈毅说：“今后要讲究政策，各级干部要整顿纪律，不要胡来。”会后，晋绥分局负责人李井泉把会议精神带回河东，制止了康生、陈伯达错误的蔓延，但土改中“左”的倾向已经给这一地区造成了极坏的影响。

毛泽东这次来到贺龙的司令部蔡家崖后，连着召开了五次调查会，主要是调查关于晋绥边区的土地改革情况。搞农村土改是行家里手的毛泽东，为了拨正土改运动的前进航向，在蔡家崖非要对晋西农村的土地改革情况作进一步的调查研究。晋绥军区司令员贺龙亲自为这些会议安排会场，并始终护卫于毛泽东左右。

1948年4月1日，毛泽东在蔡家崖军区礼堂举行的晋绥干部会议上发表讲话。他一直站立着，接连讲了三个多小时，共讲了五个方面的问题：肯定了晋绥解放区工作的成就；分析了晋绥解放区获得成功的原因；指出应当吸取的教训；指出了晋绥党组织的任务，是用极大的努力，继续完成土地改革和整党工作，继续发展和支援人民解放战争，并酌情减轻人民的负担；分析了当前全国的形势。毛泽东明确指出，党在新民主主义时期土地改革的总路线是："依靠贫农，团结中农，有步骤地、有区别地消灭封建剥削制度，发展农业生产。"毛泽东的这一讲话，后收入《毛泽东选集》中，标题即是《在晋绥干部会议上的讲话》。

次日，毛泽东又对《晋绥日报》的编辑人员作了长达两个多小时的报告，这篇题为《对晋绥日报编辑人员的谈话》后也收入《毛泽东选集》中。毛泽东在会后，挥笔题写了两张条幅："依靠贫农，团结中农，有步骤地、有计划地消灭封建剥削制度，发展生产。""无产阶级领导的，人民大众的，反对帝国主义、封建主义和官僚资本主义的革命。"他以其精确缜密的语言，高度概括出了中国共产党 27 年来革命运动的总路线和总政策。

毛泽东一行在蔡家崖停留了十天，在这里还观看了晋绥评剧团演出的《打渔杀家》《三打祝家庄》和山西梆子剧团演出的《打金枝》等戏剧。他们于 4 月 4 日离开蔡家崖，在晋北山区的颠簸道路上继续东行，经岢岚、神池，过同蒲铁路线，再经宁武，入雁门关，前面已是临近晋察冀边区的地域了。

毛泽东一路边走边调查，力求掌握大量第一手材料。后在进入河北阜平的第一天，任弼时受毛泽东的委托，在西下关村召集区、村干部座谈，了解土地改革、群众生活、干部觉悟、文化教育、政策落实等情况。周恩来到会生动地讲述了全国解放战争的大好形势，扼要地传达了毛泽东在最近有关土改的指示精神。他伸出右手问大家："一个人光有大拇指行不行？"大家齐声答道："不行！"周恩来说："对！所以，我们要很好地团结中农，把几个指头都拢起来，团结起来力量大。"他用形象的比喻说明了注意团结大多数的深刻道理。

毛泽东渡河后的东进，举步跨越过了整个山西。但他正是立足于山西，解决了在人民解放战争即将全面胜利时，急需解决的带有普遍性的全国土地改革中存在的大问题。

风雪五台山

五台山是中国著名的佛教圣地，在这里有着许多说不完道不尽的秘闻故事。

公元990年，宋太宗赵匡义登基15年后改年号为“淳化”。无奈他在位期间兵荒马乱，国无宁日。宋太宗便把振兴的希望寄托于佛教，秘密铸造了含金量高达96％的金佛币两千余枚，埋藏于五台山上祭佛。所埋地点极为秘密。随着时间的流逝，许多事情都湮没于历史尘埃之中。1987年，五台山中台顶的珠光大白塔，由于年久失修，严重倾斜，有关部门决定翻修加固。就在这古塔塔基下面的青石板缝中，几个承包翻修宝塔的农民先后挖出了金佛币两千余枚。

1988年7月18日，新华社曾发出一条电讯：佛教圣地五台山新发现宋代金佛币千余枚。据有关专家鉴定，这些金币为五台山淳化佛像金币，每枚重12克，是我国罕见的稀世珍宝，属国家一级文物。这是中国自有货币以来，惟一发现的纯金质金币。有证可查的流失到美国、日本，以及中国台湾地区的金佛币有396枚，在这些地方街头曾出现过轰动性的金佛币大拍卖活动。在香港，一枚金佛币的售价高达35万港币，在内地沿海黑市，一枚可换一辆豪华的皇冠小汽车。

1948年春天，毛泽东过黄河后继续东进，经过的第一座大山即是这座埋藏着金佛币的五台山，其脚步也曾踏上过这古塔下的土地。但毛泽东绝不是为了来寻宝的，他在此地作短暂的停留后，又开始了他既定目标的征途。然而，毛泽东的到来，却为这座大山又添上了许多神奇的色彩。

这时，毛泽东、周恩来和任弼时正跨越山西，准备翻越五台山向华北前进。晋察冀中央局已接到通知：迎接中央前委。聂荣臻司令员派出副秘书长周荣鑫带领行政科长上五台山的最高峰迎接前委车队，并专门带了一位原给彭真做饭的厨师，为毛泽东做饭。

毛泽东一行是于4月4日离开蔡家崖贺龙司令部的，经岢岚县未停，继续前进。沿途各县城在日寇占领下遭受的严重破坏，仍历历在目，令人心情十分沉重。一路所经过的村庄，也看不见几个强壮的男子，而赤身裸体的孩子到处可见，一些少女也衣不裹体，有的只穿一件较长的棉背心，勉强遮羞。车子到了宁武，毛泽东下车走上街头，察看了这座历史名城。这座古城要塞到处是弹痕累累，城里空空荡荡，一片荒凉。毛泽东看到这一切，万分感慨地说："我们要做的事情太多了！"

4 月 7 日，毛泽东一行经繁峙县到达五台山北麓的坝强村，这是个有着二十多户人家的小山村，正处于过五台山的必经要道上。晋察冀军区派来迎接毛泽东的周荣鑫已等候在这里。

毛泽东一见晋察冀分局副秘书长周荣鑫的面，就高兴地说："我们一来就给你们添麻烦了。"

周恩来问周荣鑫："五台山能通过吗？"

"可以通过，积雪已经清扫完了。"周荣鑫回答。

当夜，毛泽东和周恩来等中央领导住宿坝强村，准备于次日翻越五台山。但是，五台山的气候变化无常，上半夜的天空还是星光闪耀，下半夜却突然乌云翻滚，蒙蒙雨雾中又飘起了雪花。

周恩来在夜里就被窗外呼啸的风雪所惊醒，他担心若遇上大风雪，就会被阻在五台山这边。中国革命的胜利进程可不允许毛泽东停留他的脚步啊！

焦灼不安的周恩来望着毛泽东房间内长明的灯光，再也睡不着觉。

凌晨 3 时过，聚精会神批阅电报的毛泽东在忙完了手头的工作后，走出房间，呼吸新鲜空气，他在房间内对天气的变化毫无察觉。当他一走出门外，就立刻被迎面扑来的狂风所惊讶："什么时候变的天啊！天气变化真快呀，又下雪了。这一下雪，我们就可能走不了啦。"

持枪守卫在门口的哨兵说："没有关系，下小雪不影响咱们坐汽车行军。"

毛泽东抬头望着黑洞洞的天空，纷纷扬扬的雪花向着他的脸上扑来。他说："下小雪是不影响汽车行进，但过五台山可就不那么简单了，那里的气候更是变化无常。咱们前两天行军时，老百姓在地里干活已经光着膀子了，这地方却还在下雪。这里下小雪，五台山上可能下大雪。如果五台山上下了大雪，为了使我们顺利通过，就要有许多战士帮助清扫道路呢。"

雪花仍在飘洒着。毛泽东走回房间，又一头扎在电报稿纸堆里。他一手握笔，一手夹着冒着缕缕青烟的香烟，在烟雾腾腾中疾书。他的思路早已越过五台山，越过长江，俯瞰着全中国。一份《再克洛阳后给洛阳前线指挥部的电报》，在这偏僻的小山村，从毛泽东龙飞凤舞的笔端流出。毛泽东在这封电报中除作了军事部署外，又提出了管理好城市的一系列正确政策。

晨曦中，毛泽东将刚刚写好的电报稿交给秘书，准备上床休息。周恩来踩着院中的积雪走了进来，说："主席，你看气候变了，下雪了。我和许建国同志到山上去看看是否下了雪，原来的积雪是否清理完了，汽车能不能通过。我想亲自去看看。"许建国是晋察冀军区的保卫部部长，也是奉聂荣臻的命令专程来迎接毛泽东，并全权负责安全问题的。

"好吧，我们的车队什么时候走，由你决定。"毛泽东说。

前晚一夜间，五台山上骤降大雪，整个山区都变成了雪岭冰峰，大雪封路，汽车难以通行。

午饭时，周恩来从山上回来了，对刚起床的毛泽东说："今天不能走了。部队刚把公路上原来的积雪打扫完，昨天从下午到夜里又下了一场大雪。现在，许建国和周荣鑫同志正在指挥部队集中力量清扫公路。如果明天的天气好，我们就可以通过五台山。"

"好啊，人留客，天也留客。现在只好悉听尊便了。这个地方空气好，很清静，没有人干扰，在这里休息倒不错。"

下午，天气略有好转，周恩来决定于次日由坝强村起程，强行通过五台山。

为了保证安全，所有工作人员都上山清扫公路上的积雪了。毛泽东趁这个机会，特别邀请坝强村的党支部书记、村长、贫农团长等村干部，座谈了这个村的土地改革、农民生活和生产等情况，并在一起吃了晚饭。

4月9日上午10时过，毛泽东刚睡下不久，周恩来在上山前对秘书叶子龙说："中午如果我还没有回来，说明汽车可以通过五台山，主席起床后就可以出发了。如果不能通行，我很快就会回来的。"

午饭后，周恩来没有下山来，毛泽东便乘车离开坝强村向五台山山顶进发。车子刚行十多公里，来到山脚下开始爬坡，突然间，天气骤变，鹅毛大雪压顶而来，道路已无法分辨，山沟、山坡和道路全被大雪填平了，车子也直向山沟下滑动。警卫人员只好下车清扫车轮下的积雪。

大家与风雪搏斗着，有的说："这五台山上的风雪真是大得有些出奇。冬天在陕北行军时，也没有遇到过这么大的风雪。"有的说："我看这山上的风，跟胡宗南飞机丢的重磅炸弹的冲击波差不多。"

最担心安全问题的司机老周几乎是把脸贴在了方向盘上驾驶，说：“汽车停在沟里还保险，停在山梁上，我真怕大风把车刮倒了。”

警卫排长阎长林对老周说：“你只管把方向盘把握好，雪再大，我们也要把道路清理好。我们清理一段，你就向前开一段。”

毛泽东见卫士们紧张地清理积雪，就想下车。大家急忙劝说道：“主席，你绝对不能下来，风雪太大了，路又不好走。你看我们年轻人都好像要被大风吹倒刮跑。”

车子艰难地向前移动着。突然，老周猛踩刹车，急促地喊道：“请主席下车吧，车子不能走了。”

好险啊！车子的右前轮已经滑到了沟边，下边就是一眼望不到底的深谷。

由于风雪弥漫，道路受阻，毛泽东只好下车步行。在走过这段险路后，车子开了上来，卫士们又请毛泽东上车。毛泽东笑着问老周：“老周，我上去你敢开吗？你敢开，我就敢坐。”

鼻尖上已渗出汗水的老周摇着头：“主席，现在是下坡，汽车更难掌握了，主席最好是骑马，过了这段路再说。”这时，周恩来已派人送上来了两匹马，其中一匹给了任弼时。

毛泽东顿了顿手中的那根柳木棍，说：“对，下坡不安全，走吧。在这风天雪地里，是锻炼身体、磨练意志的最好机会。我还没有遇到过这么大的暴风雪呢！”

鸿门岩是五台山的顶峰，海拔 3040 米，盘山公路蜿蜒在陡峭的大山里，路窄弯急，有的路面上的积雪深达丈余，车辆根本无法通行。周恩来亲自指挥清扫道路，他提前登程，走在最前面，检查沿途道路情况，要求部队用最快的时间修通公路。下午三四点钟前，前委的车队一定要通过鸿门岩，到台怀镇住宿，再晚了，过鸿门岩就会有危险。战士们一个个都变成了雪人，他们把积雪切成大块，用手抱起向崖下扔去。

夜幕低垂，狂风呼啸，远处山坳里终于传来了汽车的喇叭声，然后又见到了明亮的光柱。雪路修通了，毛泽东时而乘车，时而步行，费力地登上了鸿门岩。山顶上风疾云驰，周恩来冒着寒风，一直等候着毛泽东和车队的到来。

毛泽东在非公开场合走路，一般都不太规矩，在行军中也是不太注意姿势，喜欢手舞足蹈，晃肩扭腰以振作精神。但他这种行军走路个性，在雪地里却是非摔跤吃苦头不可的。对此，处处关心爱护毛泽东的周恩来是了如指掌的。所以，在这大雪天，周恩来特别关照毛泽东的行路问题。

周恩来等毛泽东到后，关心地说："主席能在这么大的风雪中行军，说明你的身体很好哇！"

毛泽东大口地喘着气，说："真是天有不测风云呀！若不是现在身体好，过五台山就要靠警卫员抬我了，那就要真的用上担架了。"

周恩来和毛泽东互相搀扶着，并肩步行越过了雪坡峰顶。任弼时体弱，双手扯着马尾巴，在大家的推扶下才过了山口。

毛泽东一直步行到山之南麓，才乘车下山。这时，有的同志患了雪盲症，两眼红肿，什么也看不见了。过了五台山主峰，到了台怀镇。当晚，毛泽东一行即在台怀镇中台下的显通寺前院夜宿。这里是一个四合院，原是方丈住的地方，十分宽敞，院内整洁，房屋很多，但许多房间都被日本人在这里住时改造过，屋内的门都变成了横拉门。毛泽东住在四合院的北屋，周恩来住在东屋，任弼时住在西屋，陆定一住在南屋，其余工作人员住在院外。一夜间，近处珠光大白塔上的252个风铃在疾风中叮当作响，声传数里，在这深山古刹中倒也别具佛门重地情味。

10日，毛泽东用半天的时间游览了各处。他到了中台山下的贮藏室，看见许多经卷和各种贡品。他嘱咐当地干部要好好保护这些文物，不可丢失。

两位方丈在前面引路，毛泽东谦虚地说："麻烦你们了。我们来参观闻名中外的五台山寺庙，向你们请教。"

方丈双手合十行礼，连说："不敢，不敢。出家人只是在这一点小地方多待了几年，见识不广，请原谅。"

毛泽东也拱手施佛教礼，说："谢谢，谢谢。"

方丈站在大白塔前，介绍说："这里自北宋时期就已是远近闻名的佛教圣地了。关于这座大白塔，有许多传说。据文字记载，这座大白塔修建于明朝万历年间，到现在已经有好几百年的历史了。塔高16丈多，全部是白色，用米浆拌和石灰砌筑而成，是五台山的象征。"

有人问："为什么这里叫五台山，不叫六台山、七台山呢?"

方丈解释道："五台山是由5座山顶平台寺庙组成的。以五台镇为中心，相互距离30到40里。五台山是山西的屋脊，是华北最高的山峰，也是中国内地最大的佛教寺庙之一。"

周恩来对毛泽东说："这里可参观的地方很多，可我们没有那么多时间，也只能走马观花了。"

毛泽东说："只能走马观花，而且还只能在近处。远处的寺庙，来不及参观，听听介绍也就可以了。不管看多看少，我们总算身临其境了。"

方丈又介绍了五台山的主要建筑，说："塔院寺是五台山的5大禅处之一，寺内主要建筑有大雄宝殿和藏经阁。藏经阁内，有木制转轮经架20层，共藏经书2万多册，有汉文、蒙文和藏文。整个藏经阁设计别致，使用方便。几百年来不变形，木头没有朽烂，铁没有生锈，在建筑史上真算是一大奇迹。塔院寺还附属有万佛阁和龙王殿。万佛阁位于塔院寺的东南角，有1万尊泥塑佛像。楼上曾悬有一口大铜钟，重7000多斤，是明代铸造的。楼下有一座铜塔，是清代铸造的。铜塔和铜钟在前几年被日本鬼子给破坏了。"

毛泽东说："日本人在这里破坏和偷走了许多历史文物，真是太可惜了。"

"那时，我们也是尽量保护，但日本人要干坏事，我们也无法阻挡。"方丈说。

毛泽东边走边问："五台山上有两个名人出家，一个是鲁智深，一个是杨五郎，他们是在哪个寺庙当和尚的?"

方丈回答："说法不一样。五台山有几个山门，塔院前有山门，菩萨寺也有山门。传说鲁智深大闹五台山，是在菩萨顶的寺庙。这个寺庙是五台山上规模最大、最完整的寺院。菩萨顶的寺庙也是五台山5大禅处之一。鲁达打死镇关西以后便逃到了代州，在赵员外的协助下，逃到五台山菩萨寺当了和尚，起名鲁智深。一次他喝了酒，就醉打山门，大闹僧堂。他只当了7个月的和尚，就被送下山，去东京汴梁大相国寺安身。杨五郎是在一次打了败仗后，在突围中愤恨奸臣当道，残害忠良，便弃甲在兴国寺出家当了和尚。辽兵见他是个和尚，没有理睬他。这样，杨五郎才没有当俘虏。后来，人们就把杨五郎出家当和尚的兴国寺叫做五郎庙了。"

在万佛阁，毛泽东看见中间有尊菩萨胸前被挖了一个大洞，问方丈："这是怎么回事?"

方丈回答说："这是土改时翻身农民同寺庙清算，听人说神像胸腔里藏有黄金，就挖开找金子。"

毛泽东听后幽默地说："原来是菩萨得了心脏病，群众来给他施行手术治疗的。你们要把它好好地保护起来，原封不动，以便对日后来参观的群众作解释，说它害了什么病，为什么给他施行手术。”

来到龙王殿前，但见殿内灯火辉煌，香烟缭绕，比起其他颇为萧条的庙宇来，这里似乎甚是隆盛。毛泽东问导游的方丈：“这座庙宇遭到过破坏吗?”

方丈回答：“不仅没有破坏，而且农民曾派人来专门护庙，秋毫不犯。”

毛泽东说：“你们看，从这里所得到的结论是多么明显！群众对山上的菩萨和山下的这老龙王的态度是多么的不同。山上的那位菩萨同农民群众的利益距离太远了，而龙王管着天雨，与农民的关系太密切了。群众就是这样认为，这样对待问题的。”

方丈介绍说：“龙王殿建于清代，殿内供有金脸龙王老五，俗称五爷。五龙王塑像背后，有大爷、二爷、龙母、三爷、四爷。传说五爷最爱看戏，所以，在五龙殿对面，还专门建了一座大戏台，每年6月庙会期间就要唱一个月的戏。”

毛泽东逗趣地说：“五龙王连着看一个月的戏，他不累吗?”逗得方丈和大家都笑了。

接着，毛泽东又向两位方丈讲了中国共产党的宗教政策，说共产党允许宗教的存在，对宗教实行保护政策，希望他们好好保护古迹。

毛泽东对方丈说：“五台山也到了，又实地看了一些古迹，这总比只听传说要实际得多。以后有机会，我们一定再来看看。谢谢你们了。”

“欢迎毛主席和周副主席再到五台山来。”两位方丈又双手合十，向毛泽东和周恩来送别。

毛泽东率中共中央机关过五台山后，车队又起程经龙泉关，于4月10日下午进入河北阜平县境内，在不老树村夜宿。次日车队启程路过阜平，县城里的老百姓闻讯都想来看看中央首长，大家挤着看后面的吉普车，其实毛泽东穿着粗布衣，坐在前面开道的第一辆吉普车副驾驶的座位上，小吉普上坐的是周恩来和任弼时等。

车队经阜平南关，跟着前来迎接的聂荣臻司令员的车子，徐徐前进，在胭脂河潺潺流水声的伴随下，到达了晋察冀军区司令部的所在地城南庄（又称陈南庄）。毛泽东生平最后一次行军的旅程就此完成了，此时是1948年的4月11日傍晚。

寂静的小山村难觅闲暇信步

在太行山映现出点点新绿的春天里，毛泽东率领中共中央机关由西向东穿越山西省，过五台山后，直指河北省平山县西柏坡村。

一路上，毛泽东感到非常兴奋，他赞美沿途的山形水色，情不自禁。对晋察冀，对五台山，对龙泉关，他都显出了一见如故的情感。特别是对晋察冀的群众，尤让人感到毛泽东对他们有一种他乡遇故知的亲切。在显通寺，毛泽东不顾连日登山和行军的疲劳，来到小街上，与一些正在做生意的小商人聊天，与路边几个在玩抓石子儿的小孩儿一起玩，并感慨地说："我觉得群众特热情，就好像当年在江西的兴国一样，群众都是笑逐颜开的。"

本来，毛泽东东渡黄河后，行程的目的地是西柏坡。这时，中共中央各机关的会合地即定在那里。但是，由于各种原因，毛泽东在周恩来等中央领导人去了西柏坡之后，他却在阜平的城南庄居住了下来。

阜平，位于太行山北麓晋、冀两省交界处。抗日战争初期，聂荣臻率领八路军第一一五师一部以此为中心，建立了晋察冀抗日根据地。抗日战争胜利后，晋察冀抗日根据地已经发展为跨越山西、河北、察哈尔、热河、辽宁五省的广大地区。

城南庄在阜平县城以南二十多公里处，自 1939 年起便是中共北方分局、北岳区党委机关所在地。1947 年，城南庄地区重新成为晋察冀解放区的首府。军区司令部驻城南庄，边区政府和中央局分别设在离城南庄不远的广安和新房两个村庄内。

在毛泽东所率中共中央机关到达城南庄之前，中央工作委员会曾在此工作过一段时间。在毛泽东来到此地的整一年前，刘少奇、朱德等按照中共中央枣林沟会议精神到达华北，主持中央委托的工作，最早就住在城南庄。所以，城南庄这个地名虽在普通地图上找不到，但对毛泽东来说并不陌生。

1948 年 4 月初，毛泽东等中央领导人路过晋绥军区时，这个军区便给当时驻扎在城南庄的晋察冀军区领导人发来电报，说毛泽东等中央首长在晋西北开完土地会议后，决定同中央机关一起到冀西。晋察冀军区司令员聂荣臻一边为毛泽东等人准备住房，一边立即派晋察冀中央局副秘书长周荣鑫带着保卫干部和警卫人员，前去五台山迎接毛泽东。

晋察冀军区机关在当时的住房是很简单的。军区新盖了三栋房子，聂荣臻和作战科住在城南庄村西新盖的小院内，这在军区机关中是最好的房子。聂荣臻住的那栋房子在院子的最南端，里外两间，一明一暗，外间办公，里间住宿。北面紧挨着作战科。他们在接到毛泽东即将到来的消息后，作战科便搬出了小院，聂荣臻搬进了作战科，他把自己原来住的房子让出来给毛泽东办公和休息。

中共中央机关进入阜平的当晚住在西下关村，第二天才到达城南庄，住在晋察冀军区的司令部大院。4 月 11 日傍晚，聂荣臻率领军区机关人员赶到十多公里之外迎接毛泽东等中央领导人。当毛泽东所乘坐的吉普车来到后，聂荣臻大步走上前去迎接毛泽东，激动地说："主席，总算把你等来了。"

毛泽东摇着聂荣臻的手，幽默地说道："是吗？我可是个大包袱，倒是硬把胡宗南给压垮了！"

聂荣臻看着毛泽东清癯的脸庞，恭敬地说："主席，你们在陕北转战期间很辛苦，我们大家都很担心你的健康和安全。主席，你看上去瘦得多了。"

毛泽东上下打量了一遍自身，不以为然地笑着说："看来我好像是比在延安时瘦了些，这都是在战争中锻炼的结果。这个瘦是个好现象，用钱是买不到的。我和你们大家一样，都是亲临战场和敌人作战。你们担心我的健康和安全，我也担心你们的健康和安全呀。"

这时的毛泽东，精神状态可以说是相当好的，但因前一段时间一直忙于指挥作战，在陕北与国民党军打了两年多"蘑菇战"，身体至今还没有恢复过来，是显得有些疲劳。聂荣臻希望毛泽东先在城南庄休息一段时间，然后再去中央工委机关所在地西柏坡。毛泽东表示同意。

4 月 11 日晚，毛泽东、周恩来等中央领导人来到了晋察冀军区司令部所在地城南庄。聂荣臻司令员代表军区举行了热烈的欢迎仪式。（12 天后，周恩来和任弼时离开了城南庄，先行出发去了西柏坡，安排党中央机关的工作。）

毛泽东在城南庄刚住下就紧张地忙起来，他的老习惯是晚上熬夜办公，直到第二天旭日临窗才上床休息。在以往，毛泽东饭前饭后或工作累了，都要走出房间散散步，但在刚来到城南庄的最初日子里，由于工作太紧张，他把散步的习惯也自动取消了。

警卫人员担心毛泽东的身体健康，劝说他出去走一走。毛泽东解释说："我这个人是喜欢散步的，但散步必须要有条件，这个条件就是要有空闲的时间。这几天事情太多，没有空闲的时间，也就顾不上出去散步了。"

"主席，活动活动对身体有好处，时间长了不注意活动，影响健康。"警卫人员坚持说。

毛泽东说："我的身体很好嘛，这一点你们不用担心。再过几天，咱们就可以出去散步了。"

几天后，毛泽东果然忙完了工作，有时间出来散步了。他在警卫人员的陪同下，出了村子一直向东走，来到一座小山下。

毛泽东坚持要爬山，走在前面向上攀登而去。警卫人员在路不好走的地方想搀扶他一下，但他却不让，说："现在咱们是散步，是锻炼身体，只有累一点才能达到锻炼的目的呀。"

在一个山头上，毛泽东眺望四周，心情十分愉快，与警卫人员高兴地交谈着。他望着北平的方向，说道："从咱们坐的这个地方到北平大概也就是二百多公里，坐汽车一天就可以到了。可惜他们现在还不欢迎我们去，只能耐心地等待他们的觉悟。当然，北平是一定要去的，他们不觉悟，我们也是要去的。"他的话说得很坚决。

毛泽东还经常借散步的机会，走到群众中间，了解群众的疾苦。有一次，农民李国祥正在猪圈起粪，毛泽东走过来和他攀谈起来。李国祥告诉毛泽东说："我过去给地主扛长工，现在，负责当地土改的张瑞华（聂荣臻的爱人）给分了房子，分了地，我能给自己干活了，心里高兴啊！就是三个男孩子过去都冻死或饿死了，只剩下两个闺女，不顶事哟！"

毛泽东听到这里，摆着手说："不，不。闺女也好，闺女也顶事，闺女也顶事。"并用手比划着，比喻两个闺女能顶两个儿子。

当时，李国祥并不知道与自己谈话的人是谁。晚上，当张瑞华告诉他那就是毛泽东时，李国祥十分激动。后来他特地在与毛泽东谈话的地方栽了一棵花椒树作纪念。

毛泽东在城南庄共居住了46天，做了许多重要工作。但最主要的工作是研究和部署了1948年的土改和整党工作。在这里曾流行着这样一首歌谣："土地证，四方方，鲜红的金印盖中央。感谢领袖毛主席，咱们生活有保障。"唱的就是毛泽东在这里亲自抓土地改革运动的事。

4 月下旬，毛泽东刚来到城南庄没几天，便让任弼时亲自主持召集了阜平、曲阳、定县三县的县委书记和三县部分区委书记，参加以中共中央名义召开的土改、整党工作座谈会。当时正在阜平细沟村土改的工作组组长邓颖超也自始至终参加了会议。邓颖超是 1947 年 11 月带领工作组来到阜平的。她化名肖超，老乡们都亲切地称她为老肖。副组长是黄华，组员有陈楚平(邓颖超的秘书)、朱琦（朱德的长子）及其爱人赵力平等。

这次会议进行了十多天。首先听取了亲自参加土改试点的县、区委书记们的汇报，汇报的主要内容有：本地区的土改和整党情况，各阶层对土改的态度，党员干部在土改中和整党中的表现，群众的意见和要求等。毛泽东和任弼时不断地插话提问，和大家一起讨论问题。邓颖超发言不多，但她听得很认真，记录得很多。为使汇报更详细、更具体，会议在每天上午进行，下午大家准备发言提纲。会议的后一阶段，讨论毛泽东在陕北米脂起草的《1948 年的土地改革工作和整党工作》的党内指示草案。讨论中把草案发给每个同志，请大家联系实际，提出修改意见。

经过这次会议的反复研究和广泛征求意见后，5 月 25 日，中共中央向全党正式发布了毛泽东撰写并经过多次修改的《1948 年的土地改革工作和整党工作》。这一党内指示，详尽具体地向全党提出了这年秋冬应依次完成的十项任务，强调土地问题已经解决了的地区，中心任务是恢复和发展生产，并就完成这些任务所应遵循的原则、措施，作了明确的规定。

会议期间，毛泽东、任弼时等中央领导人经常和与会者一道就餐，这使大家感到非常亲切。毛泽东亲自征求大家的意见，问中央所制定的文件是否符合实际，他鼓励大家一定要注意政策，做好工作，支援前线。周恩来第一天和大家见面时，就一一询问每个人的姓名。当他问到阜平县委副书记李国庆后，高兴地说："你这个名字很好，国庆，今后每年都要过国庆啊!"与会者们在听到中央领导人透露出即将建立新中国的信息后，无不感到热血沸腾，精神振奋。

饭后，周恩来告诉大家："你们见了毛主席一定很高兴。但出去不要宣传，不要说主席来了。不过也不要否认。不要人家一说主席来了，你就说人家造谣。人家问你，你说不知道就行了。"

在这期间，毛泽东还就新区政策等问题，发出了一系列指示。5 月 24 日，毛泽东回电给中原局第一书记邓小平，指出：像大别山这样的解放区，应与老解放区有所区别，暂时不宜分土地、分浮财，只宜减租减息，使农民得到实益。在财政政策上实行合理负担，使地主富农多出钱。这样，社会财富不分散，社会秩序较安定，有利于集中一切力量消灭国民党反动派。

为使土改中更准确地划分阶级成分，纠正发生的偏向，5 月 25 日，中共中央作出《关于 1933 年两个文件的决定》，指出：毛泽东所撰写的《怎样分析农村阶级》和《关于土地斗争中一些问题的决定》这两个文件，“都是当时民主中央政府为着纠正在土地改革工作中所发生的偏向，并为正确地解决土地问题而发的文件”，“在现在的土地改革工作中基本上是适用的”，决定“作为正式文件，重新发给各级党委应用”。

毛泽东广泛地听取了各方面的意见，特别注重听取晋察冀边区土地改革的成功经验。他与聂荣臻就党的政策等问题多次进行了深入细致的探讨。在谈到土改情况时，聂司令员说道：“在建立晋察冀抗日根据地的过程中，我们接受了过去的历史教训，认真地执行了党的抗日民族统一战线政策，广泛地团结了各阶层的群众。”

“是啊！斯大林曾经讲过，苏联当年搞富农吃了亏，我们应该汲取这个教训。”毛泽东语重心长地说。

毛泽东和党中央的这些文件和指示，指明了 1948 年的土改和整党工作的正确方向，体现了广大人民群众的根本利益，受到了广大人民群众的热烈欢迎，各解放区的土改和整党工作更加蓬勃发展。一亿人口的解放区，在 1948 年年底彻底解决了土地问题，封建土地制度土崩瓦解，广大翻身农民喜气洋洋，他们怀着对党无比热爱的心情，积极生产，踊跃支前，为解放战争提供了坚实的物质基础和有利条件。

在城南庄期间，毛泽东还用了大量时间，与各大军区指挥员讨论研究了军事形势和作战部署。此时，人民解放军在全国范围内正发起更大规模的以外线为主的攻势作战，在各个战场不断取得胜利。晋察冀人民解放军已于 1947 年 11 月在朱德、聂荣臻的直接指挥下，解放了华北重镇石家庄，然后又不断发动更猛烈的攻势，使晋察冀和晋冀鲁豫两大解放区不断扩大，敌占区日益缩小。西北野战军按照毛泽东的战略部署，于 1948 年 4 月 22 日收复了延安。

延安的解放，在中国人民解放战争进程中是一件大事，中央机关的工作人员都以为毛泽东会发贺电，或举行一些重大的庆祝活动等。所以，工作人员都时刻等候在毛泽东的身旁，准备执行任务。然而，毛泽东却显得异常平静，他像往常一样有条不紊地日夜工作着，既没有发贺电，也没有召开任何庆祝会，而是紧张地忙着指挥全国各地的更大规模的解放战争。

为了推动人民解放战争的迅速发展，毛泽东在来到城南庄后，便召见了晋察冀军区司令员聂荣臻、副司令员肖克和参谋长赵尔陆等人，听取了他们关于晋察冀军区军事情况的汇报，一起研究了军事形势，并对晋察冀军区的工作作了重要指示。在毛泽东的正确指挥下，华北人民解放军于4月23日收复了察哈尔东部的部分地区；5月17日解放了敌晋南孤立据点临汾；6月进行了晋中战役，解放了晋中14座县城，完全孤立和包围了太原。不久，华北人民解放军一部又进行了保北战役，彻底摧毁了国民党军的平保线防御体系。至此，在华北，只剩北平、天津、保定、塘沽一带敌占区和太原孤城，国民党军其他的重要据点已先后被人民解放军占领。这样，就为解放全华北创造了有利条件。

5月14日，朱德代表党中央、中央军委亲临濮阳视察部队和作战前动员。他在团以上干部大会上的讲话中，分析了战争形势，对部队政治建设和军事建设等问题作了要求。朱德动员大家努力学习战术，用“钓大鱼”的办法，寻机歼灭敌整编第五军等部。随后又向营以下干部和战士代表讲话。朱德的讲话鼓舞了广大指战员的斗志。不久，华东野战军和中原野战军之一部发起豫东战役，解放了当时的国民党河南省省会开封。毛泽东闻讯，高度评价说：“豫东战役的胜利，改变了中原和华东战场的战略态势。”

5月2日至17日，中原野战军与华东野战军各一部在南阳以西镇平、邓县地区歼敌2.1万余人。在此期间，毛泽东还亲自签发了准备解放济南的命令，用电报发给驻在西柏坡的中央工委，转给山东方面。几个月后，华东野战军解放了济南，使国民党军的“分区防御”战略彻底破产。

毛泽东在谋略着全国解放战争的日程。一天深夜，他兴致勃勃地与聂荣臻进行长谈，谈了对解放战争的想法，说：“抗日战争打日本，是要持久的，解放战争打蒋介石，却不能拖得太久，解决得越快越好，这样对我们有利。第一步，先解决东北和华北。为了引开国民党的力量，让刘（伯承）邓（小平）大军出大别山，陈（毅）粟（裕）大军打过长江去。第二步，西北野战军到西北和西南去。华北除抽调部分兵力增援西北、西南外，其余部队仍留在华北地区，准备在华北搞两三个兵团。那时候，因为华北大部分地区已经解放了，敌人只固守着几个城市，部队建制用不着那么大，待解决了东北之敌后，再解决华北剩下的城市。”

历史已证明，解放战争的实际进程，基本上符合毛泽东的这一预定时间表中。

毛泽东有令：不打倒蒋介石，谁也不能去见马克思

城南庄由于毛泽东的到来，成为当时中国革命的中心，许多领导人也来到这里向毛泽东请示问题和商讨工作，中共中央的许多会议也在这里召开。

毛泽东在见到邓颖超后，风趣地说：“你坚持在第一线工作，取得了成绩，又有了经验，很好啊！可你这个后勤部长没有当好。这么久，你连到前委来慰问也没有，可苦了恩来啊。”邓颖超是一年前随中央工委到西柏坡，在基层搞土地改革试点工作的。

“恩来身体很好，有主席的关心，有警卫员的照顾，我不去也很放心啊。”邓颖超的话说得很得体。

毛泽东开玩笑说：“那可不行。我们都代替不了你这个后勤部长啊。”

“通信联系，也等于见面了。”周恩来在一边笑着说。

朱德也来了，他和毛泽东一见面就紧紧地握手，互相看着。两人都畅怀大笑了起来。

“主席，听说你的身体还可以，现在看到，确实比以前好多了。”

“总司令的身体也比以前好啊。”

城南庄，中共中央要在这里召开重要军事会议，研究人民解放军在华东的战略部署，制定大规模的部队行动计划。这天，中共中央五大书记都聚集到了这里，华东野战军司令员陈毅、副司令员粟裕，以及李先念、张际春和军委作战部的副部长李涛等人，也来到了城南庄。

陈毅等人一走下车，院子里就热闹起来。

周恩来对毛泽东说道：“你看，他们都来了。大家听说你的情况后都放心了，急着要见你领受任务。”

满口四川话的陈毅大步走上前来，向毛泽东行军礼，说："主席，你好哇！我们都研究好了，要接受中央交给的最艰巨的任务，对于打蒋介石，还是满有信心的喽！"

"很好，很好！"毛泽东连连说道，然后，又向走上前来行军礼的粟裕说："你们打了那么多漂亮的大胜仗，我们很高兴呀。你们辛苦了！这次要好好听听你的意见哩。"

毛泽东见李先念的脸上包了一块纱布，关切地问道："你负伤了？"

李先念摇着头，笑了。

"这是怎么回事？"毛泽东不解地又催问。

李先念说："没有事，擦破了点皮。"

陈毅爽朗地说："还没得事呢，好险哟！就是因为我和李涛几个大胖子把汽车给压翻了。还好，沟不深，翻了车，我们没有伤筋，也没有断骨，不误开会。如果沟再深一些，搞不好，我们就要见马克思去了。"

毛泽东的脸上露出了笑容，说："打不倒蒋介石，完不成建立新中国的任务，谁也不能去见马克思。马克思的在天之灵，会保佑我们的呀！"

陈毅开怀大笑："对头！打不倒蒋介石，谁也不能去见马克思。我们坚决执行毛主席的命令。"

陈毅是前不久刚离开西柏坡的，他现在又奉毛泽东之令返了回来。那还是在 1947 年 9 月，人民解放军华东部队在进行了沙土集战斗后，陈毅接到毛泽东的电令，让他立刻离开华东战场到河北平山向中央工委汇报工作。11 月中旬，陈毅又接到通知，要他到陕北去参加中央"十二月会议"。由于路途遥远，当他辗转来到党中央所在地陕北米脂县杨家沟时，会议已经闭幕 3 天。但许多重大问题会后仍在继续研究，毛泽东要陈毅看会议记录，请他参加讨论准备夺取全国胜利的一系列问题。

转战陕北中，毛泽东在全国战局的棋谱上就谋划着一步重大的军事行动，准备派遣华东野战军粟裕副司令员率领 3 个主力纵队（即第一、第四和第六纵队，这 3 个纵队后组成华东野战军第二兵团），渡长江南进，把战争引向敌人深远后方，调动中原敌人主力南下，从而配合中原战场人民解放军作战，发展战略进攻。1948 年 1 月 27 日，毛泽东以中央军委的名义，指示粟裕率领华东野战军 3 个主力纵队共 10 万兵力，渡过长江，以吸引中原敌军 20 个至 30 个旅回防江南。

毛泽东举起了手中的这颗棋子，把目光瞄向了长江以南。然而，他却没有急于落子，握着棋子的手猛然间停在了半空中，这真可谓是“举棋未定”。他把电报传到了长江北岸，要粟裕“熟筹见复”。

毛泽东给粟裕发电报那天，陈毅也在场。作为华东战场上最高指挥员的陈毅，是参与了制定“3个纵队过江”战略方案的，当他得悉毛泽东的这一部署后，于告别党中央启程南返时，怀着喜悦的心情，欣然做诗，吟唱道：“小住杨沟一月长，评衡左右费思量。弯弓盘马故不发，只缘擒贼要擒王。北国摧枯势若狂，中原逐鹿更当行。五年胜利今可卜，稳渡长江遣粟郎。”这诗的后一句，说的就是毛泽东和中央军委在当时的这项战略意图。

粟裕接到毛泽东的电报后，根据中央军委的这一总体战略部署，立刻率领华东野战军3个纵队于3月16日到达濮阳地区整训。一方面积极作渡江的准备工作，一方面分析敌我双方的情况，认真研究如何贯彻中央军委的战略意图。粟裕经过一个多月的反复思考，颇具独到见解地认为：要打大规模的歼灭战，分兵渡江对整个解放战争却不利，而集中优势兵力于中原地区作战则更为有利。应尽可能地歼敌主力于长江以北，然后再行渡江。他独立思索着，但并没有完全考虑成熟。

这时，陈毅正由陕北渡过黄河后从西柏坡东返华东野战军驻地濮阳途中，粟裕更加详细地从陈毅在西柏坡发回来的消息中得知了毛泽东和中央军委总的战略意图。因此，粟裕在准备坚决执行中央军委的命令，对部队进行渡江南进动员的同时，又大胆地思考和推演起了毛泽东这项战略计划的可行性。粟裕经过反复琢磨，他不同意毛泽东“3个纵队过江”战略部署的看法更趋于条理化。

中国革命战争的大舞台，磨练出了一大批战将，他们已具有非凡的战略头脑，粟裕即是其中最优秀的高级指挥员之一。他分析判断到：要改变中原战局，进而协同全国战场作战，中原和华东人民解放军势必还要同国民党军进行几次大的较量，而到江南打几个大歼灭战是做不到的，在中原黄淮地区打大歼灭战的条件却正在成熟。如果3个纵队渡江南进，而又调不走敌人，人民解放军在中原战场会有新的困难。

因此，粟裕经再三思量，主张3个纵队还是留在中原作战最为有利，尽可能地把敌人主力消灭在长江以北。4月18日，粟裕向毛泽东和中央军委报告了自己的看法和建议，他阐明自己的理由说：“刘邓、陈谢及华野主力依托后方（陇海路以北）作战，以便得到足够的炮弹、炸药、手榴弹（因新区不能生产）之补给，发挥现在装备之作用（现在敌人处于交通便利的中原，如无相当炮火难予歼灭），而便大量消灭敌人。”

毛泽东在城南庄接到粟裕的报告后，陷入沉思中。他对粟裕的这一建议极为重视，也非常赏识，当即电示粟裕，并通知正在由西柏坡返回濮阳途中的陈毅，立刻到城南庄来，当面汇报和商议“3个纵队过江”之事。同时发电给正在冀中巡视的朱德，也请他速来城南庄，共同决策华东战场的大规模军事部署。

4月底，粟裕和陈毅一起经西柏坡到达城南庄。

5月5日，毛泽东主持召开了这次重要军事会议，参加会议的有朱德、刘少奇、周恩来、任弼时、陈毅、粟裕、李先念、张际春、李涛等人。毛泽东着重听取了粟裕所作的关于“华东战场形势和部队今后行动的设想”的汇报。粟裕在此对关于“暂不渡江”的建议作了进一步论证，重点汇报了3个纵队暂不渡江南进，集中兵力在中原黄淮地区大量歼敌的方案，详细说明了提出这个方案的根据。

毛泽东、朱德、刘少奇、周恩来、任弼时等中央书记处的书记和其他中央领导人听了粟裕的汇报后，当即进行研究，并作出决定：在4个月到8个月内暂不向江南出动，华东部队和中原部队集中兵力在中原作战，拟定打一个较大规模的战略性决战。

同日，中共中央军委将此决定电告中原野战军司令员刘伯承、政委邓小平和华东局。会后，中央军委为了更好地组织中原地区的战略性决战，决定派陈毅去中原野战军任第一副司令员，仍兼任华东野战军司令员兼政委，粟裕代理华东野战军司令员兼政委。

毛泽东为了加强对中原作战的领导，特别对中共中央中原局作了新的充实和调整。5月9日发出命令：任命邓小平为中原局第一书记，陈毅为第二书记，邓子恢为第三书记；刘伯承、邓小平、陈毅、邓子恢、李先念、宋任穷、粟裕、陈赓、张际春、刘子久等12人为中原局委员。同时决定成立中原军区，以刘伯承为司令员，陈毅、李先念为副司令员，邓小平为政治委员，邓子恢、张际春为副政治委员。南征中原的晋冀鲁豫野战军，即日起改称为中原野战军。

城南庄的军事会议共开了10天。5月中旬，陈毅和粟裕离开城南庄返回部队。粟裕所提出的重大建议，经中央书记处认真讨论获得一致同意，这一重大战略决策构成了以后实施的淮海战役的最初蓝图。粟裕成功地移动了毛泽东棋盘中的一颗棋子！因此，毛泽东在淮海战役胜利后，高度赞扬道："淮海战役，粟裕同志立了第一功。"

一个月后战局的发展结果，也证实了粟裕"暂不渡江"建议的正确性。华东和中原人民解放军，在开封战役和睢杞战役的大兵团作战中，首先开创了歼敌 9 万余人的新纪录。人民解放军在中原战场实行大规模歼灭战，准备打一场战略性大决战的势头，已在东西陇海线上的淮海地区形成。

战将粟裕在军事部署上的积极建议，使毛泽东感到非常开心。人民解放军在各个战场上的节节胜利，更使毛泽东意识到建立新中国的伟大使命在肩，开国日期已为时不远。所以，毛泽东在城南庄于策划军事部署的同时，又用了相当大的精力着手于建政工作，主要是通过发布纪念"五一"的口号，提出了召开新的政治协商会议，成立民主联合政府的政治主张。

这年，在人民解放战争战略进攻势如破竹的进军号声中，中国共产党领导下的国民党统治区的人民民主运动也出现新的高潮。3 至 4 月间，国民党统治区许多城市的学生和教职员工，首先举行了以反迫害、反饥饿为主要内容的罢课、罢教示威游行；继而由各地工人举行的反迫害、反饥饿的罢工斗争也大规模展开；各地农民在当地党组织领导下，也对国民党统治集团进行了广泛而有组织的斗争；许多地区的人民游击战争，也如火如荼地开展起来。

与此同时，各民主党派在中国共产党精神的感召下，正重新组合，开展工作。过去，有些民主人士曾幻想走向国民党政府求和平、求合法、求改良的"第三条道路"，但在半年前，蒋介石反动政府下令解散民主同盟，同时加紧对一些民主党派人士的迫害，使他们不能在国民党统治区公开活动，从而宣告了"第三条道路"的破产，促使他们放弃了原来的幻想。半年过去了，他们终于看清了蒋介石集团的真实面目，一致表示拥护中国共产党的政治主张，反对蒋介石的独裁统治。

1948 年 1 月，沈钧儒、邓初民等中国民主同盟领导人在香港召开三中全会，决定重建民盟领导机关，并恢复活动。李济深、柳亚子等人将国民党民主促进会、三民主义同志联合会和其他反蒋势力，组成了国民党革命委员会。他们都在香港发表宣言，表示愿意与中国共产党合作，反对国民党反动政府，支持中国共产党所进行的人民解放战争。

历史潮流澎湃于各个港湾，标志着建立以中国共产党为领导的全国各民主党派统一战线的条件业已成熟。

此时长江南岸的石头城里，3 月 29 日开幕的“行宪国大”正吵吵嚷嚷地召开。蒋介石不顾东北和中原前线战事频频告急，洋洋得意地坐上总统宝座，剩下一个副总统的位子，让李宗仁和孙科两人争得面红耳赤，整整闹腾了一个月。但是，这一着并没有改变南京政权的危局，全国民主党派和各阶层人士对“行宪国大”已是不屑一顾，蒋介石集团更是众叛亲离。

善于从宏观上把握时代潮流的毛泽东胸有成竹，他一直在等待着这一天的到来。蒋介石当上总统，这是政局转机的一个难得的历史机遇。毛泽东预示到，由中国共产党及早召开一个新型的政治协商会议，这既可与南京的“行宪国大”相抗衡，又为新中国的筹建迈出重要的第一步，时机不可多得，机会不容失去。毛泽东看上了日历上最近的一个节日——“五一”国际劳动节，他要借题发挥，从政治意义上把纪念劳动节与建立新中国联系起来，并把开国的重要信息传递出去。

刚到城南庄的毛泽东，顾不得连月来旅途的疲劳，顾不得休息和体力的恢复，日理万机，通宵达旦地工作着。为了团结全国人民，结成更广泛的革命民主统一战线，迅速夺取全国胜利，建立新中国，毛泽东在“五一”国际劳动节前夕数天中，开始起草和拟定召开全国政治协商会议的通知。同时，毛泽东为中共中央起草的 23 条《1948 年纪念“五一”国际劳动节》初稿草就后，指示聂荣臻用电话口述给一周前到达西柏坡的周恩来，逐条征求他对“五一”口号的修改意见。4 月 30 日，《中共中央纪念“五一”劳动节口号》通过新华社正式对外发布，同一时间，新华广播电台也进行了广播。

5 月 1 日，蒋介石的南京国民大会宣告“隆重闭幕”，而中共中央即选定这个时机在《晋察冀日报》第一版上郑重刊发了纪念“五一”国际劳动节的口号，其中令蒋介石暴跳如雷的刺眼文字是：

“打到南京去，活捉伪总统蒋介石！”

“各民主党派、各人民团体及各社会贤达迅速召开政治协商会议，讨论并实现召集人民代表大会，成立民主联合政府！”

“全国劳动人民团结起来……巩固和扩大反对帝国主义、反对封建主义、反对官僚资本主义的统一战线，为着打倒蒋介石，建设新中国而奋斗！”

“五一”口号是中国共产党建立在对时局的正确分析、判断基础上作出的公开政治主张，是中共统一战线思想在新的历史条件下的发展，它符合全国人民的意愿。

中共中央的“五一”口号发布后，立即得到各民主党派、人民团体和无党派民主人士的热烈响应，纷纷来信来电拥护中国共产党关于召开政治协商会议、建立民主联合政府的主张。

5月1日，毛泽东在起草了中共中央关于召开全国政治协商会议的通知后，又以个人的名义，致函民革中央主席李济深和民盟中央常委沈钧儒，派在香港领导隐蔽工作的潘汉年去李济深、沈钧儒处面交此信，信中建议：

“在目前形势下，召集人民代表大会，成立民主联合政府，加强各民主党派、各人民团体的互助合作，并拟订民主政府的施政纲领业已成为必要，时机亦已成熟。国内广大民主人士已有了此种要求，想兄必有同感。但欲实现这一步骤，必须先邀请各民主党派、各人民团体的代表开一个会议……此项会议似宜定名为政治协商会议。一切反美反蒋党的民主党派、人民团体，均可派代表参加，不属于各民主党派、各人民团体的反美反蒋党某些社会贤达，亦可被邀参加。”

“此项会议的决定，必须求得到会各民主党派、各人民团体的共同一致，并尽可能求得全体一致。会议的地点，提议在哈尔滨。会议的时间，提议在今年秋季，并提议由中国国民党革命委员会、中国民主同盟中央执行委员会、中国共产党中央委员会于本月内发表三党联合声明，以为号召。此项联合声明，弟已拟了一个草案，另件奉陈。以上诸点是否适当，敬请二兄详加考虑，予以指教。”

毛泽东的这一举措果然使一大批受到国民党压制、但又没有还手之力的民主党派和社会各界进步人士，犹如在乌云翻滚的迷雾中见到了光明，有了政治上的归向。在南方国民党统治区、在香港、在海外的各界人士也引颈北望，纷纷响应“五一”口号。于是，城南庄与全国和海内外之间飞鸿传电，信使频繁往来，亿万民众的目光搜寻着中共中央这个深隐在太行山麓的神秘小山村，地处穷乡僻壤的城南庄顿时热闹起来。

5月4日，远在南洋新加坡的著名华侨领袖陈嘉庚第一个致电毛泽东，明确表明自己的政治立场，响应中共中央的“五一”号召，希望早日召开新政协，建立人民民主的联合政府。

5月5日，在香港的各民主党派领袖李济深、何香凝（中国国民党革命委员会），沈钧儒、章伯钧（中国民主同盟），陈其尤（致公党），彭泽民（中国农工民主党），李章达（中国人民救国会），蔡廷锴（中国国民党民主促进会），谭平山（三民主义同志联合会），郭沫若（无党派）联合致电毛泽东，同意召开新政协会议，成立民主政府。来电说："读贵党'五一'劳动节口号第五项：'各民主党派、各人民团体及社会贤达，迅速召开政治协商会议，讨论并实现召集人民代表大会，成立民主联合政府。'适合人民时势之要求，实符同人等之本旨，何胜钦佩。"并表示要"通电国内外各界暨海外侨胞共同策进完成大业"。致公党在宣言中说：中共的政治态度和立场，是代表全国革命阶级和一切爱国民主阶层的。

"五一"口号在海外也引起了强烈反响，当时流亡于美国的著名爱国将领、国民党中央常委冯玉祥发表告同胞书，呼吁和平，并决定启程回国。美国友人、作家史沫特莱在给老朋友朱德的来函中说："无论如何，我已经知道，建立新的中国终于成为现实，世界再也不会是老样子了。我活着看见我最大的愿望实现了，我将支持新中国直到我死的那一天。"

毛泽东接到来自香港的信件后，已是7月底，他即于8月1日给各民主人士复电："5月5日电示，因交通阻隔，今始奉悉"，"诸先生赞同敝党5月1日关于召开新政治协商会议，讨论并召集人民代表大会，建立民主联合政府一项主张，并热心促其实现，极为钦佩"。并强调指出："现在革命形势日益发展，一切民主力量亟宜加强团结，共同奋斗，以期早日消灭中国反动势力，制止美帝国主义的侵略，建立独立、自由、富强和统一的中华人民民主共和国。"10月10日，各民主党派联合发表告同胞书，谴责南京蒋介石政府的独裁残暴统治和窃权卖国罪行。在此前后，一些民主党派和人民团体代表人物陆续进入解放区，与中国共产党筹商召开新的政治协商会议。

"五一"口号的发表，给月初刚刚闭幕的国民党政府"行宪国大"以致命一击，使蒋介石反动集团陷入彻底孤立，中国共产党则得到了全国广大人民群众和各界民主人士的信任和拥护，这使毛泽东所领导的夺取全国胜利、建立新中国的伟大斗争有了更加巩固的政治基础。

毛泽东在各地民主人士来到解放区后，工作更加忙碌。他从前线战争方面腾出一部分精力，亲自过问统一战线和筹办新政协的工作，并交由周恩来亲手去抓落实。不久，在周恩来的精心安排下，一条以北方解放区沿海岸到香港的海上秘密交通线悄悄地形成了。中共中央统战部根据毛泽东的指示，在大连创设了一家“中华贸易总公司”，设置了电台，随时保持与党中央的联络。贸易公司租用了外国船只，往返于大连、朝鲜和香港之间，从解放区运出大豆、毛皮、猪鬃等土特产品，又从香港装回西药、电讯器材、纸张和汽车配件等物资。

周恩来委派在大连的钱之光以解放区救济区总署特派员的名义，前往香港，会同中共华南分局领导人方方和潘汉年等，运用这条海上运输线，把滞留在香港的民主人士一批一批地秘密送到解放区，参加政治协商会议。沈钧儒、谭平山、蔡廷锴、章伯钧、郭沫若、马叙伦、许广平、沙千里、李济深、茅盾、朱蕴山、章乃器、柳亚子、马寅初、翦伯赞、施复亮、黄炎培、盛丕华等几十位重要著名人士，在毛泽东和周恩来的精心安排下，都陆续安全地到达大连、哈尔滨，有的来到了太行山麓的中共中央统战部驻地李家庄。他们在解放区见面，互道祝贺，精神面貌焕然一新，为召开新政协会议积极地展开工作，就新政协筹备会及新政协的性质、任务进行讨论，与中共中央初步达成了共同协议。

北平和平解放后，中共中央又邀请各界人士从华北、东北去北平，共商建国大事。1949 年春，三大战役结束后，中国革命形势发生了巨大的变化，新民主主义的胜利在全国已成定局，建立新中国的历史任务提到了中共中央的首要议事日程，新政协会议地点的选择，已不是原来所说的哈尔滨，而是拟定在将要建立新中国首都的北平。

毛泽东代表中共中央特别委托周恩来，具体领导筹备新政协的工作，同民主人士、各界代表共商建国大计。1 月 31 日深夜，周恩来打电话给住在平山县李家庄的统战部秘书长齐燕铭和秘书处长周于健等，要他们立即到西柏坡去。

深夜 1 时刚过，齐燕铭等人来到西柏坡，周恩来对他们说：“叶剑英同志来了电报，和平解放北平的协定已签订。你们要连夜出发，赶到北平筹备新政协，这是首要任务。再就是接收三个地方，中南海、香山和北平饭店，拟作为党中央的办公地点。同时，与住在李家庄的周建人、胡愈之等一批民主人士一起去。我已让杨尚昆同志为他们准备了几辆不带篷的卡车。”

2 月 3 日清晨 4 时后，齐燕铭等一行人到达北平，并根据叶剑英的安排参加了当天的入城式。各民主党派、人民团体和无党派人士陆续从西柏坡或全国各地来到了刚刚宣布和平解放的北平，成立人民政府的条件已经成熟。毛泽东决心抓住这一有利时机，积极开展工作，促成新政协的及早召开。

2月16日，中共在北平中南海怀仁堂召开欢迎各民主党派人士的会议，林彪、彭真代表中共中央致词，欢迎这些从各地区来到北平的民主人士，特别安排他们住在北平饭店。在3月上旬的中国共产党七届二中全会上，批准了1948年11月25日中共中央代表与东北解放区的民主人士达成的召开新政协和成立民主联合政府的建议。

毛泽东把代表着中国民主党派的各路“诸侯”精英，逐步从蒋介石国民党政府原来想一统天下的政幕中拉了出来，可谓是狠狠地挖了蒋氏政权的墙角。毛泽东由城南庄到西柏坡，再到北平，不停顿地做着他赢得百川归大海的伟业。而军事上打不过毛泽东，政治上现在又输了个精光的蒋介石真是急红了眼，他授意华北国民党特务机关和军方，要不惜一切代价和手段，先从肉体上消灭毛泽东。一张黑网开始撒向城南庄地区，毛泽东遇险的事发生了！

众说纷纭的城南庄遇险

毛泽东到达城南庄后，本来是准备从这里直接去西柏坡的，但意外的事情却使他从这里转移去了另一个地方。因为中共中央首脑机关秘密转移到华北的情报被敌方获悉，毛泽东在建国前的最后一次历险，便在城南庄住了二十多天后发生了。

这是一个至今仍被许多人传说却众说不一的历险故事。

1948年5月初，党中央在城南庄召开的高级军事会议圆满结束。14日，毛泽东在送走与会人员后很兴奋，整天都未休息，继续忙着处理一些文电。已是深夜，他又给挺进大别山区的刘伯承、邓小平拟了一份长长的电报稿，接着，又起草了召开全国政治协商会议的通知，这时天已破晓。

毛泽东来到院子中，呼吸了几口新鲜空气，伸伸腿，扩扩胸，满意地又散步回到房间。他在将桌子上的文稿和文具稍加整理后，对等候在一边的卫士李银桥说：“银桥，我休息吧。”

李银桥已经准备好开水，取出两片安眠药，看着毛泽东服下。

毛泽东躺下又看了半个多小时的报纸，这才将报纸放在枕边，合上眼睛入睡。

李银桥根据以往经验，看出毛泽东这次合上眼后不需再吃第二次安眠药就可入眠，便轻轻地退出了房间。

房外，曙光初照，已是15日清晨7时多。

军区司令员聂荣臻起床后到外面散步刚回来。他多年来养成一个习惯，每天清晨，按时起床后的第一件事就是出去散步，回来后听新闻广播，然后再去吃早饭。

聂司令员的收音机刚关上，突然，一种奇怪的声音把大家的视听一下子吸引过来。村庄北边山顶上的防空警报刺耳地尖叫起来。

“有情况!”李银桥和警卫人员的心情顿时紧张万分。警卫排长阎长林踮着脚跑来，急切却轻声地问：“怎么办？怎么办？叫不叫醒老头?”这老头的称谓，指的是毛泽东，警卫员之间熟悉了，都这么视毛泽东为父辈一样亲切地称呼，既显得尊重，又保密。

大家心中都万分焦急。按理来说，应该立刻叫醒毛泽东赶快进防空洞，这是警卫人员的职责。特别是这里的房子都是平房，没有延安石砌的窑洞厚实；况且在延安时，敌机一进入陕甘宁边区，电话就打到了延安，防空警报可及时拉响，而在城南庄这里只能在山头上发现从近在北平飞来的敌机，防备时间非常紧张，更应该立刻叫醒毛泽东。但是，警卫人员走进门去，却突然一脚门内、一脚门外地站住了，他们的身体在门槛上前后晃了几晃，就是没有人忍心进去喊醒毛泽东。

因为大家都清楚，毛泽东多年来养成了深夜工作、早晨睡觉的习惯。他不容易入眠，有时吃两次安眠药都难以入睡。卫士们在毛泽东身边感受到最难做的一件事，就是劝说毛泽东休息和睡眠。所以，毛泽东一旦睡着，除非发生异常紧急的事，身边的警卫人员是不愿意喊醒他的。特别是昨晚他又整夜办公，天快亮时才睡着。

一阵机群的轰鸣声渐渐向城南庄上空传来，三架标志有“青天白日”的侦察机刹那间就盘旋在头顶上。修建在村东空阔地上一排排整齐的军区大院平房，目标非常显眼，敌机竟在军区大院上空围绕着转了几圈。

侦察机哼哼着，盘旋一阵飞走了。大家松了口气，但心情仍十分紧张，因为敌人的轰炸机可能很快就会到来。

怎么办呢？叫不叫醒毛泽东呢？如果叫醒，而敌机一时不来轰炸，那就要影响毛泽东的睡眠，特别是会引起他烦躁的情绪，并且几天都难平静下来，伤了身体；若不叫醒，而敌机真的来轰炸，那可怎么办？警卫人员一时拿不定主意，他们既怕影响毛泽东的休息，不敢叫醒他，又怕万一出大事。江青急得在一边直跺脚，也拿不出主意。警卫人员只好跑去找聂荣臻。

这时，聂荣臻听到防空警报后，也正急速向毛泽东住的房间跑来。

聂荣臻的秘书范济生也赶来参加研究，大家商量的结果是暂不惊扰毛泽东，先做好防空准备，如果飞机再来，防空警报一响，再叫醒毛泽东进防空洞；如果敌机不来，那就皆大欢喜。大家就这样抱着侥幸心理守候在毛泽东的住房门口。

警卫人员作了临时分工：有的留在房间内，准备随时叫醒毛泽东；有的站在门口，注视天空，传递信息；有的准备担架，并模拟着抬上担架从毛泽东的房间向防空洞内跑了一趟，用时仅两分多钟，真正做到有备无患。

果然，敌人的轰炸机很快就飞临城南庄上空，毛泽东在此遇险的一幕发生了！

对于毛泽东在城南庄遇险之事，有许多当事人曾撰写过回忆文章，最具有代表性的是时任晋察冀军区司令员聂荣臻的回忆录——《聂荣臻回忆录》（解放军出版社，1984 年 10 月第 1 版）、警卫排长阎长林的《警卫毛泽东纪事》（吉林人民出版社，1992 年 3 月第 1 版）、卫士李银桥的《在毛泽东身边十五年》（河北人民出版社，1991 年 6 月第 1 版）等。但是，这里有一个重要问题是，在毛泽东遇险的具体细节上却存在着很大出入。笔者曾试图考证并理出个头绪来，但最终难果，故在此也不好妄自评说，现根据史料和以上当事人的回忆文章对这一事情的过程作一叙述。在此先根据聂荣臻元帅的回忆和其他有关史料作一梗概介绍：

敌人的三架飞机在城南庄上空盘旋侦察过后，没过多久，天空接着传来一阵沉闷的隆隆声，两架 B-25 型轰炸机斜着翅膀尖叫着飞来，眨眼间窜入城南庄的上空。

“来者不善！”聂荣臻快步走进毛泽东的房间，只见毛泽东身穿蓝条毛巾睡衣，正躺在床上休息。

聂荣臻急切而又轻声地叫醒了毛泽东，说：“主席，敌人飞机要来轰炸，请你快到防空洞去！”

对大多数人来说，谁都非常讨厌在自己熟睡中被别人叫醒。毛泽东也不例外，况且是在他吃了安眠药很不容易睡下后。他不耐烦地问道："什么事嘛?"

"飞机来轰炸了。"

"噢。"毛泽东不慌不忙地坐起来，风趣地说，"不要紧，怕什么！没什么了不起，无非是投下一点钢铁，正好打几把锄头开荒。"他若无其事，没有下床，还是不想动。

聂荣臻急了："主席，敌人的飞机来了，你必须立刻离开这里。我要对你的安全负责。"军区参谋长赵尔陆也急匆匆地跑到了这里，站在聂荣臻的身后，也催促着毛泽东赶快离开房间进防空洞。

毛泽东还是非常镇静地坐在床上，不愿意到别的地方去。房间内的寂静与外面的嘈杂声形成了鲜明的对比。江青在刚听到飞机声时，就已经跑出房间，进了防空洞。

此时，聂荣臻急得脸上都渗出了汗水，毛泽东的生命安全事关重大啊！

"担架!"聂荣臻向紧跟进来的警卫人员命令道。他见毛泽东没有离开这里的意思，心想只有强迫抬走这一招了。

这时，敌机越飞越低，越来越近，情况非常紧急。不能再拖延了！聂荣臻果断地对毛泽东说："不行！全党全军服从组织，这会儿你得听我的!"

担架已经拿来了。聂荣臻向赵参谋长使了个眼色，和警卫人员一起上去就把毛泽东拉下了床沿。

这种"抢人"式的行动，使毛泽东火气大发，他大声训斥着："你们这是干什么！……"但他的身体已被警卫人员架了起来。聂荣臻当机立断，哪还管得了毛泽东的"反抗"，吵吵闹闹中便把毛泽东扶上了担架。聂荣臻和赵尔陆一前一后抬起担架，拔腿就向房外跑。

毛泽东在担架两边的警卫人员保护下，脸朝天，气呼呼地大口喘着气："干什么！放下!"

爆炸声已经在近处响起。毛泽东向天空望了望，看来今天的敌机轰炸不同寻常，他也就不再嚷嚷了。

正向防空洞跑去的工作人员见司令员和参谋长两人亲自抬担架，知道担架上的人肯定就是毛泽东，便跑过来七手八脚接过担架，一阵小跑奔向房后的防空洞。

刚进洞，就听到几声巨响，黑烟冲天而起。小院中，一枚炸弹在毛泽东住房前十多米处爆炸，院内外升起团团浓烟，门、窗发出“噼噼啪啪”的断裂声。敌机一共扔下了五枚杀伤弹，齿状的弹片四处飞蹿。门前走廊支柱上的弹痕，至今犹存。

毛泽东的住房门窗玻璃全部震碎，弹片四溅中，室内器具被毁。人们从防空洞口看到这场景，都倒吸了一口冷气。若是毛泽东再晚离开一步，若是前几天还在此开会的朱德、周恩来、任弼时、陈毅、粟裕、李先念等领导人晚走几天，那后果简直不堪设想！

城南庄军区院内发生的这种对最高统帅连拉带拖的“抢人”行动，尽管显得非常不礼貌，但他们却为毛泽东能“留得青山在”，继续东进天安门城楼赢得了极其宝贵的几分钟。

聂荣臻在后来的回忆录中写道：“这次敌人轰炸城南庄，一共投了五枚炸弹。一枚落到了驻地的东南，一枚落到房后山坡上没有爆炸，一枚正落到小院里爆炸了。其余的两枚炸弹落到了离驻地较远的地方。”

“敌机投完炸弹，就飞走了。我出来一看，敌机投下的是杀伤弹，我们小院里别的房子完好无损。但是，毛泽东同志住的那两间房子，门窗的玻璃震碎了；房里的两个暖水瓶，被飞进去的弹片炸碎了；还有买来的一些鸡蛋，也被弹片崩了个稀烂。看到这些，我心里未免后怕起来，如果不是刚才当机立断，事情的后果是不堪设想的。”

卫士李银桥和警卫排长阎长林的回忆，与聂帅的回忆则有所不同。据他们回忆，这段往事的经过是这样的：

当城南庄北山上的防空警报又拉响时，警卫人员已经不能再犹豫，阎长林大声喊道：“照彭老总说的办！”在撤离延安时，彭德怀曾对阎排长讲过：“关键时刻，在危急情况下，不管主席同意不同意，你们把他架起来就跑，到了安全的地方再讲道理。主席会原谅你们的。”

警卫人员在阎排长的一声令下后，破门而入。李银桥冲在最前面，几步跨到了毛泽东的床前，叫道：“主席，主席，有情况！”

“哪个？”睡意正浓的毛泽东朦胧着双眼，很不愉快地嘟囔着。

“主席，敌机要来轰炸了。刚才已经来过三架侦察机，现在防空警报又响了，肯定来的是轰炸机，请主席赶快到防空洞去。”阎长林一边大声报告，一边已不容分说地把毛泽东扶起坐在床上。李银桥顺手抓过棉衣，披在了毛泽东的身上。

“给我拿烟来。”当毛泽东从睡梦中惊醒，终于从几个卫士紧张的说话和行动中明白发生了什么事，却显得非常镇静，不慌不忙。

李银桥急得大喊道：“主席，来不及了!”

“丢炸弹了吗?”毛泽东仍毫不在意地问道。

“刚才是侦察机，没有丢炸弹。这次来的是轰炸机，一来就会丢炸弹，丢下来就跑不及了!”阎长林急得都快跳起来，因为从房间到防空洞还有一百多米远，行动稍微迟缓点，就会带来非常可怕的后果。

“丢炸弹有什么了不起？先给我点一支烟吸。”毛泽东的话里已有几分命令的口气。起床后先抽上一支烟，这是他多年来的习惯。

这时，江青神情慌张地跑进房间，叫喊着：“快快快！飞机下来了!”她见房间内僵持的局面，转身又跑了出去，边跑着边喊叫，进了防空洞。

飞机隆隆的声响已在头顶上，再也不能迟疑了！李银桥不知从哪里来的勇气，粗鲁地将手一下子插入毛泽东的腋窝下，与阎长林、石国瑞和孙振国等警卫人员搀扶起毛泽东就向外跑，毛泽东身上披的那件棉衣也随着大家你推我拉掉在地上，跟在后面的卫士只好捡起跟着跑。拿来的担架也来不及用了。

“快呀！快呀！飞机要丢炸弹了！飞机要丢炸弹了!”聂荣臻司令员也来到门口，他催促着。

几个卫士刚架着毛泽东出房门，突然一阵呼啸声从天而降，三枚捆成一束的炸弹“咕咚”一声砸在了毛泽东和卫士们面前，尘土飞扬。

防空洞中传来了江青的尖叫声：“啊!”

然而，这三枚炸弹落地却未爆炸，引信失灵，是哑弹。

“快跑!”几乎是所有的人都在大喊。大家的冷汗都被吓出来了。

聂荣臻指着防空洞那边，边跑边急促地挥动着手，大声喊道：“快呀！快！飞机又丢炸弹了!”

四名警卫人员保护着毛泽东，几乎是把毛泽东拖起在跑。这些平时最听毛泽东话的卫士，此刻却不能听他的。毛泽东显然是很不习惯这种“走路”法，试图甩开卫士们的手，并连连说道：“放开，放开我！我不要跑了。”

警卫员们在这时哪能管得了这么多，毛泽东的生命对他们来说，是天下最大的事。所以，他们不管毛泽东怎样喊叫，仍是架着拖着出了军区大院后门，向山脚下的防空洞快跑。

“哐咚!”毛泽东的身后发出震耳欲聋的炸弹落地爆炸声，背后的院子里，尘土飞扬，浓烟滚滚。

毛泽东在防空洞口，喘着气说：“不要紧了。它轰炸的目标是房子，我们离开房子就安全了，还慌什么。”因为四名警卫员还在前拉后推地把他向防空洞内拉。

“主席，到里边去吧。”李银桥催促着，并把棉衣披在毛泽东身上。

“给我点支烟吸，我还没吸烟呢。”毛泽东站在洞口没有再向里走。刚才的历险对他来说，好像根本没有发生。

聂荣臻也跑到了洞口，紧张地说：“主席，快到防空洞里去，洞口危险。”

毛泽东却没有理会聂荣臻的话，而是开玩笑似的说：“看，我一来，敌机就把你们的大院炸了。”

“主席，快进洞里去。”聂荣臻再三催促说。

“等一等。在这里就很保险了，飞机的炸弹炸不到这里，在这里看飞机丢炸弹最清楚。”

“主席，你必须离开这里，我要对你的安全负责!”聂荣臻为毛泽东的安全而惊慌的神色并未完全安定下来。

毛泽东不好再让聂荣臻和卫士们为难，这才转身走进防空洞。

敌机扔下炸弹后，吼叫着飞走了。院子中成梅花形炸出了几个弹坑，而惟独中间那三枚炸弹未爆炸。毛泽东走出防空洞后，很想来看看这见了他的面竟然“未敢爆炸”的炸弹，但警卫员们怎敢再让毛泽东走近这不知何时就爆炸的“怪物”。毛泽东只好带着遗憾的神情，从远处看了几眼，走开了。

以上“三枚哑弹落在院中”的说法系李银桥的回忆。但据阎长林回忆，未爆炸的炸弹是一枚，不是三枚；是落在了院墙外，而不是落在了院子内。阎长林在《警卫毛泽东纪事》一书中写道：

当毛泽东听说院墙外有一枚未爆炸的炸弹后，说：“对，我也清清楚楚地看到，丢在那里的炸弹没有爆炸嘛。走，咱们去看看。”

阎长林说：“不要去了，那有什么好看的。”

“你这样就不对了，你们能看，我为什么就不能看呢?”

“敌人丢的也许是定时炸弹。”

“是定时炸弹也不怕。敌人怎么会知道我们现在去看炸弹呢？没有事，你们不要有那么多的顾虑。”

毛泽东在警卫人员的护卫下，来到院墙外，看到在一个深深的大坑中，一枚没有爆炸的炸弹像死猪一样躺在土坑中。

在大院门口，阎长林指着哨兵对毛泽东说："在敌人的飞机丢炸弹的时候，我们警卫班的哨兵和带班的两名同志一直坚守在岗位上，他们利用院内的流水沟作掩护，没有受伤。"

毛泽东听后高兴地说："很好嘛！敌人没有什么可怕的，丢了几颗炸弹就跑了。看来他们是没有炸弹了。如果他们的炸弹多，又发现了我们这个目标，就会把这里炸平。这样，他们才好到蒋委员长那里去领功受奖呀！这次来了几架飞机，才炸毁了两间平房，这说明他们确实没有办法了，只能等着我们去收拾他们了。"

由以上内容可见，关于毛泽东在城南庄历险的经历，具体情节是不尽相同的。主要分歧点在于：究竟是谁先叫醒了毛泽东？毛泽东是被人用担架抬进防空洞的，还是被别人搀扶着走进了防空洞？敌机扔下的炸弹究竟有几枚？还有一个关键的问题是，扔下来的炸弹究竟有几枚哑弹？哑弹丢在了院内还是院外？因为这是"毛泽东热"中曾被人大肆渲染毛泽东能"逢凶化吉"的主要题材，这些问题是应该弄清的。

敌机虽然飞走了，人员也没有伤亡，但城南庄的人们开始觉得问题有点蹊跷。

聂荣臻严肃地询问军区保卫部的许建国部长："飞机轰炸时，有没有敌特活动?"

"现在还没有发现敌特活动。不过，今天飞机来轰炸，肯定有坏蛋告密。毛主席、朱总司令、周副主席、任弼时等中央首长在这里住了二十多天，敌人肯定得到了情报才来轰炸的。"许建国谨慎地回答说。

"肯定有坏蛋告密。你们要抓紧时间破案!"聂荣臻的神情非常严峻。

事情很显然，从敌机轰炸的情况看，可断定敌人已经知道毛泽东来到了城南庄，而且知道毛泽东住房的具体位置和他夜晚办公、清晨刚刚睡下休息的生活工作习惯。那么，敌人是怎样知道这些情况的呢？问题很显然，一定是内部出了奸细！

聂荣臻感到了事情的重大。奸细是一定要查出的，但当务之急是要立即对毛泽东进行特殊保护。可以推定敌人在得知未取得"战果"后，还会派飞机再来轰炸一次，或想出另外的谋害办法。情况非常紧急，聂荣臻决定让毛泽东离开这里，转移到别的地方去。他想起了自己在前几年住过的一个名叫花沟的村子，当地人又称为花山，在城南庄东北，离这里不到十公里，地形比较隐蔽，自然防空条件好。

为了对毛泽东的安全负责，次日早饭后，聂荣臻向毛泽东提出了向花山转移的建议，毛泽东表示同意。

5月16日，毛泽东转移到了花山村。

聂荣臻在毛泽东转移后，立即着手清查内部奸细。他反复思考，是谁会把毛泽东来城南庄的消息传送给国民党呢？这个消息又是怎样送出去的呢？毛泽东来到这里已经近一个月，军区对毛泽东住的地方，都进行了特别的控制，只有经过严格审查的服务人员才能来到这个小院。可内部这些整天都见面的人哪个又是奸细呢？为此，保卫部把平时能进出小院的人员都列入了怀疑对象中。有几个人被怀疑为重点涉嫌人物，但暗中监视了许久，终因缺乏真凭实据，不能破案。这件事只好拖了下来，成了一个未决悬案。

直到大同、保定解放后，从敌人档案里才查清城南庄遭敌机轰炸的原因。《聂荣臻回忆录》中记载："当时军区司令部管理处，在王快镇开设了一个烟厂，这个厂的经理孟宪德，不知在什么时候，被国民党特务收买了，暗中加入了特务组织。以后他把军区司令部小伙房的司务长刘从文也拉了进去。这两个家伙被任命为上尉谍报员，他们除了向敌人提供情报外，在毛泽东同志到来以前，孟宪德还曾经把几包毒药亲手交给了刘从文，命令他寻找适当时机，把毒药放在我和别的领导同志的饭菜中，企图毒害我们。但由于刘从文害怕被发现，没敢下手，这个阴谋没有得逞。毛泽东同志来到城南庄之后，我指派专人给毛泽东同志单独做饭，采取了比较严密的防范措施，其他人员无法接触，这就保证了毛泽东同志的安全。

这个案子查清楚了。敌机轰炸城南庄，是孟宪德、刘从文给敌人送的情报。经查对，犯罪证据确凿，罪犯供认不讳，由当时的华北军区政治部副主任张致祥同志主持，经过正式审判，依法判处了死刑。案件报到我这里，我看一切都符合法律手续，就批准枪毙了这两个特务。"

城南庄的这次敌机轰炸，可说是有惊无险，庆幸的是包括当地的老百姓在内没有伤亡一个人。但是，在这件事过去整整20年后的1968年10月，江青却别有用心地在党的八届十二中全会上诬陷聂荣臻曾蓄意谋害毛泽东，说："1948年，毛主席刚到阜平县城南庄，不几天就遭受敌机轰炸，炸死了许多人，毛主席险些遇害。事后查明，这是有人阴谋暗害毛主席，指挥敌机轰炸的特务电台就设在军区司令部，后来又把与此事有关的特务分子处决灭口。”这当然是无稽之谈。

敌人的轰炸和谋害，终究没有伤到毛泽东一根毫毛，他从城南庄转移到了花山村，仍然继续着他的伟大事业。花山，一个多么动听的地名！诗人毛泽东在这里一定会浮想联翩，由此在字里行间、在中国大地作出美丽的诗章来。

穿上新衣服等待在花山，欲走有生以来路程最长的一次远征

敌机对城南庄的轰炸，迫使聂荣臻不得不对毛泽东的安全作特别的考虑，极力劝说毛泽东必须立刻离开此地。毛泽东在听取了聂荣臻的建议后，为了防备敌人的再次空袭，决定搬离城南庄，但由于毛泽东考虑到即将准备办的大事，他并没有直接迁往中共中央所在地西柏坡，而是在城南庄附近另外找了个比较僻静的地方住了下来。

5 月 18 日傍晚时分，毛泽东即突然下令：他要同几个随行人员搬到花山村去住。花山村是抗战时期晋察冀军区司令部所在地，住房、防空设施都有，地形也比较隐蔽。

在毛泽东搬到花山村后的第三天清晨，十余架敌机果然再次袭击城南庄，从早到晚，轮番轰炸。毛泽东站在花山山头，对城南庄发生的一切看得十分清楚。这次轰炸不仅来势很猛，而且投弹目标很准，也很集中。隐藏在城南庄和石家庄的敌探的情报，对指示目标起了重要的作用。但由于毛泽东和聂荣臻防备及时得当，敌机白扔下了一堆废钢铁，却没伤着毛泽东一根毫毛，而那个隐藏在军区司令部内部的敌探终于露出了尾巴，后被清查出来，得到了应有的惩罚。

敌机对城南庄的这次袭击一直持续到深夜，毛泽东和大家在这天都没有得到很好的休息，也就没有能够按时吃饭。几天后，国民党特务机构并没有探听到毛泽东被炸的消息，倒是怀疑起侦探们所提供的关于毛泽东住在城南

庄的情报有假，也就不再派飞机到城南庄地区来狂轰滥炸了。

情况安定下来后，毛泽东常常走出村庄到野外散步。这个小山村周围山高谷深，树木茂盛，环境幽雅，一条潺潺溪流从村中欢快地流过，毛泽东的住房就在小溪的南岸边。毛泽东和聂荣臻常常沿着这条小溪南岸或踩着溪流中的石墩到河流北岸，他们边走边谈，论说着中国革命的大事。

正值百花盛开、争芳斗妍的季节，山清水秀的乡村田园景色分外宜人。聂荣臻介绍说："这一带是老革命根据地，抗战时期，军区经常住在这个村。"

毛泽东深深地呼吸了一口山野特有的清新空气，高兴地说："这里的环境幽静宜人，在这里生活的人肯定可以长寿。"

聂荣臻又介绍说："这几天主席太累了，在这里好好休息吧。这里有个洗澡的温泉，主席去洗洗澡吧。"

"好啊!"毛泽东一听说有洗澡的地方，脸上绽开了笑容，他对在水中游泳是有着特殊感情的。

温泉距离花山村 15 公里，在周围很有名气。晋察冀军区在这里建有一个简陋的疗养院，几排平房坐落在热气腾腾的温泉蒸汽中，十多个泉水口喷涌着温泉水，在沟中连成了一条小河。人们既可在泉水口附近露天洗，也可以到房间内修建好的温泉水池中去洗。次日中午，聂荣臻便派范秘书陪同毛泽东乘车专程来到这里洗澡。

毛泽东问范秘书："用温泉洗澡，治什么病效果最好?"

"到底治什么病效果最好，卫生部门也没有搞清楚。看来，对治疗皮肤病、关节炎和神经衰弱的效果还是比较明显的。"范秘书回答。

"温泉水很宝贵，我们应当很好利用。这一带的温泉，现在就应当很快地把它建好，不仅军队在这里搞疗养院，地方政府、老百姓都可以来这里洗澡。将来全国解放了，像这类地方都应很好地利用起来，为人民造福。"毛泽东说。

毛泽东在工作人员的安排下，来到一座温泉房间内，脱掉衣服，跃入池中。

洗完澡后，毛泽东愉快地对范秘书和卫士们说："这次洗得真是太好了。不知有多少年了，还没有洗过这么痛快的澡呢。在重庆的时候，那里虽然有条件，但因为工作太紧张了，洗个澡也洗不痛快。在延安是经常洗澡的，但那时用水比较困难，还要用牲口去驮水，热水还要一盆一盆地端，就那么一个洗澡盆，一次用一盆水也就可以了。今天在这里洗得真痛快。”

天色渐渐暗下来，在由温泉返回花山的路上，据当时陪同毛泽东一起去温泉的警卫排长阎长林回忆，毛泽东说起了自己的生活习惯。他说：“我多年来养成了白天睡觉、夜间工作的习惯，想改变这个习惯看来很困难。经过一年多的战争环境，这个习惯也没有改变过来。看来，除非没有工作而整天休息，才可能把这个习惯改变过来。如果再过若干年，我告老还乡，这种夜间工作没有对象了，没有目的了，到那时，就会改变这种习惯。否则，是改变不了的。”

“主席是人民的领袖，是党的领袖，根本不存在告老还乡的问题。”卫士们说。

“老了，没有用了，就得告老还乡。”毛泽东说得很坦然。

从生理上讲，他是刚步入老年之列，但在政坛上，他这个年龄可说是正值“风华正茂”的花期。此时的毛泽东从内心讲，他是不会感到自己的衰老的，他几十年为之奋斗的民族解放事业还需要他作最后的冲刺。他在花山村洗温泉、散步，看似很清闲，其实，心中正在酝酿着他有生以来路程最长的一次远征。

一天上午，聂荣臻司令员对警卫排长阎长林说：“你们除了留下岗哨以外，都坐车到后勤供给部去，他们要给你们发衣服、发鞋袜。”

毛泽东的卫士们每个人都领到了一身当时要算时髦的卡其布新衣服和新鞋新袜子，大家那个兴高采烈劲儿就别提了。

但大家在高兴之余，又联想到为什么在这时要给卫士们换装。于是，七嘴八舌地纷纷议论起来，有的说：“这可能是和在陕北时一样，毛主席要留在这里和晋察冀部队一起行动，狠狠地打它几个漂亮仗，然后再到西柏坡去。”

有的卫士则不同意那种猜测，说：“上前线打仗，为什么还要穿新衣服呀？我们穿的衣服虽然已经旧了，但这毫不影响和敌人打仗嘛，而且现在我们领到的衣服又是这样新、这样好。你看这相当漂亮的美国卡其布做的外衣，我们以前见都没有见有人穿过。这白洋布做的衬衫，倒是见有人穿过，那是在延安时，中央委员和机关部门的最高负责人才能穿。还有这些新鞋、新袜子、水壶、挎包和毛巾等，哪一点像是要上前线打仗的样子？要打仗了，多发几颗手榴弹，发支好枪才是。”

有的卫士猜测说：“是不是北平的敌人投降了，咱们要跟毛主席去谈判？”

“我看不像去谈判，如果要是去和敌人谈判，肯定是周副主席去。”

“现在情况变了，不是重庆谈判的时候了。那时，毛主席亲自去重庆与蒋介石谈判。现在，哼！蒋介石别想再做那个梦了，就是他提出来要谈判，毛主席也不会去。”

卫士们的争论还没有停息，聂荣臻领着一个人来到毛泽东的住处门前，对守卫在门口的卫士解释说：“这位是裁缝师傅，给主席量体做衣服来了。”

几个脑袋凑在一起正分析着为什么发新衣服的卫士们，一见连毛泽东也要做新衣服，更加猜测道：“我们一下子都穿上了新衣服，看来这里面必定有原因，肯定要有新的任务了。”但是对于究竟执行什么任务，卫士们却是一直蒙在鼓里的。他们也只有私下里猜测的权利。只是当他们见裁缝还给中央办公厅副主任、俄语翻译师哲也量了身体尺寸，便进一步猜测到：看来是要与苏联人打交道，去苏联！师哲是俄语翻译嘛。

这期间，中共中央机关的全体工作人员早已由周恩来、任弼时等领导人带领离开了城南庄，住到了平山县西柏坡中央工委所在地，惟独毛泽东带着极少的人员迁住花山。这其中的确是有原因的。

在当时，毛泽东的这一隐身谜踪因由只有少数人知道。这就是毛泽东原来计划只带六七个人出国访问苏联，路线选定的即是由花山出发，经内蒙古到外蒙古，再由苏联派飞机来接。毛泽东刚到城南庄时，中共中央即作出由毛泽东亲自出访苏联的决定。毛泽东要与斯大林商谈建立新中国的大计，争取新中国成立时立即得到苏联的承认和援助。中央机关着手组织一个精干的代表团，准备乘吉普车直往中苏边境。

据《聂荣臻回忆录》，有一天，毛泽东这样问聂荣臻：“我身体最近不太好，斯大林捎信来说让我去苏联休养，你说我是去好，还是不去好？”

聂荣臻回答：“斯大林邀请你去莫斯科，这固然是一番好意，如果主席要去的话，我们可以护送到东北。但是，如果主席征求我的意见，我觉得还是不去为好。因为根据现在的情况，护送主席到东北，一般说没有问题。不过处在战争环境，难以有绝对把握。其次是你现在的健康状况已经相当差，再长途跋涉，就更不利，请主席三思。”

“也是。那好，我考虑一下再作决定。”毛泽东说。

但是，以民族利益为重的毛泽东，在这时实际上是不会考虑个人身体状况如何的。他还是做好了去苏联的准备，他要亲自与斯大林谈谈中国革命和中国共产党的实际情况，争取苏联政府的理解、支持和援助。所以，毛泽东和他的贴身保卫人员即开始制作出国的服装。他从城南庄迁来花山，即是在征询斯大林的意见，等待着苏联共产党的回音。

一天下午，卫士们随毛泽东跨过房后的小溪，到村北去爬山。大家聊天的话题很快扯到了做新衣服上。毛泽东先问道："你们知道为什么我们在这里住这么长时间吗?"

排长阎长林急着说道："主席，我猜是要到苏联去了。"

"你怎么能猜测到是要到苏联去呢?"毛泽东笑着问。

"晋察冀后勤部给我们警卫班每人都发了衣服、鞋袜、挎包和水壶，我们也看到主席做了衣服。周副主席和任弼时同志都没有做衣服。如果主席没有特殊行动，恐怕主席你不会做新衣服，做了新衣服你也不会要。我们警卫排也不会发那么好的衣服。而且主席你曾经说过，有些问题要向斯大林解释清楚的呀。"阎长林推论道。

卫士李银桥也推测说："主席身上的衣服全是补丁摞补丁，补都补不住了，可就是不肯换新的，说节约一件衣服，前线就可以多几颗子弹。这次主席答应做新衣服，肯定是去苏联，在国内，主席才不在意穿什么衣服呢。"

毛泽东又问："你们想过没有，现在，全国战局这么紧张，我到苏联去干什么呢?"

李银桥回答："主席，你到苏联可以让斯大林多援助我们一些武器嘛，早点打倒蒋介石，建立新中国。"

"哈哈!"毛泽东放声地笑了，"叫斯大林援助武器不如叫美国多援助蒋介石，蒋介石才是我们的运输大队长，给我们送武器不要收条，也不要钱，那多好呀!"

卫士们被毛泽东这乐观、诙谐的语言逗乐了，争着说道："那也得与斯大林说说，请他们跟蒋介石断绝关系，不要给蒋介石武器了。援助中国就直接交给我们。"

有的接着说道："对，可别再像抗战时那样，援助中国的武器，蒋介石不但不分给我们一些，还用这些武器打我们。"

毛泽东微笑着说："是呀。我们要在解放区召开新的政治协商会议，成立联合政府，不仅在国内要做好准备工作，在国际上也要做好准备工作。在国际上，要有人支持才行，才能站住脚。不然的话，在国内外的影响就不大，说话也就没有分量。必须首先向苏联老大哥说清楚，我们虽然不是一党制政府，但共产党是执政的党，所实行的路线、方针、政策，既具有中国的特点，也符合马克思列宁主义的原则。这种性质的国家政府，还没有先例，说清楚了，免得发生误会。”

“我也做了衣服。”毛泽东继续说道，“你们也发了衣服，我也想到你们会在猜测，周副主席和任弼时同志都到平山去了，我们住在这里干什么呢？你们还是想到了要到苏联去，要求苏联政府承认我们的新政府，与国民党政府断绝外交关系。苏联能带个好头，其他社会主义国家也能这样做。我们在这里等了这么久了，还没有定下来。现在，我们是万事俱备，只欠东风了，就等斯大林的最后答复了。考虑到在我们国内行动的路线不方便，来回时间太长，也许去不成了。”

毛泽东说到这里，开玩笑地问卫士们：“你们愿意去吗？路程可远得很呀！还要过封锁线，还要派部队护送，危险得很呀！还要走沙漠地带，也是非常艰苦呀！你们说，咱们去好，还是不去好？”

卫士们争着说：“只要是工作需要，不管是走路，过沙漠，还是过封锁线，什么艰难险阻都挡不住我们。”

毛泽东静听着大家的论说，他没有再说什么，而是走在最前面，带头继续向山顶上爬去。

在山峰上，大家坐下来休息。毛泽东望着远处天地相接的地平线，说：“我们有了强大的武装力量，就能和国民党反革命集团作针锋相对的斗争。蒋介石不承认我们，说我们是‘共匪’。我们有了自己的政府，也不承认国民党的反动政府，也要宣布他们是非法的，也要宣布他们是蒋匪军。我们建立的代表人民意志的中国政府，不仅会受到中国绝大多数人民的拥护，而且也会受到全世界一切爱好和平的人民和国家的承认和支持。在平等互利的条件下，建立国家之间的外交关系。这样，在政治、文化、经济等方面，互相都有好处。”

“如果没有西安事变，我们现在会是个什么样子呢？”有个卫士提出了另外一个问题。

毛泽东解释说：“没有西安事变，我们也会发展起来。那时，我们在西北站住脚是没有问题的。我们和张学良、杨虎城将军联合抗日，反对蒋介石的不抵抗主义，也是有可能的。因为他们的官兵对蒋介石太不满意了。日本侵略者进攻中国，蒋介石就挡不住日本鬼子的进攻。这样一来，留在敌后的国民党军队，不投降敌人，就得和共产党联合。不然，他们就存在不下去。在抗日战争中，蒋介石要是不和共产党联合，他失掉的地方就会更多。那样，蒋介石打内战的困难会更多，不会比现在更好。”

大家在天南海北地闲聊着。有的卫士问毛泽东，说：“主席，那些民主党派的领导人和民主人士，在大城市里生活惯了，他们如果怕吃苦，不来解放区怎么办呀？光我们共产党开会，能不能成立政府呢？”

毛泽东很自信地回答说：“应当相信，大多数人是会来的。他们都不满意蒋介石的黑暗统治，有高度的爱国热情。至于吃苦的事情，他们绝大多数在城市的生活也不那么富裕。来到解放区吃点苦，他们的心情也会是愉快的。从政治上来说，这也是件很光荣的事嘛。他们来到解放区，我们是非常欢迎的。有的现在不能来，我们也应当理解他们的难处。”

有的卫士又问道：“主席，我们要在解放区召开新的政治协商会议，成立新的政府，苏联是不是会首先承认我们？”

毛泽东略加沉思后说：“是呀，苏联会首先承认我们这个人民政府的。我们要在解放区召开新的政治协商会议，成立具有中国特点的民主联合政府。这个政府，也是在中国共产党领导下的，要走社会主义道路的。实质上，这也和苏联以及东欧的国家一样。但在政府成员的组成上，就有所不同。这一点，应向我们的苏联老大哥说清楚，他们会理解和支持我们的。我们不能搞一党制的政府。那些在我们最困难的情况下支持我们的民主党派、人民团体和知名人士，他们都有自己的贡献，我们不能忘记他们。如果我们独占胜利果实，在政治上就会失去信任，就会有人骂我们忘恩负义。共产党人是讲信用的，说了话是算数的。统一战线这一条，现在和将来，都要在共产党的领导下发挥重大的作用。这是我们在实际斗争中总结出来的成功的经验。”

5月底，斯大林的回电终于等来了。斯大林对毛泽东说：“我们欢迎你来访，但中国解放战争正处在紧要关头，战斗还很激烈，在这个时候，统帅不应离开自己的岗位太远了。如果你有重大问题要同我们商量，我们可派一位负责同志——中央政治局委员来听取你们的意见，然后进行协商。你以为如何?”并望毛泽东再三考虑。

由于斯大林的建议，同时国内的交通条件也有困难，毛泽东决定暂缓出访，他等待着苏共中央使者的到来。

去苏联看来一时不会动身了，毛泽东便于5月24日和25日用了两天时间，拟写和最后定稿了《新解放区农村工作的策略问题》和《1948年的土地改革工作和整党工作》两个文件。其中对土改中“左”的倾向作了严厉的批评和纠正。

在花山村毛泽东的住房前面，有一盘碾子。村干部怕影响毛泽东办公，就让群众到别的地方去碾米。这事被毛泽东知道了，他让卫士告诉村干部，不要这样做。

有一天，村里的小学教员张吉新正和父亲推碾子，毛泽东走了过来，他问张吉新：“哦，你是教师，教多少娃娃呀？使用什么课本？”

当张吉新回答使用的是晋察冀边区编的课本时，毛泽东一连说了三个“很好”，并嘱咐张吉新说：“一定要把教育工作搞好，培养好祖国的后一代。”

5月26日，毛泽东由于接到了斯大林不赞成他到苏联的电报，便决定暂不出国，再住在花山就没有意义了。于是，这天下午，毛泽东起床后决定离开花山村，乘车向党中央和解放军总部所在地西柏坡前进。吉普车疾驰在太行山脚下，这是毛泽东离别陕北东渡黄河后长途行军生活的最后一天。

27日，傍晚时分，毛泽东顺利到达西柏坡，和以刘少奇、朱德为首的中央工作委员会胜利会合。与此同时，聂荣臻率领晋察冀军区机关迁到平山县烟堡村。

至此，毛泽东作出指示，晋察冀和晋冀鲁豫两大解放区合并为华北解放区，两地区党的中央局合并为中共中央华北局，刘少奇兼任华北局第一书记，薄一波、聂荣臻分别任第二、第三书记，统一领导华北地区的工作。并决定成立华北行政联合委员会和华北军区，董必武任政治委员，徐向前、滕代远、肖克分别任第一、第二、第三副司令员，赵尔陆为参谋长，罗瑞卿为政治部主任。

毛泽东在城南庄和花山居住了四十多天，在这短短的时间里，他为正确地指导1948年的全国土改和整党工作，加速人民解放战争的胜利，发展和扩大党的革命民主统一战线，作出了一系列的重要指示。城南庄、花山的不平常岁月，是毛泽东进京征途中的一级新台阶。

第二章

放弃建都长春或淮阴的计划，把最后一个农村指挥部定在西柏坡

自长征到达陕北，中共中央先后在吴起镇（1935 年 10 月 19 日～22 日）、甘泉县下寺湾（1935 年 10 月 24 日～12 月 2 日）、子长县瓦窑堡（1935 年 12 月 13 日～1936 年 6 月 22 日）、志丹县保安（1936 年 7 月 3 日～1937 年 1 月 4 日）、延安（1937 年 1 月 13 日～1947 年 3 月 18 日）驻过。在转战陕北期间，党中央在毛泽东、周恩来的率领下，又先后在任家山、枣林沟、王家湾、小河村、朱官寨、神泉堡、杨家沟等地作短暂停留。后来随着战争局势的发展，中国革命的大潮则把太行山东麓的西柏坡推到了时代的浪尖上，使这里成为中共中央指挥中国革命的又一个农村指挥部，也是中共中央在农村的最后一个指挥部。

中共中央在来西柏坡前，曾有过东移长春和南迁淮阴清江浦，建立新中国首都的意图。1945 年抗日战争胜利后的 8 月 26 日，毛泽东在中央政治局会议上说："延安之所以重要，一因打日本，一因蒋介石在重庆，即都是偏安之局。如果蒋回到南京，延安就不重要了。"随着形势的发展，党中央在 9 月 4 日根据所得情报，决定迅速、坚决地争取东北，在那里发展力量。1946 年 3 月 24 日，党中央致电东北局并告林彪等："我党方针是用全力控制长（春）、哈（尔滨）两市及中东全线，不惜任何牺牲反对蒋军进攻长、哈及中东路，而以南满、西满为辅助方向。"25 日，毛泽东致电彭真："力争我党占领长春，以长春为我们的首都。"4 月 19 日，彭真致电党中央并陈云、林彪："对于长春，我们决定采取巩固和确保方针，争取成为我们的首都。"后来，由于国民党军相继占领四平、长春、吉林等地，使中共中央东移长春的计划没有能够付诸实施。

1946 年重庆政治协商会议后，刘少奇 2 月 6 日在中央政治局会议上说："如果改组政府确定了，党中央机关搬到国民政府所在地。"这个地点周恩来明确说，即在苏皖解放区的淮阴清江浦。后随着蒋介石撕毁和平协议，进攻延安和解放区，中共中央南迁的计划也未能实现。

中共中央从延安撤退后，解放战争进入一个新的阶段，全国性的战略决战即将到来。形势的发展，需要中央领导机关尽量靠近决战战场，以便实施更有效的指挥。中共中央分为前委、工委和后委，决定以刘少奇为书记、朱德为副书记的中央工作委员会（简称工委），于1947年夏初先期率部分工作人员从陕北到华北开展工作。

临行前，毛泽东对他们说："你们到白毛女的故乡去吧。"

刘少奇问聂荣臻："白毛女的故乡在哪里?"

聂荣臻回答："据说白毛女出生在平山，那里倒是个富饶的地方。"

朱德仔细地在地图上找到了平山的位置后说："要选一个与全国各地联系较为方便的位置，即交通比较畅通但又不能在大平原上的地方。"

刘少奇接着说："要考虑到最后指挥大决战的适当位置。"

聂荣臻介绍："平山的位置在太行山与华北大平原衔接的地方。那里从抗战开始就是我们的根据地，群众基础好。不过，平山的面积很大，东靠石家庄，西与山西接壤，具体的位置，我看以中间或靠东较为合适。"

1947年5月，朱德派他的秘书潘开文、卫士齐旺臣，由聂荣臻派出的一名联络员相陪同，从平山县沿滹沱河逐村进行考察，最后一致选定了滹沱河北岸柏坡岭前的西柏坡地区。

西柏坡，地处河北省平山县（时归建屏县），是坐落在太行山东麓的一个风光秀美的小山村，滹沱河擦村而过，有着得天独厚的地理战略位置：南临正太铁路，北依革命老根据地阜平、五台；虽地处偏僻，但从这里东行90公里，即是华北重镇石家庄，直出北平；向西可直接退入太行山深处；距平山县城也仅60公里，回旋余地较大。村庄背倚树木葱茏的柏坡岭，村名即因柏树林环绕而得名。全村有近百家农户。自从抗日战争起，西柏坡地区就是晋察冀的老革命根据地之一。这里的群众对中国共产党怀有深厚的阶级感情，为革命作出过巨大的贡献，村党支部曾荣获"模范支部"的光荣称号。

西柏坡依山傍水、正处于山区与平原结合部、能进能退、能攻能守、隐蔽性较好的地理优势，使它成为中共中央选择指挥部所在地的最佳考虑地点。于是，来此考察的秘书潘开文等人绘制了一份地图，向刘少奇、朱德作了汇报。不久，解放战争迅速发展，中共中央机关便由陕北秘密迁移到这里。这里成了当时中国革命的领导中心，是指挥战略决战、夺取全国胜利的最高决策之地。周恩来就说："西柏坡是毛主席和党中央进入北平，解放全中国的最后一个农村指挥部，指挥三大战役在此，开党的七届二中全会也在此。”

中共中央工委到此地后，为了保密起见，对外称作“劳动大学”，朱德是“校董”，刘少奇是“校长”，化名胡服。中央机关的用房，大多是民房，少数是自己动手修建的土屋。为了迎接党中央的到来，工作人员和当地老百姓赶修了部分住房和集体活动场所，并绕村修了一圈围墙。中央工委住在村东头，为了尽量少占用民房，刘少奇和朱德合住在一个院子里。这是一座普通的农舍，分前、后两个小院，朱德住前院，刘少奇住后院。院子里种着枣树、梨树和桃树。

由朱德、刘少奇的住处向前穿过一条200米长的防空洞，有一座三间相通的窑洞式建筑，是中央工委由陕北迁来后才挖的。为了防备敌机轰炸，整个建筑没有用一根木料和土坯，全部用青石砌成，是这个大院中惟一的好房子，一直空着没有用，准备留给毛泽东住。毛泽东来后，他为了照顾朱德，说什么也不住。

朱德在毛泽东的相劝下，只好由前院搬到了这里。离毛泽东住的地方只有几步路远。后来，王稼祥和夫人朱仲丽来后，朱德和康克清又把自己住的这个窑洞让出去一半，朱德笑呵呵地说：“有窑洞就住，有炕就睡嘛，我们不怕挤啰!”这所窑洞的门从右边开，左边是个60厘米见方的玻璃窗户。洞顶糊着纸。在会客室内，摆着一张引人注目的金属桌子和两把金属椅子，这是人民解放军在山东孟良崮战役中缴获的战利品，陈毅把这套桌椅送给了朱总司令。1976年6月16日，也就是在朱德逝世前还不到一个月，他亲自批准将这套桌椅送给了西柏坡纪念馆。

董必武住的小院中种了多种树木，北墙根下的一丛月季使这个小院生机盎然。土炕上铺着延安大生产时织的已破旧的毛毯，一辆纺车放在炕上很显眼。董必武的夫人何莲芝在延安时期就是纺线能手，曾被评为边区的劳动模范，到西柏坡后，仍然坚持纺线。

在中央大院紧靠柏坡岭南坡的山脚下，有五间小平房，这是中共中央作战室，即中国人民解放军总部所在地，震惊中外的三大战役就是在这简朴的小平房内运筹的。作战室的墙上挂满了军事地图，每天，标图员用红、蓝毛线标出战役进展情况。军委作战室每周召开一次总结会，分析一周战局的变化，提出下一步的作战计划和设想。朱总司令常来作战室，作具体的指导，每周的总结会他是必到的。由这里提供的大量军事资料，都要经过周恩来和朱德的认真研究、核对并拿出自己的意见后，才送毛泽东。

沿柏坡岭下一条弯曲的小路，向西南方向走不远，是中央机关礼堂，两个旧碗橱上，放着一摞摞粗瓷大碗，还有咸菜篓、打饭牌。房子中间摆着十多张大小不一的饭桌和几十条长短不齐的板凳。1948 年 9 月的中央政治局扩大会议即在这里召开。1949 年元旦，毛泽东等中央领导人在这里为来自前线的将士举行“新年聚餐”，勉励大家将革命进行到底。

中央大院的西侧，有一所较大的白色房子，1949 年 3 月 5 日至 13 日，党的七届二中全会在这里召开。主席台上悬挂着毛泽东和朱德的照片，两面墙上是鲜红的党旗。

中央其他单位分布在西柏坡附近的村庄里。中央工作委员会来到这里后，集中力量领导了各解放区的土改运动，派出工作组到附近村庄搞土改复查试点，深入发动群众，斗地主分田地，取得了一定的经验，为召开全国土地会议做了大量的准备工作。1947 年 7 月 17 日至 9 月 23 日，中国共产党全国土地会议在西柏坡附近的恶石沟西岸树林里召开，确定平分土地的方针。刘少奇作了报告，会议通过了《中国土地法大纲》，推动了各解放区土地改革运动的深入展开。10 月，中央又作出了《关于公布土地法大纲的决议》，这里成为指导全国土地改革运动的中心。从此，深藏在太行山麓高山丛林中西柏坡地区的滹沱河两岸山村里，出现了彻夜不熄的点点灯火。

1948 年 4 月 23 日，周恩来、任弼时率领中共中央前委来到西柏坡，与先期到达的杨尚昆、邓颖超率领的中共中央后委和刘少奇、朱德率领的中共中央工委胜利会合。

5 月 26 日，毛泽东自阜平的花山出发，于 27 日下午来到西柏坡后，就住在中央机关大院的东部。这是一座分为前、后两个小院的普通农民住宅，有三间紧相连接的农舍，前院通道西边的房外有一个磨盘和一个猪圈。当时，毛泽东对工作人员吩咐，这些东西都不要拆，将来老乡还要用的。磨盘旁边是一棵高大的楸树。

后院的四间北房是毛泽东的办公室和寝室。一间 16 平方米的民房，作为卧室，放有一张双人木板床、一套木制沙发、一张小桌和一把藤椅。隔壁的一间约 20 平方米，作为办公室，也是五大书记开会的地方。窗子上安装了玻璃，房间内显得很明亮。靠北墙边放着四张陈旧的牛皮面单人沙发、一个圆桌和一个茶几，是解放石家庄时的战利品。靠南墙窗下的一侧放着一张旧写字台，是毛泽东的办公桌，桌子上放着茶杯、烟灰盒、台历、墨盒、笔筒、剪刀等常用办公用品，桌子前面是一把旧式的牛皮面转椅，旁边有旧沙发、脸盆架、书架各一个，房间中央是一个烤火用的瓦盆，墙壁上挂满了地图，这就是毛泽东的工作室。毛泽东在这里度过了10个月。其他两个房间是江青和孩子及保育员住的地方。

周恩来住在毛泽东的房间东边，院子里有一棵梨树，一丛竹子。这年秋天，梨树上仅结了两个小梨子，邓颖超还让卫士给房东送去，西柏坡群众至今还传诵着这个故事。

任弼时的住房在毛泽东、周恩来住房的中间，这是一个长条形小院。

在中央前委向西柏坡转移的同时，中共中央的各个部门，包括原来随后委行动的机关，也先后到西柏坡及其周围集中。

中央机关会合后，机构比较精干，当时主要有一厅即中央办公厅，七部即军委作战部（对外称人民解放军总部）、中央组织部、中央宣传部、中央社会部、中央统战部、中央卫生部、中央供给部。住处的安排情况大致是：

中央各位领导、中央宣传部、中央政策研究室、中央军委作战局、中央办公厅机要室和中央办公处所属的警卫、行政、管理、招待、收发等单位和警卫部队，都住在西柏坡。附近的东柏坡住的是汽车队、卫生所、警卫连等。再向东是中央办公厅、中央统战部、外交部、中央卫生部、干部文化学校、中央组织部和中央社会部等单位，分布在东柏坡、南庄、贾峪、洪子店、东西黄泥、郜家庄、李家庄、朱河、和平台、郭苏、苏家庄、岗南、统家口等十多个小村庄。互相之间的距离都不远，联系也很方便。（如今这里成了全国重点文物保护单位。从旧址中央大院向南的门进入院内，一块由曲阳汉白玉作碑体、花岗岩作底座的标志碑树立在这里，上镌刻着“西柏坡中共中央旧址”几个大字。）

毛泽东由花山来到这里后，秘书介绍情况说：“这里的老百姓非常好，为了解决中央机关的住房问题，他们都克服了困难，宁肯自己挤着住，也要把房子腾出来。老百姓的觉悟很高，如果有什么事情，只要政府一提出来，他们就坚决去办。”

毛泽东感慨地说：“我们在陕北的时候，陕北的老百姓非常好。我们到了河北，这里的老百姓也非常好。越是这样，我们越要努力工作，争取解放战争的早日胜利。等革命成功了，让老百姓都过上好日子。”

周恩来、朱德、刘少奇和任弼时听说毛泽东到了西柏坡后，都赶来看望。

“敌人轰炸城南庄，主席受惊了。”周恩来说。

“我听说飞机轰炸城南庄，晚上怎么也睡不着觉，总觉得军区目标太大，太危险。以后，知道你已经转到山里去住了，我才放心。”朱德说。

“敌机轰炸城南庄时，也把我吓了一大跳。大概是我们去的人太多了，暴露了目标，敌人才派飞机来轰炸的。”任弼时说。

正说着，刘少奇走了进来，他双手握着毛泽东的手说道：“在陕北战争中，我们一直为你们担心。没想到在军区驻地，还遇到这么大的危险。”

毛泽东却笑着说：“你们害怕，我倒觉得很好玩。我还是第一次看到飞机在我头上丢炸弹呢。有的炸弹落在地上爆炸了，有的没有响。我看了看住房，屋里炸得很厉害。如果我一个人在屋里睡觉，没有人管我，现在最好的结果是住在医院里，也可能直接到马克思那里去报到了。”

任弼时说：“现在去报到太早了，还是你说的，不打败蒋介石，完不成建立新中国的任务，谁也不能去报到。”

中共中央书记处的五大书记齐集于西柏坡，在战火后重逢，格外亲热。毛泽东对刘少奇说：“你们选择的这个西柏坡，真是个理想的总指挥部。”

中共中央开始了在西柏坡活动的时期。

中央前委、工委和后委的会合，“三委”也就各自完成了其历史使命，不复存在，随即自行撤销，“三套马车”时期宣布结束。中共中央书记处的成员，当时人们习惯称呼的五大书记——毛、刘、朱、周、任，又聚集在一起。毛泽东工作室的外屋正中，放着一张高脚的八仙桌，四周围着四条长凳，五大书记就围坐在这张方桌旁，作出一个个战略决策。

西柏坡成为中国共产党最后一个农村指挥所，中国共产党将其在农村积聚 27 年的武装力量，由此指向城市，完成最后包围城市并夺取城市的伟业。此刻，毛泽东和他的战友们已来到了最后夺取全国政权的历史关口，在天时、人和的有利条件下，又占据了最后出击的最佳地利，这正是毛泽东东渡黄河的伟大意义所在。

周末舞会：
“西柏坡人”难得的轻松生活

1949年1月21日，蒋介石下野。代总统李宗仁上台后发表文告声称“自今以后，政府工作目标集中于争取和平之实现”，并相继进行了许多“谋和”的活动。2月14日，李宗仁国民党政府基于进行“和谈”，派出了以著名外交家颜惠庆为首的“上海民众和平代表团”，以私人名义由南京访问北平，成员除颜惠庆外，还有邵力子、章士钊、江庸，一行共四人。他们于2月22日由北平飞抵石家庄，23日来到西柏坡。同机而来的还有傅作义、邓宝珊两将军。在警卫人员的带领下，他们绕过柏坡岭，再爬上一个小坡，进入后沟西北角的两间白色平房内。当晚，他们在这里受到了毛泽东等中共中央领导人的亲切会见。

毛泽东对这几位在国统区颇有名望、年近古稀的老人非常尊重，在生活上尽最大努力给予照顾。在会谈中也是和颜悦色，既坚持了原则，达到了说理的目的，又循循善诱，不使这些来自南京的客人感到难堪。他重申：实现民主、和平、统一的新中国的伟大目标，基本上有两种方式，即天津方式和北平方式。中共中央的愿望是实现北平方式，希望李宗仁代总统认清形势，按照中共方面所提出的八项条件，真正与蒋介石决裂。

接着，周恩来、李维汉又先后与颜惠庆、邵力子等人进行了两次会谈，对进行正式谈判的人选、地点等一系列问题展开讨论，达成了国共和谈的八条非正式协定，为正式和谈铺平了道路。

27日，颜惠庆等人率团乘飞机返回南京复命。

这些国民党政府的达官要人在西柏坡逗留虽仅有四天，但他们从在这简陋的会客室里的谈话中，得到了许多触及灵魂的东西。他们本是代表国民党政府来说服毛泽东的，然而，结果却是他们被毛泽东说服了。他们逐渐改变了以往对中国共产党的不正确看法，对毛泽东平易近人的风度和与众不同的言谈举止，感到由衷的敬佩；对中共中央领导人住在如此荒凉的小山村，物质生活如此的朴素简单，精神生活却十分富足，感到十分惊讶，“西柏坡人”

的良好形象在他们的心目中也渐渐树立起来。美国驻华大使司徒雷登对这段历史曾有记述，他在所著《在华五十年》（北京出版社，1982年4月版）一书中写道：

“颜博士和邵力子先生又从北平到了石家庄，毛泽东和周恩来当时就住在那里。但是他们到了石家庄才知道还得坐吉普车沿乡村土路到30英里以外的地方去。等到走完全程，他们已累得动弹不得，只好睡觉，第二天早上起来还腰酸背痛。对颜博士而言，这是一次从未有过的经历，同时他们还瞥见到，即使最高层共产党人的生活也是简单朴素的。颜博士惊奇地发现这位著名的共产党统治者原是位友善，有时甚至快活的、和蔼可亲的主人，而不是他早先想象的一个严厉的苦行者。”

由此可见，在司徒雷登的笔下，毛泽东的形象也栩栩如生。一代中共最高领导人的精神世界对司徒雷登和国民党政府官员来说，是一个解不开的谜。“西柏坡人”之间那种融洽、向上、欢乐的场景，曾使许多来此地访问的外界人士在大惑不解后，对中共中央领导人的必胜信心和乐观精神给予了高度评价，也像司徒雷登一样得出了中共领导人并非“严厉的苦行者”的结论。

中共中央领导人和中央机关工作人员在西柏坡的生活虽仍是很艰苦的，但他们在精神上却是富有者，从统帅到士兵或工作人员都表现出了非常乐观的情绪。在这穷乡僻壤，虽然没有都市灯红酒绿的文化生活，却有着都市中所见不到的奋斗献身精神，有着在工作之余都市所没有的独特文化娱乐活动。由于受各种条件的限制，这里的最大娱乐活动大概要数周末舞会了，这是“西柏坡人”当时难得的轻松方式了。

“西柏坡人”的第一次舞会，举办时间是1948年6月5日。

中央机关工作人员在毛泽东来到西柏坡后，为了庆祝中央前委、工委、后委的会合，便提出组织一个舞会，表示祝贺。并想借这个机会，与中央领导们见见面。因为跳舞这种形式比较自由，娱乐气氛也显得热烈。再者，大家都知道中央领导人的工作非常忙，又没有什么业余爱好，跳舞则是一种较好的休息方式。

组织舞会的提议经办公处同意后，地点很快确定在中央机关所在地西柏坡。工作人员为了能让毛泽东和周恩来到场参加，把跳舞场地选在了毛泽东、周恩来和任弼时的住房门前宽敞的打谷场上，并做了两手准备：如果领导人来参加舞会，乐队就在舞场上伴奏；如果领导人因工作太忙参加不成舞会，就让乐队到附近的房间里去伴奏，并把声音尽量压低。

警卫排长阎长林特地向毛泽东作了报告，说：“主席，我们现在到了西柏坡，中央机关的同志已经会合了。为了对首长们表示欢迎，庆祝这个大团圆，周末晚上要组织一个舞会，大家都希望主席能去参加。”

“好嘛，我也想去看看机关的同志们。”毛泽东边看文件边说。

毛泽东要来参加舞会的事定下后，机关里的年轻人都奔走相告，西柏坡如过节日一样。这天刚吃过午饭不久，大家就忙了起来，打扫卫生，布置舞场，把五颜六色的旗帜张挂在四周的房屋和树枝上。

吃过晚饭，天渐渐黑下来，机关的工作人员都相继来到了打谷场。朱德和夫人康克清，刘少奇和正在热恋中的王光美，任弼时和夫人陈宗英先后来到了这里。明亮的汽灯光照中，机关业余乐队在调试乐器，轻奏着乐曲。这支乐队是由机要处的几个年轻人组成的。说是乐队，其实乐器仅有胡琴、锣鼓、口琴等，最好的一件乐器要算一架旧手风琴。

打谷场上悠扬的乐曲响起来了，可毛泽东和周恩来还没有来，大家都焦急地等着，并催秘书叶子龙再去请毛泽东。

“好吧，我先派我的小兵去请主席，他们请不来了，我再去。”叶子龙所说的小兵，是他的孩子燕燕、二娃和毛泽东的女儿李讷。

叶子龙招呼着：“李讷，燕燕，二娃，你们回去把主席拉出来，请他到这里来玩一玩。你们对他说，外面可热闹啦，大家都在跳舞，叫他出来休息休息，他要是不来，你们就拉他来。”

李讷和燕燕、二娃都很听话，跑步进了毛泽东的窑洞。连吵带拖，前拉后推，真的把毛泽东拉出了窑洞。

“好，好，我去，我去。不过，稍等一会好不好？”毛泽东对这三个顽皮的孩子笑着说。

叶子龙也走了过来请毛泽东：“休息休息吧，主席。”

“先让大家跳着，我一会就去。”毛泽东在孩子们的前后簇拥中，虽然离开了办公桌，但似乎有些不情愿很快就走。

“走吧，朱总司令他们都等着你呢。机关的同志们都很想见见你，不会跳舞的也来了。”叶子龙的话说得很恳切。

“我有什么好看的呀。”毛泽东用手牵着孩子们，还有点对办公桌恋恋不舍。

“撤离延安时到河东来的同志们说，有一年多没见过你了，都想见见你。今天来的人特别多，地方上的老乡也都来了。”叶子龙变着法子说服毛泽东尽快挪动脚步去参加舞会。

“那好吧，今天要听你们的指挥。走吧，咱们现在就走。”毛泽东终于放下了手中的文件，在叶子龙的陪伴下走进了打谷场。

毛泽东和夫人江青、周恩来和夫人邓颖超来到舞会上后，大家热烈鼓掌。一些年轻人把他们围了起来，关心地向毛泽东和周恩来提出了许多问题，舞会变成了座谈会。

“主席在陕北战争期间，我们在河东听说您在河西带的武装部队很少，都是中央机关工作人员，被几个旅的敌人追了许多次，很危险，我们真担心啊！我们很想听到河西的情况，可那时的情况又特别的少，真是急死人了。”一大群女青年围着毛泽东问这问那。

“你们为我担心，我还为你们担心呢！延安十多年没有打过仗，战争一来，你们能不能安全到达目的地？我真担心阎锡山来给你们捣乱。因此，就让贺老总特别保护你们。现在我们见面了，你们没有想到这么快吧？我也没有想到这么快。现在看来，整个形势的发展都比我们预料的要快。你们要加倍努力工作，争取全国胜利的早日到来。”毛泽东与大家亲切地交谈着。

“这主要靠毛主席和党中央的英明领导，我们做不了什么事。”女青年们欢快地说。

毛泽东则认真地说：“不，你们说的不完全对。你们都是做重要工作的人啊！比如说，我们写了一份作战计划或作战命令，离开你们机要处的人，就不能发出，就不能指挥全国的作战。如果你们耽误了时机，错过了机会，敌人可能逃跑，也可能转败为胜，我们吃亏。这样一来，战争的胜利就要推迟了嘛。”

毛泽东与大家高兴地交谈着，女青年们“咯咯咯”的银铃般笑声飞向滹沱河上空。

周恩来是舞场上最活跃的人物，只要他一到场，气氛就会顿时热烈起来。他看到大家在一起只顾说话，说：“今天晚上是舞会，不要把这个舞会变成了座谈会。你们看，主席那里那么多人，少奇同志那里、总司令那里、弼时同志那里，都有许多人，舞场里都空了。你们快请主席他们跳舞嘛。”

大家经周恩来这么一提醒，开始步入舞场。几个勇敢、活泼的女青年，拉着毛泽东等中央领导人欢快地跳了起来。沙土石子地的舞场尽管疙疙瘩瘩，一跳起舞来就尘土飞扬，但没人在乎这场地的好坏，都在“嘣嚓嚓、嘣嚓嚓”的乐声中，兴致很高地跳着，在这里，中央领导人在工作人员的眼中，已不再是统帅百万大军的高级将领，一个个都变成了和善又幽默的长者。

毛泽东是喜欢跳舞的。在延安的时候，就经常跳舞，有时还和美国作家斯特朗一起跳。斯特朗在《中国人征服中国》一书中记述道：

“每逢社交场合，没有人梳妆打扮，也没有人换衣服。不管男女，都是一套公家发的粗蓝布服。随着穿用时间的长短和风吹日晒，加上延安没有好染料，衣服都变成了各种深浅不同的蓝灰色。

一周的主要社交活动，就是星期六晚上的舞会，许多党的领导人都参加。朱德几乎每周都来，毛泽东大约一个月来两次，中国乐器和西洋乐器合璧，奏出像‘老黑乔’这样的古老乐曲，这里跳华尔兹舞、两步舞、一步舞，还有一种配合秧歌音乐的四步舞，像是狐步舞，只是摆动要大一步，人们无拘无束，想跺脚就跺脚，想溜圈就溜圈。一些专业舞蹈演员，还把武打搬出来。勤务员‘小鬼们’——在世界其他地方就会把他们算作苦力了，也同党和政府领导人一起欢快地跳舞。如果这种情景出现在蒋介石的南京，或者出现在华盛顿怎么样呢？想到此我不禁笑了起来。在杰克逊时代，我们也许有过这类事情。

环境是艰苦的，然而人与人之间融洽的关系却使苦又变成了乐。舞场的窗户在冬天也敞开着。因为大伙儿跳舞时都穿着棉衣。舞会结束时，常常扭起了秧歌来，直到最后尽欢而散。”

现在，延安的热烈、自由、欢快舞风也被带到了西柏坡。

跳了几场后，周恩来对大家说：“我提议把延安晚会的那个热闹劲儿也带到西柏坡来，会唱歌的多唱几首歌嘛。有的同志表演得不错，也可以在这里表演一下嘛。”

晚会的气氛经周恩来这么一说，更加活跃起来。李伯钊（杨尚昆夫人）、李培之（王若飞夫人）、帅孟奇等人在大家的鼓掌下，走到舞场中间表演节目。有的扭起了陕北秧歌，有的表演京剧清唱，有的唱《小二黑结婚》，有的唱《兄妹开荒》，其乐融融。

大家又唱又跳，热闹非凡。舞曲也在不断变化着，虽有各种样式，但毛泽东和其他中央领导人多数跳的仍是延安式，也叫苏联式，这种舞步是男的先出右脚，女的先收左脚，按顺时针方向旋转。欧美式与此相反，因此一些刚从大城市来到解放区的女青年与延安来的舞伴跳舞，往往被对方踩了脚，但几曲下来，也就习惯了，全场统一于“延安式”。

刮风了，汽灯在摇摆着，但大家兴致正高，继续跳着。精神愉快的毛泽东和机要处的一个女青年轻松地移动着舞步，他个子高，步子迈得大，女青年在尽量配合着他。但他的舞步比不上周恩来潇洒自如，有时大概在思考问题，还常常踩到舞伴的脚，说声“对不起”，但他跳得很专注，很快就沉醉在优雅欢畅的舞曲中。

刘少奇的舞姿很优美，舞步也很讲究，各种舞步都会跳，尤其华尔兹舞跳得特别好。但他在舞场上仍显得很威严，不苟言笑，即使在此时与王光美就要结婚。他向大家微笑着，却很少讲话，仿佛总是在思索着什么。

朱德总是一个舞步，不管舞曲是三步还是四步，他跳的都是慢步。因为他的年纪大了，跳得节奏快了就会头晕，慢步对他来说则很合适。

工作人员跑前跑后，尽最大努力让大家舞得满意，跳得舒服。

为了使汽灯在风中不至于有太大摆动，保证大家跳舞的兴致，负责组织晚会的警卫科指导员毛崇横站在舞场中间，用两手轮换着扶灯，坚持着。

毛泽东看到毛崇横后，对他赞扬说：“你是实心实意为大家服务啊！”周恩来也走上前来，称赞说：“谢谢你，你为大家服务真周到呀！”

毛泽东和周恩来的赞扬，说得毛崇横不好意思起来，他连连说道：“这是我应该做的，还没做好。”

明亮的星星在柏坡岭的天幕上悄悄注视着打谷场的温馨夜景，低鸣的村边河水随着节奏分明的舞曲声潺潺流淌着，大地也沉醉其中。因为时间较晚了，毛泽东等领导人还要工作，便告辞回去了。临退场前，毛泽东对大家说：“很久没有跳舞了，希望大家多玩一会儿。”

这场舞会直到11时过了才结束，此后，西柏坡中央机关所在地，就经常在星期六晚上举办舞会。这种舞会活动，后来一直延续到北京。

1992年5月25日，王光美回到离别43年的西柏坡，她专门来到当年跳舞的打谷场，回忆往昔，深情地说：“我熟悉这里的山山岭岭，今天我是旧地重游，探亲访友，来看望老区父老乡亲的。”她特别回忆起了当年在这里结婚的日子，这是她终生难忘的事。她说：“1948年夏天，我和少奇同志在西柏坡结婚。那天是个周末，中央军委外事局的女同志为我缝制了一件衬衣，她们还赶集买来了鸡蛋，拿来奶粉，给我们制作了一个蛋糕。毛主席和周总理都吃了我们的结婚蛋糕，就在这个晒谷坪上，我还请主席和总理跳了舞。”

西柏坡的舞会给许多当年的姑娘、小伙心中刻下了永久难忘的人生风景线，他们清楚地记得，就在这“嘣嚓嚓、嘣嚓嚓”的舞步声中，召唤来了新中国成立的锣鼓声和礼炮声。

毛泽东向斯大林发出了“放飞”信号

对于中国共产党的胜利，号称共产主义运动中心的克里姆林宫内的首脑人物，却感到十分不理解。在斯大林的印象中，中国共产党领导的革命军队，经过连年战争，恐怕没剩多少人了。他们不明白毛泽东的队伍在历经八年的反法西斯战争以后，又连续打了几年内战，为什么规模却越打越大，新生政权又将从毛泽东的手中升起。所以，斯大林很有一点杞人忧天的心态，他准备派人到中国，亲自看一看中国共产党的力量究竟还有多大，能有多少人打仗。让来人和毛泽东当面谈一谈，看看这毛泽东究竟是个什么样的人。

1948 年 5 月，斯大林致电毛泽东，说苏联政府准备派一位有威望的苏共中央政治局委员前往中国听取中共中央的意见。

但这时的中国形势却不允许苏联客人马上来访。1948 年下半年的中国华北地区，形势正发生着剧烈的动荡，天津、张家口的国民党军正蠢蠢欲动，保定、正定方面的国民党军正扬言要派遣骑兵南侵，奔袭石家庄等地。中共中央为此还作了转移的准备，以对付敌人的突然袭击。

斯大林等人只好以共产国际领导人的目光，从远方关注着中国大地的变化。

这年年底，平津和淮海地区的国民党军队被解放军重重包围，国民党政府向苏联政府发出一封信，请求苏联出面居中调停国共之争，说服中共，“勿追穷寇”。斯大林政府却从中要了一个小小的花招，他们没有作任何倾向性表示，便将原信转给中共中央，把“皮球”踢给了国民党的对手。

国民党的“求和信”飞到了西柏坡，译成中文后，中共中央书记处五大书记都看了一遍。毛泽东一言未发，朱德、刘少奇、任弼时也没有一句话。

只有周恩来微微一笑，说了句："一看就知道是王世杰的笔法，文绉绉的。"斯大林转来的这封国民党的"求和信"压在了毛泽东的书桌角旁。

12月10日，斯大林等得有些不耐烦，再次来电催问，就如何参与调停，以及他们准备的复文内容，征求毛泽东的意见，字里行间多流露出他对中国局势发展的担忧。毛泽东干脆利索地回电说：你们对南京政府的照会应作如下答复，"苏联政府根据不干涉他国内政的原则，不应参加中国内战双方之间的调和工作"。最好明确表示："我们倾向于要南京无条件投降。"

同日，斯大林即回电毛泽东，同意按中共中央草拟的复文答复南京政府。

不久，国共双方在华东战场上投入140万兵力的淮海战役结束。消息传到克里姆林宫内，斯大林沉默了，他顺手拿起一支铅笔在记事本上重重地写道："60万战胜80万，奇迹，真是奇迹！"他想到应该立即派人去中国看看，那个毛泽东究竟是个什么样的农民。

对中共中央来说，这时，天津刚解放，北平和平谈判也已是胜券在握，中共中央所在地西柏坡的安全问题已是万无一失，斯大林八个月前提出的派人来华的时机业已成熟。中共中央于是向苏联发出了"放飞"的信号。

很快，斯大林通知西柏坡，他将派特使、苏共中央政治局委员米高扬访问中共中央和毛泽东。

苏共中央高层领导要亲眼看看这位曾使他们捉摸不定的毛泽东，听他对中国乃至世界大势的看法；摸摸中国共产党所领导武装的底，看他们究竟有多大力量，难道真能越过长江把国民党政权赶出南京？

米高扬的来访是非常秘密的。中共中央书记处进行了认真的接待准备工作，并由任弼时具体负责。任弼时打电话找华北军区司令员聂荣臻，让其把石家庄的飞机场准备好；确定由精通俄语的书记处办公室副主任师哲任翻译；由曾长期在苏联学习的毛岸英在生活上照顾米高扬，并担任生活翻译。

1949年1月下旬，在米高扬抵达石家庄的前几天，师哲和汪东兴又持任弼时的亲笔信，奉命来到石家庄，可说是代表党中央最后检查石家庄飞机场的准备情况，再次派部队打扫清理机场和部署护守、警戒。

1月31日，是北平获得和平解放的一天。这天，天色未亮，斯大林派遣的特使米高扬的飞机，经大连苏军机场在石家庄着陆，随即乘吉普车转赴中共中央所在地西柏坡。米高扬一行共四人，随员有苏联铁道部副部长、在我国帮助铁路恢复工作的东北铁路局负责人伊万瓦西利基·格瓦洛夫，担任翻译的研究中国问题汉学家叶夫根尼·尼古拉维奇·格瓦廖夫，还有一位是警卫员。他们随飞机还带来了许多罐头食品和酒，可以看出他们是担心“山沟沟里的中共中央”管不起他们的吃饭问题。

吉普车在灰尘滚滚的路上颠簸着，向着西柏坡方向驶去。

穿着圆皮领大衣、戴着圆筒皮帽子的米高扬，刚上车时显得很神气也很威风，但行车才几公里，便觉得浑身不舒服。他不理解地问道：“你们党中央、毛主席住在这一地区，道路这么难走，为什么不修好呀?”

“我们现在一切人才、物力都集中用到了战争上，不是战争所需要的路，只能在战争胜利以后再修了。”同车的师哲回答说。仅从他穿着臃肿肥大的厚棉衣和面黄肌瘦的脸色上，就可看出中国共产党人的确不富裕。

米高扬侧着身子仔细地听着，好像似懂非懂。

“停车!”米高扬喊道。这喊声把师哲和司机吓了一跳：“出了什么事?!”

“我要下车!”在路途中，米高扬几次要求停车，他要到群众家中去参观。

“还是不下车为好。”师哲出于安全的考虑，劝说米高扬不要下车。

但是，米高扬还是坚持自己的意见，一路上几次下车在村镇中访问农民，同男女老少攀谈，并且不加掩饰地暴露自己的国籍。

化名为安德列夫的米高扬向师哲说：“反正保不了密，敌人会马上宣传‘苏联鬼子到中国进行破坏活动了’，我现在就豁出去了……”看来这位“米同志”想的不是安全问题而是保密问题，认为他到石家庄后，美联社就会把这消息向全世界播送出去，同时就会给苏联的外交和国际关系带来麻烦，并为此作了应付最坏情况的准备。

师哲问米高扬：“你既然生怕暴露自己，极想保密，为什么自己又要到处乱跑，不注意保密呢?”

米高扬回答：“在你们这里哪能做到保密?!我看明后天我就会在路透社或美联社或其他什么通讯社的新闻消息中出现，而且不止说我访问了中国，或许还会说，俄国鬼子到中国进行破坏活动了。既然如此，躲躲闪闪又有何用呢?”

“这些都只是你自己的想法。”师哲说。

五年后，米高扬再次见到师哲时仍不理解地唠叨：“那次西柏坡之行，保密问题如此出乎我们的意料，竟无人知晓!外国始终没有报道过，真奇怪!这说明你们党深深扎根于广大群众之中，群众相信你们，听你们的话，跟着你们走，你们的力量和影响当然是强大无比的。你知道，这在我们苏联就办不到。我仍不懂得，这是群众觉悟水平高、纪律性强，还是你们把群众训练好了？还是有别的什么因素在起作用呢？”

米高扬的话是暗示说中共对老百姓控制得十分严格。这说明他对中国的国情和这个民族的品格缺乏足够的了解，对中国悠久的历史、古老的文化和劳动人民的高尚品德和政治觉悟缺乏足够的认识。

米高扬一行于31日午后1时抵达西柏坡，毛泽东在门外迎接他们的到来。

衣袖上补着补丁的毛泽东首先伸出了大手，他握着米高扬的手热情地说：“欢迎！欢迎！”他把中央书记处的几位书记向米高扬作了介绍。见米高扬等人一路风尘，毛泽东说道：“从石家庄到西柏坡的路虽说不算远，可是很难走。早就想修这条公路，因为处于战争的情况下，没有人力、物力，只能先打仗再建设了。”

毛泽东的房间里空间不大，没有放洗脸盆的地方，人们便在会客室外的空地上摆了几个装着热水、冒着热气的洗脸盆，一身灰尘的米高扬一行人在这里洗了洗脸，然后走进毛泽东的办公室。

米高扬首先向毛泽东和中央书记处的各位书记问好，并转达了斯大林和苏共中央全体政治局委员的问候，祝愿中国共产党尽快取得胜利，彻底解放全中国。他说：“斯大林同志讲，毛泽东同志和其他中共中央领导同志，在艰难的岁月里，在残酷的战争中，亲临前线指挥作战，在短短的两三年内，打了这么多大胜仗，解放了大半个中国，真是为你们的胜利高兴，向你们祝贺，向你们致敬！”

米高扬望着穿着没棱没角旧军棉衣的中国共产党五大书记，边说着边拿出斯大林赠送给毛泽东的礼品。斯大林的礼品很特别，是一块上等的毛料。

毛泽东笑盈盈地接受了这来自远方的“御寒”礼物，说：“谢谢斯大林同志，谢谢斯大林同志派你们来和我们一起研究我们的意见。我们只是想说明我们的看法，当面谈是很好的，非常欢迎你们来，非常感谢。”

米高扬介绍了自己的来意。他说：“斯大林同志很关心中国革命形势的发展，认为中国革命形势发展迅猛异常，在这关键的时候，毛泽东同志不能离开指挥岗位；再者，在中国境内，路程遥远，交通不便，还要通过敌人的封锁线，也要考虑到安全问题；到苏联往返的时间太长，怕影响毛泽东同志的身体健康。因而，斯大林同志不主张毛泽东同志到苏联去。但他十分关心中国革命形势的发展，特派我代表他到中国来听取你们的意见，你们讲的所有情况，我回国后一定向斯大林汇报。”

“很好！很好！米高扬同志，我们很想同苏联同志谈谈，以便使你们能了解我们的情况，我们也很想听听你们的宝贵意见，这样一定会有好处。本来我是要到苏联去的，我等待斯大林同志的答复。现在斯大林同志派你们到中国听取意见，这样安排也很好。”

“我们是受斯大林同志的委托，来听取中共中央及毛泽东同志的意见的，回去向斯大林同志汇报。我们这次来，是只带了耳朵来的，不参加讨论决定性的意见，希望大家谅解。”

毛泽东和周恩来对视了一眼，然后向着米高扬微笑着，没有发表自己的意见。

担任翻译工作的师哲把米高扬的话翻译成汉语，向毛泽东复述着。刚开始会谈时，米高扬按照国际惯例行事，由带来的翻译格瓦廖夫负责俄译中，师哲负责中译俄。但格瓦廖夫中文的口语不行，讲不出来，只好让他担任中译俄，但他几乎听不懂一句中国话，米高扬再三地催促，他急得抓耳挠腮，嘴巴干张着，慌乱之中更是讲不出汉语来。

米高扬不知道毛泽东讲话的内容，也干着急，催促说：“格瓦廖夫同志，你怎么成了哑巴?!”并有些生气地说：“要是在别的场合，今天我定要捶你一顿了。”

师哲连忙替格瓦廖夫解围，说：“他可能听不懂湖南口音。方言难懂些，这是可以原谅的。”

如此，只好由师哲担任会谈中的全部翻译工作。原先还神气十足的米高扬开始改变他那种说话居高临下的姿态，他感谢师哲帮他完成了使命，否则，回去后他是无法向斯大林说明白的。

毛泽东又重点介绍了关于召开新政协和成立新中国临时中央人民政府的问题。

说到中国当前的土地问题，米高扬委婉地表示：“中共把没收来的土地分给农民太可惜了，按照马列主义的观点，集中起来搞集体农庄才好。”

毛泽东等师哲把米高扬的这段话翻译过来后，点了点头，解释道：“中国有自己的实际情况，中国的农业经济是落后分散的自然经济，农民分到土地才会感到是真正翻身，得到了解放，才会踊跃参军参战。中国人民的解放战争，就是因为有两百万农民参军，几百万农民支援前线，才取得了今天的胜利，才有可能夺取最后的彻底胜利。”

这次谈话时间虽然较长，但出于刚见面的礼节性，并没有进行深入的实质性交谈。

房外，诱人的晚餐香味飘了进来。周恩来看了看手表，说：“米高扬同志，你们远道而来，一定很疲劳了，肚子也可能饿了。现在就吃饭，晚上你们早点休息，明天下午再谈怎么样?”周恩来特意为惯于把晚上当白昼工作的毛泽东，留下明日上午作为休息时间。

毛泽东和客人们进入饭堂。

餐桌上已摆满了丰盛的菜肴，大多数是这里自己生产的鸡、猪、蔬菜和临时到滹沱河里捕来的鱼，只是花样多了些：中餐有炖鸡块、烧里脊、红烧鱼、熘鱼片、扣肉、凉菜等；西餐有猪排、牛排、鸡蛋饼、沙拉以及黄油、面包等。装着晶莹甘洌汾酒和红彤彤葡萄酒的酒杯，沿桌摆了一圈。这桌晚餐显然已有准备，有些东西还是从石家庄采买来的。

毛泽东举杯致词：“对苏联同志的远道而来，我们表示欢迎，同时表示感谢。请干杯!”

警卫人员也分主客在另外一张桌子上就座。

米高扬等苏联客人都很能喝酒，一上桌就被汾酒的浓香迷住，在酒杯沾唇后更是连夸“好酒”，大半杯酒一口就吞下，像喝白开水一样。

毛泽东的酒量很小，是一沾酒脸就红，他此时敬酒，手中虽然举的是白酒，但喝的是红葡萄酒，也仅仅是沾了沾唇，表示点意思，刘少奇的酒量也不行，但他还是鼓足勇气把装着白酒的酒杯举到了米高扬的面前。

周恩来手举酒杯，向米高扬说：“我不敢与你一样喝酒，我可以代朱老总和任弼时同志向你们敬酒。他们两位一老一少，朱老总有喉炎，不能喝酒；任弼时同志虽然在我们几个中最年轻，但他有高血压，也不能喝酒。只好由我代表他们两位敬你们一杯了!”

在中国人中喝酒算是海量的周恩来，在这时也是不敢与端起杯子就咕咚咕咚向肚子里倒的苏联客人相比。

米高扬喝出了兴致，整杯整杯地一饮而干。毛泽东在一边却有点坐不下去了，在喝酒问题上他是看不惯苏联人出风头的。五大书记敬酒一轮后，毛泽东便连连招呼着：“吃菜吃菜，尝尝我们滹沱河里的鱼。”

米高扬并没有注意到毛泽东的神色，他吃得满嘴流油，对这顿晚餐很满意，高兴地说道："在苏联，都说中国的饭菜好吃，但就是不会做。将来中国革命胜利了，我们要派人来学习中国的菜肴，增加西餐的花样。"

米高扬的话使民族自尊心很强的毛泽东高兴起来，他笑着说："我相信，一个中药，一个中国菜，这将是中国对世界的两大贡献。"

翻译格瓦廖夫指着红烧鱼问："这是新捞上来的活鱼吗?"米高扬的叉子悬在半空中，看着鱼，也没有下叉。

这几位苏联客人的举动，明显又很使毛泽东感到别扭，他皱了皱眉头，什么也没说。周恩来赶紧回答客人的话，说道："是刚捞上来的。"米高扬等人这才下叉开口大吃起来。

为此，一年后的毛泽东在出访莫斯科时向随行的中餐厨师严格下令："你们只能给我做活鱼吃。他们要是送来死鱼，就给他们扔回去。"厨师果然扔了一次死鱼，惊动了克里姆林宫的大小人物。其实，毛泽东在国内时，并不讲究，死鱼剩鱼都吃。他这样做的目的，无非是为了报西柏坡时苏联人不吃死鱼的"一箭之仇"，讲究的是一个民族气节和尊严。赫鲁晓夫后来特别警告下属说："毛泽东这个人很难对付，他是不吃死鱼的。"

米高扬当晚住在西柏坡的后沟，那时，朱德总司令也住在那里。后沟和西柏坡有一山洞相连，路途不远，交通联系都很方便。

夜深人静。为了次日的会谈，毛泽东还在思考着一个个问题，窗前的灯光一直亮到天明。米高扬经过一天的奔波，又多喝了点酒，已有些倦意，就早早上床了，滹沱河动听的夜风沙沙声，很快把他送入了梦乡。

斯大林的特使仅带来耳朵，恭听毛泽东高谈建国韬略

2月1日下午3时，米高扬等人来到毛泽东的住处，双方举行第二次会谈。

主客互相问安后，周恩来对米高扬说："你们由大城市来到这个小山村，这里的空气好，很安静，就是条件太差了，有许多不方便的地方。从你们住的地方到这里并不远，但这条小路弯弯曲曲，高低不平，不好走。"

毛泽东笑着指着桌子上的香烟说："请抽烟。这是美国三炮台的洋货，不是我们花钱买来的，是他们送来的战利品。"大家都笑了起来。毛泽东接着说道："现在，你们来到了这个不引人注目的小山村，下次你们再来，那就是在北平见面了。"

这次会谈主要是毛泽东一人讲话，主要讲了中国革命的特点、将革命进行到底和战争形势等问题。周恩来、刘少奇和任弼时也偶尔插几句话作些解释。毛泽东与米高扬从这天到3日一谈就是连着三天。

会谈中，毛泽东和米高扬就许多问题进行了交流和探索。但其谈话内容，在史学界是有争论的，较突出的，如有的回忆文章记述说，在当时会谈中，米高扬曾经流露出"停止内战"，以长江为界与国民党南北分治的意向，担心再打下去美国会卷入。毛泽东则不容置疑地坚决表示："一定要把革命进行到底，解放全中国，保卫中国领土主权的完整。"而有的回忆文章却说苏联方面根本没有提出过"划江而治"的意向。孰是孰非，在此只好留待另文再去考证。

为了表述上的慎重起见，关于毛泽东与米高扬在会谈中具体谈了些什么内容，下面引用当时担任翻译的师哲的记述，以展现毛泽东在此前后的战略思想脉络。师哲在《毛泽东在西柏坡会见米高扬》一文中这样记述道：

毛泽东在会谈中这样对米高扬阐述自己的政治见解和主张："到目前为止，中国革命发展较为迅速，军事进展也较快，可能用不了太长的时间，就是说，比过去我们预计的时间会要短些，就能过长江，并向南推进。估计渡过长江后，用不了多少时间，就可以攻克南京，占领上海等大城市和主要市镇。在江南拿下几个重要城镇后，就不会再遇到敌人特别的实力了。

我们军队的斗志是坚强的，士气是旺盛的。我们军队的主要特点是成分好、觉悟高，战士和指挥员较年轻、活泼，他们精力充沛、战斗力强，不仅吃苦耐劳，而且善于发挥自己的特长、主动性和灵活性。只要指挥得当，在战略、策略和战术上都不犯重大错误，我们取得完全胜利是有把握的。

我们的口号、政策都是符合广大人民群众利益和要求的，颇得人民的拥戴。全国工农和先进知识阶层是同我们站在一起的。后者中的反动分子大多会跟着国民党走，或到台湾，或出国。对于我们，目前可以说是人心所向，民心所归。这是我们彻底打败蒋介石国民党的有利条件和良好机会。'时乎，时乎，不再来！’这个时机不能失去。其实在1947年蒋军占领延安后，我们在陕北于10月就提出了‘打到南京去，活捉蒋介石’的口号。后来还提出过：‘打过长江去，解放全中国！’这些都是我们的战略性指导口号，而且将要在实际行动中逐步实现的。我们撤出延安时就说过，蒋军一定要进边区来，我们就可以进占蒋管区；他们占领延安，我们就可以进攻南京。我们对他们的办法是，针锋相对，寸土不让。

现在我们还面临一些问题。

第一，胜利后建立新政权的问题。它的性质、形式组成、名义等的明确化，已提到日程上来了。这个问题，我党已思考过。

首先，这个政权的性质简括地讲就是：在工农联盟基础上的人民民主专政，而究其实质就是无产阶级专政。不过对我们这个国家来说，称为人民民主专政更为合适，更为合情合理。

其次，是它的组成、它的成员问题。我们认为，它必须是个联合政府。名义上不这样叫，而实际上必须是联合政府。现在中国除共产党外，还有好几个各色各样的在野民主党派，有的已同我们合作多年了。虽然它们的力量都不算强大，人数也不多，他们在工农群众中或武装力量中没有什么联系和影响，但他们在知识界、海外侨胞中有一定的位置。不过，国家政权的领导权必须掌握在中国共产党手里，这是确定不移的，丝毫不能动摇的。

这样一种联合性质的政权，能合得来，能步调一致吗？这是一个实际问题，工作方法与制度问题。一方面，制度、秩序可以逐渐建立、完善、健全起来，工作方法也可在工作中逐渐协调和改进。工作中的矛盾、摩擦一定会有的，但也一定会克服和改善的。总之，将来政府的组成大概是这样的，中国共产党是核心，是骨干。这样的新政权建立后，需要不断加强和扩展统战工作。

第二，我们一取得胜利，国家一解放，接踵而来的任务就是恢复生产和经济建设。中国连年战争，经济遭到破坏，人民生活痛苦。战争一旦结束，我们不但要恢复生产，而且要建设崭新的、现代化的、强大的国民经济。这不是发出几个口号、几次号召，或作出几项决定就可以完成任务的，必须要有正确的政策。我们正在研究苏联所经历的两次（指十月革命成功后与二次世界大战后）经济恢复工作经验，为的是参考和借鉴其中成功的、对我们有益的经验。

今后对我们最严峻、最重大的考验是群众工作。这不只是发动、组织群众或发起某种运动的问题，我指的是组织安排群众的生活、就业、教育等各方面的问题。中国五亿多人口，对他们的发动、组织、安排谈何容易。当前摆在我们面前的迫切任务是解决人民的衣食住问题和安排生产建设问题。

国家建设这个课题对我们来说是生疏的，但是是可以学会的。有苏联走过的道路，可资借鉴。中国革命成功后生产建设工作的进展可能会快些，因为中国的处境要比1917～1918年的苏联好些，敌人是无法围困我们的。

人民群众拥有最强大、最可靠的战无不胜的雄厚力量。我们的工、青、妇组织在战争年代发挥了巨大的作用，在生产建设中也将会发挥更充分、更伟大的作用。目前，在全国范围内，群众还没有完全组织起来。这也是摆在我们面前的一项艰巨任务。至于现成的组织形式，工人阶级有职工代表大会；妇女有妇女联合会；而青年，这个几乎占全国近半数人口的群众，除青年团那样的组织形式外，恐怕还得建立发展其他类型的组织，如学生联合会或其他青年组织形式等。”

谈到这里，米高扬插话说：“成立几个不同的青年组织是否会分散力量，甚至分散青年团的力量，是否会引起青年工作中的矛盾和摩擦，为了便于对青年们的组织、安排和领导，是否只要一个共青团组织就行了。”

毛泽东听了米高扬插话，陈述自己的理由说：“中国青年人口总数有一亿多，怎么可以用一个组织把他们圈起来呢？圈起来怎么做工作？对青年工作的形式和方法应该是恰当的、灵活的，自然，也要保证他们能发挥出自己应有的作用。”

米高扬见毛泽东神情严肃，急忙申明说：“对，对。我只是带耳朵来的，没有权利发表意见。”自此以后，米高扬再也没有插过话，也没有提出过什么新的问题，而只是静听而已。

毛泽东继续讲道：“第三，军队问题。目前我们的军事力量发展得较快，在将取得战争胜利的条件下，这大概是合乎规律的。在目前，青年们踊跃参军，加上大批大批地收容和改造俘虏，部队力量的扩充很容易、很快。我军不止俘虏的人员很多，而且缴获的武器、物资也是不少的。现在的战争就是靠缴获的武器来进行的。

目前解放军中的若干部分，主要是起义部队，需要大力改编改造。这是需要采取适当方式，在一定的时间内，经过逐步整理、调整、改造、改编等一系列工作程序来完成的。这需要花费数年的时间。

此外，解放军本身也需要逐步改编、改造和现代化。将来中国无需维持过于庞大的军力，而应实行寓军于民的方针。”

毛泽东把烟头按在烟灰缸中，接着又谈了国际关系问题和中国对外政策的总方针问题，说：“我们这个国家，如果形象地把它比作一个家庭来讲，它的屋内太脏了，柴草、垃圾、尘土、跳蚤、臭虫、虱子，什么都有。解放后，我们必须认真清理我们的屋子，从内到外，从各个角落至门窗缝里，把那些脏东西通通打扫一番，好好加以整顿。等室内打扫清洁干净，有了秩序，陈设好了，再请客人进来。我们的真正朋友可以早点进屋子来，也可以帮助我们做点清理工作，但别的客人得等一等，暂时还不能让他们进门。

我想，打扫干净，陈设好了，再请客人进门，这也是一种礼貌，不好吗?!我们的屋里本来就够脏的，因为帝国主义分子的铁蹄践踏过。而某些不客气、不讲礼貌的客人再有意地带些脏东西进来，那就不好办了。因为他们会说：‘你们的屋子里本来就是脏的嘛，还抗议什么?!’这样我们就无话可说啦。我想，朋友们走进我们的门，建立友好关系，这是正常的，也是需要的。如果他们又肯伸手援助我们，那岂不更好吗！关于这方面的问题，目前只能讲到这里。但我们知道，那些探头探脑、想把他们的脚踏进我们被窝里的人是有的，不过我们暂时还不能理睬他们。至于帝国主义分子，他们抱着不可告人的目的，一方面想进来自己抓几把，同时也是为了搅浑水，浑水便于摸鱼。我们不欢迎这样的人进来。

这样办，我们会不会遇到一些困难呢？会的，现在就遇到某些物资短缺的困难。例如，医药和医疗器材的短缺，铁路建筑器材的不足等等。可以设想，在恢复和生产建设过程中会遇到更多的困难，如技术的落后、物资的短缺等。目前，我们已经感觉到了这个问题的存在，一待江南得到解放，那就更会成为迫不及待要解决的问题了。恢复和建设工作，只能在大陆基本上解放后，才能作出全面的规划和安排。现在还只能是修修补补，同时工作的重点仍是为战争服务。

目前，还有一半的领土尚未解放。大陆上的事情比较好办，把军队开去就行了。海岛上的事情就比较复杂，需要采取另一种较灵活的方式去解决，或者采用和平过渡的方式，这就要花较长的时间了，在这种情况下，急于解决香港、澳门的问题，也就没有多大意义了。相反，恐怕利用这两地的原来地位，特别是香港，对我们发展海外关系、进出口贸易更为有利些。总之，要看形势的发展再作最后决定。

比较麻烦的有两处：台湾和西藏。其实，西藏问题也并不难解决，只是不能太快，不能过于鲁莽，因为：一是交通困难，大军不便行动，给养供应麻烦也较多；二是民族问题，尤其是受宗教控制的地区解决这些问题需要时间，需要稳步前进，不应操之过急。

台湾是中国的领土，这是无可争辩的。现在估计国民党的残余力量全要撤到那里去。以后同我们隔海相望，不相往来。那里还有一个美国问题。台湾实际上就在美帝国主义的保护下。这样，台湾问题比西藏问题更复杂，解决它更需要时间。

我们的解放战争正在胜利中向前发展，到目前为止，尚未遇到帝国主义的严重干涉和阻拦。小的冲突是有过好几次的。例如，在天津城外某地、山东青岛市附近都发生过冲突。那都是他们出来试探的，一遭到我方的抵制和打击，就龟缩回去了，接着就逃之夭夭，索性撤走了。在长江以南会遇到什么情况，还不知道。

到现在为止的经验是：美军并不想直接卷入中国内战，只是间接干预，把军火、军用物资（第二次世界大战后剩余物资）大量供应给蒋军，指望这些饭桶发生作用。但这些可怜虫实现不了其美国主子的愿望，只能起运输队的作用。其他帝国主义目前是泥菩萨过河——自身难保，各自苟且偷安，保全自身。谁也不愿，实际上也没有能力出来冒险。目前，我们面临的国际形势就是这样的。这也是有利于我们把解放战争进行到最后胜利的条件之一。这个形势，在往昔，中国是难以得到的。我们绝对不会放过这个机会。

帝国主义同我们国家之间是有几笔大账要算的。第一，是他们在我国的一切特权必须全部彻底废除；第二，是他们欠我国的一切债务和款项必须偿还；第三，是帝国主义的武装部队、警察等必须全部撤离中国。至于侨民居留问题，则按一般外侨居留办法和国际惯例来处理。帝国主义分子历来是看不起中国人的，对他们也得教训教训，使他们头脑清醒过来。

中国有大批侨胞留居世界各地，特别在东南亚各国、日本、美国都有相当数量的华侨，他们当中有相当数量的进步分子、爱国主义者，如陈嘉庚这样的人。他们不仅关心祖国的命运，而且在实际行动中也想给祖国作出自己的贡献。在这类人中间我们党也享有一定的威望，今后要注意加强这方面的工作，并保护他们的利益。

我们的国家和人民长期遭受内部和外部敌人的压迫、剥削、蹂躏、摧残，弄得十室九空，民不聊生，朝不保夕。各地区一经解放，首先出现的就是衣、食、住与工作问题。要在城市与交通要道上恢复生产与解决就业问题，同时还有一个救济问题。因为在目前条件下，失业不是职工自己造成的，而是由于厂矿停业停工的原因。在城市中临时救济和安排，以维持职工及其家属生活，就是一个大问题。在农村，由于战争，农业生产也遭到严重的破坏，缺吃少穿的人也是不少的。不过在有的农村，随着战争的向前推进和我们紧跟着进行土改和粮食调剂，使农民较易维持生活。要注意照顾的是参军入伍的战士，目前尚在前线作战的战士家属生活问题。对这方面的工作，我们的基层干部已积累了相当丰富的经验。由他们带头在新解放区工作，已是有相当成绩的。

要注意的是土改工作不能同时在所有地区同样地展开。一是要随军事形势的发展而展开，二是要按地区、分阶段来进行。看来，大致要分几个阶段，用数年工夫来完成，先在黄河两岸、中原地区完成土改，再在长江两岸地区进行，然后要在华南及边远地区进行。因为这不仅要把群众发动起来、组织起来，使他们对这个问题有正确的理解，而且还要训练相当数量能掌握政策的干部来领导进行。不可以（即使在我们的政权领导下）用振臂一呼、万众皆起的方式做这件事。土改同时又是一项严肃的政治工作，所以必须把经济与政治这两方面的工作同时都做好。我们较老的干部在这方面有较丰富的经验，他们能够较好地完成任务。同时由他们带领、帮助和教育新的工作人员，对其加以训练培育，是可以顺利地完成土改工作任务的。”

在停会休息期间，大家兴致盎然，米高扬则向大家讲了他在十月革命后初期，即在 1918 至 1919 年，号召农民进行土改的故事，说：“我读了列宁的土地纲领，十分兴奋，立即写了许多号召式的标语和传单，散发张贴出去，以为这样就执行了政策，完成了任务。结果，一天、两天过去了，农民群众还是一动也不动。诧异之余，深入下去了解情况，我才弄明白这本来是件翻天覆地的革命创举。但想要无组织、无领导地乱搞，各自为政来进行是不行的。后来还是由政府出面组织实行才完成。”

休息结束后，毛泽东接着讲：“中国民族资产阶级是很软弱的，只有不多的几家像点样子，其余许多中等资产阶级都够不上，更谈不上亿万富翁了。

他们虽然属于剥削阶层，但同时也受外国资本的压迫和剥削，而且在政治上软弱无力，甚至受到压抑和排挤。我们对这部分人采取联合、利用、改造的方针，使其为祖国建设服务。这个政策他们是乐于接受的。我们利用了他们的积极性，也给了他们以施展才能的机会、参与国事的权利和应有的社会地位。为发展生产建设，应使人尽其才、物尽其用。总之，在恢复和发展生产中，必须发挥和利用民族资产阶级的积极性。对资产阶级分子的使用，也可能会出现某些消极方面的现象，我们也应注意、防止和纠正。我们准备成立一个工商联组织，这可以把工商业方面的活动人物组织起来，其主要任务：一是使他们较有组织地发挥自己的积极性；二是使他们互相监督，不敢过于放肆地违法乱纪。

中国是多民族的国家，有几十个民族，汉族人数最多。其他如蒙、回、藏、维吾尔等民族大多数居住在边远地区，比起汉族来，都属于少数民族。人民习惯地把汉族称中国人，但中国人并非只指汉族，居住在我国版图内的所有民族都是中国人。例如，今天称你们苏联人，这可以包括苏联所有各民族在内，但如果说你们都是俄罗斯人，显然就不对了。试看在座的三位：一个是亚美尼亚人（指米高扬），一个是俄罗斯人（指格瓦洛夫），一个是犹太人（指格瓦廖夫），三个人属于三个不同的民族，不是吗？我们在民族政策上主要是反对大汉族主义。在目前是这样，但从历史上讲，汉族也多次被异族奴役过、统治过，虽然汉族是个大族。总而言之，民族政策必须是端正的，民族压迫必须取缔，民族间的纠纷必须妥善排解。我们提倡民族互相团结，互相友爱，互相合作，共同建国。民族间出现某些摩擦或纠纷，甚至是矛盾或冲突是难免的，但在今天可以比较容易解决，目前主要是防止和反对大汉族主义，同时也要反对地方民族主义，这两者是妨碍和破坏民族团结、共同发展的祸根子。我军向前发展，很快就要进入少数民族聚居的地区了。因此，关于民族问题将会在最后制订出一套相应的方针、政策。”

毛泽东还介绍了中共党内的问题。其中谈到对犯错误干部的政策，说：“如王明、李立三这些犯有路线错误，给党造成巨大损失的同志仍被选入中央委员会。”这点给米高扬留下深刻的印象。后来，米高扬来华参加“八大”时，还专门提到了当时他向斯大林汇报到这点时，斯大林陷入久久的沉思，半天没有说话。

毛泽东的健谈和敏捷的逻辑思维，使米高扬大为惊讶，他刚来时的那种自高自大的态度收敛多了。他在同别人的闲谈中，不得不承认毛泽东有远大的眼光和高明的策略，赞叹毛泽东是个很了不起的领袖人物。

这天傍晚 7 时，毛泽东来到米高扬的住处，特别拜会苏联客人，在闲聊时又讲道："我们党在抗日战争与解放战争的各个阶段执行了独立自主、自力更生的方针政策。事实证明我们的方针政策是正确的，步骤是牢靠的，虽然遇到的困难不少，而且在前进的道路上将要遇到的坎坷不平或许还会更多。尽管如此，我们仍是充满信心，稳步地朝着我们的既定目标前进，不达胜利，誓不罢休。这是我们党的决心和信心，也是全国人民的决心和信心。这是绝对不可动摇的。

我们认为，我们的解放战争越胜利地向前发展，也就越需要更多的朋友，这里说的是真正的朋友。同时也更需要朋友对我们的同情和支持。朋友是有真朋友和假朋友之分的。真的朋友对我们是同情、支持和帮助的，是真心诚意的友好。假朋友是表面上的友好，他们口是心非或有时还出些坏主意，使人上当受骗，然后躲在一边幸灾乐祸，我们会警惕这点的。"

米高扬注意地听着，从脸色上可看出他的心情好像忐忑不安，对毛泽东的话似乎觉得高深莫测，不明所以然，既没有插话，也没有表态。

4 日上午，任弼时专门来到米高扬的住处访问。双方主要谈了几个实质性的问题，如关于苏联革命初期和卫国战争时期，党对群众的号召、发动、组织等工作安排方面的问题，特别是在这方面所积累的经验和教训。

当米高扬听到任弼时谈到中国人民解放军在执行作战任务的同时，还十分有效地做群众工作，既发动、组织、教育群众，甚至还帮助群众生产或做家务，从而得到群众的大力支持和帮助时，十分感兴趣，觉得新奇。因为苏联军队虽然也把这项工作当做政治任务来做，但并未达到像解放军这样的规模和程度，也未能收到同样的效果。

任弼时特别谈到了关于恢复生产和发展生产方面的问题，即如何把工业、企业从战火中抢救出来，重新组织和恢复运转的问题。其中谈到恢复生产中所需要的某些设备，以及可能从苏方得到哪些帮助，也谈到当时中共最需要的物资，如新闻纸、药品、布匹等可能从苏联得到多大的供应等。任弼时最后说："中国解放战争胜利后将逐渐转入社会主义革命阶段，现在就是为朝这个方向发展而做准备，铺平道路。"

5日上午，周恩来到米高扬住处，谈话涉及两个问题：一是如何更好地做好后勤工作，保证前方，有力地支持前线；二是新政权的组成形式与各主要部门（政府各部委）及其职能。

米高扬极其谨慎地作了这样的回答："这都是些带有极大灵活性的问题，而且也是必须依实际情况来确定的问题。例如：苏德战争的规模、进展速度及前方形势的变化都是非常迅速的，因而后勤工作的进展和转变速度也是很迅速的，否则两者就会脱节。进攻柏林时，苏军集中了一万多门大炮，其后勤供应与运输的紧张程度可想而知。如果后勤工作跟不上，配合不好，那一万多门大炮又有何用呢？概括地说，我们的经验主要有两条，一是军火与给养等物资的筹集；二是运输。要做好这两方面的工作，显然需要军队后勤与地方政府部门良好的协作。中国的情况不同，但也无非是要做好这两方面的事情。

将来你们成立中央政府时，究竟应由哪些部委组成，这是应该及早考虑的问题，但这又是可以机动的问题，绝非一成不变。从原则上说，中央政府各部门只有在十分必要的情况下才设立，否则政府部门的臃肿庞大、重叠、复杂，几乎不是人的意志可以转移或控制的。我们数十年来，政府机构每年都有变化，着力于压缩、精减。但结果是，机构一年比一年庞杂、臃肿、笨重、不灵活，工作效率提高不快。卡冈诺维奇曾经说过，机构重叠，不务正业，于是一个部门在解疙瘩，另一个部门却在结疙瘩，表面上看来，他们的工作很紧张，但实际上是无效劳动，这个现象必须防止，我们苏联在这方面的经验很值得参考。总的说来，新政府一成立，无非是要先抓好内政与外交两方面的工作。"

米高扬的这些建设性意见，无疑对毛泽东进京后干些什么、需要防止些什么，对新中国的成立有着很好的借鉴作用。

米高扬就要回国了，在他将离开西柏坡的前一天（2月6日）中午时分，毛泽东再次来到米高扬的住处，以表告别和送行之意，也是为了缓解和冲散前一段时间的某些不和谐气氛。他们泛泛地高谈阔论，虽然谈话的内容是"天上地下，不着边际"，但双方都感到轻松愉快。

接着，由米高扬的警卫员手执照相机，大家在院子里照相留念。

在苏联客人即将离开西柏坡时，毛泽东再次对米高扬说："你们能来到中国，听听我们的想法，了解一下我们的情况和我们正在做的与将要做的事情，这比报纸上看报道实际多了。你们会了解到中国革命为什么能迅速地取得胜利，这是和我们党长期实行的路线、方针和政策分不开的。我们中国有许多具体的政策，与其他社会主义国家有所不同，但最终的目的是一致的，都要走社会主义道路。”

米高扬对此次中国之行，表示很受启示，感受也很深，对毛泽东、周恩来等中国领导人非常敬佩，特别是对周恩来，他在与师哲私下交谈中就说：“你们成立中央政府时不愁没有领导人，周恩来当总理最合适。你们有这样一位好总理真幸运！”

在苏联客人上山游览、散步时，米高扬又对师哲说：“任弼时同志的谈话给我留下了深刻而美好的印象，我觉得任弼时同志是一个成熟的共产主义者，一位有马克思列宁主义理论修养的领导者，一位很有涵养、有政治修养、有丰富工作经验的难得的领导人。这说明，你们党的领导是坚强的，党内人才济济，这是取得胜利的第一保证。”

7 日凌晨，米高扬由朱德、任弼时陪同抵达石家庄，顺便乘车参观了市容，随后就带着“两只充满了中国新闻的耳朵”登机回国向斯大林如实汇报去了。

米高扬这位只带“耳朵”来华的使者，终于多少使斯大林知道了一些毛泽东的情况，从此他对毛泽东和中国共产党不得不刮目相看。几个月后新中国成立时，以斯大林为首的苏联政府第一个承认了中华人民共和国，并首先与新中国建立了外交关系，这与米高扬的西柏坡之行无疑有很大关系。米高扬在斯大林面前对毛泽东的评价，可以肯定地说是“美言”多于意见，钦佩多于“瞧不起”的。

大决战首战辽沈，“表扬”了蒋介石，严厉批评了林彪

中共中央刚从延安撤出时，胡宗南的部队还占领着陕甘宁边区的许多地方，中共军队所面临的困难是很大的，而毛泽东对此却充满了必胜的信心。他讲到战争的进程，曾眉飞色舞、喜笑颜开地对杨尚昆说：“照我的看法，同

蒋介石的这场战争可能要打 60 个月，60 个月者，5 年也。这 60 个月又分成两个 30 个月，前 30 个月是我们‘上坡’‘到顶’，也就是说战争打到了我们占优势；后 30 个月叫做传檄而定，那时候我们是‘下坡’，有的时候根本不用打仗了，喊一声，敌人就投降了。”

此后战争的进程，正是按照毛泽东的这一预测向前发展的。

1947 年 3 月，蒋介石国民党军集中兵力向陕北解放区和山东解放区发动重点进攻，西北人民解放军在坚持留在陕北转战的毛泽东直接指挥下，在彭德怀、贺龙、习仲勋等率领下，采取“蘑菇战术”，与敌人周旋。从 3 月到 7 月，先后在延安以南、青化砭、羊马河、蟠龙、陇东等地打了 6 个歼灭战，粉碎了国民党军的进攻，扭转了西北战场的战局。与此同时，毛泽东决定实施“三军配合，两翼牵制”的战略部署，采取了以主力打到外线去的战法，将战争引向国民党统治区域，在外线大量歼敌。他还大胆地实行了中间突破，把进攻矛头指向以大别山为中心的中原地区。

6 月底，刘邓大军在鲁西北强渡黄河，8 月底到达大别山区，像一把利剑插入国民党统治区的心脏。8 月，陈赓、谢富治率晋冀鲁豫野战军一部进军豫西。9 月，陈毅、粟裕率领华东野战军挺进陇海路，进至豫皖苏地区。3 支大军互为犄角，形成倒“品”字形阵势，蒋介石国民党军在战略上完全处于被动状态。

这时，人民解放军在内线也相继转入反攻：西北野战军取得了沙家店战役、宜川战役的胜利；华东野战军在山东战场上歼敌 6 万余人，解放了津浦和胶济沿线的许多战略要地，将国民党军围困在济南、青岛、临沂等地；中原战场上洛阳解放；东北野战军在长春、吉林等地区发起了大规模攻势，解放了战略要地四平市，迫使国民党军退守几座孤城；华北战场上，11 月 12 日，石家庄解放，这是人民解放军在全国解放的第一座大城市，整个华北的战局就此得到扭转，除北平、天津以外的广大地区都得到了解放，为中共中央迁移到华北创造了极为有利的条件。

1948 年 3 月 20 日，中共中央在陕北米脂县杨家沟决定，将晋察冀、晋冀鲁豫两解放区合并，领导中心设在石家庄。毛泽东通知全党：“中央亦准备移至华北，同中央工作委员会合并。”这年上半年以来，一大批中小城市相继解放，如丽天繁星闪烁在西柏坡人民解放军总部作战室的作战地图上，国民党军队的主力，被迫集结在东北、华北和中原的几个战略要地上，企图让人民解放军啃不动也嚼不烂。毛泽东一直在运筹战争全局，对于解决这几部分国民党军的战略部署，正在他脑海中形成。

8月3日下午，华北军区司令员聂荣臻和第三兵团司令员杨成武被毛泽东召到了西柏坡。

杨成武在《西柏坡受命》一文中对这件事作了详细记述：他们骑马由保定以北赶到西柏坡后，毛泽东坐在那张八仙桌的一边接见了他们。八仙桌的左首是周恩来、朱德，右首是刘少奇、任弼时。桌子中央还放着一盘糖果。毛泽东招呼聂荣臻和杨成武在他的对面坐下，然后拿出两份东北野战军林彪、罗荣桓和刘亚楼的电报，让他们阅读。看完电报，毛泽东站起来不紧不慢地伸出两个手指头说：晋察冀野战军6个纵队，现在改组为第二、第三两个兵团。你们的第三兵团的任务是出兵绥远，打到傅作义的老窝去，拖住敌人，使华北的敌人不出关、少出关，这样，东北的部队就可以完成锦州作战。

原来，毛泽东和中央书记处的书记们正在部署着后来名垂战史的辽沈战役。他们向聂荣臻、杨成武面授机宜，为华北10万大军出其不意地出击，协同东北野战军作战，作了细致入微的筹划。毛泽东对杨成武说："成武啊，你们到绥远要站住脚，就得准备饿3天肚子，吃两天草。"

刘少奇在一边严肃地说："要准备饿4天肚子，吃3天草。"意思是提醒杨成武对困难要想得多一些，严重一些。

毛泽东接着说道："我刚才讲出了这不是过草地的时候。现在部队多了，如果你没能站住脚，怎么行呢？察南战役时你们派两个纵队进入绥远怎么没有站住脚啊？就是因为没有粮食。这个教训你们必须记住。"

杨成武认真地听着，记着。

毛泽东又特别指示："如果要保证站住脚的话，你们必须做到：一、要有充分的精神准备，就是思想准备。要把困难想够，把可能遇到的困难想够想透，充其量最大的困难有多大。根据存在的困难，想出如何对付这些困难。你们必须依靠群众，发扬我军光荣传统，把困难统统摆出来，同全体指战员讲清楚。你讲困难可以讲10条，讲有利条件只讲5条。二、要有充分的物资准备。要把吃饭问题当做站住站不住脚的最大的困难。绥远那个地方只要有银元，就能搞到粮食。"

毛泽东说到这里，转向周恩来吩咐道："你交待薄一波同志，给他们10万元现洋，让他们背着，揭不开锅的时候，就用它买粮食。现大洋在绥远是很管用的。”

“好，我立即通知薄一波同志，叫他们着手筹划这笔款子。”周恩来说。

杨成武一听到要拨给这么多现大洋，忙说道：“10万现洋，得多少人挑呀，我怎么带得动啊!”

朱德笑着说：“这有什么不好办的，你们可以用红军时期那个办法嘛，连长、排长和各级干部都可以分着背几十块，没有吃的就用现洋换。搞不到小米，可以买土豆。”

毛泽东在朱德说完后，又指示：“你们的第三个准备，是首战必胜。第一仗必须打胜。第一仗把集宁那个师消灭了，消灭一个师可以用两个纵队，6比1，占领集宁城。然后由集宁由东向西，各个纵队以归绥为总目标，向西进军。把东面的集宁占领了，把西面的包头占领了，把凉城、丰镇都占领了，就留下一个归绥，那你们就站住脚了。”

“第四点准备呀，是全体指战员都要做群众工作，人人做群众工作。”毛泽东说，“必须把群众工作做好。做群众工作，就是宣传我军的政策、我军的主张。第五点就是严格执行党的各种政策：群众政策，俘虏政策，工商业政策。出发以前就叫全体指战员明白，人人开口，把这个工作做好，这是胜利的保证之一。”

毛泽东讲完后，其他中央领导也分别作了指示。面对重兵集结的敌人，毛泽东的雄才大略是建立在他敢于打前所未有的大歼灭战的基础之上的。

8月21日，华北野战军第三兵团从易县、涞源出发，出征绥远。东北野战军按照毛泽东的部署，切断了华北与东北的联系，把几十万敌军关死在东北，形成关门打狗之势。一场大规模的厮杀在东北战场展开了。而华北的国民党军队自顾不暇，哪有力量出援东北。

8月23日，人民解放军总部作战局在石家庄召开战况汇报会。朱德在会上深刻地指出：“中原战场是决战的战场。自古以来，谁在中原取得了胜利，最后胜利属于谁的问题就能解决。”并指出：在今后的10个月内，有希望攻克济南、太原、北平诸点，然后集中兵力打过长江去。当前的首要任务是不让东北的敌人进关。

围绕一个“关”字，毛泽东与蒋介石在东北辽阔的战场上展开了斗智又斗勇的大决战。

8月的西柏坡，炎热的气候使人白天、晚上都睡不好觉，而战争的白热化程度更使中央书记处的五大书记没日没夜地运筹着几百万军队的部署。当太阳热得炙人，在房间内实在坐不住时，浑身汗淋淋的毛泽东在警卫人员的陪同下，来到东柏坡后沟旁边的一片树林中避暑办公。书记处的其他书记们在毛泽东的带领下，也是苦战三暑，连日不停地召开书记处会议。

毛泽东说："现在到了最后决战的阶段，仗要越打越大，都是关系全国全局的大仗。不要还是我一个人说了算，重大决策要集体研究决定。"因为在以往五大书记有分工，由毛泽东在周恩来协助下负责全国的军事指挥。从这时起，五大书记天天聚集在一起，研究决策军事指挥，其他四位书记也就随着毛泽东转了起来。但由于毛泽东有夜间办公的习惯，周恩来、任弼时在转战陕北期间已随毛泽东养成了夜间办公的习惯，而朱德和刘少奇则就要克服一下了。

特别是朱德，在五大书记中是年龄最大的一位，已过花甲。更由于多年来养成了早睡早起的习惯，生活很有规律。每天晚10时洗澡睡觉，清晨起床散步打拳。现在生活习惯全打乱了。毛泽东担心他的身体，有时劝几句："总司令啊，你年龄大了，可以早一点回去休息。"

"这么重大的事，我回去也睡不着。"朱德摇着头说。但他话是这么讲，连续开会毕竟太疲劳了，有时会议才开一半，他就又打瞌睡了。

鼾声中，有人要叫醒朱德，毛泽东轻轻地摆手说："不要叫了，让他休息一会吧。决定重大问题时再叫醒他也不迟。"大家讨论问题的声音低了下来。

周恩来担心朱老总感冒，准备给他身上搭件衣服，任弼时低声说："现在还很热，等天亮前凉下来后再说吧。"

还不到10分钟，朱德就醒了过来，揉着惺忪的双眼，抱歉地说："哎呀，糟糕。我怎么睡着了！"

大家都笑了。周恩来说："没关系，你休息一会儿，就能坚持到底了。"

抽烟很多的刘少奇倒还挺精神，说："这几天搞得太疲劳了，总司令回去休息一下吧。"

毛泽东关切地说："老总啊，你的年岁大了，不能跟我们比，我和恩来、弼时同志打疲劳战打惯了，在陕北打了一年多，总算把蒋介石打住了，打破了他要消灭我们的美梦。现在，这个疲劳战还要打下去，因为现在该轮到我们做美梦了，这就是要彻底打倒蒋介石！这真是没办法的办法，我们想劝蒋介石不要这般辛苦，可他不干哩，硬着头皮要消灭我们！你说，我们不干行吗？要干，就只有再把疲劳战打下去，咱们这一会儿会议多，为的是彻底打败蒋介石。事情多，又很重大，少数人做主不行，咱们一起打下这一段疲劳战。总司令开会时稍微休息一会儿，精力更充沛，这是一件好事嘛。”

任弼时患有高血压病，过度紧张后就头晕，靠在躺椅上闭目养神。有时大家也劝他早点回去休息，他连连摇着头说：“我比你们都年轻，你们坚持工作，我回去休息怎么行呢，我应该比你们多做点工作才对。”

毛泽东、刘少奇、周恩来的身体都很好，精力始终都很充沛。特别是总参谋长周恩来白天有大量的外交、统战、宣传等工作要做，晚上又要协助毛泽东指挥全国军事，但他的精力之旺盛和办事效率之高都是十分惊人的。

为了将一切可能和必须集中的权力集中于中央和中央代表机关手中，加强中央的统一领导，为夺取全国政权创造思想上和组织上的必要前提，9月8日到13日，毛泽东在机关小食堂内主持召开了中央政治局扩大会议。这是一次重要的军事会议，但会场内外都没有挂会标，也没有对外公布。往日的两间小灶食堂成了会场，住房也很紧张，几个人挤在一个房间内。到会的除7名中央政治局委员外，还有14名中央委员、候补委员及10名由华北、华东、中原和西北地区来的党和军队的主要负责人。这是日本投降以来到会人数最多的一次中央会议，彭德怀、贺龙、邓小平、陈毅、聂荣臻、徐向前、习仲勋、薄一波等人相继在会上发了言。

毛泽东在会上作了重要讲话，提出这次会议的主题是“军队向前进，生产长一寸，加强纪律性，革命无不胜”，“要敢于打前所未有的大仗”，这是对各战略区打大规模歼灭战下达的动员令，也是为即将发起的三大战役和渡江作战下达的总动员令。

毛泽东在会上庄严宣布：从根本上打倒蒋介石国民党反动集团，从1946年7月算起，大概要5年时间。这个计划是根据两年来的经验，比较谨慎的估计，有绝对实现的可能。如果给蒋军的打击再沉重一些，我们的胜利会来得更快。全党都应有些准备。我们应尽快由游击战争向正规战争转变，要继续把战争引向国民党统治区，使战争负担加之于敌。为了这一点，应该准备若干次带决定性的大会战，即人民解放军仍然在长江以北和华北、东北作战，以求得歼灭国民党军重兵集团。

毛泽东与各战略区的主要领导都谈了话，交换了意见。他对邓小平说：“我们每年见一次面，每次见面都有很大变化。明年我们再见面时，应该有一个根本性的变化。”

邓小平说：“毛主席、党中央高瞻远瞩。我回去和伯承同志研究一下，我们应该发挥更大的作用。主席给我们的任务，我想一定能够完成。”

周恩来对邓小平说：“你们的位置太重要了，要靠你们去消灭国民党蒋介石的命根子，消灭他的主力部队，还要去抄蒋介石的老窝呢。”

邓小平说：“希望这一天能够早日到来。”

陈毅爽朗地说：“我们的本事就是一条，坚决完成毛主席、党中央交给的任务!”

会议后，毛泽东把很大精力投向了东北战场，把决战方向首先指向了辽沈大地，这是因为东北战场在全国5大战场中，是人民解放军在兵力上惟一超过国民党军队数量的战场。当时东北的卫立煌集团有正规军48万，非正规军7万，共计55万人，分别困守在沈阳、长春、锦州3个孤立的据点上，东北人民解放军正规部队有12个步兵纵队，1个炮兵纵队，1个铁道兵纵队，17个独立师，共70万人。还有各省军区所属地方武装30万人，共计103万人。

9月5日，毛泽东向东北的林彪、罗荣桓、刘亚楼发出了发起辽沈战役的电报，指出：“你们可以在北宁线上展开大规模作战。在此线上作战，补给较顺利。这又是中间突破的方法，使两翼敌人（卫立煌、傅作义）互相孤立，因此，你们主力不要轻易离开北宁线，要预先设想继续打锦州、山海关、唐山诸点，控制整个北宁路（除平津段）于我手，以利尔后向两翼机动。”

两天后，毛泽东又指示林彪等人“在九、十两月或再多一点时间内歼灭锦州至唐山一线之敌，并攻克锦州、榆关、唐山诸点”，明确制定了东北人民解放军南下北宁线，封闭蒋军在东北，加以各个歼灭的正确作战方针。9月12日，东北人民解放军先头部队到达北宁线附近，会同原在南线的部队，开始包围绥中、兴城、义县等地的国民党军，辽沈战役正式开始。

当锦州陷入重重包围时，蒋介石由北平飞到沈阳，亲自督战。消息传到西柏坡，毛泽东走出房间，站在门坎上大声宣布：“蒋介石飞到沈阳了，这下子我们的胜利就更有了把握。”

卫士们对毛泽东给蒋介石的“表扬”，不明白怎么回事，都怔住了。

周恩来解释说：“蒋介石到哪个地方，我们在哪个地方的仗就好打。他历来都是瞎指挥。”

毛泽东慷慨地给予蒋介石“表扬”，却对林彪贻误战机提出了严厉的批评，指出：“我军从9日出动，至今日已21天，尚未攻击义县，动作实在太慢，值得检讨。”“大军作战，军令应加严。八、九两纵耽误两天封锁机场，应予批评。”

由于林彪考虑东北战局，仅是从东北战略区出发思考问题，坚持从北向南追着打。而毛泽东则是从全国考虑问题，决心不能再让关外的敌人跑入关内，坚持把住“关口”，从南向北打，全歼东北之敌于关外。这就不仅仅是要求打个一般的胜仗，而是要打一场前所未有的大歼灭战。毛泽东为了说服林彪，前前后后发了10多封电报，严令林彪撤离长春，南下北宁线，强攻锦州，以便全歼东北之敌。

10月1日，东北人民解放军歼灭了义县、兴城、绥中等地守敌之后，主力部队首先指向锦州。锦州是东北的大门，是连接东北和华北的枢纽，是北宁线上的战略要地。只要攻克了锦州，北宁线就被拦腰斩断，整个东北战场就会出现“关门打狗”的局面。然而，林彪仍从局部利益出发，并没有打锦州的军事部署。

为此，10月3日，毛泽东以严厉的口气批评林彪：“你们应利用长春之敌尚未出动，沈阳之敌不敢单独援锦的目前紧要时机，集中主力，迅速打下锦州，对此计划不应再改。你们……不敢打锦州，又想回去打长春，我们认为这是很不妥当的。你们指挥所现到何处？……现在部队到达为时甚久，你们尚未到达。望你们迅速移至锦州前线，部署攻锦，以期迅速攻克锦州。迁延过久，你们有处于被动地位之危险。”这封电报发出仅两个小时后，毛泽东不放心地再次发电报，指出：“我们坚持地认为你们完全不应该动摇既定方针，丢下锦州不打，去打长春。”严令林彪“力争10天内外攻取锦州”。一周后，毛泽东再次电告林彪：“你们的中心注意力必须放在锦州作战方面，求得尽可能迅速地攻克该城。即使一切其他目的都未达到，只要攻克了锦州，你们就有了主动权，就是一个伟大的胜利。”

林彪在接毛泽东的电报后，再也不敢拖延，调整了部署，准备打锦州。正当人民解放军攻克义县，扫清锦州外围敌人时，蒋介石急调北宁线华北“剿总”的5个师来援，连同原来在锦西的1个师，共9个师，于10月10日起开始向塔山阵地猛攻，但始终未能突破人民解放军阵地。经6昼夜苦战，人民解放军在塔山阵地前歼灭国民党军7000余人，胜利地完成了阻击任务，国民党军廖耀湘第九兵团的11个师又3个骑兵旅由沈阳驰援锦州，被人民解放军阻击在彰武、新立屯地区。

10月14日，东北人民解放军向锦州发起进攻，经过31个小时的激战，全歼该城守敌，俘虏国民党军东北“剿总”副总司令范汉杰、第六兵团司令卢浚泉以下约9万人，锦州的解放迫使长春国民党第六十军军长曾泽生于17日率部2.6万余人起义，撤出长春。19日，国民党东北“剿总”副总司令郑洞国率部属全部投降，长春宣告解放。此时，东北国民党军全军覆灭的命运已成定局。但蒋介石仍然梦想夺回锦州，打通关内外的联络，严令廖耀湘兵团继续向锦州前进。人民解放军在攻占锦州后，又立即向东北方向回师，从黑山、大虎山南北两翼合围廖耀湘兵团。10月26日将廖兵团包围于黑山、大虎山、新民地区，经两天一夜的激战，全部歼灭该敌，俘国民党军兵团司令廖耀湘及军长李涛、向凤武、郑庭笈以下10万余人。

东北人民解放军乘胜追击，11月1日解放沈阳，俘国民党军第八兵团司令周福成，共歼敌14万余人。2日解放营口。至此，辽沈战役以人民解放军的胜利宣告结束，共歼灭国民党正规军4个兵团、11个军、66个师，计47.2万余人。锦西、葫芦岛地区的国民党军于11月9日从海上撤向关内，东北全境获得解放。

辽沈战役的胜利，使中国的军事形势进入一个新的转折点，国共两军双方的力量发生了根本性的变化：国民党军总兵力由决战前的365万人下降到290万人；人民解放军则由280万人上升到300余万人。人民解放军不仅在质量上早已占显著优势，现在在数量上也占了优势。人民解放军在积累了进行大规模歼灭战的经验后，在拥有东北这块较好的工业基础的后方有利条件后，又开始了向华北和全国的大进军。

沈阳解放这天，在西柏坡的中共中央机关的厨师们也会聚一起，为毛泽东等五大书记们做了一顿丰盛的晚餐。毛泽东的要求很简单，就是要吃碗肥肥的红烧肉，以补充近日来损耗过多的脑力。但他们没有喝酒，因为淮海战役还在进行中。

就在毛泽东吃红烧肉的这天，他代表中共中央革命军事委员会，根据中共中央“9月会议”决定，宣布把原各大战略区划分为野战部队、地方部队和游击部队3大类。野战部队按所在地区分别编为野战军。野战军下辖兵团、兵团辖军（即原来的纵队）、军辖师、师辖团。各野战军以其所在地区分为中国人民解放军西北野战军、中原野战军、华东野战军、东北野战军、华北野战军。各野战军所属兵团、军、师的数目，依各大战略区的具体情况而定。随后，西北野战军改称为第一野战军，辖两个兵团；中原野战军改称为第二野战军，辖3个兵团；华东野战军改称为第三野战军，辖4个兵团；东北野战军改称为第四野战军，辖4个兵团。华北野战军所辖的3个兵团直属中国人民解放军总部。

辽沈战役的胜利，使西柏坡军委作战室内墙上挂满的军事地图不得不被全部更新，一幅崭新的军事部署作战地图又标挂在中央五大书记的面前。中央军委作战科、情报科和战史资料科随时分析着整个战场的动态，参谋人员标示着战役的进展情况，图上的红蓝毛线在毛泽东与各大战略区指挥员的通电中，开始向着长江岸边迅速延伸。

蒋介石坐镇北平，
指挥十万大军偷袭中共中央机关，欲擒获毛泽东

在毛泽东于西柏坡主持召开“9月会议”前几天，蒋介石也在南京召开了由国民党军120多名高级将领参加的重要军事会议。

精神不佳的蒋介石说：“近两年来，我们军事上遭受到了挫折，这是不容讳言的事实。然今之最要者，乃是同心同德，共济时艰，共挽危局。我们的军事力量大过共军数十倍，制空权、制海权完全掌握在我们手里，论形势，我们处在绝对的优势，比在江西‘剿匪’时还要有利。但是，我们有许多高级军官在日本投降后，大发接受财，骄奢淫逸，沉溺于酒色之中，弄得将骄兵逸，纪律败坏，军无斗志。大家如果再不努力，到明年这个时候，能不能在这里开会都成问题。”

南京军事会议整整开了一周。会后，蒋介石分别召见了一批高级将领，面授机宜。他并派黄维速到河南信阳地区编组一个兵团，派杜聿明任徐州“剿总”副总司令兼兵团司令，以图加强中原防御力量，准备徐蚌会战。

中共在军事上的节节胜利，使蒋介石在会议上如坐针毡。他在轰炸城南庄欲把毛泽东炸为灰烬的计划未达目的后，在这次的南京军事会议期间，又

决意出动重兵集团，趁人民解放军华北主力远在平绥线上之际，出其不意地对中共中央所在地石家庄地区进行袭击，企图一举扑灭中共中央首脑机关。蒋介石的如意算盘是：如果成功，至少可以暂时稳定一下国统区的军心和民心，给中共造成混乱。

蒋介石与傅作义策划于密室，拟定出动国民党第九十四军、新编第二军及骑兵部队共5万余人，配备400辆汽车、100吨炸药，组成一支快速部队，与阎锡山由山西出动的5万部队一起突然行动，大军直抄中共中央驻地西柏坡。信心十足的蒋介石在密谋后，特意由南京飞到了北平，等待着“辉煌战绩”的报来。他亲自指挥10余万大军直扑中共中央首脑机关，意欲擒获毛泽东，并再三叮嘱傅作义：“此次出击，务必保密，这是成功的关键!”

然而，蒋介石的这一密室计划刚刚付诸实施，情报即被中共方面所截获。10月25日上午，西柏坡中央军委机要局收到华北军区转来华北局城工部的一份急电：“蒋介石坐督北平，欲动用北平、太原10多万兵力，四面包围，突袭冀西。”机要参谋见到电文，神色顿变，以最快的速度把电报送给了毛泽东、周恩来、朱德及军委的其他领导人。几分钟后，中央五大书记和军委领导人都齐聚作战室，在参谋人员刚刚拼接绘制成的华北敌我态势地图前，紧急商讨对策。

作战室内的气氛骤然紧张起来。

蒋介石的这一手的确切中了中共中央首脑机关的要害，手段也十分阴险狠毒。这时，人民解放军在北平以南至石家庄，确实没有任何主力部队，国民党军的进攻即便不是偷袭，就是明目张胆地奔大路而来，只要动作迅速，也很可能一举置中共中央机关于危境，甚至于死地。而傅作义的骑兵又一向以快速、迅猛著称。蒋介石肯定考虑到了使用这支特种部队长距离突袭西柏坡。

西柏坡的形势显得有些紧张了，各机关都作了应急部署。中央机关的一些部门，在统一部署下开始疏散。周恩来派汪东兴等人带中央警卫团的两个连和一个骑兵排火速赶到西柏坡东北方向行唐一带警戒，遇敌来袭时即行坚决抵抗，剩下的一个警卫连在情况危急时掩护毛泽东和党中央转移。辽阔的冀中平原，从中央到地方都紧急地动员起来。

周恩来又向北平发出密电：“速查清来犯之敌详情。”

那么，北平的这一重要情报又是怎样传递到西柏坡的呢?

这是两天前发生的事了，即10月23日上午，北平市内，傅作义的“华北剿匪总部”大门前，岗哨林立，戒备森严。一批批军事要员进进出出，与往日不同的是，今天这些在以往愁眉苦脸的军官们，行色匆匆中却多喜形于色。当晚，中共地下党员刘时平进入傅作义部新编骑兵第十二旅旅长鄂有三处，在酒席桌上侦听到：“委座有令，要老傅明天就去端共产党的老窝！”

刘时平得知这一消息，不禁暗吃一惊，他强装镇静，在杯来盏往中又将傅部的军事部署进一步核实。各方情报证实，国民党军偷袭中共中央驻地的计划即将付诸执行。刘时平急忙向北平地下党组织作了汇报。地下电台的中共党员冒着机毁人亡的危险，破例开机。

一份十万火急的军事情报化作电波，传向了城工部，又传向华北军区，再传向西柏坡。

中央军委作战部副部长李涛急促地问毛泽东：“要不要马上调动部队?”

毛泽东却镇定地回答：“用不着。”

机要参谋从外面一路小跑闯了进来，手中拿着第二封急电：“涿县、定县间之敌已经出动……”

一向遇事不惊的李涛有些坐不住了，转身向朱德请示：“总司令，你看怎么办?”

“不要着急嘛！让他们来好了。”朱德也这么镇定自若地说。

第三封急电到达西柏坡时，李涛手中的“敌人先头部队已经到达保定”的电文，已被他攥湿。参谋们一个个都在为领袖们的安全担心，明白这时毛泽东等人正在筹划和指挥平津、淮海战役，或许是顾不得这北平、太原之敌了。可对中央军委和机关的人员来说，保卫毛泽东和党中央的安全更是十分重要的大事啊！

“周副主席，我建议赶快调动部队，增援西柏坡！”李涛坚决地说。

“调哪里的部队？……”

“情况紧迫，当然是离我们这里越近越好。”

“那只有调动我们现在包围平津的部队了，可又怎么能完成牵制平津之敌的任务呢?”

“可我们这里怎么办？敌人都过保定了！”

毛泽东闻声走了过来，对李涛说：“李涛同志，我们这里可不是与敌人决战的主战场哟！我军在平津地区的牵制任务，直接关系到东北和华东战场上的战略性歼敌行动部署。”

李涛见毛泽东和周恩来仍然“无动于衷”，更加着急了，说：“我们要为首长们的安全负责。就是不决战，也得先保卫党中央啊！敌人的骑兵从保定到这里用不了一天时间，我们这里可说是无一兵一卒，怎么能抵挡得住？”

周恩来笑着说：“我们这里一兵一卒还是有的嘛。”

李涛摇着头说：“不就是那一个警卫连，来的敌人可是10万之众啊！”

毛泽东微笑着，说道：“一个连的兵力足够了。不用一兵一卒照样能退敌嘛。诸葛亮只用了两个扫街的老头，还大开了城门，不也把司马懿的15万大军打退了吗？”

李涛再也不好说话了，他百般不解地猜测道：“难道毛泽东真要给蒋介石摆个空城计吗？”

其实，担心毛泽东和党中央安全问题的何止李涛，整个中央机关在闻讯后都在担心着毛泽东等中央领导的安全，准备疏散的人说什么也不走，非要坚持保卫毛泽东和党中央，要走大家一起转移。卫士张瑞岐关切地问毛泽东：“主席，我们啥时候撤离？”

“撤离，为什么？”毛泽东反问道。

“听说敌人已经到保定了。”

“放心吧，敌人是不敢来的。”毛泽东的口气很自信。

毛泽东在退出作战室时，与周恩来、朱德低语了几句。然后，回到他的办公室，让卫士收起东北地区的地图，备好纸笔。

“给蒋介石点颜色看看。”毛泽东一边在办公桌上铺开稿纸，一边说道。

毛泽东提笔写下了一篇新闻稿的标题：《蒋傅匪军妄图袭击冀西老解放区》。稍微考虑构思后，疾书道：“新华社华北25日电确悉：当我解放军在华北和全国各个战场连获巨大胜利之际，蒋介石妄想突袭冀西，破坏人民的生命财产。据前线消息：蒋介石已调动九十四军3个师、新二军2个师、新骑四师、骑二旅……并附属爆破队、汽车数百辆，企图捣毁我后方机关、仓库、工厂、学校、发电厂、建筑物。但是，蒋介石此种穷极无聊的举动，是注定要失败的。华北党政军各首长正在号召人民动员起来，配合解放军，坚决、彻底、干净、全部地歼灭敢于冒犯之敌。”

毛泽东又以新华社评论员的名义，在述评中机智而无不幽默地巧施笔力：“我们已经有了充分的准备，蒋匪军，你们愿意来就来吧，不过，来了，对你们是没有一点好处的。你们还是老实一点为好。你们要明白，你们要到冀西来，到石家庄来。这里有一个问题是，你们究竟还要不要北平？现在北平是这样的空虚，只有一个青年军第二〇八师在那里。通州也空了，平绥东段也只有稀稀拉拉几个兵了。总之，蒋介石在北方的整个战线，整个傅作义系统，大概只要几个月就要完蛋了，而有人却还在那里做石家庄的梦！”

“马上播发，全文广播。”毛泽东让机要秘书把刚刚写好的稿子火速送到了广播电台。

此刻，国民党军突袭部队的3个军、10个师、1个旅的兵力分为偷袭和策应两个梯队，正以骑兵为先导，如潮水般地向南快速奔袭。办事谨慎细致的周恩来坐在一把旧椅子上，他考虑到，为了保证万无一失，以中央军委名义向华北军区、第二兵团以及地方部队连续发出电示：命令第七纵队主力转移到保定以南，坚决阻止敌人南进；第三纵队以5天行程，不惜疲劳赶到望都地区阻敌；地方武装组成几个防御地带，抗击可能来犯之敌。同时，致电东北的林彪，出兵威胁平古、平津、平榆3线，威胁北平，迫南下之敌一部回头；致电山西的徐向前，立刻围困太原之敌，截击于山西境内，不使东犯，以保障石家庄西侧的安全。

周恩来时刻关注着回援部队的行动。27日清晨，从4时30分到7时的两个半小时里，周恩来3次向毛泽东书面报告第三纵队和第七纵队的行军进度，而毛泽东却更相信他笔下生花的力量，他要把为新华社所写评论员文章的每一个字，都化作千军万马、雄师强兵。

住在北平圆恩寺官邸、时刻注视着冀西战况的蒋介石，在毛泽东写出那一电文和述评仅仅几分钟后，即从华北人民广播电台中收听到了这一消息。这真是令他又惊又怒，惊的是中共中央这么快就知道了国民党军偷袭冀西的计划，怒的是他断定内部又出了奸细。他把一肚子的臭词骂语从电话上倒在了傅作义的头上。

负责亲自指挥和部署这次偷袭计划的傅作义，也收听到了由毛泽东为中共中央广播电台所起草的这则新闻消息，他还怎么敢让部属轻举妄动？于是，急令正向西柏坡进犯的前线指挥官第九十四军军长郑挺锋、新编骑四师师长刘春芳、骑十二旅旅长鄂有三等慎重前进。郑挺锋等人接傅作义电后，得知情况有变，也于途中急忙把收音机的旋钮儿调在了中共华北广播电台频率上。可也巧，一篇题为《保石线正太线军民准备迎击匪军进扰》的新华社消息正在播出，广播员那铿锵有力的声音，把郑挺锋、刘春芳、鄂有三等国民党军指挥官惊得个个目瞪口呆，因为广播中清清楚楚地点到了他们的名字。

广播员以洪亮的声音播讲道，“新华社华北 27 日电：为了紧急动员一切力量，配合人民解放军歼灭进犯之敌，此间党政军各首长已向保石、正太沿线两侧各县发出命令，限于 3 天内动员一切民兵及地方武装，准备好一切可用的武器。尤其注重打骑兵的方法。据悉：北平出动之敌，准备于 27 日集中保定，28 日开始由保定往南、往西；太原出动之敌，已到达盂县、平定，欲从西、南两面发起攻击。进扰部队匪首有九十四军军长郑挺锋、新编骑四师师长刘春芳、骑十二旅旅长鄂有三……此间首长们指示各界，切勿惊慌，只要大家事先有充分准备，就有办法避开其破坏，诱敌深入，聚而歼之。”

郑挺锋等人闻言顿时傻了眼，一个个不禁惊得头冒冷汗。他们预测到善于摆“口袋阵”的毛泽东，这时肯定也已经设好了“诱饵”，专门等待着愿者上钩，实施“诱敌深入，聚而歼之”之战法。郑挺锋与刘春芳、鄂有三通话说：“共军打仗向来谨慎，中央首脑机关不可能无兵守卫。我们的情报肯定有误。共军正是企图利用我们的错觉，引我们上当。”

原来还准备依靠骑兵出奇制胜抢头功的国民党军指挥官刘春芳、鄂有三，在听到广播中提到“尤其注重打骑兵的方法”后，心中更是乱了谱，立即命令所部暂时停止前进，并慌忙劝说郑挺锋赶快向上请示，准予撤兵。同样不愿意把老本蚀进去的郑挺锋，见众将领已动摇了再前进的决心，自己也不愿再冒这个险，即致电傅作义和蒋介石：“据侦察：石家庄及冀西滹沱河两岸的百姓，并无丝毫惊慌之举，而是安居乐业，一片和平景象。恐共军真有埋伏，而诱我深入。建议我军暂停进击。”

在北平圆恩寺等待好消息的蒋介石，接郑挺锋的电后，将信将疑地大声骂道：“埋伏个屁！毛泽东怎么知道我要去端他的老窝？肯定北平城内出了内奸。娘希匹!”

傅作义慌慌张张地走了进来：“报告委员长，太原消息，晋军进至盂县，被共军围去了两个师。北平方向情况也不明朗，疑是共军有重兵埋伏。是进是退，请委座还是及早定夺。”

“知道了。娘希匹！差点又上了毛泽东的大当。哼哼，摆那么几个人在那里作诱饵，想白赚我 10 多万军队，没那么容易。现在我们就撤退，马上命令太原、北平两线部队撤退到原地待命!”蒋介石吼叫着。

原本静悄悄蜂拥而上冀西的国民党军，在得知企图败露，又接蒋介石的撤退命令后，如做贼破墙入室被人发现一样，纷纷夺路而逃，大道上烟尘四起。

消息传到了西柏坡，毛泽东晃动着他那高大的身躯，用湖南腔唱了一曲京剧《空城计》，“司马懿的兵来得好快呀!”一句道白后，他接着唱道：“我正在城楼上观山景，忽听得城外乱纷纷，旌旗招展空翻影，原来是司马发来的兵……”他反复唱着这几句词，剩下的词大概是记不得了，只是摇头晃脑地哼唱着曲子。

毛泽东这段特有韵味的“湖南京剧”，唱得卫士们都背过脸去笑得流出了眼泪，却又不敢笑出声，怕扫了他的兴。

“我本是卧龙岗……”毛泽东唱趣正浓，又来了一段《三顾茅庐》中诸葛亮的唱段。

卫士们再也忍俊不禁，开怀大笑。毛泽东也不无得意地大笑起来。

在毛泽东的笑声中，傅作义、阎锡山的部队各自退回到原驻地北平和太原。喘息未定的蒋介石，在这时接到了他秘密派出的武装特务送回的情报：平山西柏坡的确驻有中共首脑机关，守卫兵力只有一个连。

仰天长叹的蒋介石到这时才明白，毛泽东成功地在冀西巧施了一个空城计。傅作义、郑挺锋不服输地要求再次出兵明夺西柏坡，蒋介石苦笑道：“你们都不是毛泽东的对手，他的下一个目标就不可能再是空城计！你们再去冀西，什么也不会得到。晚了!”随着蒋介石手臂在地图上的晃动，傅作义等高级将领的目光又收回到了平津战场。

这时，人民解放军华北部队在周恩来的部署下，由郑位山率领的第三纵队昼夜兼程 4 天，跑了 300 多公里路，终于提前到达沙河以南，以双腿跑在国民党军骑兵的前面。周恩来的紧急部署，不仅从正面阻击了敌人，而且形成了南北夹击来偷袭西柏坡之国民党军的阵势。本来就胆战心惊、冒险行动的国民党军，接蒋介石撤退命令后掉过头来就向回跑，缩回了保定和北平。一场保卫中共中央的战斗胜利结束了，而一场以平津地区为主战场的大歼灭战，也正等待着华北的国民党军。

几天以后，辽沈战役胜利的捷报传来，毛泽东又坐到 10 月 25 日以新华社名义撰写题为《蒋傅匪军妄图袭击冀西老解放区》新闻广播稿的办公桌前，奋笔疾书，再次以新华社名义撰写社论。他在这里郑重宣布：原来预计 5 年就可从根本上打倒国民党反动政府的进程，大为缩短，从现在起再有一年左右就可实现了。这是何等的气魄！

指挥淮海、平津战役

历时52天的辽沈战役于1948年11月2日结束。毛泽东在这期间，接见了许多民主人士和各地来的干部，并应各国共产党情报局机关刊物《争取持久和平，争取人民民主》之约，写了一篇纪念十月革命的文章。但他投入精力最多的还是指挥三大战役。

毛泽东在辽沈战役结束后，为了补脑而吃下的那碗红烧肉刚刚下肚，仅仅4天后，即11月6日，他设计在距离南京很近的徐州、蚌埠地区的又一次大会战主战场上，炮声隆隆，解放战争中具有决定性意义的一场大决战，在长江北岸的广袤土地上打响了。这场决战在国民党军方面，称为“徐蚌会战”，而在毛泽东的笔下，他把战场的范围又大大地扩展到了整个淮河流域和东、西陇海线，故在人民解放军的战典中，这次大决战被称作“淮海战役”。

淮海战役发起时，集结在淮海地区的国民党军队有徐州“剿总”司令官刘峙、副司令杜聿明指挥下的4个兵团和3个绥靖区部队，连同以后从华中增援的黄维兵团，共80余万人。人民解放军参加这次战役的部队是华东野战军的16个纵队，中原野战军的7个纵队，以及华东、中原军区和华北军区所属冀鲁豫军区的地方部队，总兵力有60多万人。毛泽东决心以徐州为中心与蒋介石进行大规模决战，准备用3～5个月的时间各个歼灭国民党军主力于淮河以北地区。

为了领导这次战役，中央军委批准成立了淮海战役总前委，由邓小平、刘伯承、陈毅、谭震林、粟裕5人组成，邓小平为总前委书记，统一领导和指挥战役的进行。

还在20多天前的10月11日，毛泽东为中共中央革命军事委员会起草了给华东野战军和中原野战军、华东局和中原局的电报，相继发出了一系列《关于淮海战役的作战方针》指示，开始策划在以徐州为中心，东起海州，西到商丘，北抵临城（今薛城），南到淮河的广大地区，发动淮海战役。毛泽东指示首先集中兵力围歼徐州和海州之间兵力比较分散的国民党军黄伯韬兵团，完成中间突破，斩断其右臂膀，然后各个包围歼灭。同时，鉴于国民党军的机动兵力相互增援，应采取灵活运用兵力的战术，以半数兵力用于围歼敌人，以另外半数兵力用于阻援打援并责成中原、华东、华北3大解放区全力组织支援。

华东野战军在中原野战军的配合下，开入淮海战场，于11月6日横扫陇海路北侧的国民党军，淮海战役宣布正式开始。12日，华东野战军向被围困在碾庄地区、号称国民党军华东劲旅的黄伯韬兵团展开攻击。激战至22日傍晚，歼灭了黄伯韬兵团18个正规师（含三个半师起义），共17.8万余人，黄伯韬被击毙。切断了国民党守军海上的逃路，完成了对徐州的战略包围。这时，蒋介石急调河南境内的黄维兵团增援淮海战场。23日，黄维兵团刚到宿县西南时，即陷入人民解放军的包围圈中。12月6日，总攻开始，经10天激战至15日夜，人民解放军歼灭黄维兵团12万余人，黄维被活捉。由徐州城中西逃的杜聿明集团30万人，被围困在永城东北纵横不到10华里的地区中。

12月17日，毛泽东亲笔为中原、华东两野战军司令部写了《敦促杜聿明等投降书》的广播稿，对被围困的国民党军展开了声势浩大的政治攻势。毛泽东以特有的笔锋向杜聿明等国民党高级将领敦促道：“你们现在已经到了山穷水尽的地步……在我们的层层包围和重重打击之下，你们的阵地大大地缩小了。你们只有那么一点地方，横直不过十几华里，这样多人挤在一起，我们一颗炮弹，就能打死你们一堆人。你们的伤兵和随军家属，跟着你们叫苦连天。你们的兵士和很多干部，大家很不想打了。你们当副总司令的，当兵团司令的，当军长师长团长的，应当体惜你们的部下和家属的心情，爱惜他们的生命，早一点替他们找一条生路，别再叫他们作无谓的牺牲了……只有这样，才是你们的惟一生路。你们想一想吧！如果你们觉得这样好，就这样办。如果你们还想打一下，那就再打一下，总归你们是要被解决的。”

1949年1月6日，人民解放军向被包围在青龙集、陈官庄的国民党残军发起最后进攻，至10日上午，战斗胜利结束，俘虏国民党徐州“剿总”副总司令杜聿明、击毙第二兵团司令官邱清泉。

历时65天的淮海战役，共歼灭国民党军正规部队22个军、56个师（含四个半师起义）共55.5万余人，并击退由南京来援的李延年、刘汝明两个兵团，彻底粉碎了蒋介石国民党军“力争华北，坚守中原，经营华南”的防御计划。至此，华东、华北和中原 3 个解放区已连成了一片，从根本上动摇了蒋介石国民党反动集团继续盘踞大陆的信心，为此后的渡江战役和解放全中国奠定了胜利的基础。

不久，刘伯承和邓小平来到西柏坡，当与毛泽东谈到淮海战役时，刘伯承形容说："淮海战役，我们像嘴里含了个核桃一样，咬也咬不碎，吞也吞不进去。"邓小平则直截了当地说："打得坚决，也很残酷。"刘伯承接着说："最后到底还是咬碎了！"由此可见淮海战役打得艰苦。

与此同时，平津战役也在紧张地进行中。

毛泽东和中央军委在辽沈战役胜利结束和淮海战役顺利进展中，判断到平津地区的国民党傅作义部队有如惊弓之鸟，南撤的可能性很大。为了变这些"惊弓之鸟"为"笼中之鸟"，毛泽东当即决定东北野战军停止休整，协同华北军区第二、第三兵团及地方武装共 100 多万人，发起平津战役。到 1948 年 12 月 20 日，人民解放军将傅作义集团全部分割包围在张家口、新保安、北平、天津、塘沽 5 地。

东北野战军参谋长刘亚楼奉中央军委命令，首先率领 5 个纵队、22 个师及 2 个炮兵师，共 34 万人向负隅顽抗的天津守敌发起进攻。于 1949 年 1 月 2 日完成了对天津的包围，3 日开始扫除外围据点，向守敌发出了劝降书，限定最后期限是当月 12 日 18 时前放下武器，守敌诈称再宽限几天，人民解放军攻城部队为了保护城内工商业和人民的生命财产安全，又把攻城时间向后推到 13 日 24 时，讲明如果到时再不放下武器，14 日必定攻城。然而，还没有被人民解放军打到痛处的天津国民党守军妄想施缓兵之计，傅作义仍命令天津市警备司令陈长捷坚守。陈长捷叫嚷："效法斯大林格勒战术，逐屋抵抗，决心与阵地共存亡。必要时把天津全部烧毁。"

1 月 14 日上午 10 时，人民解放军向天津市区发起总攻。10 时 50 分，突破成功。激战至 15 日上午 10 时，陈长捷被生俘。战役到下午黄昏时基本结束，天津城被人民解放军攻克，共歼灭国民党军 1 个警备司令部，2 个军部，10 个整师，连同特种部队和地方部队共 13 万人，俘虏陈长捷、第六十二军军长林伟俦、第八十六军军长刘云瀚以下 116938 人。人民解放军伤亡 23600 余人。

天津的解放，彻底动摇了一度曾试图坚守北平地区的傅作义的决心，他从此再也不敢说大话了。

为了保护北平市的名胜古迹和人民的生命财产安全，中共中央和毛泽东一忍再忍，多次派出代表同傅作义进行谈判，力争以和平方式解放北平。在人民解放军打下天津，解放了保定、唐山，并将攻打天津的兵力和华北军区的部队，特别是炮兵部队集结到北平周围之时，傅作义终于明白大势已去，到了山穷水尽的地步。再经多方努力，傅作义才打消了原有的顾虑，接受了中共方面的条件，达成了和平解放北平的协议。

北平的和平解放，保护了这座古城及城里的珍贵文物，尽管傅作义的起义是晚了一些，但在北平市区终究没有发生双方都不愿见到的战火场面。后来，傅作义在交谈中曾说："蒋介石和阎锡山都曾拉我的后腿，对蒋介石的纠缠，我只要摆脱就是了，也容易摆脱。而对阎锡山则不是摆脱，而是想拉他一起倒戈，一道转到解放军方面来。但阎锡山的回答是：他这一生已经'嫁'过四五次人了，时至今日，不想再'改嫁'了。"阎锡山最终没有站到傅作义的这一边，后来远"嫁"了台湾。

1948年12月13日，毛泽东给平津前线的指挥员发了一份电报，决定彭真为北平市委书记，叶剑英为北平市军事管制委员会主任兼市长，并派彭、叶两人当即自平山县出发北上，准备接受傅作义所部的起义和改编。

1949年1月31日，北平和平解放。周恩来已接到了叶剑英来自北平的报告。这天，也就是米高扬到达西柏坡的当天深夜，周恩来把在李家庄的中央统战部秘书长齐燕铭和秘书处长周子健等召来，要他们连夜出发赶去北平，着手筹备新政协的工作，同时要求他们先把北平的3个处所中南海、香山和北京饭店接收下来，作为中央机关的驻地和接待民主人士的住所。同时，周恩来又通知杨尚昆为他们准备了几辆卡车。当夜，齐燕铭、周子健以及住在李家庄的周建人、胡愈之等民主人士，冒着寒风，星夜疾进，于2月3日清晨到了北平。他们迅速完成了周恩来交代的任务，把一批民主人士安顿在北京饭店住下。2月26日，林彪、彭真代表中共中央在中南海怀仁堂召开了欢迎各民主党派人士的会议。原计划在哈尔滨或石家庄召开的政治协商会议，现在可以到新生的北平来举行了。

和平解放的古都北平，虽然是寒冬季节，但到处洋溢着春的气息，满城回荡着欢庆解放的秧歌锣鼓声，成群的市民翘首围观着城门上新贴出的中国人民解放军"约法八章"，奔走相告着解放军即将进城的喜讯。

还在1月31日，解放军先头接防部队在喧天的锣鼓声中，在北平市民的夹道欢迎中，首先进驻各城门，国民党军队向中国人民解放军交出了北平城各城门的钥匙。

为了庆祝平津战役的伟大胜利，欢庆北平的和平解放，人民解放军定于2月3日举行盛大入城式，向北平、中国乃至全世界展示人民解放军的雄姿。东北野战军第四纵队1个师和特种兵的6个团参加入城式。入城式总指挥是东北野战军参谋长刘亚楼，特种兵由东北野战军特种兵第一副司令员兼参谋长苏进负责。

特种兵受领任务后，马上组织炮兵第二指挥所的摩托化炮兵第四、五、六团，高炮第一团，战车团和装甲车团，开赴南苑机场集中训练，主要训练入城式队形。

刚从前线下来的车辆和炮身上，满是泥土，部队连夜洗刷，使各种车辆在几天时间里都焕然一新。战士们刚刚经过天津战役的浴血奋战，个人卫生急需清理，他们连夜刷洗浸染着血迹、汗水和泥土的旧棉衣。而且这些洗刷工作和检修车辆火炮的工作只能放在晚上做，白天要抓紧时间操练队形。训练时间仅有10多天。

2月3日，天刚蒙蒙亮，参加入城式的部队就已起床，检查和发动车辆、坦克。

清晨，北风呼啸，天气很冷。7时整，参加入城式的部队出发，8时一过，准时到达永定门内大街，摆开队形向前门大街开去。

天桥以北的前门大街上，站满了欢迎的人群。

9时一过，林彪、罗荣桓、聂荣臻、叶剑英、刘亚楼和北平市委书记彭真等来到前门箭楼东边的空地上，然后登上前门箭楼。

10时，4颗信号弹升上天空，庄严隆重的入城式开始。

入城式游行队伍以装甲车为先导，第一辆车上插着一面红色指挥旗，装甲团团长丁铁石坐在指挥车里引导装甲车队前进。后面4辆大卡车上载着毛泽东和朱德的巨幅画像，紧接着的是整齐的军乐队，军号声嘹亮。军乐队后面即是装甲车队、炮车队、骑兵和步兵方队。

在前门大街上，欢迎的群众被人民解放军强大的阵容所感动，许多学生把红红绿绿的标语贴上了装甲车和炮身。标语贴完了，就用粉笔写：“中国人民解放军万岁！”“对准蒋介石——开炮！”有的战士身上也被贴上了喜庆的标语。

“庆祝北平解放!”“欢迎解放军!”“解放全中国!”每门炮上都布满了彩色的标语，炮筒上套上了花环，车辆上插满了彩色小旗。

年轻的人们纷纷挤上前去，热情地与解放军战士们握手；有的手攀着炮架，有的兴奋地骑到了炮筒上；挤不到前面的，就在原地扭起了秧歌，高呼着胜利的口号。人们以各种各样的形式，表达兴高采烈的心情，欢庆解放。

穿着长袍、戴着眼镜的民主人士也举着小红旗走上了街头，周建人、胡愈之、张奚若、钱伟长、费孝通、李广田、张东荪等知名人士，满面笑容地汇入欢迎人民解放军的行列中。《跟着共产党走》《解放区的天是明朗的天》等革命歌声此起彼伏。

骑兵、步兵方队高举着“打大仗、打硬仗、威震辽东”“秋毫无犯”和“塔山英雄团”等旗帜走过来了。第一二一师后勤部政委、女红军战士吴朝祥和男军人一样，威武地骑在马上，接受人民的检阅。

沸腾的人群随着钢铁洪流般的装甲车、大炮和坦克队列行进在古老的都市大道上。隆隆的马达声和履带声压过街面，浩浩荡荡的人群通过那个自1901年《辛丑条约》签订以来不准中国人进入的使馆区东交民巷。这是入城式路线中特意安排的。今天，中国的军队和人民第一次在这里昂首阔步，扬眉吐气地前进。游行队伍通过时，美、英等国的使馆门窗紧闭，有人躲在玻璃窗后向外窥探，有人在偷偷拍照。

游行队伍出东交民巷，绕过傅作义在东单临时开辟的停机场，经过东单牌楼、东四牌楼、北新桥到太平仓，部队与另一路从西直门入城的部队会合，于下午5时由广安门出城，隆重而热烈的解放北平入城式到此结束。

一家外国通讯社在这天发出电稿称：“中国解放军入城，规模空前未有，士气十分高涨，装备异常精良，实为一支强大的有战斗力的部队。”“中国革命方兴未艾，南京当局大势已去。”

2月12日，北平市20余万人在天安门前聚会，热烈庆祝北平和平解放。北平市军事管制委员会主任兼市长叶剑英在大会上讲话，他用诗一样热情奔放的话语说：“让我们在自由的天空，自由的城市里，来庆祝北平人民自己的伟大胜利吧！北平人民不仅是第一次获得真正的自由和民主，北平的和平解放，也为中国人民解放事业创造了新的榜样。”

激昂的广东口音，使会场上群情振奋。会上，他还向北平市的中国共产党员和军管会、市政府宣布军管期间的6大任务：一是要完全肃清一切潜伏在北平市的继续进行武装破坏的残余反革命势力；二是要协助北平的人民群众组织起来并系统地建立人民的革命政权，推行新民主主义的政策；三是接收一切公共产业和物资，并加以管制；四是消灭一切混乱现象，建立人民民主的经济秩序；五是解散国民党、三青团、民社党、青年党及南京政府系统下一切反动党派和团体在北平的组织；六是逮捕应该逮捕的战犯及罪大恶极的反动分子。

叶剑英和聂荣臻、彭真等一起，领导了对国民党起义部队的改编和对国民党北平市政府、学校、厂矿等各方面的接管工作，致力于北平的市政建设，维护社会安定，恢复发展生产，改善文化教育，为毛泽东的进京铺平了道路，为北平的建设和发展奠定了基础。

这时的叶剑英，年富力强，精力旺盛。高大魁梧的身材，英姿勃勃的仪容，一派儒将风度。为了刚刚解放的北平，他日夜操劳。在军管会和市政府里，他亲自处理各项重大事务，接待各方面的重要人物，出席各种会议，签发市府发布的各种重要条例和决定。

在五四纪念大会上，他号召青年们学习建国工作，知识青年要和工农群众相结合，学习马列主义理论，学习科学技术，把知识和实际斗争结合起来，把学习与斗争、理论与实践结合起来。

在北平各界代表会议上，叶剑英号召团结各阶层人民，密切政府与人民的关系，进一步建设人民的新北平，说："今天北平的人民已真正做了北平的主人，各界代表应负起人民政府主人翁的责任，对人民政府的工作提出批评和建议。"

中共中央在北平建立新中国首都的工作全面展开。自1928年由国民政府将北京改名为北平的中国政治、文化中心，这座自春秋战国时即为燕国都，辽称燕京，金称中都，元称大都，明清称京师、北京的六朝古都，敞开宽阔的胸怀，迎接毛泽东的到来。

不收傅作义这个“小小的秘书”，却预定了个水利部长

平津战役的胜利，以北平的和平解放宣告结束。傅作义将军以保护北平200万人民群众的生命财产和古都文物为重，接受了中共中央关于和平解决北平问题的条件，作出了特殊的贡献。

1949年1月19日，进驻北平市郊的解放军部队与城内的国民党傅作义部达成《关于北平和平解放问题的协议书》。中国人民解放军东北野战军前线司令部代表苏静，与傅作义部华北总部代表王克峻、崔载之分别在协议书上签了字。《协议书》共有5页22项，开篇写道：“为迅速缩短战争，获得人民公意的和平，保全工商业基础与文物古迹，以期促成全国彻底和平之早日实现，使国家元气不再受损失，经双方协议公布下列各项：一、自本月22日上午10时起双方休战。二、过渡期间双方派员成立联合办事机构，处理有关军政事宜，组织与人选详见附件。三、城内部队兵团以下（含兵团）原建制番号自22日开始移驻城外，于到达指定驻地约1个月后实行整编……”

协议书附件规定联合办事机构由7人组成，叶剑英任主任，解放军方面还有陶铸、戎子和、徐冰。起义的国民党军傅作义方面3人参加。该机构系临时性质，在交接期间与军事管制委员会同归解放军北平前线司令部指挥，在接收完毕后归军事管制委员会管理。联合办事机构这一组织形式，有效地使北平顺利完成了和平过渡。

《协议书》签订后，北平就此宣告和平解放。

当北平的消息传到西柏坡时，毛泽东激动地看完电报，猛地从椅子上站起来，情不自禁地几乎是喊道：“北平和平解放已经达成协议了，这真是了不起的胜利，是一件特大喜事啊！”

毛泽东手握电报，向秘书吩咐说：“快，告诉机关的同志们，北平和平解放已经达成协议了。北平的和平解放具有世界意义。这不仅是减少了敌我双方的伤亡，更重要的是保护了历史文物和古迹免遭战争的破坏，对子孙大有好处，全世界的友人也都会拥护我们这样做的。”

北平和平解放后，傅作义将军提出一个请求：他要亲自拜见毛泽东。中共中央很快作出答复，同意他的要求。2 月 22 日，军委秘书长、中央办公厅主任杨尚昆，统战部长李维汉等有关领导人，赴石家庄迎接傅作义将军的到来。这天上午，傅作义、邓宝珊将军等在杨尚昆、李维汉的陪同下，换乘吉普车到达中共中央所在地西柏坡招待所，毛泽东、朱德、周恩来等中共领导人热情接待了他们。

周恩来一见傅作义的面，就高度赞扬他率部起义的功绩，说："傅将军以人民的利益为重，和平解决了北平问题，避免了一场灾难性的战争。否则，就会给人民带来巨大损失。"

神情有些紧张的傅作义显得忐忑不安，他开口便说："本人有罪，本人有罪。我戎马半生，除抗日战争外，我是罪恶累累，罪该万死。今后我要在共产党的领导下，立功赎罪，以求得人民宽恕。"

周恩来说："这很好，我们欢迎傅将军这种态度，欢迎你与我们合作。实际上，我们的合作早就开始了，早在抗日战争中，我们是在敌后合作打日本的。那个时候，我们不是合作得很好嘛。抗日战争结束后，我们开始主张国共合作，主张成立联合政府，医治多年来战争的创伤，解除人民长期遭到的战争灾难，使全国人民都能有休养生息的机会。但蒋介石不顾人民的正义呼声，想倚仗美帝国主义的援助，以战争来消灭我党我军，实行他的独裁统治。其实，他统治那么多年，连国民党内部都没有统一起来，他怎么能那么容易地把共产党和八路军消灭掉呢？如果他聪明一点，按照孙中山先生提出的主张办事，实现民主，实行联合统一，依靠中国人民自己的力量建设祖国，中国人民就可以早日摆脱帝国主义、殖民主义的枷锁，早日摆脱贫困和落后。"

"是这样，是这样。"傅作义不断地点头称是。

周恩来又说道："自从蒋介石 1946 年发动内战以来，民主人士纷纷脱离蒋管区，来到解放区。我们原来准备在解放区召开民主党派和无党派人士的会议，决定成立新中国临时中央政府。现在北平和平解放了，我们就可以在北平召开这样的会议，你可以参加会议啊！你既是有党派，也是有功将领，参加会议，是很有代表性的。"

傅作义来到西柏坡的消息使毛泽东格外高兴，他对北平的和平解放给予了很高的评价。这时，叶剑英也自北平打来电话，汇报接管情况，称："自 2 月 3 日到傅作义将军到西柏坡时止，人民解放军物资接管委员会已接管北平市全部重要单位及首脑机关共712个，人员83100余人；文化接管委员会共接管31个单位，人员13756人。”几天后，叶剑英又书面向毛泽东专题提交了《关于北平市接管工作初步总结向毛主席的报告》。

傅作义到达西柏坡的当天下午，毛泽东起床后，周恩来走进房间报告说：“主席，傅作义将军已经来到了这里，住在后沟，我已经和他交谈过了，看来情绪还好。你什么时候见他?”

“噢，人已经来了。现在就见吧，宜早不宜迟嘛。”毛泽东高兴地翻身下床。

“那就请他到这里来吧。”周恩来说。

“不。还是我去吧，人家老远来了，不要怠慢了。”毛泽东边穿衣服边说，他穿上了出门防寒用的皮大衣，戴上皮帽子，迎着春暖乍寒的朔风，乘吉普车前往后沟。

毛泽东从住地一出发，电话就打到后沟招待所。傅作义在周恩来的陪同下已等候在门口。车刚停下，傅作义大步走上前去，毕恭毕敬地迎接毛泽东。

“我有罪，我有罪。”傅作义连连说道。

毛泽东紧紧握着傅作义的手说：“不，你有功。谢谢你！你做了一件大好事，人民是永远也不会忘记你的!”

傅作义显得很拘束和不安，这是有原由的。他是蒋介石非常器重的国民党高级将领之一，很能打仗。在国民党军队大举进攻解放区时，傅作义所部曾一度嚣张，他于所部占领了张家口后，夸下海口说：“我敢断言，共产主义不适合中国国情。如果中共在中国真能取得胜利，我甘愿给毛泽东当个小小的秘书。”所以，来到西柏坡的傅作义在此刻心中是相当矛盾并心存余悸的。

毛泽东和傅作义走入会客室坐下后，说道：“北平和平解决最好，你这是为人民做了一件大好事。假如说，你过去有过错的话，那么现在功过权衡，还是功大于过，也是有功人员。对你的部下来说，也是为他们做了一件大好事，保护了他们的生命财产的安全和家庭的团圆。如果打起来，大量的官兵要伤亡，家庭要遭破坏。北平是举世闻名的文化古都，八国联军欺负我们，烧毁了圆明园，破坏了许多名胜古迹，订立了一系列不平等条约。如果我们中国人自己打起来，把紫禁城打坏了，文明古都被破坏了，我们的子孙后代是会骂我们的。”

“是这样，是这样。”傅作义等人都表示赞同毛泽东的看法。

毛泽东又说："当然，打起来我们也有准备。我们的炮兵在几个地方都布置了炮火，只要打10多分钟，就可以打毁几段城墙。我们的部队进城以后，不打紫禁城，不打古建筑，不打居民区，专门消灭抵抗我们的部队。文化古都的名胜还是要保护的，城市人民也是要保护的。和平解放北平最好，你带了一个好头，立了个大功。今后，这样的事，可能还不少。你可以向你的部下讲清楚，既然是和平解决，你原来的部队要进行整编，将来你们都是人民解放军的一员了，和人民解放军一样看待，绝不受歧视。你知道，我们历来说话是算数的。你可能还不知道，我们部队的战士，有不少是国民党军队里来的士兵。全国的形势你都知道了，现在长江以北基本上全解放了。蒋介石在1月21日宣告引退，把李宗仁推出来代理总统。但还是蒋介石说了算，掌握军政大权。"

"蒋介石好像还是有诚意和中共谈判的。"有人插话说。

毛泽东微笑道："蒋介石在元旦是提出了愿意和中国共产党进行和平谈判的建议，但他又提出了先决条件，要保存宪法、伪法统和反动军队。他这还是想要继续打仗，不是和平谈判。为了迅速结束战争，实现真正和平，减少人民的痛苦，中国共产党愿意和南京政府及国民党地方政府和军事集团进行谈判。"

毛泽东和周恩来热情而语重心长的谈话，使傅作义豁然开朗，解除了他心头的种种疑虑和苦闷。当谈到傅作义以后的工作时，毛泽东对傅作义说："过去的阶段，从你发表了声明，等于过了年三十。今后还应当从年初一做起。现在，我准备把俘虏你的人员，都放回去，你可以接见他们，然后送他们到绥远去。"

这时，绥远还被傅作义的部属董其武所占领，尚未解放。当傅作义听到毛泽东的这番话后，大吃一惊，连忙问道："都给我？我怎么处理？还让去绥远？这是为什么？"

毛泽东则说："国民党说我们杀人放火，共产共妻，他们到了那里，可以现身说法，共产党对他们一不搜腰包，二不侮辱人格，可帮助绥远的人们提高认识。这些人，我们以后还要用哩！"

毛泽东还谈了和平解决绥远和今后的工作等问题，说："有了北平的和平解放，绥远问题就好解决了。我们不准备打，可以先放一下，等待他们觉悟后再说。还是以前说的，给你们编两军。对于你们来说，走革命的道路，要过好几个关，这一关过好了，以后土改关、民主改革关，将来还有社会主义关等就好过了。”

“请问主席，我是回北平还是住在这里?”傅作义问。

“你现在住在北平很好，不久我们也要到北平去。”毛泽东挥动着右手说：“将来咱们可以更好地合作，建设我们的国家。我们到北平以后，就要召集民主党派、人民团体、无党派人士、少数民族和华侨等各个方面的代表人物开会，成立新中国，你也将被邀请参加会议，你有功，也有代表性。”

“我回到北平后，一定向部下传达毛主席和其他中央首长的指教和关心，一定要在共产党和部队首长的领导下，做好部队的和平整编工作。我个人也无条件地服从毛主席和党中央的决定，叫我做任何工作，我都保证做好。在我有生之年，做一些对人民有益的事情，也好弥补过去的过错。”傅作义的话说得很诚恳，也很激动。

毛泽东若有所思地停顿了一会，问道：“傅将军，你愿意做什么工作呢?”

“我想，我不能在军队中工作了，最好让我回到黄河河套一带去做点水利建设方面的工作。”傅作义回答。

毛泽东向前探了探身体，很感兴趣地说道：“噢，你对水利工作很感兴趣啊！可那黄河河套水利工作面太小了，将来你可以当水利部长嘛！那不是更能发挥你的特长和作用吗？军队工作你仍然还可以管，我看你还是很有才干的。我们的朱总司令、彭德怀、刘伯承和贺龙等，过去在国民党的军队中也是很出名的，现在都是我们最优秀的高级指挥员。这主要是个思想和立场问题。思想和立场问题解决好了，其他问题都好办。我们今天是初次见面，我觉得我们能谈得来，能合作共事。你将来不一定去军队中做具体工作了，我们合作共同领导和指挥我们的国防军的行动和建设，你是一定能够发挥专长的。”

这天晚上，周恩来陪同傅作义共进晚餐。在餐桌上，周恩来对傅作义说：“咱们从现在起就是一家人了。一家人不说两家话，你有什么事情，有什么意见和想法，不要有顾虑，都可以说出来商量。可以找我谈，也可以找毛主席谈。毛主席忙，可以多找我谈，找其他中央领导谈也可以。”

傅作义坚定有力地说：“请周副主席放心，我一定在共产党的领导下，全心全意地做一些我力所能及的工作，绝不会三心二意或半心半意。我的后半生，要在共产党的领导下努力奋斗，为建设伟大的祖国贡献自己的力量。”

24日，傅作义回到了北平，为北平的和平过渡积极工作。中共将领李克农向毛泽东汇报说："傅将军见了毛主席回来，好像判若两人，为革命工作的劲头特大。"

新政协会议召开后，新中国中央人民政府各机构的任职工作正在紧张进行。对傅作义怎样安排，毛泽东是有着自己的主见的。他并没有忘记傅作义所说的"如果中共在中国真能取得胜利，我甘愿给毛泽东当个小小秘书"的话，但胸襟宽阔的毛泽东却没有任何记"一箭之仇"的报复心理。他记得最深的是傅作义对和平解放北平的特殊贡献，对人说："傅作义当个秘书太小了，他还应当留在政府里做官。他对水利工作感兴趣，可以当个水利部长。"毛泽东说话从来都是算数的，不久，傅作义在毛泽东的亲自提名下，荣任新中国第一任水利部长。

傅作义得知水利部长的任职，是出自毛泽东的建议后，激动万分。后来，他向人讲起了这样一件事：1949年1月17日，北平和平解放问题已基本达成协议，蒋介石却来电要派飞机接走国民党中央军第十三军少校以上军官及其必要武器。傅作义将军不便拒绝，遂复电"遵照办理"。同时，致电解放军平津前线司令部，请以祈年殿为目标，炮击天坛临时机场，阻止蒋机着陆。以后几天的炮击，果然粉碎了蒋介石的阴谋，但祈年殿一角也被炮火击坏。

新中国成立以后，北京市第一届运动会在天坛举行，毛泽东亲临观看。比赛期间，他走到傅作义的身旁，说："宜生（傅作义的字），到外面走走吧。"他们来到祈年殿时，毛泽东幽默地指着修补过的祈年殿，说："宜生，你看这一块我们补得好不好？"

祈年殿被毁坏的一角修补得非常好，没有知道内情的人指点，不仔细看，一般人是看不出的。

傅作义听毛泽东此话后，最初先是一愣，细致一看，拍脑袋一想，然后会心地笑了，连声说："补得好，补得好。"

傅作义庆幸没有坐蒋介石派来接他的飞机飞往南京。留在北平，他本心是要将功赎过的，并真心诚意要给毛泽东当个"小小的秘书"，然而，毛泽东却把新中国第一任水利部长的职务任命于他。出身于农民的毛泽东曾多次说过："水利是农业的命脉。"特别是对中国这样一个农业大国来说，水利的重要地位是显而易见的。因此，傅作义清楚这个水利部长一职在毛泽东的心目中是有着神圣地位的，新中国中央人民政府把这一要职任命于他，表明了毛泽东对北平和平解放的高度评价。

七届二中全会上心情沉重的毛泽东

北平，已经作好了迎接毛泽东和中央首脑机关的准备。而此刻的毛泽东，正在西柏坡着手进行着进驻北平的最后一项重要任务。这是他在进京前投入精力最多的一项文字写作工作，即起草一份重要的党的文件。在这中国革命全面胜利的大喜日子里，毛泽东的心情反而有些沉重起来。他反复说着："我们进京，可不是李自成进京啊！李自成进了北京就腐化了，我们只是万里长征走完了第一步！"

1949年2月11日，中共中央发出通知，要求各地中央委员、候补中央委员于2月25日将一切工作布置完毕，于2月28日到达中央所在地，参加中共中央七届二中全会。

这时，华北大地战火还未彻底熄灭，西柏坡的百里之外还有虎视眈眈的国民党军队。周恩来特别指示在东柏坡布置了防空高射炮部队，并找到了负责警卫工作的方志纯，详细地询问了警卫力量的分布和应急措施等，他问道："如果出现最坏情况，你们能阻击多久？"

方志纯坚决地回答说："中央需要我们阻击多长时间，我们便坚持多久！"

周恩来又吩咐说："光有决心还不够，还要有切实的措施和精确的计算。"

2月底，各前线和解放区的中央委员陆续到达西柏坡。他们从远道赶来，在住所一放下东西，就去看望五大书记。中央委员们从延安分别几年，如今在这个山沟里团聚，人人兴高采烈，互相祝贺三大战役的辉煌胜利。

3月5日，在一间100多平方米的中央机关食堂里，具有历史转折意义的中共中央七届二中全会开幕了。

会场的正面，挂着毛泽东和朱德的画像，两边是中国共产党的党旗。主席台前面摆了几张木桌，上面铺着白色的桌布，显得很整洁和朴素。会场布置在整个食堂的南半截，北半截作为饮水处和休息室。

毛泽东等中央五大书记走入会场时，与会人员全体起立，热烈鼓掌。

出席这次会议的有中央委员34人，候补委员19人。毛泽东、刘少奇、周恩来、朱德、任弼时、陈云、张闻天、彭德怀、董必武、林伯渠、贺龙、陈毅、邓小平、王震、习仲勋等人参加了这次会议。身穿新棉袄的毛泽东目光炯炯，主持了这次会议，他手中拿着一沓不知改了多少遍的讲话稿，作了重要报告。会议的主要议题，也就是着重讨论毛泽东的这个报告。

这次会议是中国人民革命战争在全国取得胜利的前夜召开的，是一次极其重要的会议。会议批准了1945年6月七届一中全会以来中央政治局的工作报告；批准了召开没有反动派参加的新的政治协商会议的决议；批准了毛泽东1949年1月14日发表的关于时局的声明。毛泽东在会上代表中共中央所作的《在中国共产党第七届中央委员会第二次全体会议上的报告》，提出了促进革命迅速取得全国胜利和组织这个胜利的各项方针；规定了党夺取革命在全国胜利和由民主革命后向社会主义革命转变的任务、方针和政策。会议根据毛泽东的报告，通过了相应的决议。

毛泽东在关于彻底消灭国民党反动军队、夺取民主革命全国胜利问题中讲道：国民党军队是国民党反动政权的主要支柱，必须彻底消灭国民党反动残余武装，才能在全国建立人民民主专政的国家政权。他总结了解放战争以来的经验，提出了消灭国民党反动军队的方式基本上有3种，即："天津式""北平式""绥远式"。天津方式是基本的，用战争解决国民党残余军事力量，仍然是人民解放军必须注意和必须准备的。北平方式，是用和平的方式迅速彻底改编国民党军队的方式。由于人民力量的壮大，北平方式解决问题的可能性大大增加了。绥远方式，即有意保存一部分国民党军队，在一个相当长的时间之后，再按人民解放军制度改编为人民军队的方式。

由于革命形势的迅速发展，需要大量干部接管已经或者将要解放的广大地区，建立各级人民政权。为此，毛泽东指出：人民解放军永远是一个战斗队，同时又是一个工作队，要把人民解放军看成是一个巨大的干部学校，必须准备把210万野战军全部转化为工作队，满足新解放区对干部的需要。

关于党的工作重心由乡村转移到城市的问题，毛泽东指出："从1927年到现在，我们工作的重心是在乡村。在乡村聚集力量，用乡村包围城市，然后取得城市。采取这样一种工作方式的时期现在已经完结。从现在起，开始了由城市到乡村并由城市领导乡村的时期。"这一伟大转变，表明了毛泽东开辟的农村包围城市，最后夺取城市的革命道路是惟一正确的道路。中共中央及时明确地指出这种转变，就使全党能够自觉地适应这种巨大转变，迅速地掌握新的工作方式。在城市工作中，全心全意地依靠工人阶级，学会管理城市和建设城市，并尽可能快地恢复和发展生产。

关于党在新民主主义革命胜利后的基本任务和基本政策，及革命在全国胜利以后阶级关系的变化和阶级斗争的特点，毛泽东在报告中也作了明确的解释和规定。为了加强党的领导，毛泽东在大会总结中，又着重谈了《党委会的工作方法》等。

毛泽东在宣讲报告即将结束时，重点讲了革命胜利后防止骄傲情绪，保持党的优良作风的问题。这个问题，是毛泽东在即将进京之前久久思考的一个重大问题。熟悉毛泽东的周恩来曾这样评价说："毛泽东具有中华民族的谦虚实际，中国农民的朴素勤勉，知识分子的好学深思，革命军人的机动沉着，布尔什维克的坚忍顽强。"这个评价可说是比较准确的，特别是谦虚实际、朴素勤勉的品德在毛泽东身上较为明显。因此，当全国革命胜利来临时，毛泽东的这一特点表现得尤为突出，他在七届二中全会上语重心长地告诫大家：

"我们很快就要在全国胜利了……因为胜利，党内的骄傲情绪，以功自居的情绪，停顿起来不求进步的情绪，贪图享乐不愿再过艰苦生活的情绪，可能生长。因为胜利，人民感谢我们，资产阶级也会出来捧场。敌人的武力是不能征服我们的，这点已经得到证明了。资产阶级的捧场则可能征服我们队伍中的意志薄弱者。可能有这样一些共产党人，他们是不曾被拿枪的敌人征服过的，他们在这些敌人面前不愧英雄的称号；但是经不起人们用糖衣裹着的炮弹的攻击，他们在糖弹面前要打败仗，我们必须预防这种情况。"

毛泽东谆谆告诫全党：必须预防资产阶级"糖衣炮弹"的攻击，要求全党务必继续地保持谦虚谨慎、不骄、不躁的作风，务必继续地保持艰苦奋斗的作风。

大会根据毛泽东的提议，作出规定：不祝寿、不送礼、少敬酒、少拍掌，不以领导人的名字命名地名、街名和企业，不准把中国同志和马克思、恩格斯、列宁、斯大林并列，以防止对个人的歌功颂德。

大会所作的这些规定和毛泽东所说的这些话是有原由的，有几件事，毛泽东是记得最清楚的，令他终生难忘，并多次向人提起：

1937年10月10日，毛泽东曾亲笔写下了一封令他刻骨铭心的"处红军领导干部黄克功死刑"的信。黄克功，少年时跟随毛泽东加入红军，参加过井冈山斗争、五次反"围剿"和长征，他曾经带领一个营歼灭敌人一个团，多次立功。在延安时任抗日军政大学第六队队长，对陕北公学女学生刘茜逼婚未遂，在延河边开枪将刘茜打死。经陕甘宁边区高等法院审判，黄克功被判处死刑。黄被捕后，给毛泽东写了一封信，要求戴重罪立功，希望到前线去拼死在疆场上，将功赎罪。

毛泽东收到黄克功的信后，对黄的暴行非常气愤，同时也非常惋惜。是的，黄克功过去的成长史是光荣的，他时为红军的领导干部，人才不可多得。但鉴于他的杀人影响又太坏，在全国知识青年大批奔赴延安的时刻发生这种事，是不杀不足以平民愤的。为此，“诸葛亮挥泪斩马谡”的历史一幕，在延安河畔重现了。毛泽东给时任陕甘宁边区高等法院院长、审判黄克功案件的审判长雷经天写下了这封信，信中写道：

“……黄克功过去斗争历史是光荣的，今天处以极刑，我及党中央的同志都是为之惋惜的。但他犯了不容赦免的大罪，以一个共产党员红军干部而有如此卑鄙的，残忍的，失掉党的立场的，失掉革命立场的，失掉人的立场的行为，如为赦免，便无以教育党，无以教育红军，无以教育革命者，并无以教育做一个普通的人。因此中央与军委便不得不根据他的罪恶行为，根据党与红军的纪律，处他以极刑。正因为他是一个多年的共产党员，是一个多年红军，所以不能不这样办。共产党与红军，对于自己的党员与红军成员不能不执行比较一般平民更加严格的纪律。当此国家危急革命紧张之时，黄克功卑鄙无耻残忍自私至如此程度，他之处死，是他自己的行为决定的。一切共产党员，一切红军指战员，一切革命分子，都要以黄克功为前车之鉴。请你在公审会上，当着黄克功及到会群众，除宣布法庭判决外，并宣读我这封信。对刘茜同志之家属，应给予安慰和抚恤。”

次日，在延安的大操场上，雷经天在公判大会上宣读了判处黄克功死刑的判决书，并宣读了毛泽东的这封信。这件事，在延安和全国都引起了轰动，“王子犯法与民同罪”，毛泽东及时地向全党、全军敲响了警钟。1949 年，时至全国革命高潮到来，这时的毛泽东何曾不想到了延安大操场上的场景，他又该提醒全党、全军不要再出现第二个黄克功了。

由此，毛泽东也想起了在延安时一些民主党派人士关于拒腐防变的“逆耳忠言”。1945 年 7 月，黄炎培等人访问延安，他在《八十年来》一书中对这件往事曾这样回忆说：

“有一回，毛泽东问我感想如何。我答：我生 60 多年，耳闻的不说，所亲眼看到的，真所谓‘其兴也勃焉’，‘其亡也忽焉’，一人，一家，一团体，一地方，乃至一国，不少单位都没有能跳出这周期律的支配力。大凡初时聚精会神，没有一事不用心，没有一人不卖力，也许那时艰难困苦，只有从万死中觅取一生。既而环境渐渐好转了，精神也就渐渐放下了。有的因为历史长久，自然地惰性发作，由少数演为多数，到风气养成，虽有大力，无法扭转，并且无法补救，也有为了区域一步步扩大了，它的扩大，有的出于自然发展，有的为功业欲所驱使，强求发展，到干部人才渐见竭蹶、艰于应付的时候，环境反倒越加复杂起来了，控制力不免趋于薄弱了。一部历史，‘政怠宦成’的也有，‘人亡政息’的也有，‘求荣取辱’的也有。总之没有能跳出这周期律。中共诸君从过去到现在，我略略了解的了。就是希望找出一条新路，来跳出这周期律的支配。”

毛泽东答：“我们已经找到新路，我们能跳出这周期律。这条新路，就是民主。只有让人民来监督政府，政府才不敢松懈。只有人人起来负责，才不会人亡政息。”

同盟会老会员仇鳌在毛泽东早年革命期间曾做了大量工作，并资助过毛泽东。在新中国即将建立前夕，毛泽东特致电邀请时在长沙的仇鳌参加新政协代表会议，仇却以病老为由相辞谢。这时，他给毛泽东写来一封长信，也殷殷告诫：

“憔党一接近实际政治，最易停滞与腐蚀，从未讲主义、谈政治，在宣传革命的时期，属于破坏方面，无所顾忌，易于成功；而革命战争胜利之后，迄至掌握政权，进入主义的建设，不独难见成功，而且时有错误，遂不免自起怀疑，顿生停滞现象。在此期间，最宜鼓起勇气，克服此种困难，使既定政策逐步实现。又同志们在地下工作期间，正如孟子所谓‘劳其心志，饿其体肤，空乏其身，行拂乱其所为’。此皆能忍受。一旦革命成功，上述各种情况忽然消逝，取昔日敌人之所有者而尽有之，精神与物质两方面皆大愉快，不免在有形与无形之间，使革命的伟大前途因腐蚀而发生障碍。此则当前问题未可丝毫忽略的。”

黄炎培和仇鳌的这些意见，不能不使毛泽东久思，深为所动，并引为戒。

特别是对个人崇拜问题，毛泽东最为敏感。自从1943年确定他在政治局和书记处的首席地位以来，对政治局、书记处与他个人在其中的作用，他一直保持了清醒的头脑。他常常自戒：“好汉难抵三把手”，“人多出韩信”，尤其是在历史的转折关头更应当如此。

1947 年，中国人民银行筹备处委托晋察冀边区印刷局的王益久设计人民币票版。王益久出于对毛泽东的尊敬和受习惯的影响，把毛泽东的肖像绘制在了票版上，呈请中央审阅。毛泽东回电说："人民币是属于国家的，是政府发行的。因此，不能把我的像印在票面上。"于是，王益久又把人民币面改绘成了反映新中国工农业生产的图案。

(1949 年 10 月，人民银行发行科科长石雷再次向行长南汉宸提出在人民币上印刷毛泽东的肖像。南回答说："我在一次会议休息期间，曾就此事当面请示过毛主席。毛主席说，为了制止传统的歌功颂德现象，你们要遵守七届二中全会决议，不得在人民币上印刷我的像。"1953 年，人民银行重新设计新版人民币的票样时，曾将节日的天安门作为一元票面的图案，在这个图案中，毛泽东像高挂在天安门城楼中央。当样票送审时，周恩来和李富春根据毛泽东的指示，又将票面改为平时的天安门图案。直到毛泽东逝世后，中国人民银行发行当时最大面额人民币 100 元的新票时，才把毛泽东和周恩来、刘少奇、朱德的肖像印刷在票面上，此时距毛泽东逝世已经过去 14 年了。)

1948 年 8 月 13 日，华北大学校长吴玉章给周恩来拍来一份电报，说他想在华北大学成立典礼上提出"主要的是要学毛泽东主义"，"把毛泽东思想改成毛泽东主义"，是否妥当，请中央指示。

电报传到毛泽东手里，他立即给吴玉章复电："那样说是很不适当的。现在没有什么毛泽东主义，因此不能说毛泽东主义。不是什么'主要的要学毛泽东主义'，而是必须号召学生们学习马恩列斯的理论和中国革命的经验。这里所说的'中国革命经验'是包括中国共产党人（毛泽东也在内）根据马恩列斯理论所写的某些小册子及党中央各项规定路线和政策的文件在内。""有些同志在刊物上将我的名字和马恩列斯并列，说成什么'马恩列斯毛'，也是错误的。你的说法和这后一种说法都是不合实际的，是无益有害的，必须坚决地这样说。"毛泽东这一明确、坚决的复电，是他明智而谦逊的表露，因而获得中央书记处其他 4 位书记和吴玉章的钦佩。

所以，在中国革命即将在全国胜利的七届二中全会上，毛泽东觉得，有些话务必在现在就向中央委员们，向几十年来跟随他征战的将领们，以及他身边的警卫人员讲明白：

"夺取全国胜利，这只是万里长征走完了第一步。如果这一步也值得骄傲，那是比较渺小的，更值得骄傲的还在后头。在过了几十年之后来看中国人民民主革命的胜利，就会使人们感觉到那好像只是一出长剧的一个短小的序幕。剧是必须从序幕开始的，但序幕还不是高潮。中国的革命是伟大的，但革命以后的路程更长，工作更伟大，更艰苦。”

毛泽东这声震寰宇的讲话，使在座的所有与会人员都久思沉默，会场上出现了短暂的寂静。以致几十年后，中国的老百姓从《毛泽东选集》中读到这段话，都感慨万千，连声说：“毛泽东说得太好了，说得太绝了!”

1949年3月13日，中国共产党第七届二中全会在西柏坡胜利闭幕。这是毛泽东所率中共中央进京开国前的最后一次党的中央全会。

在这期间，毛泽东与从各战略区来的指挥员们进行了深入的长谈，对进一步打好解放战争、向全国进军作了详细的论证和探讨。会议结束后，各大战略区的指挥员来向毛泽东告别。毛泽东对彭德怀说：“彭老总那里很辛苦，希望你那里不断传来胜利的消息，希望彭老总早一点从新疆凯旋。”

“全国形势这么好，也是对我们的一个极大的鼓舞，我们一定再接再厉，夺取更大的胜利。”彭德怀说。

贺龙对毛泽东说：“希望主席多保重身体，你们在三大战役中太紧张了，现在该注意身体了。”

毛泽东对陈毅和邓小平说：“打败蒋介石，不需要再费多大力气了，不要花更多的时间了。现在部队要休整一下，然后准备渡江。要研究分几路大军，如何前进。”

邓小平说：“前一个时期，在各个战场有力的配合下，淮海前线把一块硬骨头啃下来了，那真是一大块很难啃的骨头啊！大军渡江还需要各路野战军的有力配合。”

陈毅说：“我们原来还做了准备，准备在淮海战役进入最关键的时候美国第七舰队可能动一动，陆战队和空军会支援蒋介石的败局，但美国人很聪明，怕陷进去拔不出腿来，他们也没有敢增援。”

周恩来说：“美国第七舰队开到青岛，也不过是来吓唬一下我们，但我们不怕。如果他们参战，就来个美、蒋反动派一齐打。”

毛泽东最后说：“就是这样，美国人参战，最多再延长一些时间，最后的胜利还是我们的。现在蒋介石和李宗仁要求和谈，企图拖延时间重整军队，在100万的基础上扩充为300万，以长江天险为界线，继续统治中国南部。

我们要抢在敌人的前面，打过长江去，向东南、中南和西南大进军。”

七届二中全会在中国革命的进程中，如里程碑树立在人民解放战争的史册上。会后，来自第一线的中共高级将领们互相握手道别，奔赴各自的战场，向着最后的胜利，向着全中国的解放奋斗。

毛泽东的《在中国共产党第七届中央委员会第二次全体会议上的报告》及会议决议，规定了中国共产党对夺取全国胜利和全国胜利以后的基本政策，是中国由新民主主义革命转变到社会主义革命与建设的伟大纲领，为中国共产党和人民解放军迅速解放全中国、夺取全国胜利和建设新中国，在思想上、政治上作了准备。毛泽东的这个报告，和不久后所写的《论人民民主专政》一文，构成了在新中国成立以后曾经起临时宪法作用的《共同纲领》的政策基础。

毛泽东在平山县西柏坡共住了10个月：他在完成了各项进京的准备后，又从西柏坡拉起了中国革命航船的金锚，扬帆北平。

第三章

从西柏坡到北平香山：毛泽东在进京“赶考”的路上

党的七届二中全会后，西柏坡的中央机关开始做进入北平的准备工作。

毛泽东向身边的工作人员说：“我们就要进北平了。我们进北平可不是李自成进北平，他进去就变了。我们共产党人进北平，不要中了资产阶级的糖衣炮弹，不要以功臣自居，不要搞腐化，不许讲享乐，要坚持继续革命。”

有一次，毛泽东问卫士李银桥：“要进城了，你准备得怎么样啊?”

“东西都收拾好了，随时可以行动。”李银桥非常有把握地回答。

“这里呢?”毛泽东幽默地指着李银桥的脑袋说，“小心哟！不要中了资产阶级的糖衣炮弹，不要当李自成。”

这几天，毛泽东关于李自成的话似乎多了起来，他把李自成的名字常挂在嘴边，为的是让人记取李自成的教训。

是啊，明末农民领袖李自成，也曾一度以爱民为民著称于世，他在起义军中曾响亮地提出“弑一民如弑吾父，淫一妇如淫吾母”，严令规定：“军令不得藏白金，过城邑不得室处，妻子外不得携他妇人。”但是，当他夺得政权进了北京后，就放松了军纪的管理，他的队伍逐日堕落下去。就连他的第一员大将刘宗敏，进京后也“藏娇纳妾，收敛金银”，最终在北京演出了一场大悲剧。

所以，毛泽东早在1944年，就让郭沫若写了《甲申三百年祭》，并把这篇史学论文发表在这年3月19日至22日的重庆《新华日报》上。文章阐述的即是李自成领导的农民起义军攻入北京后，部分首领腐化、内部发生宗派斗争，最后导致彻底失败的过程。毛泽东特意将此文列入中国共产党的整风学习文件，要全党引以为鉴。

现在中共中央机关就要由山沟沟进城了，所到地恰好也是北京。因此，李自成的北京一幕，对深悟史学精髓的毛泽东来说，他有着自己独特的想法，他不能忘记李自成的历史教训。

一天，毛泽东专门来到警卫班，对卫士们说：“我们进城后还要建立新中国政府，很多人要在政府里当官。不管当多么大的官，做什么样的工作，都是为人民服务，都是革命工作，都需要努力奋斗，把我们伟大的祖国建设得繁荣富强。”

阎长林向毛泽东报告说：“周副主席早就给中央机关人员做了指示，所有的人员 3 个月内一律不准进城。”

毛泽东大概又想起了李自成起义军在城内军纪松弛的教训，说：“3 个月不进城好。好，好，就是要有纪律做保障。军队向前进，生产长一寸，加强纪律性，革命无不胜。你们要遵守纪律，谁也不准违反纪律。”他向身边的卫士们讲了李自成、刘宗敏进京后的历史故事，讲得是那样认真和动情。

次日，机要处的领导根据毛泽东在警卫班的讲话精神，对进京后的注意事项，又特别作了一些硬性的具体规定，其中有一条即是进城后一年内不许谈恋爱。因为机要处里年轻人多，这个问题如果不加以正确引导和控制，就会出问题。他们专门请来了在婚姻方面堪称楷模的邓颖超，向机要人员和警卫人员讲了如何树立正确婚姻观的问题。

邓颖超以与周恩来建立恋爱关系的经过作开头语，特别对女同志讲道：“男女之间到了一定的年龄谈情说爱是自然的，但是要处理好。比如女同志，我自己就碰到过不少人，人家招待我，请我吃饭，不去是不礼貌的，不敢接触人也不行。还是要接触，但心里一定要有底，要有主张，不要听几句话就晕头晕脑。要清醒，后来我还是认准选定了周恩来。”

转眼之间，进京的日子到了。

3 月 23 日，毛泽东带领中央机关离开西柏坡动身向北平进发。是日凌晨 3 时，毛泽东才上床睡觉。临睡前，他向值班卫士吩咐道：“9 点之前叫我起床。”

周恩来担心毛泽东休息不好，在去北平的路上太疲劳，对卫士交代说：“你们不要在 9 点钟叫主席起床，让他多睡一会儿没关系。”所以，值班卫士直到 10 时才叫醒毛泽东。

毛泽东醒后有些不高兴地问：“让你们 9 点以前叫我，为什么现在才叫呢?”但当他得知这是周恩来的吩咐时，也就不再说什么。

吃过饭后，周恩来走了过来，与毛泽东打着招呼：“怎么样，主席，休息好没有?”

“有你多给的一个多小时，睡得非常好，精神得很哟。”毛泽东高兴地说。

“多休息一会儿好，长途行军坐车也是很累的。”周恩来对毛泽东的身体健康一向都十分关心。

“今天是进京的日子，不睡觉也高兴啊。今天是进京‘赶考’嘛！进京‘赶考’去，精神不好怎么行呀。”毛泽东的话逗得大家都笑了。

这天正值毛泽东东渡黄河一周年。毛泽东和刘少奇、朱德、周恩来、任弼时、陆定一、胡乔木、杨尚昆、李立三等领导人，以及中央机关的工作人员，在吃过早饭后，即向西柏坡村的乡亲们告别。村党支部书记和村民们，早已在拂晓中纷纷赶到了领袖们的住房附近，恋恋不舍地前来送行。

要登车了，毛泽东却没有一步跨进车去，而是回转身来对正要上车和送行的人们幽默地说：“不要忘记哟，今天可是进京赶考啊！但我们绝不当李自成！”他的前一句话说得很风趣，但后一句话也说得很深沉，是在说给众人听，也似乎是在告诫自己。

“我们应当都能考试及格，不要退回来。”周恩来笑着说。

毛泽东微笑着：“退回来就失败了，我们绝不能当李自成，我们都希望考个好成绩。”他信心十足地上了汽车。

西柏坡的乡亲们向着毛泽东等中央领导挥手致意。毛泽东把手伸出车窗外挥动着，喊着：“再见了，乡亲们!”中央领导们也都向着挤在道路两旁送行的乡亲们挥手致意。再见了，西柏坡的乡亲们！再见了，中国革命的最后一个农村指挥部!

由 11 辆吉普车、旧轿车和 10 辆卡车组成的车队，浩浩荡荡地离开了西柏坡。第一辆是带路的小吉普车，毛泽东乘坐的中吉普是第二辆车，刘少奇、周恩来、朱德、任弼时的车依序排在后面。再后面是 5 辆拉少数机关人员和行李的卡车，另外 5 辆卡车上坐的是中央警卫团的手枪连和一个担负武装护送任务的步兵排。

由于沿途都是土路，尘土飞扬，汽车只好拉大前后距离，20 多辆车组成的车队排了很长的一串，浩浩荡荡向东北方向驶去。

尘土无孔不入地钻进车内，灰尘扑面，卫士们只好给毛泽东披上大衣，戴上遮尘的口罩和眼镜。毛泽东在开始时，还极不情愿戴上这些让人憋气的东西，过了一会儿也就习惯了。

车子上下颠簸着，戴着大口罩的毛泽东也就不便讲话，直到进入华北大平原后，车窗外的灰尘渐渐少了，他就一把拉下口罩，舒坦地喘了口气。

透过车窗，田野里春麦绿油油的，一片生机。毛泽东摘下了眼镜和口罩后，大家的情绪顿时活跃起来，话也多了。话题扯到了自从1947年3月撤离延安到如今每年在3月都有重大行动，毛泽东说："3年3次大行动都是在3月份。明年3月份应该解放全中国了，我们再也不搬家了。"他的话把全车的人都逗乐了。

汽车在田野上疾驰着，毛泽东透过车窗望见路上的行人和田间劳作的人多是一些老人和妇女儿童，卫士也指着车窗外说："主席，你看，农村里几乎没有青壮年男劳力了，干活的都是妇女、上岁数的人和小孩子。"

"是呀！为了战争的胜利，农民们付出了多么大的代价啊！如果没有广大人民群众的积极支援，我们要想取得胜利是不可能的。"毛泽东叹了口气，话说得很沉重。

中午时分已过，车队停下来，大家准备吃点东西。

人们一下车，首先做的第一件事就是打水洗脸，每个人都已是满脸厚厚的一层尘土。毛泽东洗完脸后，并没有像其他人一样坐在暖融融的阳光下聊天休息或读书看材料，而是走到麦田里，仔细地看着青青的麦苗。他这位农民的儿子此刻联想到了什么呢？

这天，毛泽东的车队到达唐县淑阎村时，天色已晚，便决定在这个小乡村歇宿一夜。

第二天，车队继续赶路，中午时分车到保定市。吃午饭后，中共河北省委书记林铁特向毛泽东汇报了最近的工作情况。车队由保定继续向前赶路，晚饭时来到涿县，在此食宿。

夜深人静，一些跟随毛泽东从大山沟里出来的卫士，在这里第一次听到了刚修复通车的铁路机车来回奔驰的轰鸣吼叫声，不知是太激动还是不习惯这种动静，他们久久难以入睡。

星光中，叶剑英和滕代远从北平连夜赶到涿县来迎接中央领导人，向毛泽东专题汇报了他们先一步到北平后为党中央机关的到来所做的准备工作情况。

午夜，想睡觉休息却睡不着，毛泽东又没有晚上睡觉的习惯，大家主意已定：走，现在出发到北平。在此，毛泽东等中央领导换乘火车，经丰台，向北平驶去。

3月25日清晨，毛泽东一行到达北平清华园火车站。然后再换乘汽车到颐和园，所以毛泽东进京后的第一个休息地点便是颐和园。颐和园也就成了毛泽东进京后的第一站。（有不少回忆文章说，毛泽东到北平第一站颐和园的时间是3月24日，并在这里住宿一夜，经查证，这是不准确的。毛泽东到达颐和园并在当天下午到西苑机场阅兵，这天是3月25日。）

颐和园当时的管理负责人柳林溪回忆说："那天早晨，早春的天气还很冷。10时，毛主席和中央领导同志来了。第一辆车是毛主席的车，我忙上前迎接主席。主席下车后，亲切地问我：'你叫什么名字？你是这里的负责人？'我有些激动地说：'我叫柳林溪，是负责人。'这时，朱德、刘少奇、周恩来和任弼时等中央领导同志也都相继下车了，毛主席一挥手，说：'走吧！'我领着毛主席和中央领导同志来到了景福阁。"

毛泽东进京第一天的兴致很高，他到景福阁刚落座，便提出非要游一游颐和园，说："这么好的时光，大白天坐在这里岂不浪费了光阴。走，游园去！"

警卫人员连忙作安排。10多分钟后，等得有些不耐烦的毛泽东才在警卫人员的"放行"下走出景福阁。

当毛泽东漫步公园游览时，他发现园中冷冷清清，甚感奇怪地问道："咦！公园里怎么没有人？"

"刚才宣布闭园了，怕不安全。"秘书叶子龙只好照实回答。

"这是公园，不是私园，没有游人还有什么意思！不游了，回去，回去！"谁也没有料到毛泽东会发这么大的火。他扭头就往回走，返身回到景福阁。

闭园的意见是负责警卫毛泽东安全的汪东兴提出并部署的，由社会部部长李克农负责具体实施，把园中的工作人员清理了出去，为的是毛泽东的安全。因为这时北平刚刚解放，潜伏下来的国民党特务还很多，破坏暗杀活动在近期很猖獗，具体负责安全工作的李克农、汪东兴等人不得不严加防范。

汪东兴见毛泽东生了这么大的气，连忙表示接受批评并立即改正，很快组织第二次游园。但这也的确难为了警卫人员，他们既要考虑到"要有游人"的方面，更要考虑到毛泽东的安全，这可是事关大局啊！

汪东兴只好采取了一个两全之策，火速从附近大学中抽调了一批政治上可靠的大学生，其中有多半是中共党员或共青团员，并规定，在游园中，只准陪游，不许上前握手，更不能"围观"被陪游的"客人"。

毛泽东在汪东兴的劝说下，走出了景福阁。当他见到园中有不少游人后，心情自然好起来了，笑着说道：“这就对了，我们共产党人时刻不能脱离群众。”

完全是执行政治任务的大学生，有组织、有步骤地三三两两地分散走在毛泽东的前后左右。当他们中有人认出被陪游的“客人”是毛泽东后，甚感激动和荣幸，但大家都克制住了自己的感情，严格遵守着半个小时前宣布的纪律，谁也没有惊动毛泽东。

毛泽东在游园中一边走，一边向走在身旁的柳林溪问这问那，尽情地游览这里的湖光山色，可看出他非常地高兴。这天上午，毛泽东在颐和园一边等待各方情况的汇集，一边游览了颐和园中的主要景点。在走回景福阁准备吃午饭时，他满意地对汪东兴、叶子龙等人说：“这次不错，园子里有游人，还挺规矩。”听者连忙用舌头抵住了上颚，差点笑出声来。

游园的问题总算解决了，但吃饭的问题在园中也因已无人而变得非常棘手，社会部的工作人员只好跑到颐和园外面的饭馆里买来了三菜一汤和米饭。时间已很紧张，因为毛泽东等中央领导人吃过午饭后，还要到西苑机场检阅部队。

毛泽东对从园外弄来的饭不知是否知晓，但他抓起筷子后对李银桥说：“检阅式你不要跟着去了，你去香山打前站，帮我安排吃住。不要再学他们那样干蠢事。”

午饭后，离去西苑机场的预定时间还有一个多小时，毛泽东没有休息，也毫无倦意，他要柳林溪马上到景福阁谈工作。

毛泽东详细地询问了颐和园的管理情况，他一定预想到了颐和园的广阔前景，问道：“这里现在接管了多少旧职人员？现在有多少工人，他们的生活怎么样，有困难没有？”并关切地又问：“园子中有没有太监？”

“我们接收了旧职员20多人，现在有工人30多人。这里没有太监。园中的管理人员多是一些年纪较大的，青年人很少。大家的生活还比较贫苦。”柳林溪认真地汇报道，“北平被包围时，全园职工连工资都领不到了。当时，就要过春节了，职工无法生活，更无法过年啦。我们进城接管后，了解到这一情况，立即报告市政府。从市财政局借来钱给职工发了两个月的工资，让大家过了个年。”

“这很好，很好！”毛泽东听到这里，高兴地赞扬道。接着又说：“对原有职工的生活，我们要包下来，不要辞退，不要解雇，原薪是多少，还发多少。

不要叫人家说，国民党时期我们有饭吃，共产党来了反倒没饭吃了。如果那样就不好了。”

柳林溪恭恭敬敬地听着，并连忙掏出笔记本作记录。

毛泽东接着又对公园管理和园林建设作了重要的指示，说：“过去我们在山沟里打游击有经验，进了大城市搞公园就不行了。没有经验，要向老工人学习嘛。从没有经验到有经验，先把原来的公园管好。过去的公园是地主资产阶级悠闲人士逛的，劳动人民一没有钱，二是没有时间逛公园。我们今后不但要把原有的公园管好，还要建设许多新公园，让劳动人民都能逛新公园。在劳动之余，有时间在公园休息娱乐，消除疲劳，再回到工作岗位上，为国家做更多的工作。”

去西苑机场阅兵的时间快到了，毛泽东与柳林溪仍在兴致很高地交谈着，柳林溪担心会耽误毛泽东的大事，但毛泽东执意再谈一个问题，直到卫士提醒他出发的时间已经到了，他才止住话题，与柳林溪约定在以后另找时间再谈。

西苑机场上，人民解放军第四野战军十四兵团四十一军（原东北野战军第四纵队）在辽沈战役中建立了功勋的“塔山英雄团”（第三六七团）、“塔山守备英雄团”（第三六九团）、“白台山英雄团”（第三六一团）3个团的全团官兵及该军连以上干部，奉命作好了受阅准备。

第十四兵团政治委员莫文骅来到战士们中间，战士们急切地问：“政委，今天是谁检阅我们？”

“你们猜猜看。”

“肯定是总部的首长，要不就是中央首长。今天兄弟团来参加受阅的都是连以上干部，这就说明有新情况。”战士们七嘴八舌地猜测着。

“同志们！我告诉你们，听清楚了可不要高兴地把下巴颏笑掉哟。今天呀，是毛主席和朱总司令来检阅我们。”

“呀！我们要见到毛主席了！”战士们没等政委说完，一个个都睁大了眼睛，有的高兴地蹦跳了起来。

时间已经很紧迫，但第四野战军的领导为了组织好检阅，仍准备抓紧时间预演一次。平津前线司令部参谋长兼第十四兵团司令员刘亚楼对第四十一军军长吴克华说：“吴司令，你来当主席和朱总，我来演习一次向你报告。”这时纵队番号已改称军的番号，但大家仍习惯称吴克华为纵队司令。

“哎！不行，不行，我哪能代替主席和朱总！”吴克华摆着手说什么也不同意。为此，预演也就没有搞成，部队也就全靠着平时的养成素质，临时拉上了阅兵场。

下午3时整，机场上空升起了4颗信号弹，阅兵正式开始。一溜儿敞篷汽车从南向北开来，毛泽东、朱德、刘少奇、周恩来、任弼时、林彪、罗荣桓、聂荣臻、叶剑英等领导人乘车来到受阅部队队列前。

“立——正！”阅兵总指挥向部队发出了受阅的口令。

站在队列前的各分队指挥员举手向领袖们敬礼。身着灰布军大衣的领袖们站立在缓缓行驶的吉普车上，威严庄重地举起右手，向指战员们还礼。

车子从“塔山英雄团”的旗帜下通过，毛泽东看到了这面闻名全军的旗帜，他轻声对司机说：“慢一点。”车子稍微停了一下，然后慢慢驶过。毛泽东的目光久久地注视着这面血染的战旗，好似有许多话要说。

整个阅兵场上一片寂静，只有汽车的马达声在轰鸣着。

毛泽东乘美式吉普车检阅入城部队，这辆车是他从西柏坡来北平的坐车，说不上豪华，但很实用，仅从其载着毛泽东离开中国革命最后一个农村指挥部的功劳看，这辆车也是“功臣”号。但在西苑机场临检阅前，有人提出最好换辆好车，以显示一下人民军队特别是最高统帅的威风。为此，朱总司令提出把自己的轿车让给毛泽东。因为到这时，毛泽东一直没有专用轿车，全党只有朱德有辆个人专用轿车。那还是在延安时，有位爱国华侨，怀着对红色政权的崇敬心情，送给中共中央两辆轿车。有人主张给毛泽东一辆作为专车，但毛泽东说什么也不要，他却建议，为了多打胜仗，迎接中国革命胜利的早日到来，把一辆车送给指挥作战的朱总司令，把另一辆车送给陕甘宁边区著名的“五老”谢觉哉、林伯渠、徐特立等老人。

所以，毛泽东直到进京时，仍是一辆美式吉普车跑来跑去。他在西苑机场坚持自己的意见说：“乘坐我们自己军队缴获的战利品，检阅英雄的部队不是更好吗！”他的这一意见立刻得到了大家的一致同意和称赞。朱德也换坐上了美式吉普车。是啊，人民军队的统帅，脚踏战利品行进在即将入城建立新中国的大道上，是何等的扬眉吐气。这就是毛泽东的独特思维方式，这就是一代伟人的恢宏气魄。

毛泽东坐着那辆缴获的美式吉普车，在一行行、一列列威武的人民解放军队列中缓缓穿行而过。他高扬着右手，向受阅的指战员们致意问好。驶动的美式吉普车两侧，在受阅战士们的身旁，同样是用缴获战利品摆成的钢铁行列。数月前，这些坦克车、汽车、火炮才漂洋过海从美利坚合众国而来，车身或炮架上的“青天白日”油漆标志还未干透，就到了解放军的手中。

“没有枪，没有炮，敌人给我们造。”这是《游击队之歌》中的一句歌词，毛泽东的队伍正是唱着这首歌发展壮大的。这支队伍如今已不再是打游击，而是敢于打大规模阵地战的钢铁劲旅，是敢于打大决战的强大人民军队。

西苑机场上，检阅车上这统帅与士兵自信、坚强目光的交流，这静止的与驶动的战利品的陪衬大检阅，向世界展示着：毛泽东检阅的何止是中国共产党缔造与领导下的伟大军队，那些战利品不也正是数百万敌军残兵败将的缩影吗？

感谢灵感突至的天才摄影师吧，是他们按动了时间的快门，给历史留下了一个永恒的画面：毛泽东身穿长大衣，头戴解放帽，站立在吉普车上，他一手扶着车栏杆，一手挥动着，向受阅部队还礼。

作为战利品的美式吉普车和坦克车也都刻在了这照片的历史画面上。真不知时任美国总统的杜鲁门和国民党总裁蒋介石，看到这张照片后作何感想？这至今没见有消息报道。但斯大林看到这张照片后，却作出了反应，他感到作为共产国际领导之下的中国共产党领袖毛泽东坐那样的车，未免显得太寒酸了！他马上提笔画押，向中共中央无偿赠送“吉斯110”和“吉斯115”等苏制高级轿车。从那时起，毛泽东便坐上了“老大哥”送的车。直到1958年，长春第一汽车制造厂造出“东风”牌小轿车后，毛泽东才坐上国产车，后又换坐“红旗”牌轿车直到逝世。

西苑机场上的阅兵，毛泽东的第一辆专车给历史留下了许多思考，给后人留下了永久的启迪。更使当时受阅的第四十一军官兵深受鼓舞，检阅车全部驶过后，队列中响起了震天的口号声：

“毛主席万岁！”

“朱总司令万岁！”

“中国人民解放军万岁！”

战士们擦着激动的泪水在振臂高呼。第一二二师有个叫张二喜的战士，进北平前刚脱下国民党军军装，穿上了解放军的军装，他激动地唠叨着：“在国民党军队当兵5年，没见过师长的面。这才几天，我就见着人民的领袖了。”

“毛主席坐的吉普车，和咱们营长坐的是一样的嘛。”西苑机场上细心的战士们在受阅完毕后纷纷议论说。毛泽东的美式吉普车肯定给他们留下了非常深刻的印象。

有的战士说：“毛主席、朱总司令都和咱们一样，穿着灰布军装。毛主席的大衣领子都磨破了。真是人民的领袖和人民同甘苦啊！”

有的战士观察得更细，说：“毛主席的大衣上还有补丁呐！那布鞋和咱们的也一样。咱们有时还因为装备不好，发个小牢骚，真不应该！”

华灯初上，西苑机场的营房中又是一个不眠之夜。习惯于晚上办公的毛泽东在检阅结束后，驱车来到了他在北平的第一个驻地——香山双清别墅，开始了他新一天的工作。

与北京的难解情结：人生初恋之地和终生信仰确立之地

对于北京，毛泽东并不是第一次来。（1928年之前，北平被称为北京。）

毛泽东第一次来北京，是在1918年8月19日。这年春天，毛泽东与蔡和森、肖子升等在湖南建立新民学会不久，就商量如何去西方勤工俭学以寻求拯救中国的真理。这时，由蔡元培、李石曾等人发起的华法教育会已在北京政府教育部正式备案，作为组织和经办留法勤工俭学机构，向全国招生。当这一消息传到湖南，当了四年穷学生的毛泽东此时刚刚从湖南第一师范毕业，即准备组织新民学会全体会员参加勤工俭学。8月15日，毛泽东与罗学瓒、张昆弟、李维汉、肖三、罗章龙等25人，离开长沙乘船启程，在武汉换乘火车沿京汉铁路北上。那时，毛泽东可说是身无分文，连路费都是向同学借的，吃饭也是搭的同学的伙，他惟一有的就是一颗到北平寻求真理的赤子之心。

来到北京后，毛泽东等人先住在鼓楼后豆腐池胡同9号，这是他在湖南读书时的老师杨昌济教授的家。毛泽东与看门的老人暂时同住在一间房子内。杨昌济，字怀中，原在长沙湖南第一师范学校任伦理学教员。在毛泽东到北京的前两个月，杨昌济接受蔡元培的邀请，到国立北京大学哲学系出任伦理学教授，并举家北迁，他是毛泽东在北京惟一可靠的熟人。这位湖南籍的老师，在毛泽东的身上可说是倾注了许多心血，寄予了很大的希望。毛泽东的此次北行，其中就有杨昌济给毛泽东去信，希望他能入北大读书的缘故。

还在长沙时，杨昌济在教学中就发现了毛泽东这一奇才，引起了他的特别重视和爱护。他在1915年4月的日记中用大段文字写道："毛泽东，言其所居之地为湘潭和湘乡连界之地，仅隔一山，而两地之语言各异。其地在高山之中，聚族而居，人多务农，易于致富，富者往湘乡买田。风俗纯朴，烟赌甚稀，其弟亦务农，其外家为湘乡人，亦农家也。然资质俊秀若此，殊为难得。余因以农家多出异才，引曾涤生、梁任公之例以勉之。至曾务农二年，民国反正时又曾当兵半年，亦有趣味履历也。"

杨昌济无论是在教学或生活中，都非常器重毛泽东。在1915年秋，杨家由"板仓杨寓"搬到河西岳麓山下后，他特地为毛泽东等学生们腾出了一间客房，在这里讲学论道。师生们在一起无所不谈，他们谈社会、人生和政治，谈学术、理想和国事，形成了一个以杨昌济为核心的无形的思想学术群体。杨昌济教导学生说："人患无肯立志身，精神一抖，何事不成。""人者，有理想之动物也，人生的目的在于实现理想。"毛泽东在其教诲下，立志有志，他在《讲堂录》中写道："理想者，事业之母也。""十年未得志，即十年无志；终身未得真理，即终生未得志。"新民学会成立时有21个"基本会员"，其中有20人是湖南第一师范毕业的，是杨昌济的学生。该会后来发展到70多人，培养和造就了大批有用人才，诸如毛泽东、蔡和森、何叔衡、张昆弟、罗学瓒、罗章龙、李维汉、夏曦、谢觉哉等，后来都成为中国共产党的领袖人物和活动家。

所以，当毛泽东来到北京后，杨昌济及其一家仍给予他无微不至的关心和帮助。但毛泽东等人在杨家住了几天后，担心过多地给杨教授带来麻烦，便与湖南来的另外7名青年到景山东街三眼井吉安东夹道（现名吉安所左巷）7号租了两间小房子用以住宿，开始了他在北平的生活和工作。

身无分文的毛泽东此行的任务，是组织湖南青年从这里赴法国留学，但由于赴法的准备工作尚未就绪，又由于没有经济来源，他决定尽快找到一个职业以维持生活，便在老师杨昌济的介绍、联系和推荐下，由留法勤工俭学学会会长、北大校长蔡元培写了个条子："毛泽东君实行勤工俭学计划，想在校内做事，请安插他在图书馆。"介绍到李大钊教授主持的北京大学图书馆工作，做助理馆员，实际上是月薪只有8元的小职员，属临时性安排。毛泽东的这一工作，每天除打扫图书馆的卫生外，便在第二阅览室当日报刊阅览室登记新到的报刊和前来阅读者的姓名，整理15种中外文报纸。一向嗜书如命、爱读报的毛泽东对这个工作，感到称心如意。

北大图书馆位于北大一院，是刚刚搬进这座新大楼中的，占了大楼的第一层。李大钊的图书馆主任（馆长）办公室就设立在第一层的东南角两间房子内。因为这座大楼位于马神庙左侧的近沙滩处，所以人们习惯称这座大楼为沙滩大楼，又因其颜色而称为红楼。

就在这座红楼的李大钊办公室里，10月，毛泽东见到了李大钊。当时的北京，封建腐朽的帝王污浊气息还充斥着社会，但在北京大学内则是新思想、新文化潮流涌动。特别是在北大图书馆，李大钊已开始把中国与世界无产阶级联系起来，正积极地宣传马克思主义。为此，毛泽东来到这里，他的视野更加开阔了。

毛泽东最初知道李大钊的名字，是在1916年的《新青年》杂志上，当时李大钊担任这个杂志的编辑和撰稿人。毛泽东读到了李大钊撰写的《青春》一文，文章指出："青年之自觉，一在冲决过去历史之网罗，破坏陈腐学说之囹圄。……以青春之我，创建青春之家庭，青春之国家，青春之民族，青春之人类，青春之地球，青春之宇宙，资以乐其无涯之生。"毛泽东阅后极为振奋，备受鼓舞，从此立定"要立一理想，此后一言一行，皆期合此理想"，这就是他最初建立共产主义理想的萌芽阶段。

1917年春，激情满怀的毛泽东登岳麓山后，写下了《体育之研究》一文，投寄给了《新青年》编辑部。慧眼识珠，《新青年》很快就登载了出来。这是毛泽东第一次公开发表的文章，署名是"二十八画生"（毛泽东3个字的繁体字为28个笔画）。毛泽东来到北京后，当面见到了久已仰慕的《新青年》的编辑们。

这时，由于留法勤工俭学的事正在筹办中，与毛泽东同来的罗学瓒先入北京留法预习班，蔡和森入蠡县布里村预备班，张昆弟入保定育德中学预备班，罗章龙考入北京大学文学预科，而毛泽东却"中途易辙"，并没有像杨昌济所希望的那样投考北京大学，也没有进赴法预备班，而是甘心当了一名图书馆的职员，他自有他的想法和打算。

这期间的毛泽东虽然也参加了一些社团活动，拜见了一些名流学者，但很多人却瞧不起他这个操一口湖南土话的外乡年轻人。毛泽东曾对斯诺说："我的职位低微，大家都不理我……在那些来阅览的人当中，我认出了一些有名的新文化运动头面人物的名字，如傅斯年、罗家伦等，我对他们极有兴趣。我打算和他们攀谈政治和文化问题，可是他们都是大忙人，没有时间听一个图书馆助理员说南方话。"有一次，毛泽东向胡适请教一个问题，胡适则以毛泽东是一个未注册的职员而拒绝回答，这使毛泽东感到很失望，但他与李大钊等人则建立了深厚的友情。

11 月 15 日，李大钊穿着棉布长袍来到天安门前，在北大所办的演讲会上发表了《庶民的胜利》的著名演讲。毛泽东特意赶到会场听讲。李大钊慷慨激昂的演说给青年毛泽东留下了难以磨灭的印象。从此，毛泽东在李大钊的提携和熏陶下，参加了北大的各种进步学生组织活动：1918 年冬，参加了中国第一个有组织的新闻学研究会；1919 年 1 月 28 日，参加了李大钊、蔡元培、杨昌济组织的北大哲学研究会成立大会；2 月 19 日，出席了新闻学研究会竞选大会；3 月 10 日，在理科第十六教室听李大钊对会员发表的关于俄国革命的演说；后又参加了李大钊等人发起的"少年中国学会"，并与其保持了长期的联系。

1918 年的北京，正是中国发生巨大变化的前夕，毛泽东来到了这人才荟萃的新文化运动中心阵地。这时的北京思想界、学术界正处于异常活跃时期，各种新思想在这里争奇斗妍，这对渴望知识和真理、接受新鲜事物的青年毛泽东来说，是何等的刺激，北京的一切曾一度令他兴奋不已！

毛泽东通过李大钊的启迪，发现在中国还有许多问题值得他去研究和解决，如大军阀统治下"国家"政府的腐败，凡尔赛会后全球形势的急剧变化，布尔什维克革命在世界引起的反响等，都是中国人急需探讨和关心的大事。毛泽东由此觉得，深入到这些事中去，来寻求救国救民的真理，才符合他个人的性格，才合他的口味。因此，他决定不到法国去留学，认为："对自己的国家还了解不多。我待在中国或许更有用。"斯诺采访了毛泽东后，在《中共杂记》一书中写道："他曾想出国旅行，但他觉得，在对中国有更多的了解之前，他是决不会出国的。虽然他走遍了中国的广大地区，但中国还有许多弄不清的问题有待于他去研究。中国和苏联一样，本身就是一个世界。"

专门到北京组织出国的毛泽东，最后自己却终没有到国外。其中原因，毛泽东本人在 1920 年 3 月 14 日给同乡周世钊的信中作了明确的解释，他写道："我觉得求学实在没有'必要在什么地方'的理，出洋两字，在好些人只是一个谜。中国出过洋的总不下几万乃至几十万，好的实在很少。多数呢？实在是糊涂，仍旧是莫名其妙，这便是一个具体的证据。……吾人如果要在现今的世界稍微尽一点力，当然脱不开中国这个地盘。关于这个地盘内的情形，似不可不加以实地的调查及研究……我曾以此问过胡适之和黎邵西两位，他们都以我的意见为然，胡适之并且作过一篇《非留学篇》。但我不是绝对反对留学的人，而且是一个主张大留学政策的人。我觉得我们一些人都要过一回出洋的瘾才对。"

在北京大学，毛泽东没有机会见到鲁迅，但他与鲁迅却有神交。鲁迅当时在教育部工作，负责管理图书馆的事务，在他知道毛泽东的月工资仅有8元钱时，曾通过人提出愿意介绍毛泽东到其他图书馆工作，工资会多些，可以改善一下生活，但毛泽东表示他志不在此，婉言谢绝了。但毛泽东却终身记着鲁迅的这段情意。

1934年1月，住在江西瑞金沙洲坝的毛泽东，正在这里筹备全国第二次苏维埃代表大会。一天，他来到冯雪峰的住处聊天，谈话的主题即是鲁迅，说道："今晚约法三章：一不谈红米南瓜，二不谈地主恶霸，我们不谈别的，只谈鲁迅。"毛泽东遗憾地对冯雪峰说："五四前夕在北京，弄新文学的人我见过李大钊、陈独秀、胡适、周作人，就是没有见过鲁迅。"冯雪峰告诉毛泽东："有一个日本人说，全中国只有两个半人懂得中国，一个是蒋介石，一个是鲁迅，半个是毛泽东。"毛泽东闻言哈哈大笑，然后沉思着说："这个日本人还不简单，他认为鲁迅懂得中国，这是对的。"但对蒋介石和自己是否懂得中国和那个日本人的评价如何，他并没有表态。冯雪峰还告诉毛泽东，鲁迅读过毛泽东的诗词，赞赏有"山大王"的气概，毛泽东听了，开怀大笑，当冯雪峰又告诉毛泽东，鲁迅谢绝到苏联去，要坚持在自己的岗位上"放它一枪两枪"。毛泽东知道这件事后，很受感动，动情地说："这才是实际的鲁迅！这是符合人民愿望的最宝贵的性格。"

1937年10月19日，毛泽东首次系统地论述鲁迅并提出"鲁迅精神"，号召"把他带到全国各地的抗战队伍中去使用，为中华民族的解放而奋斗"。3年后，毛泽东在《新民主主义论》一文中又给予鲁迅以崇高评价，称其为"主将""旗手"和"文学家""思想家""革命家"，指出："鲁迅的方向，就是中华民族新文化的方向。""鲁迅是在文化战线上，代表全民族的大多数，向着敌人冲锋陷阵的最正确、最勇敢、最热忱的空前的民族英雄。”

毛泽东在北京工作期间，和杨昌济一家保持着密切的关系，并与杨昌济的女儿、刚满17岁的杨开慧相爱了。

毛泽东在初恋的日子里，心情格外舒畅，他和杨开慧走到户外，尽情地欣赏着北京的大自然风光。毛泽东后来回忆说：“古都的美对于我是一种丰富多彩、生动有趣的补偿。”“在故宫的庭院里，我看到了杨柳倒垂在北海上，枝头悬挂着晶莹的冰柱，因而想起唐朝大诗人岑参咏北海冬树挂珠的诗句：‘千树万树梨花开，’北京数不尽的树木激起了我的惊叹和赞美。”

北京的甜蜜初恋，并没有影响到毛泽东在事业上大展宏图。1919年春天，毛泽东为送赴法勤工俭学的同学出国和回南方探候母病，离开北京，乘火车南下上海。临行前，李大钊对毛泽东说：“你不妨再找一下陈独秀先生，他现在正在上海。他对马克思主义和俄国革命也颇有研究，对中国的现状与前途有独到的见解。”毛泽东果然在上海见到了陈独秀，又受到很大的启迪。

毛泽东由上海回到长沙后不久，北京即爆发了五四运动。由于毛泽东刚离开北京，他对北京的整个形势是了解和息息相通的。所以，他在湖南的长沙也遥相呼应，积极宣传和支持北京的五四运动，并经过两个多月的组织和奔波，由他主编的《湘江评论》杂志于7月14日正式创刊。

在《湘江评论》第2至第4期上，发表了毛泽东撰写的《民众的大联合》，文章从十月革命，尤其是从毛泽东本人亲身经历，认识到了劳动人民是人类社会历史每次变革的真正动力，人民群众联合起来的力量是世界上最强大的力量。指出：“我们中华民族原有伟大的能力，压迫愈深，反抗愈大；蓄之既久，其发必速。我敢说一句怪话，他日中华民族的改革，将较之任何民族为彻底；中华民族的社会，将较任何民族为光明。”预言：“中国人民的大联合必告成功，我们必须努力，我们必须拼命向前。我们黄金的世界，光辉灿烂的世界，就在前面。”

毛泽东的这篇文章发表后，在国内外引起强烈反响。李大钊于12月28日在《新生活》杂志第19期上，发表了题为《大联合》的短论，赞同毛泽东大联合的主张，说：“我很盼望全国各种职业各种团体，都有大小组织，都有大联合，立下真正民众大联合的基础。”

1919年12月18日，毛泽东率领“驱张请愿团”从湖南第二次到北京。他是为了推动湖南反对军阀张敬尧的革命运动，代表新民学会，以由100人组成的“驱张请愿团”团长身份到北京的。来京后住在北长街99号福佑寺后院，他在这里开办了自任社长的平民通讯社，在北京掀起了轰轰烈烈的驱张运动，曾在新华门前进行了3个多小时的示威活动，并达到了斗争的目的。他有时也住在杨开慧家中。

毛泽东来北京后刚刚安顿好，就来看望李大钊，介绍了组织赴法勤工俭学工作的进展情况和开办《湘江评论》以及湖南驱张运动的情况。李大钊介绍了他正筹备成立马克思学说研究会的情况，并向毛泽东推荐了一批有关共产主义和俄国十月革命的中文书籍。

对此，毛泽东在后来回忆说：“我第二次到北京期间，读了许多关于俄国所发生的事情的文章。我热切地搜寻当时所能找到的极少数共产主义文献的中文本。有3本书特别深刻地铭记在我的心中（马克思、恩格斯的《共产党宣言》节译本、考茨基的《阶级斗争》和一本英国人写的《社会主义史》），使我树立起对马克思主义的信仰。我接受了马克思主义，认为它是对历史的正确解释，以后就一直没有动摇过……到1920年的夏天，我已经在理论上和某种程度的行动上，成为一个马克思主义者，而且从此我也自认为是一个马克思主义者了。”

毛泽东由于深受李大钊的影响，对俄国十月革命的故乡十分向往，于是，他又专门研究起组织赴俄勤工俭学的问题，认为“俄国学术精神不可不研究”。1920年2月，毛泽东在给友人的信中说：“我有一计划，一星期外将赴上海。湘事平了，回长沙，想和同志成立一‘自由研究社’，预计一年或两年，必将古今中外学术的大纲，弄个清楚，好作出洋考察的工具。然后组一留俄队，赴俄勤工俭学。至于女子赴俄，并无障碍，逆料俄罗斯的女同志，必会特别欢迎……这桩事，我正和李大钊君等商量。”

在这时，一件意料不到的事发生了。1920年元旦刚过，杨昌济因病住进了北京德国医院。杨教授自知病重缠身难脱，于病床上写信给时在上海任广东军政府秘书长、曾任北大教授的章士钊先生，相托重才爱国之要事，他写道：“吾郑重语君，二子（指毛泽东、蔡和森）海内人才，前程远大，君不言救国则已，救国必先重二子。”1月17日，杨昌济在北京逝世。20日上午8时，追悼会在北大校园内小礼堂召开，臂戴黑纱的北大校长蔡元培在悲壮、肃穆的气氛中走上灵坛，宣布追悼会开始。毛泽东在此以学生和半个女婿的身份参加了守灵和祭奠，他走上灵坛，庄重地宣读了由蔡元培、范源濂、杨度、章士钊、黎锦熙、毛泽寿等 29 人联合发布的《治丧辞》。2 月初，杨开智、杨开慧兄妹一家护灵柩回长沙板仓安葬。

这年 4 月 1 日，“湖南改造促成会”在上海成立，毛泽东决定赴上海。4 月 11 日，毛泽东离开北京。他在两个月后给友人的一封信中写道：“京别以来，在天津、济南、泰山、曲阜、南京等处游览一晌，二十五天（5 月 5 日）才到上海。”7 月 7 日毛泽东从上海返回湖南长沙。这年冬天，27 岁的毛泽东与 19 岁的杨开慧自由结婚，在北京深埋下的爱情种子终于进入收获的季节。

毛泽东从北京回到长沙后，为了建立阵地，发起成立了长沙文化书社，其宗旨是：“用最迅速最简便的方法介绍中外各种新书报杂志。以充青年及全体湖南人新研究的材料。”广泛介绍有关马克思主义的读物。不久，他即开始组织长沙共产党早期组织，与李大钊、陈独秀等中国共产主义运动的先进分子一道，为中国共产党的建立，为了中华民族的解放事业，开始了先驱者的跋涉。

青年毛泽东在北方的隆冬季节，两次来到北京，对他来说这是极其不平凡的两个冬天，这是他从湖南走向全国迈出的第一步。其中的哲理或天机，耐后人深思和琢磨。

北京，作为中国政治、文化的中心，作为新文化运动的发源地，有着中国其他任何地方所不及的历史传统和文化传统。在北京这特定的、恢宏的政治气度中，来北京之前从没有出过湖南省界的毛泽东，大开了眼界，认识世界的视角大大拓宽，从此完全站在了一个新的高度看中国，走上了一个新的台阶看世界。

北京，凝重的文化氛围对毛泽东有着潜在的熏陶与影响。尤其是北京大学图书馆职员的工作，又使毛泽东如鱼得水，他在这座拥有极大藏书量的“图书海洋”里，读到了从未读过的书，并且有的书是先睹为快。他在这里丰富了自己的知识，知道和较细地了解了众多的“主义”和学说，并从中加以比较，确定了自己的人生目标和终身信仰。北京深厚的文化社会沃土和北大图书馆得天独厚的优越条件，使毛泽东在成为革命者的同时，也为使他发展成为一代文化巨匠和思想巨匠积蓄了不可低估的力量。

北京，是一代名流学者、社会精英的集萃地。毛泽东在北京接触到了蔡元培、胡适、梁漱溟、邵飘萍、鲁迅等全国著名人士，这些名流学者精深的学问和其本身所具有的特殊魅力，对青年毛泽东都是一种精神鼓舞，这是毛泽东早年经历中的一笔宝贵的财富，并在其后的个人修养和领袖品格形成过程中起着重要的潜移默化作用。特别是在接触了李大钊、陈独秀等早期的共产主义知识分子后，毛泽东的世界观在他们的导向作用下发生了根本的变化。毛泽东后来回忆说：李大钊和陈独秀“他们两人都是中国最有才华的知识界领袖。我在李大钊手下在国立北京大学当图书馆助理员的时候，就迅速地朝着马克思主义的方向发展，陈独秀对于我在这方面的兴趣也是很有帮助的”，“他对我的影响也许超过了其他任何人。”

是的，每个人在成长的道路上，都会有许多经历和机遇，都会遇到几个在人生道路上起决定作用的贤人、伯乐，中国老百姓把这种人俗称为“贵人”。青年毛泽东的北京之行，他在北大恰好遇到了时在此执教的那么一批“贵人”，尤其是他们的先进思想和优秀品格，使日后的毛泽东终生受益。世人可在领袖毛泽东的思想性格、文化性格和政治性格中，看到北大那些贤人智者的影子，它并最终为毛泽东1949年进京起了奠基和先导的作用。

由此，所以说，毛泽东的最初北京之行有三大收获：一是认识了他自己也认为是有生以来的第一楷模李大钊，这为他一生的革命征程奠定了方向；二是他接触到了马克思列宁主义，确立了共产主义的信仰；三是他在此地初品人间乐果，收获了爱情，与杨开慧建立了革命伴侣关系。

最紧要的是：北京之行，使毛泽东开始了站在历史潮头的生涯！

30年后，毛泽东又返回北京来了！这次进京，是他的第三次进京，但他已不是当年“湖南青年赴法勤工俭学”的带队人和“驱张请愿团”团长的身份，他是作为中国共产党的领袖到北平建立新中国的首都来了！

当毛泽东率领中共中央机关由西柏坡进京，望到北平的城墙时，他可说是悲喜交集，如今昔日的导师去了！昔日的恋人去了！都是为了一个共同的事业，都是为了今天毛泽东所终于实现的事业。

毛泽东深情地注视着脚下久违了的大地，无限感慨地说：“30年了！30年前我为了寻求救国救民的真理而奔波。还不错，吃了不少苦头，在北京遇到了个大好人，他就是李大钊同志。在他的帮助下我才成为一个马列主义者。可惜呀，他已经为革命献出了宝贵的生命，他是我真正的好老师，没有他的指点和教导，我今天还不知在哪里呢！”

在乾隆皇帝题名为“双清”的泉水池旁，指挥百万雄师横渡长江

毛泽东率党中央机关由西柏坡来到北平后，他在香山的办公地点，选择在一所群山环抱中的庭院里，院名叫双清别墅。它坐落在香山西南坡的香山寺下，是一幢中西合璧式的房子。当年孙中山来北京时，也曾经在这里居住过。

双清别墅是一个比较大的院子，有向东向北开的两个大门。进入院中首先可见一个建造精巧的喷水池卧于房前，一座攒尖形红顶六角形亭子临泉水池而立。从山坡石缝中流出的两股清泉汇流于池中，池水清澈透底，饮食甘洌可口。池旁的山石上题有乾隆皇帝的“双清”两字，此地地名也就因这两股清泉和乾隆皇帝的题字而来。

水池南边，靠近山脚的地方，有个防空洞，是前不久华北军区工兵部队遵照聂荣臻的命令，在毛泽东到来之前特意挖的，他们还在洞口刻上了“毛主席万岁!”“朱总司令万岁!”两排大字。院落两侧以山崖为天然屏障，树木葱茏，防空条件很好。聂荣臻为了防止再次发生像在城南庄时那样的遇险情况，在这里显然作了精心安排。

院中，有一幢坐北朝南的两层楼房，几间平房排列在楼房的西边，工作人员住在这里。毛泽东住在楼上，房间高大且布置得漂亮，屋内光线也很充足。从西头数起，依次是卫生间、卧室、办公室、中间正厅（可容20多人的会客室）、办公室、会客厅、小餐厅、厨房。在新中国未成立前，这里原是国民党一个高级官员的别墅，过去因为战争连年不断，园林荒芜，刚来时给人一种凄凉之感。毛泽东和党中央机关在这里住了一段时间后，双清别墅旧貌换新颜，人来人往，呈现出一片生机。

出双清别墅北门，一条青石块铺成的道路，通向200余米外的另一个大院，朱德、刘少奇、周恩来、任弼时等人住在这里。这个院子里的房子多，住处比较集中。

香山离城较远，优点是比较安全，所以党中央准备在这里住一个时期。

但由于这里房子较少，机关的许多工作人员住进了城内，于是，党中央的集体办公地点也设在了城里的北京饭店，即现在的北京饭店西边旧楼。毛泽东多数时间是在香山办公，其他中央领导人是白天在城内饭店办公，晚上再回香山休息，奔波于新中国的建立大业。

毛泽东来到香山住下后，中共中央应该算是进京了。这时，摇摇欲坠的国民党政权还在南京苟延残喘，所以，毛泽东进京后的第一件大事，就是指挥人民解放军渡过长江，把国民党政府逐出南京，以便顺利建立新中国首都于北平。他没有多少时间欣赏香山的景色，每天从早到晚不停地批阅电文和函件，研究建设新中国的许多重大问题。

在这期间，以时任国民党政府西北行营主任兼新疆省主席张治中为首的国民党政府和平代表团来到北平。中共方面参加谈判的代表有周恩来、林伯渠、叶剑英、聂荣臻等人，谈判桌上的斗争是异常激烈的。毛泽东明确提出了谈判的8项条件，但国民党政府代表团在蒋介石的幕后指挥下，明里在讨价还价，暗中是抓紧时间进行扩军备战。

这段时间，毛泽东在香山的山石树林中散步时，也常常带着深沉的思考。有时他忽然停住脚步，问跟在身后的卫士："你敢相信蒋介石吗?"

"不相信!"

"这就对了。蒋介石这个人尽要手腕，说话从来不算数。"毛泽东边思考边又问道："有人劝我们不要打过长江去，你们说要不要打过长江去?"

"要！到手的胜利哪能不要，对国民党蒋介石还有什么好客气的!"

毛泽东点着头："对！还是我们的战士聪明哟。"

善于推断事物发展进程的毛泽东，在战略战术上往往有着自己独特的思考，并不被别人的意见所左右。在渡江战役的指挥上，毛泽东再一次显示了他的军事指挥家天才。他擅长于从宏观上把握推算战争进程，并不太精细于琐碎的数字计算。因此，他在牌桌上的竞争中往往是输得多、赢得少，但他在战场上与对方的较量中，他的这种自信心和下大"赌注"的气派却使对手望而生畏。百万大军在毛泽东的一挥手间横渡长江，这正是蒋介石等所谓国民党战略家所始料不及的。

美国作家斯诺在1936年访问延安后，谈到战略指挥，谈到牌桌上的运筹，谈到毛泽东曾这样在日记中写道："毛打扑克很放手，而不怎么善于唬人，但却是一个很有趣的牌手。他对打牌太不在乎了，认真打牌的人会感到不悦，他则自得其乐。他牌注下得很大，但完全是虚构的。毛的健康状况好转，体重增加。我问他喜欢戎马生涯，还是爱坐办公室，他说，他非常喜欢军事生活，说在长沙作战期间，他的胃口比别的时候都好。”

斯诺的话，可说对毛泽东的宏观控制能力和军事素质给予了很形象的揭示。许多事实都已说明，毛泽东所制定的一切战略军事行动，就是建立在一个大胆的设定上，他基于一定的综合情况判断，敢于跨时空地将对方置于自己的股掌中。他面似书生，但绝不是书房里的军事理论家，他是一个脚踏实地地把自己研究得出的理论再应用于战争实践的大军事家。

1949 年，当长江春潮奔涌正急时，毛泽东已没有时间上牌桌，他就在这双清别墅庭空院静、林幽景雅的环境里，指挥了百万雄师横渡长江作战。他运筹帷幄，把远在太平洋彼岸的美国也考虑在了中国战场上，因为这时美国强大的太平洋舰队一直在青岛海面上，虎视眈眈地注视着人民解放军的南进。美国直接出兵与人民解放军作战的可能性是存在的，但这种可能性有多大，从什么地方开战，毛泽东则都从宏观上考虑在了渡江战役这盘棋内。

为此，毛泽东部署人民解放军第二野战军和第三野战军的近百万兵力，统统压到了长江北岸，乘着和平谈判的时机，占领有利部位和江心据点，做好过江的战斗准备，并应付美国可能的出兵。

毛泽东的用兵很明显，一切部署都是基于一个“打”字。他频频电告总前委各将领：务必把考虑问题的着眼点，放在谈判破裂后用战斗方式渡江上面，一旦战斗命令发出，必须绝对保证渡江一举成功。

毛泽东对预定军事行动作了初步的部署，指出：各部渡江后，以第三兵团出徽州沿浙赣公路东进；第九兵团的主力置于南京以南监视芜湖之敌；然后以第四兵团接替第九兵团在芜湖的作战任务，并准备相机攻占南京；另以第七兵团和第五兵团作为战略预备队，做好随时出动的准备。为此，有人把毛泽东的这一渡江兵力部署比喻为“杀鸡用牛刀”，事实说明，毛泽东的这一战略部署是十分必要和正确的。

江潮波涌浪叠中，长江两岸的国共两军都在加紧备战。看来双方都虽寄希望于“谈”，但都又立足于“打”，结局显然已在预料中。果然，几个月的和平谈判，终于因南京政府拒绝签字而告吹。长江两岸炮架下的炮弹“哐哐当当”进了炮膛，大战迫在眉睫。

4 月 21 日，毛泽东和朱德从双清别墅发出了向全国进军的命令。瞬间，千里之外的长江北岸炮声隆隆，火光冲天，夜幕中万船向着南岸齐发。国民党守军拼死抵抗，江面上水柱冲天，浓烟翻滚，渡江战役打响了！

此刻，在北平香山一带的中央军委机关里，灯火通明，作战室内一片大战中的繁忙景象，“嘀嘀嗒嗒”的收发报声和急促的电话铃声交织在一起，愈显战役的紧张。毛泽东在办公室里已经坐不下来，他一会儿遥望南天，陷入久久的思考；一会儿来回在房间内走着。大家都明白，对登陆作战来说，进攻一方哪怕只有一部分兵力到达对岸并站住脚，战局即可见分晓。

周恩来不时地看看桌子上的时钟，那秒针在慢慢地向前晃动着，时间好像凝固了一样。突然，门外传来了译电员“咚咚咚”的跑步声，这使毛泽东的踱步戛然停了下来。总前委将领传来战报：人民解放军有3个团的兵力首先登岸，现已向南岸纵深推进发展！

毛泽东用始终没有放下的红蓝铅笔，在作战地图上重重地顿了顿，与朱德和周恩来等人相视笑了笑，轻声说道：“行了，大家都休息吧。我睡觉去了。”然后，他缓步离开办公室，回到了卧室。这次他没有吃安眠药，安稳地睡着了。

此时的江南，4月23日上午，第三野战军的一支先头部队，占领了南京总统府，青天白日旗从总统府城楼上飘落在地，代之而起的是鲜艳的红旗。一名战士冲进了总统办公室，“呼啦啦”从墙上把蒋介石的彩色画像扯拉下来。

陈毅司令员和刘伯承司令员在仅半个小时后，也赶到了总统府，陈毅坐在蒋介石办公室里打电话给在北平的毛泽东联系：

“我是陈毅呀！我正坐在蒋介石的椅子上啊！”

“好哇！”毛泽东情不自禁地喊道，并幽默地说：“你们在那里题了‘刘伯承、陈毅到此一游’没有哇？哈哈！”

此时的毛泽东，一阕“宜将剩勇追穷寇，不可沽名学霸王”的诗章正在他胸中酝酿成，他在向刘伯承、陈毅下达了继续进军的命令后，亲笔写下了“新华社长江前线22日电”的电讯稿，把百万雄师过大江的消息传向全世界：

“英勇的人民解放军21日已有大约30万人渡过长江。渡江战争于20日午夜开始，地点在芜湖、安庆之间。国民党反动派经营了3个半月的长江防线，遇着人民解放军好似摧枯拉朽，军无斗志，纷纷溃退。长江风平浪静，我军万船齐发，直取对岸，不到24小时，30万人民解放军即已突破敌阵，占领南岸广大地区，现正向繁昌、铜陵、青阳、荻港、鲁港诸城进击中。人民解放军正以自己的英雄式战斗，坚决地执行毛主席朱总司令的命令。”

这篇电讯稿后来被当做大学课程中新闻通讯稿的范文，加标点符号恰好是200字，如此短的文字，一气呵成，人民解放军气壮山河的战斗风貌跃然于纸上，写得是多么令人精神振奋啊。

毛泽东终于完成了他一生中的值得庆贺的大事。

大战之后睡得非常香甜的毛泽东醒来后，话也多起来了，他舒心地嘘了一口气，特别高兴地对卫士们说：“蒋介石想拖延时间，重整军队，卷土重来。他以为我们还是好欺骗呢，他们可不知道这么做对我们也有好处，我们有足够的时间调动军队、训练军队，也给了我们运船、修船和指战员们练习游泳和划船的时间。结果是他们在那边修防线，我们在这边架大炮，谁也没闲着。最后他们却落了个拖延时间，破坏和平协定的恶名，什么便宜也没沾上。我们利用夜色和炮火掩护，一下子过去30万军队。他们的军队就垮台了。”

卫士们却担心地问毛泽东：“打过长江去以后，如果敌人集中空军进行轰炸，我们的军队没有飞机不是会吃亏吗?”

毛泽东则自信地说：“他们的军队都垮台了，有几架飞机起不了什么作用。说不定他们正在组织海军和空军，准备坐船坐飞机赶快逃跑呢。他们知道，再不逃他们就跑不了了。”

这天下午，毛泽东起床后，拿着《人民日报》解放南京的号外，来到庭院中的凉亭下，坐在藤椅上看起报纸来。过了一会儿他走回办公室，不久又拿着这张报纸走了出来，他边看边在上面画了一些圈圈和杠杠，可看出他很激动。摄影师徐肖冰、侯波夫妇特意赶来为毛泽东拍照。毛泽东手托报纸，留下了这历史的瞬间。

一直都笑呵呵的毛泽东对身边的工作人员说：“解放南京了，不要我一个人高兴，大家都该高兴嘛。来，照相也要一起照。”

照完相后，毛泽东望着被乾隆皇帝誉为“双清”的两股泉水“丁丁冬冬”敲如池中，他放下手中的报纸，站起来再次步入六角亭，凝视着碧波荡漾的池水，慢慢地吟出七律诗一首：

钟山风雨起苍黄，

百万雄师过大江。
虎踞龙盘今胜昔，
天翻地覆慨而慷。
……

至此，国民党政府迁往广州，开始了它的流亡时期。中国共产党开始了在北平的建政和执政。

4月24日，周恩来代表党中央和毛泽东，签发了关于在南京和上海出版《新华日报》和《解放日报》的决定。《新华日报》是中国共产党在抗日战争和解放战争时期，在周恩来等人领导下出版发行的报纸。它筹备于南京，于1938年1月11日创立于武汉，成长于重庆，是当时国民党统治区内惟一公开出版发行的中共党报。报名题字最早出自国民党元老、著名书法家于右任之手。对这个报纸，中共中央是非常关心和重视的。为此，当南京解放的消息刚刚传到双清别墅，毛泽东兴趣盎然地提笔泼墨为《新华日报》题写了报名。(后来，该报为中共江苏省委的机关报。毛泽东又分别于1953年2月23日和1964年7月19日两次为《新华日报》题写了报名)

从毛泽东的进京，到人民解放军占领南京把蒋介石国民党政府逐出南京，时间刚好一个月。有人巧妙地说："毛泽东在双清别墅中指挥的这场渡江战役，也总算是'双清'了吧，一个进了京，一个出了京。"这进京与出京，不正昭示着一个新的时代的到来！

一天，王稼祥的夫人朱仲丽来看望毛泽东，见毛泽东很忙，便劝说道："毛主席，该休息了，我们都已经吃过早饭，您还在办公？"

"这是反动派不叫我睡觉哩。"毛泽东低着头，边写边幽默地说。

"战争已经接近尾声了，南京也解放了！"朱仲丽顺口说着。

毛泽东抬起了头，望着朱仲丽严肃地说："唔，这只是万里长征才走完了第一步嘛。是起点，不是尾声。建设社会主义新中国，巩固人民政权，也像打仗一样，是一场斗争啊！"

毛泽东的大脑，又在思考一般人所想不到的问题了。

5月间，毛泽东从双清别墅迁到了中南海菊香书屋。从此他一直定居在那里。

别了，司徒雷登

进入8月之后，毛泽东几乎是每日都在挑灯夜战，奋笔疾书。18日，毛泽东写了著名的文章《别了，司徒雷登》，又接连写下了内容与之相关的文章多篇，其中收入《毛泽东选集》的就有《丢掉幻想，准备斗争》《为什么要讨论白皮书》《“友谊”还是侵略?》《唯心历史观的破产》等5篇评论文章。毛泽东就一个问题而大发议论，这在他的著作中是少见的。那么，毛泽东在中国人民革命即将取得全面胜利的工作繁忙时节，为什么忽然对这个司徒雷登如此感兴趣呢?

欲知其事，我们还得先从司徒雷登其人说起。

司徒雷登，是当时的美国驻华大使，近代中国人对其并不陌生，中共党人特别是毛泽东对这个人更是比较熟悉。但是对其评价，在史学界是有争论的，特别是受政治风云的影响，在毛泽东在世时与去世后就有所差异，这可从新、旧版的《毛泽东选集》注释比较中看出：

六七十年代版的《毛泽东选集》在关于司徒雷登的注释中这样写道：“司徒雷登，1876年生于中国，他一向是美国对华文化侵略的忠实执行者。他从1905年起任美国在中国兴办的北京燕京大学的校长。1946年7月11日，司徒雷登出任美国驻中国大使，积极支持国民党反动派进行反人民内战，并进行反对中国人民的各种阴谋政治活动。1949年8月2日，由于美帝国主义阻挠中国人民革命胜利的一切努力都已彻底失败，司徒雷登不得不悄然离开中国。”

1991年新版《毛泽东选集》则这样注释道：“司徒雷登（1876～1962），美国人，生于中国杭州。1905年开始在中国传教，1919年起任美国在中国兴办的燕京大学的校长。1946年7月11日，出任美国驻中国大使，积极支持国民党反动派进行反人民内战。北平1月和平解放，司徒雷登留在南京观望。同年8月2日，由于美帝国主义阻挠中国人民革命胜利的一切努力都已彻底失败，司徒雷登不得不悄然离开中国。”

从以上注释中，读者会对司徒雷登有一个大致轮廓上的了解，可看出中国共产党人对司徒雷登的评价是有变化的，后期的评价要客观一些，评价也明显高于前期。那么，真实的历史情形又是怎样的呢？笔者即在此综合各种史料对毛泽东与司徒雷登的这一“笔墨官司”作一陈述。

司徒雷登与中共领导人是早就有过接触的，互相之间也多有了解。而毛泽东与司徒雷登直接会面，则是在抗日战争胜利后的国共和谈时。1945 年 10 月，毛泽东赴重庆谈判，司徒雷登也在场，并与毛泽东同桌共餐。毛泽东对司徒雷登说：“现在延安有许多你的学生。”

司徒雷登不无得意地回答说：“我希望他们为他们学到的东西争光。”他的话中分明另外有话。

但司徒雷登对毛泽东非常敬重，称毛泽东是“中国不可多得的英才”。对周恩来也非常佩服，称他是“一位才思横溢，具有罕见的风度和魅力的人”。所以，司徒雷登在后来正是基于与中共领导人的认识和特殊关系，在国民党政府行将垮台之时，曾试图周旋于国共两党之间。

1949 年 1 月，李宗仁上台代理总统后，司徒雷登虽然也轻松了一阵，但他认为即使李宗仁有三头六臂，也难阻挡中共在全国范围内取得胜利，惟一的出路，是在谈判桌上捞一点便宜。退一步说，李宗仁万一垮台，也易于在此基础上，与中共达成某种程度的和解。他认为：“美国不应该放弃中国，而应该用善良的影响力，引导中国走向民主及经济进步，避免使中国完全倒向苏联，趋于极端。”

司徒雷登正是基于这一认识，于 3 月 10 日，向美国政府提出了一项大胆的建议：与中共试行接触，并在可能的条件下，谋求美国与共产党中国的新关系。他在这项建议中说：“我对中国人民特别是学生福祉的深切关怀，以及我愿见真正民主进步的政治程序的实现，鼓舞了我为我热爱的国家，试图作最后一次服务。”司徒雷登请求美国政府允许他在适当的时机同中共领导人接触，表示他将提醒中共：如果中国建立起共产制度，美国便要“用一切方法使中国人民重新获得真正的解放”，如果中共在他的威胁诱惑下“反应良好”，他就建议采取某种步骤，建立双方“良好而互谅的关系”。

所以，当国民党政府一再催促司徒雷登撤离南京时，他便一面敷衍应付，一面将他个人的意见呈报美国政府，声称：“南迁广州，是我最强烈反对的；逗留南京，静观其变才是我所喜欢的。”美国政府经过研究，基本上同意了司徒雷登在南京滞留一段时间的要求。国务卿艾奇逊批准了司徒雷登的计划，但认为他的那番威胁说得实在过分，命令他把措词一定要改动得缓和、耐听一些。

司徒雷登就这样留在了南京而没有南迁广州，待在长江岸边静观局势的变化。他在以后的回忆文章中提到这件事时这样说："国民政府自然希望外交使团迁往广州，这样有助于它的威望。按理讲，我们都是委派给国民政府的，应跟着它迁到'临时首都'去。我的公使衔顾问刘易斯·克拉克受命带着一批工作人员前往广州。在那几个令人迷惘的礼拜中，北大西洋集团的各国大使一直在非正式地举行聚会进行商讨。最后的一致意见是暂留南京，且各自都受到了自己政府的支持。北大西洋集团成员国和所有其他国家对美国的决定都抱着尊重的态度，这使我不由得想到了美国在世界上所处的新地位。一些小国指示他们的代表跟我们一样行动。具有讽刺意味的是，正如后来所发生的那样，苏联大使是惟一迁往广州的使团团长。他向我们之中的一个人解释说，他的政府之所以命令他这样做，是为了避免他们留在南京遭人流言蜚语。"

美国驻华大使馆的留驻南京与苏联驻华大使馆的南迁，真可谓是向全世界政治家们开了一个意料之外的国际玩笑。原因何在呢？说来这主要是美国和苏联政府出于本国的自身利益，是外交政策的一个反映。在国际事务中，国家的利益是高于一切的，这是各国普遍遵循的一条永恒定理。什么党派，什么主义，到了国家利益受到损害时，一切理论上的外壳，一切礼仪上的外衣，都是可抛弃的。所以，对苏联来说，斯大林对中国外交政策的制定也是基于本国的利益，而绝非出于无产阶级的"共产国际"利益而首先考虑中国问题，且其在最初对中国共产党是抱有不信任态度的。

如1948年7月15日，司徒雷登发电报给国务卿艾奇逊，其中即提到国民党政府内政部长彭昭贤与苏联驻华大使的谈话，称："彭从大使谈话中意识到苏联对中国共产党人的某种不信任感，显然担心他们可能采取类似铁托的那种行动路线。彭觉察到苏联不愿在两线作战。"

为此，司徒雷登从苏联大使的态度中得出了三点结论："一是苏联严重关切美国的援助能将国民党政府加强到何等程度；二是日益明显地证实，中国共产党实际上比表面看来要虚弱，苏联面临着不断增长的军备和食品问题，他们远比我们更能估计到他们自己的根本弱点，他们把自己的根本弱点同他们估计的国民党的潜力加以比较，便渴望在共产党遭受重大失败之前结束军事冲突；三是在过去两三年中，苏联在各种场合中已清楚地表现出对中国共产党的疑虑，有时甚至是藐视。他们在满洲与中共打交道的直接经验，几乎没有增强他们对中共的尊敬。”司徒雷登最后的结论是：“不管怎样，我们相信，苏联将以单独或与美国一起出面调停为基础，同中国政府进行接触，我们深信此类调停都将是打算促进苏联的利益而不利于美国。”（《美国对外关系》1948 年第 7 卷）

印度驻南京使团团长恰克拉伐蒂在此前后也对中苏关系判断道：“苏联将发现共产党中国不是莫斯科顺从的奴仆，苏联政府也不会乐意一个庞大的和有强大潜力而不惟命是从的国家作为东方邻居，尽管它是共产党国家。中国人永远是地道的中国人，中国文化所具有的强大力量将证明这一点，而中国文化是扎根于中国本土的。苏联情愿在它东部边界上有一些小国，不论是否是共产党国家，因为这些小国将构成就近的缓冲带且无威胁，但像中国这样举足轻重的共产党大国，在任何意义上都绝不是福音。对此，苏联将不得不在东方维持庞大的军事力量。总的来说，现在共产党在中国的胜利未必有助于俄国的进一步扩张，事实上可能最终会起到削弱苏联在东方地位的作用。”

当恰克拉伐蒂与苏联驻华大使罗申谈到共产党中国的出现对苏联来说将是一件令人深思的事情时，罗申这样说道：“苏联政府没有理由干涉中国共产党和国民党之间的局势，让他们自己去决一雌雄吧！美国政府愿意资助哪一方就资助哪一方，让美国人去尽情地把金钱抛给中国吧，这只能使美国自己日益削弱。”罗申并坦率地承认，在苏联东部边界出现一个庞大的共产党国家将会给他的苏联政府带来一系列严重问题。（《美国对外关系》1949 年第 8 卷）

1948 年 2 月 10 日，斯大林召集保加利亚共产党领导人季米特洛夫和南斯拉夫共产党领导人卡德尔等人在莫斯科举行三党会议，在谈到中国革命问题时，斯大林就坦率地说：“战后，我不相信中国共产党人能取胜。我那时认为美国人会全力以赴地扑灭中国的起义。我曾劝说毛泽东，最好是与蒋介石和解，与国民党建立联合政府。但以后毛泽东开始发动了一场大攻势，最后取得了胜利。你们看，我也会犯错误。”所以，苏联政府在对待中国共产党的态度上，是经历了一个从不信任到“生米煮成熟饭”后再转而支持的过程的。由此再理解中国人民解放战争时期中国国民党、共产党与苏联、美国的微妙关系，也就较为容易一些了。

因此，由于中、美、苏各方的微妙关系，中国人民解放战争便出现了外交史上戏剧性的一幕。1949年2月，人民解放军兵临长江北岸，南京的解放已是指日可待。国民党统治集团一片混乱，国民党政府于慌乱中迁往广州，外国驻南京使馆也纷纷随同撤离。在这时便出现了知情人理解、外人颇感不可思议的事：苏联驻华大使馆南撤了，而美国驻华大使司徒雷登却迟迟没有撤离南京，尽管国民政府多次催促，他仍是稳坐钓鱼台，借故推托，只撤走了大使馆的几个官员。

4月24日，南京解放。次日6时30分，司徒雷登从10多个闯入他寓所的解放军战士身影中证实到南京已经易主。为此，美国政府曾提出了“强烈抗议”。司徒雷登记述说：“美国显然对这一事件进行了大肆的宣传，我接连几天都可从广播里听到。后来听说那些冒犯者受到了追查，而且被关了禁闭，还受了一段时间的教育。英法大使馆也发生了类似的事件。”

但号称“中国通”的司徒雷登，在解放前的南京观察到的是国民党政府的无能和腐败，这是他“长期以来所意识到的一种内心矛盾”，而在人民解放军渡过长江后的短暂时间里，他却从中国共产党身上看到了他所不愿看到的东西，他记述道：“令人痛惜的是，相形之下，共产党却不谋私利，也不贪污，官兵生活在一起，勤俭节约，纪律严明，思想灌输十分彻底。他们进入南京后，这一切都显得十分突出。他们对民众几乎秋毫无犯。虽然随处借东西，但总是如数归还或照价赔偿……共产党所发动的是一场强有力的运动，它要在千百万中国人中培养那种他们曾经感到明显需要，而基督教布道团和别的文化势力一直在努力培育却收效甚微的一些品质与能力，诸如组织纪律性、把公共的事业放在个人和家庭之上、大公无私地为百姓服务、青年理想主义者的热忱和忠贞。这确实是一个不小的成就，尤其是把它们与国民党的一些缺点相对照，那就更为突出了。”

南京解放后，司徒雷登得知他昔日在燕京大学任校务长时的学生黄华担任了南京军管会外事办主任，便特派秘书傅泾波于5月6日前往拜访，作试探性沟通。13日晚，司徒雷登与黄华第一次晤谈，气氛较融洽。司徒雷登以先生的姿态先回顾了燕京大学的以往校园生活。黄华在校时名为王汝梅，加入共产党后才用化名黄华，为使谈话气氛融洽，司徒雷登开头的话语自然便由黄华的改名说起，寒暄几句后才话归正题。

司徒雷登以一副诚恳的样子对黄华说：“我的有生之年为日无多，希望中国统一、和平，政府真正民主以及崇尚国际友谊。”黄华表示，愿意见到美国承认中共政府，中国需要与外国建立商务和其他关系。司徒雷登则强调，若想获得美国承认，中共必须遵守现行条约。他在这天的日记中写道："晚上 8 点钟，黄华到访，谈了一个钟头零三刻。这可能是更深刻了解的开始。"

6 月 6 日，司徒雷登与黄华进行第二次晤谈。他在日记中记道："黄华邀请我和傅泾波参加下午 4 点的茶叙。"晤谈中，黄华重申中共愿意和美国及其他国家建立外交关系，但外国政府特别是美国必须断绝同国民党政府的关系。司徒雷登不肯表示将停止援蒋，但宣称中共应意识到外国大使馆继续留在南京是一种意味深长的发展。

这时，司徒雷登还通过陈铭枢与中共领导传递信息。陈铭枢与司徒雷登相识多年，与中国共产党也有着长期的合作关系。6 月 10 日，陈铭枢与夫人在南京同司徒雷登谈了将近 4 个小时。司徒雷登请陈铭枢向中共领导人转达美方的 5 条意见和 4 个讨论中美关系的文件。陈铭枢在次日即赴北平，受到了毛泽东、周恩来的秘密接见。

司徒雷登所转达的美国政府的 5 条意见要点是：（1）美国人相信，不同意识形态的国家可以在世界上和平相处；（2）美国对即将由中共控制的政府，有两点特别关切，一是真的尊重联合国宣言所列举的人权，还是遵循极权或警察国家的通常办法？二是是否去从事马克思列宁主义所主张的暴力式的世界革命？如果是这样，则吾人对这一立场必须认为实际等于对其余世界公然宣战；（3）对中共外交政策的迹象，凡是希望美国与中国保持友好关系的人们都觉得不安；（4）在经济关系方面，中共的官方言论似乎不鼓励和美国通商；（5）美国的立场是等着瞧，但中共该重视它及其他外交使节团团长留在南京的事实。

6 月 23 日，陈铭枢通过助手转告司徒雷登，说他已与毛泽东、周恩来顺利接触，谈话令人完全满意。7 月 9 日下午，陈铭枢与司徒雷登亲自面谈了 4 个多小时。第二天，又交给司徒雷登一份长篇备忘录和两个附件。

备忘录系陈铭枢根据同中共领导人的谈话，以及对毛泽东政治经济思想所作观察综合整理而成。他解释说，虽然毛泽东在一周前刚发表的《论人民民主专政》一文中提到中国将向苏联"一面倒"，但这并非靠别人之意。陈铭枢还引述毛泽东的话说："在政治上，必须严格；在经济上，可以互相迁就。"

两个附件，一个是中共领导人联名对司徒雷登的答复，表示希望美国此后停止援助国民党政府，重新制定对华政策。若能如此，中国自然以同样友好的态度予以回报。毛泽东特别请司徒雷登阅读他6月15日在新政协筹备会上的讲话。讲话声明了对外政策的立场。第二个附件是周恩来对司徒雷登那4个文件的答复，其中列举事实，批驳了司徒雷登对中苏关系和中美关系所作的比较，并列举了1937年和1947年的中美贸易数字，证明是美国而不是中国是中美贸易的受惠者，反驳了司徒雷登关于美中贸易对中国更为有利的说法。

陈铭枢由北平带来的信息，没有使司徒雷登感到高兴。于是他通过傅泾波向黄华提出，他几十年来每年6月都在北平过生日，并出席燕京大学毕业典礼，今年还去北平。与此同时，他又通过欧阳辰、周裕康等人为之牵线搭桥。

6月26日，刚从北平回来的周裕康等人给司徒雷登带来重要消息。毛泽东说：司徒雷登会被作为许多中共人士的老朋友而受到热烈欢迎。28日，黄华正式通知司徒雷登：毛泽东、周恩来真诚欢迎他前往北平，有关部门愿意为他在交通上提供便利，甚至可以允许他乘自己的飞机前往。

司徒雷登闻言异常欣喜，即于次日向美国政府请示，电称："我已接到毛泽东和周恩来的口信，如果我希望回燕京大学看看的话，他们将会欢迎我到北平做客。"他详述北平之行的好处，同时也分析了不利因素，权衡利弊，力主还是以去北平为好，理由是："富有创造性，大胆显示美国对中国变幻中的政治趋势，怀抱无偏见态度，可能对将来中美关系具有有利效果。"

抱有美好愿望的司徒雷登已在私下里开始准备行装，做好了赴北平之行的出发准备。但是，3天之后美国总统杜鲁门却否决了他的这一计划。7月1日，艾奇逊通知司徒雷登："根据最高层的考虑，指示你在任何情况下都不能访问北平。"

由于双方立场的格格不入，1949年美国与中共虽然有对话机会，却无和解可能。司徒雷登在本国政府的召令下，只好于8月2日悄然离华返回美国复命。

司徒雷登后来在他的回忆录中写道："我们正在观看一场最有决定意义的历史剧，我们的座位在前排，但是除了旁观和作解说之外，发挥不了任何作用。记得那时我很想知道美国的代表是否只需当一名观众就行了。哪想到我现在就正坐在一个豪华的私人包厢里观看着一场令人甚为悲伤的演出。"(1952年年底，76岁的司徒雷登辞去了有名无实的"美国驻华大使"职务，息声政坛，撰写出版了回忆录《在华五十年》。此书 1954 年在美国出版，1982 年由北京出版社翻译出版中文本。此后司徒雷登过起了隐居生活。1962 年病逝于华盛顿寓所，终年 86 岁。）

美国在中国外交问题上的失败，引起美国统治阶级内部的争吵，总统杜鲁门、国务卿艾奇逊不得不采取发表白皮书的形式，企图以此说服对手。1949 年 8 月 5 日，美国政府发表了题为《美国与中国关系》的白皮书，除序言外，正文分为 8 章，另附有关对华政策文件 186 种，长达 1054 页，重量达 12.5 磅，主要叙述了美国从 1844 年强迫中国签订《望厦条约》到 1949 年中国人民革命在全国范围内取得基本胜利时的中美关系。

白皮书特别详细地叙述了抗日战争末期至 1949 年 5 年中间，美国实施扶蒋反共政策，千方百计地反对中国人民，结果遭到失败的经过。在客观上，白皮书却成为美帝国主义侵华的罪状介绍。白皮书所述这 109 年的中美关系史，实际上是一部美帝国主义侵略中国的血腥罪恶史。

临近新中国开国大典前的毛泽东，在看到美国政府白皮书之后，心情是异常的不平静，他提笔写道："美国的白皮书，选择在司徒雷登业已离开南京、快到华盛顿、但是尚未到达的日子——8 月 5 日发表，是可以理解的，因为他是美国侵略政策彻底失败的象征……以脱卸责任为目的的白皮书，当然应该在司徒雷登将到未到的日子发表为适宜。"

生来就无半点媚骨的毛泽东以犀利的笔锋，在文章中揭露了美国对华政策的帝国主义本质，指出美帝国主义一贯伙同其他帝国主义侵略中国，在很长时期内，更注重精神侵略方面的活动，美帝国主义给予中国的从来就不是"友谊"，而是侵略；总结了中国人民同帝国主义和反动派斗争的经验，提出了两种截然不同的逻辑："捣乱，失败，再捣乱，再失败，直至灭亡——这就是帝国主义和世界上一切反动派对待人民事业的逻辑"，"斗争，失败，再斗争，再失败，直至胜利——这就是人民的逻辑"。提出惟一的办法就是丢掉幻想，组织力量与他们斗争。文章并论述了中国革命发生和胜利的原因。

毛泽东所领导的这场对白皮书的讨论，大大提高了中国人民对美帝国主义本质的认识，与当时《论人民民主专政》的学习运动相结合，为中华人民共和国的成立作了重要的思想准备和理论准备。

中南海畔，毛泽东兴高采烈地说："司徒雷登走了，白皮书来了，很好，很好。这两件事都是值得庆祝的。"

接见各民主党派领袖，赢得百川归大海

毛泽东在香山居住期间，除了成功地指挥了渡江战役，重点办的另一件大事就是召集各民主党派和人民团体的领导人、无党派知名人士，讨论召开新的政治协商会议，建立中央人民政府。

3月25日下午，毛泽东在西郊机场举行阅兵式。来香山前，便与专程到此地的各民主党派代表见过面。那次盛大的欢迎活动，是周恩来亲自组织的。毛泽东说："是他们欢迎我们，也是我们欢迎他们，并向他们表示感谢，希望他们同我们合作，在今后的政府工作中作出应有的贡献。"

来到香山双清别墅，毛泽东又在周恩来的陪同下，进城看望了张澜、李济深、沈钧儒、陈叔通、郭沫若、何香凝、马叙伦、柳亚子等人，这些人也曾来到双清别墅面见过毛泽东。

毛泽东对党内同志是不拘礼节的，但是对民主党派人士却是十分亲切并重礼节，每次都是走出房门在院子里等候。因为从山下到毛泽东住地的道路坎坷不平，山高坡陡，小轿车上不去。他常先嘱咐工作人员把吉普车开下山去接民主人士上山，并特别关照说："他们岁数都大了，行动不方便，步行上山太费劲。要照顾好他们，要热情有礼貌。"有时，毛泽东还亲自走到汽车前，搀扶着这些先生们下车和上台阶。

被会见的人非常感动，他们有的说："我们都是经过几个朝代的人了，没有哪一个朝代的领导人能和中共的领导人相比。毛主席和周副主席都是和我们平起平坐，心平气和地商量问题。"

有的说："我们过去认为中共领导人能打仗，蒋介石不能打仗，所以失败。现在认识到了，中共政策对头，得到了广大工人、农民的拥护，连我们这些人也拥护。因此，中共必然取胜。蒋介石有钱没有群众，人心相背，不可能不失败。"

当时，这些民主革命的老前辈们见到毛泽东，都习惯地做一个动作，竖起大拇指，晃动着称赞毛泽东："真了不起!""最伟大的人物!""打遍全国无敌手的军事家!"毛泽东闻言，总是表现出不安和谦虚。有一位毛泽东的同乡，是全国知名人士，他在一次散步时追上毛泽东，侧着脸竖起大拇指对毛泽东说："毛主席呀，你真伟大呀，真伟大!"毛泽东皱起了眉头，拂了一下手，不好意思地说："不要这个样子嘛！我们是私交，这个样子不好嘛。"

百川归流，人心归向。

毛泽东的坦诚待人，肝胆相照，赢得了广大民主人士的信赖和拥护。

4 月 17 日，国共和谈达成了《和平协定》后，毛泽东在双清别墅分别会见了南京国民党政府参加和谈的代表，刘斐和黄绍竑心情不安地来到了香山。

"你是湖南人吧？"毛泽东在见面后就问刘斐。

"我是醴陵县人，醴陵与毛主席家乡是邻县，我们是老乡。"刘斐有些拘束不安地回答。

毛泽东高兴地说："啊，咱们是老乡见老乡，两眼泪汪汪哩。"他的这一句话，使刘斐的紧张心情减去了一半。黄绍竑在一边也笑出了声。

毛泽东接着谈起了共产党对和谈的诚意，并征求刘斐和黄绍竑的意见。

刘斐的紧张心情到此基本上消除了，但他还有一点疑虑，趁着吃饭的时机，他在谈到个人的爱好时，试探着向毛泽东问道："主席，您会打麻将吗？"

"晓得些，晓得些。"毛泽东的回答很谦虚。

"您爱打清一色呢，还是喜欢打平和？"刘斐的话中显然有话。

思维敏捷的毛泽东立刻明白了刘斐提这个问题的用意，笑得差点把饭从口中喷出来，说："平和，平和。只要和了就行了。"

刘斐对毛泽东这寓意深刻的回答钦佩得连连点头，这使他更加坚定了选择新道路的决心。

5 月中旬，中国国民党革命委员会主席李济深来访，在双清别墅门前一下车就受到了毛泽东的欢迎。

李济深紧紧握住毛泽东的手说："你太客气了，我这个人你是知道的，过去反对共产党，犯了很大的错误……以后，是蒋介石教育了我，他丧权辱国，腐败无能，使我中华民族长期陷入贫困落后、暗无天日的水深火热之中，我才有所醒悟，认识到只有共产党才能救中国。"

李济深的人生经历，的确艰难曲折和坎坷。为了抗日救国，他曾组织过"抗日军人联合会"。1933 年年底，他与陈铭枢、蒋光鼐、蔡廷锴等率国民党第十九路军发动了"福建事变"，成立了抗日反蒋的"中华共和国人民革命政府"，自任主席，失败后逃亡香港，发表了著名的《七点声明》，支持李宗仁、白崇禧反对蒋介石，反对打内战，声援人民的正义斗争。1948 年 5 月，他所领导的中国国民党革命委员会率先发表声明，积极响应中共中央关于召开新政治协商会议的“五一”号召，并于 1949 年 1 月克服重重困难，从香港抵达东北解放区，参加新政协筹备工作。

所以，此时的李济深见到毛泽东后很动感情，说：“现在，大半个中国已经获得了解放，全国也即将解放，我真心诚意地拥护中国共产党。我的夙愿终于实现了，我和我的全体同志真心诚意地拥护中国共产党。你们共产党领导干部都很谦虚，我们这次来北平的人都这么认为，这并不是我个人吹嘘。”

毛泽东说：“我们都是老朋友了，互相都很了解，不要多夸奖。那样就不好了。应该多批评，多提意见。这样，我们才能在今后相处得更好些啊。”

李济深说：“我说的这些，都是实实在在的。我相信，以后在毛主席、共产党的领导下，我们会相处得更好。”

第二天下午，中国民主同盟中常委沈钧儒来到了香山。他在双清别墅门前一下吉普车，毛泽东即上前搀扶着他向会客室走去。当时，沈钧儒已 75 岁了，留着长长的胡须，瘦小的身材，走起路来却很精神。他是有名的法学家，在上海法科大学执教期间，以法律为武器与国民党右派进行了坚决斗争，掩护和营救过许多中共地下党员和进步人士。1933 年，他参加了宋庆龄、鲁迅等人组织的“中国民权保障同盟”，负责法律业务。他不畏强暴，敢于斗争，反对蒋介石的独裁统治，几次被捕下狱，是著名的“七君子”之一。

毛泽东挽着沈钧儒的手边走边说：“沈老先生，我们要向你请教啊！咱们打败了蒋介石，要建立新中国，制定人民的法律，还请老先生多出力啊！”

沈钧儒说：“蒋介石反动政府践踏法律，草菅人命，进行独裁统治，人民活不下去了，必然要反对他，成立人民自己的政府，建立人民法律很重要。我年纪大了，在共产党领导下做力所能及的工作，我是很高兴的。”

毛泽东和沈钧儒谈了很长时间，一起吃了晚餐，沈才离开双清别墅。

在这段时间里，毛泽东还先后会见了陈叔通、柳亚子、郭沫若等 20 余人。毛泽东多数时间是在下午会客，夜间办公，日程安排得满满的。警卫人员也掌握了毛泽东的生活工作规律，总是事先准备好吉普车，接客人上山，谈完之后，再送下山。不过，有时也有例外，会见爱国华侨司徒美堂，就不是用车接，而是把一张藤椅绑成一个像四川滑竿那样的架子，由 4 名警卫战士将他从山下抬上来的。

美洲致公党主席司徒美堂当年83岁，不仅走路不方便，上下车也很困难。他坐在滑竿上，有些不安地对战士说："我从来没有被人抬过呢，更没有让解放军抬着走，太感谢你们了。今天这是毛主席请我到这里来，行动不方便也高兴来。若是别的地方，我也就不去了。"

这位多年侨居美国的华侨领袖，担任纽约安良工商总会总经理，也是华侨组织"美洲洪门"的负责人。他亲身体会到了作为一个中国人在国外的苦难，受尽了帝国主义的压迫和屈辱。他提倡"天下洪门是一家"，并在维护华侨的合法权益中进行了不懈的斗争。所以，他由衷地希望祖国强盛。1948年10月23日，他亲笔给毛泽东写信，表达了渴望回国参加新中国建设的愿望。

毛泽东收信后，于1949年1月20日复信，告知："中国人民解放斗争日益接近全国胜利，召开新的政治协商会议，建立民主联合政府，团结全国人民及海外侨胞的力量，完全实现中国人民的独立解放事业，实为当务之急。为此，亟待各民主党派各界民主人士共同商讨。至盼先生摒挡公务早日回国，莅临解放区参加会议。"

司徒美堂在收到毛泽东的邀请电后，不顾自己的行动不便，一个人乘飞机，坐轮椅，克服了许多困难，不远万里，终于回到了祖国。他激动地说："过去华侨希望祖国强盛，但都成了泡影。辛亥革命后中国有了希望，却来了个蒋介石独裁统治；抗战胜利后，中国希望再现了，又受美国的控制。加上蒋介石执行的是磕头虫外交，丧权辱国，华侨在美国的地位每况愈下，未能改变受歧视的地位。最近，英国军舰'紫石英号'闯入我长江水域横行，被我痛击，只好溜走；美国驻上海副领事欧立夫违了法，被公安机关拘捕，直到他写了悔过书才释放。这两件事在海外华侨看来，都是翻天覆地的变化，中国人真正站起来了，帝国主义再也不能随便欺负我们了。"

司徒美堂一进双清别墅院子，就受到了毛泽东、朱德、周恩来等领导人的热烈欢迎，大家如故友重聚，分外亲热。毛泽东因还要迎接另外几位民主人士的到来，便请司徒美堂先进屋休息。可是司徒美堂执意不肯，一定要在院内的凉亭坐坐，观赏周围景色，等候毛泽东等人返回后，才进入室内。

由于中共中央领导同志热情地接待民主人士，并真心诚意地对待他们，重视发挥他们的作用，民主人士在一起气氛显得异常活跃。他们关心政治、研究民主建国的空气非常浓厚。周恩来常常被民主党派请去作报告，讲话很受欢迎。5月26日，周恩来在民主建国会召开的座谈会上，论述了民主党派和工商业者在新中国的地位和作用，并建议他们把工商业者与新民主主义经济密切结合起来，团结、教育、领导工商业者，为经济建设服务，并建议他们吸收一些私营和国营企业的厂长、经理参加他们的活动。

5月29日，中国民主同盟主席张澜从上海打电报给毛泽东、朱德、周恩来和董必武，祝贺人民解放军的胜利进军，并建议说："上海是东亚著名大都市，国际和国内人才多集于此，今后工商业之新发展，尤为新民主主义国家所利赖。兹值战后困难较多，如何安定，如何建设，想早在诸公筹划之中。"

毛泽东当日即复电："革命战争迅速发展，残敌就歼为期不远。今后工作重心在于建设，亟盼各方好友共同致力，先生及罗（隆基）先生准备来平，极表欢迎。"

张澜从上海要来北平了，毛泽东在接见前，对卫士说："张澜先生为中国人民的解放事业作出了不少贡献，在民主人士中享有很高威望，我们要尊重老先生，你帮我找件好一些的衣服换换。"

卫士李银桥在毛泽东的全部家当中翻了几遍，最终没能找出一件没有补丁的衣服。

"主席，咱们这真是穷秀才进京赶考了，一件好衣服也没有。"李银桥诉苦说。

毛泽东闻言，像不当回事一样，摆手说："找不到好一点的衣服就算了。历来纨绔子弟考不出好成绩。安贫者能成事，嚼得菜根百事可做。我们会考出好成绩。"

李银桥感到没有完成任务，向毛泽东建议："现在做衣服也来不及了，要不先找人借一件穿？"

"不要借了，补丁不要紧，整齐干净就行。张老先生是贤达之士，不会怪我们的。"毛泽东淡淡地说。

结果毛泽东就穿着身上的那件补丁衣服会见了张澜。接着，又会见了其他民主人士。没有新一点的衣服可换，毛泽东也就心安理得地不去再想他那"家当"中还会有什么新衣服。而与民主党派人士的会见则使毛泽东感到无比的欣慰。

张澜由于年纪大了，行走很不方便，毛泽东特别嘱咐工作人员在接张澜时要好好照顾，让司机开车爬坡时，要慢一些，稳一些。司机开车去接张澜后，毛泽东一直站在双清别墅的门口等候。当身材高大、留着长胡须的张澜一下车，毛泽东立刻走上前去，伸手搀扶。

毛泽东对张澜说：“你要保重身体，咱们要共同努力合作，建设新中国。”

张澜笑着说：“我的年纪大了，但是我高兴能看到今天的胜利。看到了今天的胜利，我也能多活10年。”

毛泽东与柳亚子是老朋友，1926年5月，两人在广州参加国民党二届二中全会时相识。1945年国共两党在重庆谈判期间，毛泽东曾特别邀请柳亚子面谈，两人互赠诗文，建立了深厚的友谊。毛泽东刚进京就约会了柳亚子，5月1日，又约他同游颐和园。

在颐和园门口，柳亚子在等候毛泽东到来后激动地半举着拳头说：“共产党伟大！毛主席伟大！人民解放军伟大！”

毛泽东紧接着说道：“人民伟大！包括你，也包括我。”

两人进入公园后，看过大戏楼，游了谐趣园，又手拉手向山上爬去。

来到益寿堂休息时，毛泽东说：“柳先生既有清醒的政治头脑，是一位政治家，也是一位大诗人。你写的诗，我爱读，有意义。有千百万读者喜欢你的大作，我就是这千百万读者中的一个。”

“我写的是老一套，我很想写与现实生活紧密结合的诗，但是很不成功，我自己也不满意。最近，我拜读了毛主席写的诗词，心里真是痛快。这些诗词通俗易懂，而且寓意很深长。”柳亚子说。

两人走过长廊，来到慈禧太后买的那个废弃的小火轮前，柳亚子说：“慈禧太后腐败无能，屈服于帝国主义的压力，签订了许多不平等条约，给中国人民带来了极大的痛苦和灾难。她把中国人民的血汗，搜刮起来，奉献给帝国主义，建造她的乐园，真可耻。”

毛泽东却以自己独特的思维方式，看待这个问题，说：“她用建设海军的钱建了一个颐和园，当时来说是犯罪。现在看来，就是建了海军，也还是要送给帝国主义。建了颐和园，帝国主义拿不走，今天人民也可以享受，总比他们挥霍了要好呀！”

柳亚子又伸出了大拇指，为毛泽东与众不同的见解所折服。

两人来到昆明湖面上划船，谈起了渡江战役的事。柳亚子对毛泽东说：“今天我们胜利了，这是我们盼望已久的。共产党要胜利，这是肯定的。共产党的路线和政策正确，合乎民意，人民拥护支持，这就是胜利的基础。但是，我们没有想到胜利会来得这么快，人民解放军很快渡江成功，并且占领了南京，我们不知道毛主席渡江用的是什么妙计？”

毛泽东摆了一下手，很不以为然地笑着说：“打仗没有什么妙计。如果说有什么妙计的话，那就是知己知彼，根据实际情况，作出正确的决策。还有，就是先生所说的，人民的支持是最大的妙计。我们有100万军队要渡江，如果没有人民的大力支持，是不能成功的。比如用100万军队带上轻武器，完全游泳泅渡是不行的，这就需要渡江工具。我们没有兵舰、轮船，就要靠人民用土办法造木船和木排筏子。在漫长的江面上，几万只木船一齐出动，直奔对岸，加上我们有很多大炮掩护，很快就过去了30万军队。这一下子，蒋介石企图以长江天险阻挡人民解放军前进的梦想破灭了。你能说这是妙计吗？这是一般的常识。但是，像这样一个常识，蒋介石是不知道的。他想的是长江天险，是美帝国主义的援助。总的来说，我们的军队比蒋介石的军队准备得好，除了飞机、军舰以外，我们什么都比他多。”

柳亚子连连点头：“是这样，是这样。”

游船在昆明湖上慢慢划动着，过湖心岛，穿十七孔桥，静静地向前移动。

毛泽东开玩笑地对柳亚子说道：“你现在可以赤膊上阵发表文章、讲话了，现在与蒋介石的时代不一样，你的人身安全是有保证的，你的意见会受到尊重的。”

“我一定按照毛主席说的去做，我要尽力做一些对人民、对政府有利的工作。”柳亚子最后说。

几天后，柳亚子在给毛泽东的信中提出了到国史馆或到江苏挂职的事，毛泽东则表示不同意。5月21日，毛泽东在信中说：“国史馆事尚未与诸友商量，惟在联合政府成立以前恐难提前设立。弟个人亦不甚赞成先生从事此项工作，盖恐费力不讨好。江苏虚衔，亦似以不挂为宜，挂了于己于人不见得有好处。此两事我都在泼冷水，好在夏天，不觉得太冷否？”他们两人的深厚友谊由此可见非同寻常。

在这期间，中共中央领导人都通过多种方式，与各民主党派、各界人士广泛接触，沟通思想，增进了解和信任，为召开新政协会议奠定了组织基础和思想基础。全国54个民主党派和团体的代表齐集北平，团结在中国共产党的周围。

周恩来受各界推举和党中央的委托，主持召开了新政协筹备会预备会议。预备会讨论的主要内容是，确定出席新政协的单位、人数、筹委会常委人选，以及开会的时间、地点、议程等有关事项。由于各项准备工作做得好，会议议题经过多次讨论，很快都取得了一致的意见，各项决议一次形成，并顺利通过。

散会之后，各民主党派根据分工，积极开展各项工作，迎接新政协筹备会议的召开。

与全国各路“诸侯”筹备会上统一意见，打下江山但不独坐江山

各界民主人士拥护中国共产党的领导，他们对新民主主义反帝、反封建、反官僚资本主义的纲领和召开新政协、成立人民共和国政府的主张，原则上是赞成的，但对新政府产生的方法，新政协的组成、人事配备，民主党派的前途和中国共产党对民主党派的方针等却有不同的看法。中共中央对这些问题十分重视，尽管当时还正忙于与国民党政府进行“和谈”与指挥渡江作战，但仍以极大的耐心和努力与各民主党派进行紧密的联系和商谈。

5 月 24 日，周恩来宴请在北平的一些民主人士，代表中共中央与他们协商召开政治协商会议筹备会和成立联合政府等重大问题，初步达成了一致意见。

6 月 15 日，新政协筹备会在中南海勤政殿举行。中国共产党、各民主党派、各人民团体、各界民主人士、国内少数民族、海外华侨等共 23 个单位 134 人出席了这次会议。在主席台上就座的有毛泽东、朱德、周恩来，还有各民主党派的负责人。周恩来被推举为会议临时主席。

毛泽东在开幕词中首先讲道：“这个筹备会的任务，就是完成各项必要的准备工作，迅速召开新的政治协商会议，成立民主联合政府，以便领导全国人民，以最快的速度肃清国民党反动派残余力量，统一全中国，有系统、有步骤地在全国范围内进行政治的、经济的、文化的和国防的建设工作。”

“必须召集一个包含各民主党派、各人民团体、各界民主人士、国内少数民族和海外华侨的代表人物的政治协商会议，宣告中华人民共和国的成立，并选举代表这个共和国的民主联合政府，才能使我们的伟大的祖国脱离半殖

民地和半封建的命运，走上独立、自由、和平、统一和强盛的道路。这是一个共同的政治基础。这是中国共产党、各民主党派、各人民团体、各界民主人士、国内少数民族和海外华侨团结奋斗的共同的政治基础，这也是全国人民团结奋斗的共同的政治基础。”

“中国必须独立，中国必须解放，中国的事情必须由中国人民自己作主张，自己来处理，不容许任何帝国主义国家再有一丝一毫的干涉。”

“中国人民将会看到，中国的命运一经操在人民自己的手里，中国就将如太阳升起在东方那样，以自己的辉煌的光焰普照大地，迅速地荡涤反动政府留下来的污泥浊水，治好战争的创伤，建设起一个崭新的强盛的名副其实的人民共和国。”

毛泽东气势磅礴的讲话，使全场欢声雷动，掌声经久不息。会场上“民主联合政府万岁！”“全国人民大团结万岁！”的口号，声震寰宇。

周恩来作了新政治协商会议筹备会《组织条例》的说明，他强调指出，“凡是重大议案不仅是在会议上提出，而且在提出之前，就要有所协商”，“协商这两个字是非常好的”。

朱德、李济深、沈钧儒、郭沫若、陈嘉庚等人也在会议上发了言。

由于提倡协商，讲究民主，会议气氛很热烈，讨论的意见也比较集中，很快作出了决议。选举出了以毛泽东为首的常务委员会，毛泽东被推选为新政协筹备委员会常务委员会主任，周恩来、李济深等 5 人为副主任，李维汉为秘书长，齐燕铭等 9 人为副秘书长，并设立庶务、秘书、招待、新闻 4 个工作处和党委领导下的 6 个工作小组，分别展开工作。会议还指定了各小组的正副组长，谭平山、郭沫若、马叙伦等民主人士也担任了组长。

会议通过了《新政治协商会议筹备会组织条例》和《关于参加新政治协商会议的单位及其代表名额的规定》，并就进一步分别完成拟定参加新政协会议的单位及其名额名单、起草中华人民共和国中央人民政府组织法、起草新政协会议组织条例和共同纲领等项任务，作了具体明确的分工。

出席会议的所有成员都充分发表了意见，会议开得团结和谐，生动活泼。说明各民主党派和广大中间势力，在政治上已经脱离国民党反动派的影响，站到了中国共产党一边，并采取了与中国共产党积极合作的态度，这为新中国的建立奠定了重要的政治基础，新中国“政体”的基本框架初步形成。

历时 5 天的新政协筹备会第一次会议于 6 月 19 日结束之后，各小组积极展开各项工作。筹备工作中比较棘手的工作有两件：一是审核参加政协的单位和人选，它涉及许多历史问题，由李维汉领导的第一组进行；二是起草共同纲领，它包括新生的人民共和国的方方面面，有很强的政策性，由周恩来领导的第三组进行。周恩来被推选为起草《共同纲领》小组组长。

18日，周恩来主持召开了起草《共同纲领》小组第一次会议，指出："我们小组负责起草《共同纲领》，任务繁重，时间又很紧迫，必须加紧工作。"会议决定先由中国共产党负责起草初稿。于是，周恩来亲自动手，用近一周的时间，把自己关在中南海勤政殿内，专心致志地起草《共同纲领》。他与全组人员多次商议，具体分工，日夜拼搏，终于完成了《共同纲领》初稿的撰写任务。

《共同纲领》初稿写出后，周恩来又先后主持和指导了7次会议，其中有3次《共同纲领》起草小组会议，两次政协代表会议和两次筹备会常务委员会会议，广泛听取各方面的意见，对《共同纲领》进行内容上的修改和充实，并在文字上进行了多次修饰润色。毛泽东看后很欣赏，修改后又交大家讨论。

在新政协筹备工作成员中，最忙的是周恩来。他不仅要完成自己分工的那项工作，而且负责集中和处理整个筹备会提出的问题，夜以继日地工作。在此期间，周恩来还有许多其他工作要做。

6月24日，张澜、史良、罗隆基等由上海来北平，毛泽东和周恩来赶往北平饭店看望，并邀请他们到家中共进晚餐。餐桌上，大家畅所欲言，多次被毛泽东风趣的语言引得满堂大笑，毛泽东就是这样，他走到哪里，就把笑声带到哪里。

故友重逢，知心的话特多。毛泽东和张澜从在重庆相处谈起，说到张老先生率民盟总部拒绝出席国民党所谓的国大，坚决反对李宗仁代总统邀请他们作为国共和谈的调停人，因而遭到国民党特务的迫害。在国民党特务对他下毒手时，得到了中共地下党的营救，才九死一生，大难未死。张老先生拉着周恩来的手，热泪盈眶。他虽已年过七旬，仍壮心不已，表示决心为新中国的建立和繁荣昌盛尽自己最大的努力。

7月1日，北平各家报纸发表了毛泽东的《论人民民主专政》。它告诉人们：中国革命胜利了，中国人民面临的任务是建设一个什么样的国家。这篇文章和毛泽东在中共七届二中全会上的讲话，为新的政府勾勒出清晰的蓝图，为政协筹备工作指出了方向。

在这期间，毛泽东谈到民主联合政府时说："这个政府是有中国特点的，在政府成员的组成上，跟苏联不同，跟东欧的社会主义国家也不同。自己有自己的国情，我们不能搞一党制的政府。我们共产党能有今天，各民主党派、人民团体和知名人士都作出了贡献，我们不能忘记他们，不能独占胜利果实。"

离开国大典的日子越来越近，中央人民政府的公职人员任职提案也在紧张地拟定中。毛泽东特别指示，鉴于民主党派在为争取中国人民解放事业斗争中作出的显著贡献，各民主党派的主要领导人在新的中央人民政府中应有适当的安排。他并指示让在国民党统治区工作时间较长、对各民主党派人士历史情况较熟悉的周恩来亲自抓这项工作。

对一大批国民党军起义将领，毛泽东特别指出要用其专长，要在新成立的人民革命军事委员会里安排职务，如程潜、张治中、龙云、傅作义等。

在对傅作义的安排上，毛泽东又特别考虑到了傅将军对和平解放北平作出的特殊贡献，决定给他安排一个部长的职位。因为傅将军在绥远时曾在兴修河套水利工程方面做过许多工作，毛泽东提名把水利部长一职交给傅作义担任。他并安排当时的北平市委副书记李葆华到水利部当副部长、党组书记，协助傅作义工作。周恩来亲自办理此事，在酝酿水利部领导班子干部配备时，请傅作义推荐人选，并吩咐李葆华说："凡是傅将军提名的人，我们都一定要用。"后来，傅作义推荐了两个人，一位是张含英，是国民党黄河治理委员会的技术专家，他被任命为水利部副部长；一位是刘瑶章，曾任国民党河北省党部秘书长，他被任命为水利部办公厅主任。

在对中国民主建国会主任委员黄炎培的任职问题上，毛泽东也特别提出了自己的意见。黄炎培在过去曾多次拒绝国民党政府的高官厚禄，现在在新中国成立前夕来到北平也无意做官。毛泽东和周恩来与黄炎培耐心地交谈，黄终于同意出任政务院副总理兼轻工业部部长的职务。黄炎培任职后，在回答别人不可理解的疑问时说："我以往坚决拒绝做官是不愿入污泥。今天是中国共产党领导下的人民政府，我做的是人民的官。"

在对同盟会的早期会员李书城的任职问题上，毛泽东特别提名他担任新中国的第一任农业部长。并解释说，李书城在辛亥革命首义后在武汉当过黄兴的参谋长，领导和参加过讨袁护国战争和护法战争，在旧民主主义革命中起过重要的作用，中国共产党的第一次全国代表大会是在他家召开的，他的弟弟李汉俊过去在共产党内有过贡献；在中国人民的解放事业中，李书城也做过许多有益的工作。他有这么一段历史，就应该照顾这段历史。

毛泽东深谋远虑，在他和周恩来的精心安排下，各民主党派的主要领袖或社会贤达、知名人士基本上拟定安排在了新政府各机构中。政务院及其下属机构的负责人中，各党派民主人士和无党派民主人士占了相当的比重：4个副总理中，共产党员有2人，民主党派和无党派人士有2人；21个政务委员中，共产党员有10人，民主党派和无党派民主人士有11人；政务院下属30个机构的93个负责人中，共产党员有51人，民主党派和无党派民主人士有42人。对此，许多民主人士深为中国共产党打下江山而不“独坐江山”的宽宏大量所感动。

时光进入9月，离召开政治协商会议的时间越来越近，全国各地的民主党派人士和各界代表绝大多数已来到了北平。毛泽东的心思又飞到了他的故乡湖南，发电报催促已起义的原国民党湖南省主席程潜速来北平参加政治协商会议。

9月7日，毛泽东到火车站迎接程潜将军，这是他进京后第二次亲自到火车站接客人。此主意出自周恩来，它对华南、西南、西北战场上的国民党军起义起了重大作用。

在前门火车站，当身着一身呢制服、满面红光的程潜将军在车门口一出现，前来欢迎的各界领导人队伍中，就爆发出热烈的掌声。毛泽东迎上前去，与他握手，表示热烈欢迎。

程潜这位戎马倥偬大半生的军人，见到如此隆重的场面，激动得热泪盈眶，激动地对毛泽东说：“你的工作那么忙，不应当来车站迎接我，我应当到府上去拜访才对。”

毛泽东微笑着，向程潜问路途平安和身体健康，并热情地说：“欢迎你到我家中做客。”

毛泽东与程潜不仅是同乡，而且是挚友。早在大革命年代，他们在广州共同促成了国共第一次合作。1945年毛泽东赴重庆谈判时，他们曾促膝长谈，为实现国内和平而合谋策略。后来，他们经历了各自完全不同的人生道路，但私人感情甚深，即使在最困难的时候，也没有中断往来。1949年4月，国民党拒绝在《和平协定》上签字，程将军便决心脱离国民党右派集团。人民解放军入湘之际，他与国民党第一兵团司令长官陈明仁将军率部起义，通电全国："在共产党领导下为建设新中国而奋斗。"

8 月 16 日，毛泽东、朱德电复程、陈两将军："诸公率三湘健儿，脱离反动阵营，参加人民革命，义声昭著，全国欢迎，南望湘云，谨臻祝贺。希团结部属，与人民解放军密切合作，并准备改编为人民解放军，以革命精神教育部队，改变作风，力求进步，为消灭残匪，解放全国人民而奋斗。"并任命两将军分别为湖南省军政委员会主任、副主任。

电报传至长沙，两将军于 19 日复电称："辱荷藻饰，惭感交并。"并表示遵嘱而行，"潜等责无旁贷，遵命竭力以赴"。当他们接到参加新政协的邀请电后，陈明仁先期到达北平，程潜与李明灏也乘船至武汉。

人们称颂其起义有功时，程潜惭愧地表示："起义太迟了。"人们谈及起义原因时，他说："促成我湖南起义的因素，完全在于人民厌战情绪强烈，解放军进展顺利。"走和平道路"是一股历史潮流，谁也不敢抗拒，谁也不能阻遏。我只不过是站在人民群众一边的一个代表"。

程潜还谈到了自己的苦闷与担心："我担心一个残破的国家要培养出崭新的气象，与先进国家看齐，真是谈何容易！"长沙解放后，他有了信心，说："解放军和中共干部的作风，他们宽和、稳健、精细、敏捷、谨慎……一切的一切，全都使我惊叹，人民的力量是何等的伟大！"

9 月 10 日，毛泽东在中南海颐年堂宴请程潜。刘少奇、周恩来、朱德都参加了宴会，任弼时因病在玉泉山休息，未能出席宴会。

席间，毛泽东兴奋地对程潜说："我们一起谈一谈家乡，谈谈往事，这也是一种快乐。"

在热情洋溢、充满友好的气氛中，大家不断举杯，互致祝贺，毛泽东平时很少饮酒，当日也频频举杯。他说："程潜将军、陈明仁将军率领全体官兵，宣布起义，和平解放了湖南长沙，保护了人民生命财产，带了一个好头，也给湖南长沙人民做了一件好事，你们立了功，向你们祝贺，向你们致敬。"

刘少奇也多次举起酒杯说："欢迎你们与我们合作共事，建设我们伟大的国家。"

周恩来对程潜说："你有胆有识，成功地组织了湖南军队的起义和湖南的和平解放，使湖南和长沙未遭战争破坏，大功不可磨灭。"

朱德等人也相继祝酒，称颂嘉勉程潜、陈明仁等人的义举。

程将军十分激动地站起来将酒杯举过头，朗声说道："过去，我跟着辱国辱民的蒋介石走错了路，很感惭愧。今后要在共产党领导下，为新中国努力奋斗。”

酒罢席散，程将军久久不能平静，他很快参加了新政协的筹备工作。在一次座谈会上，他说：“我来北平才几天，已了解到新政协的内容和筹备工作进展情况。我相信这次大革命，必把中国数千年来形成的封建束缚铲除，把近百年来帝国主义的压迫推翻，把近几十年来的官僚阶级彻底肃清。”他在另一次会上又说：“尤其可贵的是，在社会残破之余，能够培养一个这么崭新的气象，能够在这么稳健、这么保存元气的情况下进行一次彻头彻尾的革命，这真是史无前例的。”他对毛泽东所创建的事业表示了高度的赞扬和钦佩。

在此前后，各方面知名人士在中共中央的热情邀请下，都已到达北平，召开新政协会议的一系列文件也已起草妥帖。由此，中共中央遂决定，于9月17日下午3时，在中南海勤政殿举行新政协筹备会第二次全体会议。

这是一次很重要的会议，开会的时间还没有到，毛泽东早就来到。他一进大门，就向筹备处工作人员问好，并说：“好，好，大家都来了。”随即坐到自己的第一排101号座位上，与邻座的委员们低声问好，轻声交谈。

“现在开会!”会议执行主席宣布会议开始。

周恩来主持了这次大会。他在会上代表常委会作了关于3个月来筹备工作的报告。会议通过了这个报告。在此之前，在北平召开的政治协商会议为了区别于1946年1月10日在重庆举行的政治协商会议，一直称为新政治协商会议，简称新政协。在这次会议上，大家一致同意将新政协改称为中国人民政治协商会议。

接着，会议执行主席宣读了一个个需要讨论通过的文件名称：《中国人民政治协商会议组织法》《中华人民共和国中央人民政府组织法》《中国人民政治协商会议共同纲领》《中国人民政治协商会议第一届全体会议宣言》《国旗、国徽、国歌的方案》等，每念出一个文件名称，台下便是一片热烈的掌声，表示赞同。这些文件，在起草之初，就已集中了各阶层和各方面的意见，成稿之后，又反复讨论修改过多次，这时大家都表示没有什么意见。

这时，全国总工会代表李立三提议，批准将这些文件移交全国政协会议通过。各单位代表纷纷起立表示：“完全同意。”

大会执行主席宣布，政协筹备工作已全部完成，全国政治协商会议即将召开。

接着，周恩来说，新疆也将派出三名代表参加政协会议。这一新的喜讯表明中国西部大片国土也得到了解放。消息一传出，台上台下又是一片热烈的掌声。

接着，李济深、何香凝、李德全提议说，筹备会议秘书长李维汉几个月来做了大量工作，但因跌伤了腿住在医院，没有出席今天的盛会，筹委会应派代表去医院慰问，全场热烈鼓掌，表示赞成。

坐在前排的毛泽东回过头来看了看大家，又看看李济深、何香凝和李德全说："推举你们三位做我们的代表，去医院看望，怎么样?"他的话音刚落，大厅里又响起了热烈的掌声，大家一致赞成毛泽东的提议。

在大会结束后用餐之前的这段时间里，毛泽东和朱德等中共中央领导人分别和一些代表们打招呼、拉家常。尔后，毛泽东到陈列着征集来的国旗、国徽的图样稿件前仔细观看。

这时，有几位学生代表走过来，要求与毛泽东合影留念。毛泽东笑眯眯地与大家一起照了相。鼓掌声又在大厅响起，几位学生代表高兴得跳了起来。

有一位记者走到毛泽东面前说："毛主席，你现在的精神比在重庆时好多了。"这位记者 1945 年曾采访过毛泽东与蒋介石的谈判。毛泽东说："在重庆时受压迫，现在解放军将反动派打倒了，天气也变好了，精神也自然好了。"人们不由得笑了起来。

宣布散会后，代表们相互推让，谁也不肯先走，都让毛泽东先行。可是，毛泽东不仅不提前离开会场，而且还搀扶着司徒美堂老先生走。一位老者感叹："得人心者得天下，共产党人无愧于所肩负的重任。"

至此，历时三个月的政治协商会议筹备工作圆满结束。

宋庆龄情系新中国

宋庆龄德高望重，深受人民的爱戴。这不仅因为她是中国民主革命先驱孙中山先生的夫人，更重要的是她对人民革命事业无比忠贞，与蒋介石独裁统治进行了长期的不屈不挠的斗争。

1949 年年初，淮海战役以人民解放军的胜利宣告结束。战役的结束，使蒋介石赖以维护反动统治的主要军事力量被消灭殆尽，标志着全国已处于革命胜利的前夜。1 月 19 日，由周恩来亲自拟定的中共中央致宋庆龄的电报，由在香港的党组织设法转送到了上海。

毛泽东、周恩来在联名电报中写道："中国革命胜利的形势已经使反动派濒临死亡的末日，沪上环境如何，至所系念。新的政治协商会议将在华北召开，中国人民革命历尽艰险，中山先生遗志迄今始告实现，至祈先生命驾北来，参加此一人民历史伟大的事业，并对如何建设新中国予以指导。至于如何由沪北上，已告梦醒与汉年、仲华切商，总期以安全为第一。"

党中央对宋庆龄的北上安全问题极为关注，作了周密的安排，由周恩来亲自审改的在给香港党组织的电文中一再指出：

"兹发去毛周致宋电，望由梦醒译成英文并附信，派孙夫人最信任而又最可靠的人如金仲华送去，并当面致意，万一金不能去，可否调现在上海与孙夫人联络的人来港面商……总之，第一必须秘密，而且不能冒失。第二必须孙夫人完全同意，不能稍涉勉强。如有危险，宁可不动。"

此后，南方的宋庆龄和北方的毛泽东都在期待着中国革命的全面胜利之期。

4 月间，北平香山双清别墅，当毛泽东悠闲地手折以通栏标题报道"人民解放军占领南京"消息的报纸时，解放大军又以摧枯拉朽之势向上海市逼进。隆隆的人民解放战争炮声，使革命者和同情革命的仁人志士欢欣鼓舞，却吓坏了国民党反动派，吓跑了那些与共产党作对或对共产党不理解的人。

这时，宋庆龄家所有的人都已离开或逃出中国大陆，兄弟姐妹去了美国，继子孙科去了法国，那位显赫亲戚蒋介石欲逃向大海中的一个小岛。而惟独她却反其道而行之，坚持留在上海。有些国民党的达官要人对此表示"实不可理解"。而实际上，这真可谓"旁观者迷"，此时的宋庆龄心中是再清楚不过了，她留在上海就是要实现她自年初以来所要努力达到的目的。

宋庆龄一再辞绝在蒋介石国民党政府中参政的态度和如今在上海"不动之中的举动"，早在年前就引起了国民党当局的高度注意。这是因为，宋庆龄绝非一般人物，她不仅有着"国母——孙中山夫人"的饮誉，更在当时的国民中享有崇高的威望，又何况是蒋、宋、孔名门的要人。所以，宋庆龄在随国民党政府的去与留问题上，势必关系着国民党政府的"威信"，影响着"民心"。故在这年元旦之际，国民党南京政府的舆论界就散布谣言，说宋庆龄将在国民党政府中就职，言下之意，“宋庆龄是要辅佐南京政府的”，并以为宋庆龄对这种小事不会注意，妄图以此蒙蔽群众，进而迫宋庆龄就范。

然而，宋庆龄以犀利的政治家眼光，敏锐地意识到这绝不是一件可以置之不理的小事，而是关系到她政治立场的原则性大问题。在这历史的风口浪尖上，她没有明哲保身，而是不顾个人安危，针锋相对地表达了自己不愿与南京政府通力合作的政治立场，当即以中国福利基金会主席的名义发表声明，批驳谣传。声明说：

“孙中山夫人今天宣布：关于她将在政府中就职或担任职责的一些传说，是毫无根据的。孙夫人进一步声明，她正以全部时间和精力致力于中国福利基金会的救济工作。她是这个中国福利机构的创始人和主席。”

即使在蒋介石“引退”、副总统李宗仁代理总统后，宋庆龄仍坚决表示不在现国民党政府中任职。李宗仁恳求宋庆龄出面“主持国民党和国家的大政”，说蒋介石“凌然引退”，他“不得不出面勉维现局”，希望宋庆龄能到南京“出为领导，共策进行，卑和平得以早日实现，国家人民实深利赖”。而宋庆龄泾渭分明，毫不为高位所动，断然拒绝了这一请求，坚决不去南京，仍留在上海。

初夏时分的宋庆龄，表面上好像是整日闲度，无所关心，其实她的心中正热血沸腾，激情高涨，她在为迎接中国人民解放战争的伟大胜利积极准备着，立等上海，情待解放。

即将解放的上海，这时也是白色恐怖最严重的时期，作垂死挣扎的国民党反动派在这里大肆屠杀共产党人、革命进步人士和同情革命的人，显然，这时宋庆龄的处境也十分危险。她为了挫败国民党反动派筹划的劫持其离开上海的阴谋，能在上海等待解放，经常秘密地变换住地，以防不测。

宋庆龄又由于有宋美龄那层关系，国民党特务也就始终未敢对她下手。也确有国民党特务头子遵照蒋介石的旨意，早在几年前的重庆时期，就要对宋庆龄有所举动。国民党的一个中层特务说过：“戴老板对此非常为难，很伤脑筋，照蒋委员长的意旨办嘛，蒋夫人不答应。闹出乱子来，委员长还是拗不过夫人，大家都有所顾忌。底下人都知道，闹出乱子来吃罪不起。而且戴老板也深知孙夫人是不好惹的。”所以，即使在上海临近解放之际，特务们对宋庆龄都一直有所畏惧，没敢胡来。

宋庆龄在这同时，除了注意自身的安全外，还为使中国福利基金会所属机构及工作人员免遭国民党特务的迫害，竭虑筹划，将这些人转移到安全的地方，为迎接解放作准备。

这期间的北平，刚从双清别墅迁到中南海菊香书屋的毛泽东，预测到国民党政府南迁广州后即将彻底垮台，中国将暂时出现一个无政府状态。为防备别国的干涉，他认为必须尽快结束这种局面，新的政治协商会议必须迅速召开。因此，新政协筹备工作在周恩来的具体指导下，有条不紊地加速进行着。所邀请的各界代表，陆续到达北平。毛泽东和周恩来的渴贤目光由北平移到了上海，急切盼望着宋庆龄的到来。

不久，逞凶一时的美帝国主义终于不敢冒天下之大不韪，第七舰队悄悄地从青岛撤向公海。向淞沪进军的人民解放军第三野战军第九兵团和第十兵团，以钳形攻势攻克了吴淞口，装备精良的汤恩伯部队被包围就歼。远东第一大城市上海于5月27日解放。

上海解放的消息传来，毛泽东想到在上海的民主人士第一人就是宋庆龄，特别指示陈毅司令员前往慰问，并派警卫部队为她站岗放哨。6月19日，是政协筹备会第一次会议结束的一天，毛泽东与周恩来商妥，特委派中共中央候补委员邓颖超携带毛、周的亲笔信，前往上海迎接宋庆龄。与邓颖超前往上海的还有全国民主妇联代表廖梦醒，她是廖仲恺、何香凝之女，并在宋庆龄身边工作过多年，彼此都很熟悉。

毛泽东在给宋庆龄的信中写道："重庆违教，忽近四年，仰望之诚，与日俱积。兹者全国革命胜利在即，建设大计，亟待商筹，特派邓颖超同志趋前致候，专程欢迎先生北上。敬希命驾莅平，以便就近请教，至祈勿却为盼。专此，敬颂大安！"字里行间洋溢着对宋庆龄的敬佩、信任和期待。

周恩来在信中说："沪滨告别，瞬近三年，每当蒋贼肆虐之际，以先生安全为念。今幸解放迅速，先生从此永脱险境，诚人民之大喜，私心亦为之大慰。现全国胜利在即，新中国建设有待于先生指教者正多，敢借颖超专程迎迓之便，谨陈渴望先生北上之情。敬希早上命驾，实为至幸。"

宋庆龄与中国共产党是有着深厚的历史感情和个人感情的。在上海解放次日，宋庆龄在上海寓所中即专门接待了前来通报情况的史良。当史良说到上海市已在中国人民解放军第三野战军和市内地下党组织强有力的配合接应下胜利解放时，宋庆龄喜于言表，高兴地说："解放了就好了。国民党的失败，是我意料之中的，因为它敌视人民，反对人民，压迫人民；共产党取得胜利，是必然的，因为它代表人民，爱护人民，为人民谋福利。”

宋庆龄这位曾几度漂洋过海寻求真理、一直活动在现代中国历史舞台上的著名人物，由此踏上了鸣笛待发、将驶出中国半封建半殖民地社会港湾的历史航船。

上海是中国共产党的诞生地，刚解放月余恰逢党的生日，中国共产党人在这里隆重举行纪念活动。6月30日，宋庆龄应邀和陈毅、邓颖超、黄炎培、陈叔通、盛丕华、茅以升等，出席中共中央华东局、中共上海市委举行的“庆祝中国共产党成立28周年纪念大会”，并在会上发表了题为《向中国共产党致敬》的热情洋溢的贺词。她用诗歌一般的语言说道：

“这是中国人民生活中的一个最伟大的时期。我们的完全胜利已在眼前。向人民的胜利致敬！

这是我们祖国建设和前进的动力，我们的旗帜是‘生产’，更多的生产。向人民的力量致敬！

这是我们的祖国的新光明。自由诞生了。她的光辉照耀到反动势力所笼罩的每一个黑暗的角落。向人民的自由致敬！

这是胜利的高潮，荡漾到每一个口岸。各国的人民运动风起云涌，把我们的力量和他们的合在一起。加强这勇敢的战斗。向全世界民主斗争中的同志致敬！

他们的英勇无匹，他们的心，同老百姓的心连在一起。向中国人民解放军致敬！

欢迎我们的领导者——这诞生在上海、生长在江西的丛山里、在二万五千里长征的艰难困苦中百炼成钢、在农村的泥土里成熟的领导者。向中国共产党致敬！”

宋庆龄的讲话传到北平，引起轰动，毛泽东深表赞赏。

宋庆龄对中国共产党这发自肺腑的抒情，熟知她的人清楚，这绝非偶然，这是她经过无数次政治暴风雨后的正确选择，是她积20多年来感情的舒展。

还在1936年8月，她在会晤美国反法西斯战士达德教授时就说：“你这次来中国是初次，你一定会发现中国的情形很糟很糟。但是，我劝你相信，中国的情形一定会好起来的。中国有个共产党，我看希望就在这里。”

宋庆龄与中国共产党休戚与共几十年，始终把共产党人看作自己的亲密战友，颂党言志，情深意浓。在新中国成立后，刘少奇曾称赞她说：“历次关键时刻，宋副主席一向是支持我们党，同人民在一起的。她的贡献远远超过我们党的一些负责同志。”周恩来则多次赞誉她是“国之瑰宝”。

第一次国内革命战争时期，宋庆龄就把共产党员引为自己的“真正的革命同志”。在中国革命遭受挫折的血雨腥风中，她勇敢地站在了革命者一边，正如一位外国人所述：“将军和演说家们纷纷崩溃、投降逃窜或保持沉默，只有一个革命者是压不碎的，而且永远也不会压碎，这就是孙中山娇弱的遗孀。”她的家常常是共产党人在白色恐怖中比较安全的避难点和联络站；她勇敢地营救过陈赓等许多共产党人和革命志士的生命；她组织保卫中国同盟等团体，带头组织义卖、义赛、义演等活动，将所得财力、物力源源不断送向解放区，以她特殊的地位和特殊的方式参加人民解放战争，为缔造中华人民共和国建立了不朽功勋。她在长期为共同事业的奋斗中，与毛泽东、周恩来、董必武、刘少奇等无产阶级革命家建立了深厚的友谊，保持着十分紧密的联系。这样，她更加了解和向往共产党。

上海刚刚解放，宋庆龄在社会还很不稳定的情况下，为了宣扬正义，坚持民主，支持新生的人民政权，公开出面参加了上海市纪念邹韬奋逝世五周年大会。平时，她是位温文尔雅、宁静寡言的人，但在为民主而争战的论坛上，她却激情奔放，话语滔滔不绝，在纪念会上即席致词，赞扬邹韬奋光辉的一生。怀念战友之情，溢于言表。

宋庆龄就是这样用无形的力量给人民以激励，给民主精神以振奋，给国民党反动派的专制政策以无情的揭露。她渴望着民主和解放，渴望着与肝胆相照的中国共产党人一同共事。

然而，当宋庆龄接到毛泽东的邀请信时，她却犹豫了。这主要因为北平是孙中山病重逝世之地，当年宋庆龄曾在这里为丈夫守灵，哭干了眼泪，把无尽的哀思抛在了此地。她甚至在痛哭中咒骂过这个不知留下多少“一国之主”魂灵的鬼地方。所以，一提到这个地名，就勾起她心中的万分悲伤。她极不愿别人提起这个地方，更不愿重返旧地、睹物思人。

邓颖超和廖梦醒抵达上海后，廖先去见宋庆龄。

宋庆龄对廖梦醒说：“北平是我最伤心之地，我怕到那里去。1925 年孙中山先生为了国家和民族利益，应邀去北平，因病在那里逝去。”陪伴孙中山北上的宋庆龄对此是记忆犹新的。

廖梦醒说：“邓颖超代表中共中央和毛泽东特来接你，你打算什么时候见一见她?”

宋庆龄表示，想好了再说。过了两天，邓颖超收到了宋庆龄的请柬，与宋进行了数次推心置腹的深谈。毛泽东、周恩来等中国共产党人的一片赤诚之心，使宋庆龄深为感动。她终于抑制住了个人的感情，欣然同意北上。她稍事准备后，于8月26日，在邓颖超、廖梦醒的陪同下，踏上了由上海开往北平的专列火车。

与中国共产党同是诞生在黄浦江畔的宋庆龄，终于如滔滔黄浦江水汇入了浩瀚的大海。

专车抵达南京，作短暂停留，华东军区副司令员粟裕亲自到车站迎接宋庆龄一行，并设宴招待。

饭后，邓颖超问：“庆龄先生，您是否去看看中山陵?”

宋庆龄从沉思中抬起头，回答道：“这次就不必了，不要误了北上的时间。”

对这事，邓颖超在多年后回忆宋庆龄的文章中写道：“这说明你以国事为重而不徇私情。你在病中同亲近的同志和身边工作的同志多次说，死后不要埋在中山陵，而要葬在万国人民公墓。足见你的思想的高尚，足见你从来不以丈夫的名望、地位来提高自己，始终是在人民之中。”

8月26日，宋庆龄从上海已出发的消息传到北平，毛泽东高兴地说：“邓颖超同志这次上海之行，出色地完成了党中央交给她的任务。”并看着日历，扳着指头，计算着火车到达北平的时间。

毛泽东掐指计算，宋庆龄的专车将于28日到达北平，他提出要亲自到火车站去迎接。这是他进京后首次亲自到车站出迎来北平的宾客。

这天，毛泽东提前起了床，他告诉身边工作人员为他准备衣服。午饭后，毛泽东更衣准备出迎。他穿的是那套平时不大穿的浅色中山装和那双胶底皮鞋。出发时间还未到，就催着要出发。本来从中南海到前门火车站，路途并不远，可是，毛泽东再三催促，大家只好提前出发，这充分反映出了他对宋庆龄的敬重与期待。

下午3时45分，毛泽东赶到了前门火车站，火车还没有到达。站台上已经来了许多人，有各民主党派的负责人，有中共中央的领导人。毛泽东与前来欢迎的各界领导人和群众闲谈，欢声笑语此起彼落。

有人劝毛泽东、朱德和周恩来等领导人先到休息室，坐着等候。但谁也没有去，都站在站台上等着火车的到来。

4时15分，列车缓缓驶进车站。宋庆龄乘坐的专列刚刚停下，毛泽东立刻扔掉手中未抽完的香烟，走向车厢，迎接贵客下车。

宋庆龄身穿一件黑色旗袍，脖子上围着一条白色纱巾，精神焕发地出现在车厢门口。毛泽东迎上前去，两人紧紧握手，热情寒暄，情真意切。

毛泽东说："欢迎你！欢迎你！一路上辛苦了！"

"谢谢你们对我的邀请，向你们祝贺！"宋庆龄步履轻盈地走下列车，她乌黑的头发在脑后盘了个发髻，显得非常端庄大方和朴素整洁。

"欢迎你来和我们一起筹划新中国的大业。"毛泽东说道。

宋庆龄对周恩来说："谢谢你派你的夫人去接我。"

周恩来说："欢迎你来和我们一起领导新中国的建设。"

宋庆龄在以毛泽东、周恩来的陪同下走出车厢，欢迎的人群中爆发出热烈的掌声。

接着，蔡畅迎上前去，向宋庆龄献上鲜花。朱德和其他领导人也走上前来，与宋庆龄亲切地握手。天真活泼的儿童们奔跑着拥上前来，把一束束鲜花敬献在宋庆龄面前，簇拥在她的周围。这些由延安辗转迁来北平的洛杉矶幼儿园的孩子们齐声欢呼："婆婆，您好！"

光彩照人的宋庆龄在毛泽东和周恩来陪同下，与欢迎者一一相见。站台上，林伯渠、董必武、李济深、何香凝、沈钧儒、郭沫若、柳亚子、廖承志等50余人迎候在这里，热烈欢迎她的到来。中国共产党和中国人民对宋庆龄的崇敬爱戴和期望之情，尽在这些老朋友们的笑逐颜开中，尽在这欢腾的人群中。这隆重的欢迎场面，更使宋庆龄既兴奋又感动。

当天晚上，毛泽东特别设宴招待宋庆龄。中共中央和各民主党派负责人出席作陪，气氛热烈。席间，大家尽情畅谈，皆大欢喜。宋庆龄笑容满面，首先举杯为人民的胜利庆贺，为即将诞生的中华人民共和国祝福。

毛泽东举杯向宋庆龄敬酒说："欢迎在中国革命中劳苦功高，在与中共合作中作出巨大贡献的宋庆龄先生，欢迎你继续与我们合作，共商建国大事，为把中国建设得繁荣富强，屹立于世界东方，使我们的子孙后代都能过上美满的生活而共同努力。"

宋庆龄致答谢词说："感谢毛主席、周副主席派邓颖超先生到上海接我，感谢毛主席、周副主席等领导人在今天下午到火车站接我，也感谢今天晚上毛主席为我所设的这个宴会。今后要在中国共产党和毛主席的领导下，为建设新中国努力奋斗。”她把酒杯高举到毛泽东、周恩来等人面前，大家同声齐笑道：干——杯！

1949年，在中国历史上是一个里程碑。56岁的毛泽东擎起巨手，把五星红旗托上蓝天，宣告了一个崭新社会制度的建立。曾有人考查中外历史名人的“而立之年”说，56岁对政坛风云人物是一个吉祥的数字。宋庆龄与毛泽东同岁，这年的同日，她与毛泽东在开国大典的天安门城楼上站在了一起；这年的数月，她的许多美德和一生崇高理想似乎都浓缩荟萃在这里，她半生的喜怒哀乐在这里反映得淋漓尽致，她终生喜爱和操劳的事业也通过这万花筒般的历史窗口折射在这短暂的岁月中。1949年，宋庆龄在以毛泽东为首的中国共产党人的精神感召下，终于回到北平。

第四章

中南海的新主人
确定开国大典佳期

还在举行北平入城式的前门箭楼上时，叶剑英就把周恩来的一封电报郑重地交给了担任打前站任务的齐燕铭。周恩来要求齐燕铭先把中南海和北京饭店接收下来，以便中央机关进驻。1949年3月底，中央机关顺利进驻北京饭店办公，但中央的五大书记却仍在香山住宿和办公，等待着进驻中南海。

中南海风景非常优美，岸柳垂丝，莲藕飘香，清朝乾隆皇帝曾在此题写了“太液秋风”四个大字，故此地又是“燕京八景”之一，在北平颇负盛名。

齐燕铭受命后，即立刻着手打扫中南海内外的环境卫生，具体工作由一向以办事认真高效著称、曾任八路军驻西安办事处处长的周子建负责。华北军区派了一支由30多辆大卡车组成的卡车队，昼夜不停地从中南海内向城外拉破砖烂瓦和淤泥废土，清挖太液池。经过整整3个月的艰苦奋战，中南海内外已是焕然一新。

叶剑英亲自来到中南海进行检查，在确定合乎标准后，即以北平市长的名义写了一个报告，请党中央迁入中南海。这个建议报告实际上是得到周恩来同意了的。

这时，住在香山的毛泽东因连日来在政协筹备开会，正市内市外地往返于香山和中南海之间。他临时进城，主要是会见民主党派人士和人民团体的负责人，召开一些小型座谈会，广泛听取各界对召开新政协的意见。一般在下午进城，晚上12点过再返回香山住处。来回地跑也实在是不方便，耽误工夫，大家也非常希望毛泽东早日搬进中南海，以减少来往路途中的时间。

关于毛泽东何时住进中南海，这个问题在一个时期曾有过许多争论，特别是有些故弄玄虚、渲染封建迷信者，在这个问题上更是大做文章。

在社会上曾一度盛传着一种说法，说北平解放后，毛泽东率领党中央机关人员由西柏坡来北平，但一直没有轻易直接进城，而是住在香山等待“黄道吉日”，担心选不准日子会影响坐稳江山。毛泽东派人到西山寻找一位据说能预知未来的老道士，三顾才肯见，老道士建议毛泽东应在“最大数字的日子——9月9日进中南海”，由此而引出了“九九之谜”（毛泽东领导的秋收起义是在9月9日，他的逝世也是在9月9日）。那么，毛泽东究竟是何日搬进中南海居住的呢？在当前，的确还没有发现更确切的详细记载，但有一点可肯定，毛泽东正式由香山进入中南海居住的时间当在5～7月间。

——当时的中央书记处办公室主任师哲在“1947～1949年杂记本”中记录道：“1949年3月25日，毛泽东和中央机关从西柏坡驻地出发经保定进入北平，住在香山……几天后，因工作的需要，搬到城里，住进了中南海。”这个时间大约在3月底或4月初。

——当时担任毛泽东警卫排长的阎长林在《警卫毛泽东纪事》一书中写道：“1949年5月，毛主席由香山搬到中南海，住进了丰泽园里面的菊香书屋。”这个时间说的是5月。

——当时的警卫处处长汪东兴在1949年7月20日关于警卫工作的报告中写道：“自6月15日毛主席、朱总司令、周副主席等下山（这里指北京香山——笔者注）办公以后，香山各单位人员亦随着继续下来。”这个时间明确说的是6月15日。

——当时担任毛泽东卫士组组长的李银桥在《在毛泽东身边十五年》一书中写道：“为了减少路途中来往的时间，7月份，毛泽东从香山搬到中南海，住进了丰泽园里面的菊香书屋。”这个时间说的是7月。

——当时的北平市市长、平津卫戍区司令聂荣臻在《回忆录》中写道：“我是1949年7月正式到中南海办公的。当时中央军委与党中央住在一起，都在中南海。”从此文中看不出毛泽东进中南海的具体时间，但可判断毛泽东应在7月之前进中南海。

笔者经过考证判断，“6月15日”毛泽东搬进了中南海，但有一段时间里，他是在香山与中南海两边来回办公和居住。

在中南海内，毛泽东的住房安排在丰泽园内菊香书屋，这是一座古朴典雅的四合院，环境很幽静。北平解放后，住进这里的第一位中共领导人是林伯渠，住在北屋，毛泽东和周恩来从香山来城内开会时就在东屋和南屋里休息，开会的地点在颐年堂。毛泽东准备搬来之前，林伯渠主动提出让房，搬到另一个院子里去了。

菊香书屋院中，时有6棵高大的百年松树，给这个小院平添了几分幽静古朴之感。院子中间有南北、东西两条小路交叉成“十”字形，把草坪对称地分为 4 块，成“田”字形状。四周的房子把这个封闭的小院围了起来。

院中，东、西、南、北面各有 5 间房子。北面的住房高大宽敞，正中一间是过道，作为大会客厅；毛泽东住北屋东面的两间；江青住西面的两间（这两间后来改作毛泽东的藏书室）。毛泽东的房间里，主要放一张大木板床，一套沙发和书桌、书柜等。

东屋 5 间，靠南面的两间是会客室；北面的两间是办公室，中央领导们经常在这里开会；中间是过道，又是吃饭的地方，毛泽东及其一家就餐和来了客人吃饭都在这里。

南屋 5 间，正中是穿堂过道，其余几间分别是毛岸青、李敏、李讷住的地方。

西屋 5 间，正中是由院中通向院外的主要穿堂过道，靠南面的两间是江青的会客室，后来改为乒乓球室；北面两间是毛泽东的书房。

这个院子里的布局就此安排下来，后来虽然又作了一些调整，但基本格局变化不大，一直到毛泽东在这里逝世后，便将这里辟为“中南海毛泽东故居”，基本保持了原貌。

毛泽东由香山刚搬到这里时，正值初夏，工作人员在菊香书屋院门口两旁摆放了一些成盆的鲜花，使这里显得很有点节日气氛。可毛泽东一踏进院门口，便觉得不对劲，指着这些盆花说：“这是干什么？你们知道，到我这里来的人很多，以后还会有工人农民来。他们来了，就是为了看看我，看看我住的地方。如果我这里摆了这么多的花，那他们也会上行下效向我看齐，养成这种虚荣的风气就不好了。过去这里是公共场所，可随便布置，我不干涉。现在我住这里了，就不能摆这么多花了，少摆几盆花，再摆一点松柏树就可以了。”

工作人员和花工根据毛泽东的意愿，立刻把花盆挪走，只在走廊上摆了两盆绿草，在院内中间路口处摆了两盆常青的棕榈树和两盆无花果。

“这不是很好嘛。我不是不喜欢花，现在摆得太多了不太合适。”毛泽东对工作人员们的立刻行动表示满意。他微笑着，脚步踏在庭中遍地绿茸茸的小草上，环视着这里的一切。此后，他时常来到庭院中散步，也渐渐地喜欢上了这里的景致，喜爱上了这个地方。

菊香书屋以它宽敞的住房迎接新的主人，但这么好的地方，往日的皇帝却没有考虑到建一个厕所，因为那些皇亲皇妃们无论干什么事都是可以随意指使奴仆的。毛泽东住进这里后，马上就遇到了一个上厕所难的问题，上厕所要走一段较长的路，到后院去才行。在这里，毛泽东又经常召集会议，接见客人，到此来的人时间久了，都感觉到了这一麻烦事。

为了解决这一困难，工作人员与修缮队一同研究，决定在紧靠办公室后窗的地方，按照卫生间的要求盖一平房，再把办公室的后墙打出一个门洞作为通道。工人师傅们抓紧时间突击，没几天就修好了，并在毛泽东休息时，打通了与办公室的门洞，安装上了门，这一切都是在不影响毛泽东正常办公的情况下进行的。

当毛泽东起床后发现办公室里多了道门，知道这是通向厕所的门后，高兴地说："你们谁想出的这个好办法？"

警卫排长阎长林回答说："这是我们和修缮队一块研究的。"

毛泽东连连赞扬说："这样就方便了，你们多费心了，谢谢大家。"

后来，修缮队还在毛泽东办公室附近盖起了一间小锅炉房，解决了毛泽东的洗澡问题。本来，由于这个院落建筑年代久远并长期失修，修缮队提出还应维修许多地方，但毛泽东坚持说："能凑合着住就行了，国家还很穷。"

丰泽园大门和外边的门柱油漆脱落得已经快看不出原来的颜色，毛泽东看到工人们正在搭木架准备重新油漆，便说："告诉行政部门，这里现在不需要刷油漆，过几年再修理吧。我住的地方不要和公共场所一样花那么多钱，搞那么漂亮。"因此，修缮队根据毛泽东的建议，只是对这里的建筑进行了一遍彻底的清扫，颐年堂、丰泽园的大门和院内的所有房屋，都保持了原样，没有刷油漆和花钱修理。

工作人员为了毛泽东的生活方便，还曾提出在毛泽东卧室和办公室之间建一个走廊，因为这条露天通道一下雨就很滑，走路有摔倒的危险。毛泽东听到这个建议后却表示不同意，他认为花那么多钱修建一个走廊，没有十分的必要，这与艰苦奋斗的作风不相符。

此时，毛泽东的主要心思放在了如何筹备建立新中国上，具体地讲就是宣布中华人民共和国的成立，这正如他在到达双清别墅后完成了指挥渡江战役而驱逐蒋介石国民党政府出南京一样，他在进入中南海后考虑要办的第一件大事，就是要举行开国大典。

对于建立新中国的大事，毛泽东等中央领导人是非常重视的，但在什么时候宣布新中国成立这个问题上，党内有着不同的意见，党外人士也众说纷纭。不过，早日宣布新中国成立的呼声在那时是占了上风的。对这个问题，毛泽东考虑得自然更多，他充分听取各方面意见，认为马上宣布建立新中国的时机并没有成熟，并常用他为人民解放军占领国民党政府首都南京所写出的那首诗中的“宜将剩勇追穷寇，不可沽名学霸王”的诗句，来说明自己的观点，启迪别人。

为了筹划开国大业，毛泽东在搬进中南海的一个月后，即7月间，特派刘少奇、王稼祥、高岗等人秘密赴苏联同斯大林和苏共中央会谈。因为在这时，中共中央预见到，新中国成立问题虽然已经得到国际的承认，但资本主义国家是不会很快承认新中国的，这是在预料之中；而对世界上的一些社会主义国家特别是苏联是否承认新中国也无多大把握。

克里姆林宫内，作为当时社会主义阵营统帅的斯大林，以他那固有的傲慢神情问道：“你们打算什么时候成立中央政府？因为国民党政府实际上已经垮台了，不复存在了，而你们已经具备了掌握政权的一切条件。”

刘少奇对斯大林说：“我们目前正集中力量解放华南各省，解决那里的问题。至于成立中央政府，可能计划在明年的1月，或许是1月1日吧。”

“是吗？”斯大林疑惑地看着刘少奇。

刘少奇从斯大林的眼神中看到一种似乎是没有听清的表情，又复述道：“从国际国内的条件来看，我们打算在1950年1月1日成立中央政府。”

斯大林点点头，稍微沉思片刻，即说道：“解决重大问题固然要稳妥，但更要掌握住时机。我想提醒你们注意，国际上的敌人会不会利用所谓的‘中国无政府状态’进行干涉，甚至联合干涉。这可是敌人最毒辣的一招，不能不警惕。”

刘少奇对斯大林的提醒颇有同感，并及时向国内转达了斯大林的意见，引起了毛泽东等领导人的重视。

9月初，刘少奇和代表团成员回到了中国东北，在哈尔滨、沈阳等地逗留期间，再次用电话向中央详细转达了苏共中央的意见。刘少奇特别提出要警惕国际上帝国主义的插手，在国民党政府名存实亡的情况下，国家不可以长期无政府，否则，正如斯大林所预测的，外国可能利用这个机会进行干涉，甚至联合干涉，那样就被动了。上策是尽快宣布建立新中国。

这样，中共中央同各民主党派领导人和各界代表人士反复磋商，加速了成立中央人民政府的步伐，一致决定：新中国的开国大典提前到1949年10月1日。

今夜星光灿烂：中国历史上空前的盛会

怀仁堂位于中南海西岸，原址上曾建有一座规模宏大的仪銮殿，作为皇帝和妃子们的逍遥娱乐之处。八国联军入侵中国时，联军统帅瓦德西的统帅部曾设立于此，这些强盗在对此地一番糟蹋和抢劫后，又纵火付之一炬。出京逃难的慈禧太后返回后，见仪銮殿已成一片灰烬，竟然不首先考虑御敌之策，却叫嚷："烧了我的仪銮殿，我要修建比仪銮殿更好的宫殿。"她不顾国家安危和人民死活，用500多万两白银在仪銮殿旧址上建起了一座中西合璧的宏伟建筑，并安装了电灯，命名为佛照楼。楼修好后，慈禧太后常在这里居住、听政和接受文武官员的朝拜。慈禧死后的民国初年，清廷为了避讳和纪念先祖，将仪銮殿改称为怀仁堂，摄政内阁等大臣搬到这里办公。

北平和平解放后，怀仁堂成了中共中央的临时议政场所。这里成了全国人民瞩目的地方。

1949年9月21日，当时针指向晚7时，怀仁堂内外灯火通明。中国历史上空前的盛会——中国人民政治协商会议第一届全体会议在这里隆重举行。

此时的怀仁堂，经过工作人员的精心布置，显得格外肃穆庄严，光彩夺目：大门前，悬挂着高低错落有致的彩色气球，气球上墨绿色的绸带下飘动着一幅幅喜庆的竖式标语；门两侧，五彩的旗帜在晚风中呼啦啦迎风飘扬。会场内，更是五彩缤纷，琉璃灯和水银灯交相辉映；主席台布置得庄重大方，台上方悬挂着"中国人民政治协商会议第一次全体会议"的横幅；后幕上悬挂着政协会徽；会徽下是中国革命领袖孙中山和毛泽东的画像；画像两旁护围着中国人民解放军的军旗。休息室内，挂满了各人民团体、各部队和各地区送来的贺幛和锦旗。

毛泽东居住的菊香书屋离怀仁堂不远，两地之间连乘车带走路仅需约5分钟。政协会议开幕这天，毛泽东吃过晚饭，便在院子里等待出发。这时，天空雨云低飞，远处传来了隐隐约约的雷声。离预定出发时间还有 15 分钟，毛泽东就催促着提前来到了怀仁堂。

在休息室里，毛泽东和大会主席团的成员们亲切地谈话，主动地与民主人士接近并问候。大家都很激动，互相握手，庆祝这胜利的大团圆。

出席会议的代表，从 6 时 30 分陆续进入会场，每位代表胸前都佩戴着印着“中国人民政治协商会议代表”烫金字的红色缎带。毛泽东等主席团成员戴的缎带上，印着“主席团”3 个烫金字。

根据政协筹备会所作出的《关于参加新政协的单位及其代表名额的规定》，参加中国人民政治协商会议的代表单位共 54 个，正式代表总数 510 人，其中：党派代表 142 人，区域代表 102 人，军队代表 60 人，团体代表 206 人。考虑到正式开会时参加的单位和个人会有增加，因此又拟定设立特邀单位和代表名额，以作机动安排。

6 时 40 分，周恩来代表政协筹委会讲话，宣布：今天，出席这次会议的代表来自 54 个单位或地区，共 634 人（含宗教界人士）；来宾 300 人；友好国家的新闻记者数十人。接着宣读筹委会提出的 89 名大会主席团成员名单和大会秘书长名单。这个名单除中国共产党、中国国民党革命委员会、中国民主同盟各为 7 人外，其他各民主党派、人民团体、海外华侨、少数民族，多的有 4 人，少的有 1 人，都有代表。周恩来的报告赢得了全场的热烈掌声，此提议获得一致通过。

这时，刚由会议代表一致通过的以毛泽东为首的主席团成员，开始从休息室步入会场，登上主席台。全体代表都站立起来，爆发出雷鸣般的掌声，长达 3 分多钟。

从主席台向台下看，代表们穿着各式各样的服装，充分体现出新中国各族人民的大团结。

“诸位代表，请安静，请安静！”震天的掌声中，大会主席团秘书长林伯渠开始宣布出席这次会议的单位、代表人数和大会日程，并宣布当日执行主席是毛泽东、朱德、李济深、沈钧儒、郭沫若。此刻时针正好指向 7 时整。

接着，执行主席毛泽东神色从容地站立起来，凝视着全体代表，操着雄健、浑厚的湖南乡音宣布：“中国人民政治协商会议，现在开幕！”

军乐队奏起了《解放军进行曲》，同时鸣礼炮 54 响，全体代表起立鼓掌长达 5 分钟，热烈庆祝这个庄严喜庆的日子！

毛泽东宣布下一项会议议程，说："全体起立，为在人民解放战争和人民革命中牺牲的人民英雄们致哀，默念3分钟。"他带领大家在此时此地缅怀革命先烈，追悼人民英雄。偌大的会场一片肃静。

礼毕后，毛泽东致开幕词，他说："诸位代表先生们，我们有一个共同的感觉，这就是我们的工作将写在人类的历史上，它将表明：占人类总数四分之一的中国人从此站立起来了。""我们的民族将再也不是一个被侮辱的民族了，我们已经站起来了。"

这激昂、自豪的声音把全体与会代表要说的话都说了出来，会场上响起了经久不息的掌声，许多人边鼓掌边流下了激动的热泪。恰巧，在此时的会场外雨雾中，一道道闪电划过中南海夜幕，轰隆隆的惊雷炸响彻怀仁堂上空。不一会儿，雨过天晴，星光灿烂，苍天也仿佛在向全世界宣告：中国历史在发生着惊天动地的巨变！

毛泽东继续讲道："我们面前的困难是有的，而且是很多的，但我们确信，一切困难都将被全国人民的英勇奋斗所战胜……只要我们坚持人民民主专政和团结国际友人，我们就能在经济战线上迅速获得胜利……随着经济建设高潮的到来，不可避免地将要出现一个文化建设的高潮。中国人被人认为不文明的时代已经过去了，我们将以一个具有高度文化的民族出现于世界。我们的国防将获得巩固，不允许任何帝国主义者再来侵略我们的国土。在英勇的经过了考验的人民解放军的基础上，我们的人民武装力量必须保存和发展起来。我们将不但有一个强大的陆军，而且有一个强大的空军和一个强大的海军。让那些国内外反动派在我们面前发抖罢，让他们去说我们这也不行那也不行罢，中国人民的不屈不挠的努力必将稳步地达到自己的目的。"

暴风雨般的掌声，如波涛奔涌，震耳欲聋。毛泽东讲的每句话，几乎都获得了全场掌声。他强有力的讲话和洪亮、清晰的声音，显示出非凡的感染力，令人精神振奋。代表们都感到毛泽东讲的话恰好说到了自己的心坎上，都情不自禁地不停地鼓掌。据统计，毛泽东这个2500多字的讲话，掌声多达41次，有的掌声长达4分钟之久。有时，毛泽东不得不用有力的手势平息鼓掌，以使讲话得以继续进行。

根据大会安排，政协筹备常务委员会领导下的6个小组，分别就本组所担负的任务，向大会和代表们在台上或台下作汇报和解释工作：

第一组组长李维汉、副组长章伯钧就拟定参加政协的单位及其代表名单作了报告，第二组组长谭平山、副组长周新民就起草政协组织条例作了报告，第三组组长周恩来、副组长许德珩就起草《共同纲领》作了报告，第四组组长董必武、副组长黄炎培就起草宣言作了报告，第五组组长郭沫若、副组长陈劭先就拟定政府组织大纲作了报告，第六组组长马叙伦、副组长叶剑英和沈雁冰就拟定国旗、国徽及国歌方案作了报告。

代表们讨论通过这些大会报告、文件与各自的发言，在时间的安排上穿插进行，在内容上互为补充，相得益彰。

9月22日，会议主要议程是通过有关报告：筹委会秘书长林伯渠作了《筹备工作经过报告》，谭平山作了《组织法》的起草经过报告，董必武作了《中央人民政府组织法》起草经过报告，周恩来作了《共同纲领》的起草经过报告。

根据筹备会所拟定的《关于新政治协商会议筹备会全体会议执行表决的具体办法》规定："一般决议，由各单位列名第一名代表起立表决；重大议案，由主席采取全体起立之方式表决。"中国人民政治协商会议在最初通过报告时，代表们一般都是坐着鼓掌表示赞同，但三民主义同盟联合会的代表则一致起立鼓掌，显得很庄重严肃、有气度。于是，执行主席谭平山便提议：凡通过报告文件，若表示赞成者，一律起立鼓掌，才算通过。这一提议，立即被代表们所采纳。此后通过文件，也都照此行事。

在通过《共同纲领》时，全场掌声雷动，而毛泽东则是最后一个站起来鼓掌的，因为这个纲领是中国共产党负责起草的。许多民主人士说："毛泽东不愧为一代英杰，这数秒钟虽短，却充分显示了中共的谦虚和不强加于人。"

对这个《共同纲领》的起草，毛泽东是下了很大功夫的。在以周恩来为领导的小组完成《中国人民政治协商会议共同纲领》初稿后，毛泽东又多次对其反复推敲，并在起草过程中多次亲自修改或加批语。9月3日，他在给秘书胡乔木的批示中写道："纲领共印30份，全部交我，希望今晚10点左右交来。标题应是《共同纲领》。"他并特别嘱咐胡乔木"你应注意睡眠"。几个小时后，毛泽东又通知胡乔木："今晚付印的纲领，请先送清样给我校对一次，然后付印。即刻付印，一小时内交我。"

当《共同纲领》清样印出后，毛泽东亲自校对多遍。9月6日，当他感到已修改得较为满意后，通知胡乔木说："照此改正，印成小册子1000本。"9月11日下午4时30分，毛泽东再次通知胡乔木："即刻印100份，于下午8

时左右送交周副主席。但不要拆版，俟起草小组修正后，再印1000份。”由此可见，毛泽东对《共同纲领》付出了巨大的心血。

在大会上发言的代表们，先后有中国共产党代表刘少奇、特邀代表宋庆龄、中国国民党革命委员会代表何香凝、中国民主同盟代表张澜、中国人民解放军代表陈毅、民主建国会代表黄炎培、中华全国总工会代表李立三、新疆代表赛福鼎、特邀代表张治中和程潜、华侨代表司徒美堂等。发言后，大会还通过一项临时决议，以中国人民政治协商会议第一届全体会议的名义，向杨杰将军代表的家属及国民党革命委员会致唁电。杨杰生前为国民党革命委员会中常委、三民主义同志联合会常委，在云南昆明积极开展和平爱国民主运动，在国民党军政上层中很有影响。9月19日，他在由昆明赴北平参加政协会议途中，被国民党特务暗害，殉难于香港。

在会议休息期间，毛泽东、朱德等领导人与各界人士亲切交谈。这时，一位被誉为“子弟兵母亲”的农民代表戎冠秀走过来，紧紧拉着毛泽东的手说：“我早就认识你了。”毛泽东高兴地与她聊了起来。

9月23日晚，毛泽东和朱德举行招待国民党高级起义将领的宴会。应邀出席宴会的有张治中、傅作义、程潜、邓宝珊、陈明仁、黄绍竑、周北峰、孙兰峰、刘善本、邓兆祥等23人，民主人士李济深、陈铭枢和解放军高级将领陈毅、刘伯承等作陪。

毛泽东几次起立为起义将领举杯祝酒，他说：“由于国民党军一部分爱国军人举行起义，不但加速了国民党残余军事力量的瓦解，而且使我们有了迅速增强的空军和海军。”

傅作义将军作为特邀代表在怀仁堂讲坛上发言，他说：“我为和平到绥远时，蒋介石曾给我一个‘亲切的电报’，说我那次从北平到绥远，正与他当年西安事变后从西安回到南京一样。他说，当时回到南京以后，由于一念之差，竟铸成今日危亡之大错，所以要接受他的教训，不要自误、误国、误部下。但是，我坚决拒绝了他，毅然又回到了北平，来出席今天我们的政治协商会议。”

曾参加过绥远起义、赶来出席会议的特邀代表孙兰峰将军说：“一个星期之前，我还是反动集团的一分子，本月19日我才随董其武将军在绥远率部起义。”他们的讲话也获得了热烈的掌声。

毛泽东对如此汇集全国各党派力量的盛大会议很重视，特别注意让与会者都有一个表达本党派或个人政见的机会。9 月 26 日下午 3 时，毛泽东给周恩来写了一纸便条，嘱咐周要组织好部分政协代表的发言，说：“尚未讲话而应讲话或想讲话的人们，如林遵、邓兆祥、刘善本、章伯钧、张元济、周善培、李书城、柳亚子、张学思、杨拯民、罗隆基、李锡九、李烛尘等人（名单应加斟酌），本日上午或下午必须逐一通知他们写好讲稿，否则明天即来不及讲了。请注意及时组织此事。”

由于参加会议的各党派代表很多，一些无党派人士的发言就有排不上队的可能。为此，毛泽东也做了认真的安排，他针对有人对“无党派民主人士”地位的误解，特地委托周恩来首先向大会就“无党派民主人士”的称谓作了解释，说：由于国民党反动派的严重压迫，有许多民主人士只能单枪匹马进行民主运动，如郭沫若、马寅初等人。他们虽然未形成一个党派组织，但领导与联系着许多方面的民主人士在奋斗，长期参加中国革命的民主政治活动，因此，严格正确地说，无党派民主人士是没有党派组织的有党派性的民主人士。毛泽东和周恩来的细心安排和策划，使全体代表们更加团结一心，会场自始至终洋溢着团结、活泼的气氛。

政协代表中，年纪最大的要数 92 岁的萨镇冰老先生了。他曾担任过北洋海军副统领、广东水师提督、海军部副大臣、国民党海军总长等要职，1922 年离政。他在离开福建北上参加政协会议前发表谈话时说：“我因路途遥远，年龄过高，无法出席政协会议，已文电筹备会，但从代表的名额看，明显地看出毛泽东主政开明，能公平地容纳各党派各阶层人士，凡是愿进步的，有用的人才尽量罗用，令我赞佩。国民党官僚花天酒地，不顾人民死活。而人民解放军无时无刻不在艰苦奋斗中，生活简便更为节省，单就这种吃苦为人民服务精神，就注定了国民党必然崩溃，人民解放事业必定胜利。”现在，他在毛泽东等共产党人精神力量的感召下，终于不顾路途遥远和衰老的身体来到了怀仁堂。

出席这次会议年纪最小的代表是学生代表晏福明，年仅 21 岁。他和萨镇冰的年龄相差 71 岁，有人说这是“四世同堂”。大家不分年龄大小，都好像是故友重逢、亲朋相聚。

大会在继续进行，筹备会拟定的文件一个个顺利通过。

会议议程最引人瞩目的要数国旗、国歌和国徽图案的讨论和确定，因为这是一个国家主权和尊严的标志，是爱国主义的集中体现。早在 6 月中旬，新政协筹备会召开时，负责拟定国旗、国徽和国歌方案的筹备会常务委员会第六组，即开始了紧张的工作。7月，《人民日报》发表了征稿启事。这项工作到此为止也已基本结束。

9月23日，是政协会议开始后的第三天。上午，全体代表分组讨论中华人民共和国的国旗、国徽的图样以及国歌、国都和纪年等方案，几经研究，先由负责此项工作的马叙伦向大会作报告。他向大会报告："截至是日止，从全国各地和海外华侨中共征集到国旗提案1920件，图案2992幅；国徽提案112件，图案900种；国歌提案632件，歌词694首。这些稿件来源非常广泛，遍及全国20多个省市，其中还有一些未解放的城市。"这些稿件在8月16日至20日，筹备会特设立"选阅室"，已陈列月余。在这期间，采纳和集中政协代表、专家、学者们研究讨论的意见，从中筛选出了国旗图案38幅，国徽图案5种，编印成册，发给与会代表，再次征求意见。

9月25日，是大会第五天，会议议程是安排部分代表在全体代表会议上发言。发言中较有代表性的是来自平原省的农民代表李秀青的即席讲话，她上台说："老解放区的农民都翻了身，我的丈夫牺牲在打日本鬼子的战场上，我又送独生儿子去参加打国民党反动派，儿子也牺牲了，但是我没有掉一滴眼泪，他们的牺牲是光荣的。我要继续跟着毛主席走，我要报仇！"她这真挚朴实的发言，引起了台上台下的共鸣，激起了长达3分钟的热烈鼓掌。

毛泽东也在热烈鼓掌。近日，他一直沉浸在欢乐和喜悦之中，表现也不同于往常。往日，他凡出席会议，坐下后一动不动，十分严肃。而在这几天的政协会议上，他除了聚精会神地听别人的讲话并认真作记录外，有时和邻座代表就所有感兴趣的问题进行交谈，常常发出爽朗的笑声。在党代表团的右边是军队代表团，专心致志、神情严肃的朱德总司令坐在军队代表团的第一个座位上，他那壮实的身躯，像一座铁塔竖立在座位上，显现出军人特有的气质。

晚上，毛泽东在勤政殿召开国旗、国徽、国歌、纪年、国都协商座谈会。出席会议的有周恩来、郭沫若、沈雁冰、黄炎培、陈嘉庚、张奚若、马叙伦、田汉、徐悲鸿、李立三、洪深、艾青、马寅初、梁思成、马思聪、吕骥、贺绿汀等。

马叙伦从历史和现实的角度，说明定国都、兴纪元的理由和根据，他说："多数人赞成共和国国都定在北平，因为北平作为中国的国都，已有1000多年的历史了。它的地理位置也很重要，这里有着5000年文明史的记录，文物集中，交通发达，具备大国首都的有利条件。关于纪年，我们根据绝大多数代表的意见，决定采用世界大多数国家所用纪年的方式，用公历进行纪年，废弃原国民党政府所采用的以‘民国’纪年的方式。”

9月26日，政协全体会议休会一天。“国旗、国徽、国歌、纪年、国都方案审查委员会”在北京饭店举行特别会议，对国旗、国徽、国歌、纪年、国都方案进行最后审查。

为了慎重决定国旗等方案，周恩来、林伯渠在下午又专门召集出席政协会议代表中年纪较大、德高望重的30人开会。到会者都在60岁以上，其中70岁以上的有20余人，广泛听取这些老先生对国旗、国徽、国歌、纪年、国都方案的意见。

9月27日，继续举行全体会议。出席会议的代表有632人，第一项议程由张澜、李立三、贺龙、沈雁冰、薄一波担任执行主席，后两项议程由周恩来、宋庆龄、张云逸、陈叔通、赛福鼎担任执行主席。

上午，大会在《东方红》《你是灯塔》和《解放军进行曲》的乐声中开始。

中华全国总工会的6名代表向大会献旗，锦旗上绣着：“全国人民坚决拥护中国人民政治协商会议，愿为它的《共同纲领》而奋斗。”台下响起一片鼓掌声。

紧接着，新疆代表赛福鼎、涂治、阿里木江3人向大会献旗，向毛泽东献礼。赛福鼎站在主席台上说：“人民领袖毛泽东给中国人民，也给新疆人民开辟了幸福的大道，对这个恩惠我们找不到适当的礼物报答，按我们维吾尔族固有的民族习俗，向最敬爱的人献民族的帽子和民族外衣。敬请毛主席收下我们这件简单的礼物作纪念。”说罢，就将礼物献上。

毛泽东健步走向主席台前沿，接过礼物，和赛福鼎等3人握手。然后把新疆维吾尔族献给的“周马克”帽子戴上，把那件深绿色的丝质外衣披在了身上。毛泽东或许由于心情过分激动，他的手脚略显得不太自然，回到座位后，他又把那顶赠送的“多普”便帽加戴在了“周马克”帽子之上。全场再次爆发出经久不息的掌声和笑声，毛泽东自己也笑了。

接着，大会执行主席周恩来庄严宣布：“从现在起，北平改称北京，为中华人民共和国首都，纪年用公历，今年是1949年。在正式国歌未制定前，以

《义勇军进行曲》为国歌，保留原歌词。中华人民共和国国旗为红地五星旗，象征中国革命人民大团结。国徽留待中央人民政府成立后再作决定。”

周恩来的话音未落，全场掌声雷动。这天，会议还讨论通过了中国人民政治协商会议组织法、中华人民共和国中央人民政府组织法以及中华人民共和国国旗、国歌、纪年、国都4个方案。最后，除国徽一项外，其余均获一致通过。

4时40分，工人腰鼓队跳着欢快的舞步，“咚咚！咚咚！”走进了会场，表演了精彩的文艺节目，对大会各项提案获得圆满通过表示庆贺，并向毛泽东和朱德献旗。清华大学女学生汤纪明登台朗诵诗歌，她激情满怀地高歌道：“在世界的东方，新中国诞生了！”代表们热烈鼓掌、欢呼，掌声又一次长达3分多钟。

9月28日，会议休会1天。各出席单位和共同纲领整理委员会于下午分别举行会议，进一步讨论《共同纲领（草案）》。这天，中华人民共和国庆祝大会筹备委员会宣布成立，发布了庆祝中国人民政治协商会议成功召开和中华人民共和国中央人民政府成立的口号30条。

毛泽东、朱德在这天复电在新疆起义的国民党将领陶峙岳、包尔汉等，对他们的起义通电表示欢迎和称赞。希望他们团结军政人员，维持民族团结和地方秩序，并和西进出关的人民解放军紧密配合，为建立新中国的新疆而努力奋斗。

9月29日，政协会议继续进行，出席大会的代表有633人，由彭真、张东荪、陈铭枢、章乃器、周恩来担任执行主席。大会讨论通过了4个议案：中国人民政治协商会议共同纲领；中央人民政府副主席和全体委员名额；中国人民政治协商会议第一届全体会议关于选举中国人民政治协商会议全体委员会和中央人民政府委员会规定；主席团常务委员会关于代表提案的审查报告。

晚上，主席团会议决定：为庆祝中华人民共和国人民政府的诞生，全国各机关、学校、工厂、部队，除执行任务不能休假的战斗员、工作员外，一律在10月1日、2日、3日放假3天。

9月30日上午，会议休会半天。周恩来根据毛泽东的指示，来到被称作中央外事组的办公室，对新中国的外事工作，开始进行谋略。他一走进办公室，即对王炳南等人说：“从现在起，中央外事组的工作已经完成了，我们要开始办正式的外交了。”在场的所有人员听到这个消息后，都激动得流下了幸福的泪水。

周恩来部署新中国的第一件外交工作说：“明天，我们要举行开国大典，毛主席将要发表一个公告。典礼结束后，你们要立即将这个公告和我的随附公函送发留驻北京、南京等地的使馆或领事馆。你们现在就要赶紧准备，把公函和信函打印好。这将是我们新中国的第一个外交文件，是通过使馆或领事馆发出的第一个照会。”

周恩来进一步部署外交工作说：“遗留在中国的外国使领馆，除社会主义国家之外，均不承认其外交地位。今后建交工作，要通过谈判进行，要他们表明与台湾断绝一切外交关系，我们才予以承认。我们建交是有原则的。谈判建交在国际上并无先例，这是根据我国具体情况的一项创举。”他在交待好工作后，把自己的图章留在了外事组，又去参加下午的政协大会了。

下午，中国人民政治协商会议在怀仁堂举行隆重的选举，选出了人民共和国主席、副主席和委员。会议并通过了“人民政协会议宣言”，即由毛泽东亲自起草的《中国人民大团结万岁》一文，他向全国同胞们自豪地宣告：“中国人民政治协商会议第一届全体会议业已胜利地完成了自己的任务。这次会议，包含了全中国所有的民主党派、人民团体、人民解放军、各地区、各民族、国外华侨和其他爱国民主分子的代表，代表了全国人民的意志，表现了全国人民的空前的大团结。这种全国人民的大团结，是中国人民和人民解放军在中国共产党领导之下，经过长期的英勇奋斗，战胜了美帝国主义援助的蒋介石国民党反动政府之后所获得的……我们四万万七千五百万中国人现在是站立起来了，我们民族的前途是无限光明的。”

一片掌声中，会议最后通过了在天安门广场树立“人民英雄纪念碑”的决定及碑文，议定在当日散会后，全体代表到天安门广场举行奠基礼。

会议到此基本结束，由朱德致闭幕词，他说：“在整个会议期间，我们全体代表始终团结一致，和衷共济。这是我们国家兴旺发达的气象。我们既能够团结一致，开创了中华人民共和国，我们就能够团结一致把我们国家建设好，把我们国家引导到繁荣昌盛的境地。在我们开会的时候，全国广大人民和全国人民团体纷纷来电庆贺我们，这是表明在我们的事业中，支持我们的不但有全国的人民，而且有国际的友人。我们深深地感谢他们的好意，我们一定不会辜负他们的好意。”

会场上响起了热烈的鼓掌声和口号声："庆贺中国人民政治协商会议的完满成功！""庆贺中华人民共和国的诞生！""中央人民政府万岁！""毛主席万岁！"

毛泽东最后高声宣布："大会胜利闭幕！"49名身着新式军装的军乐队员，演奏起《义勇军进行曲》。

历时10天的中国人民政治协商会议第一次全体会议，至此胜利地完成了所有议程：制定了具有宪法性质的《中国人民政治协商会议共同纲领》，一致通过了中华人民共和国国旗、国歌和定都北京的提案，选举产生了中央人民政府，庄严宣告了旧中国的彻底灭亡和新中国的伟大诞生。

新中国定名为"中华人民共和国"历经波折，起国名并非易事

"国名"或"国号"作为改朝换代的显著标志之一，对任何一个国家来说都是一个天大的问题。自从出现了阶级社会之后，代表统治阶级利益的国家机器无不对此慎之又慎。特别是在旧中国，按传统，一个家庭添新口也是欲生孩子、男女未卜便先起名，孩子落地后无论是男是女都已有名，何况是对一个新生的国家，对"国号"问题当然更加慎重，新皇帝登基前夕的首要大事就是确定"国号"，以求名正言顺而后正身于天下。所以，清代著名的史学家赵翼说："命世之君，创制显庸，必有以新一代之耳目，而不肯因袭前代。"

中国的"国号"最早出自原始社会末期，《史记·五帝本纪》载："自黄帝至尧舜，皆同姓而异其国号，以彰明德。"但那时的"国号"由于禅让制度的制约，只不过是一个执政者名号文字上的区别，说不上有什么实实在在的意义。直到秦王朝后，国号才开始成为一个国家的特征代号，如：秦王朝沿袭发源地——秦地；三国鼎立时期的魏、蜀（汉）、吴"国号"取自它们在春秋战国时期本地域内诸侯国的旧称；金王朝是因为本疆域内盛产名贵的黄金而取"国号"为大金；元朝的"国号"取自《易经》中"大哉乾元，万物资始"的含义等。

时代发展到了20世纪40年代末，对共产党新中国来讲，其"国号"的

命名确定和含义自然已不能与封建社会登基皇帝的命名同日而语，但在“国号”的确定上仍有着十分重大的政治、外交意义。因此，对新中国的称谓命名问题，毛泽东等中共领导人都是十分慎重的，他们广泛征求各界的意见，集思广益。但也由于话出百口，谋出千人，意见非常难以统一，直到临近开国大典前两天，这个问题还一直未能定下来，真是够急人的！

毛泽东对此甚感放心不下，反复思考和琢磨着民主人士、社会名流的建议。

党的缔造者毛泽东由此也联想到了中国共产党名称的确定经过，当时囿于早期马克思主义者对建党问题的认识，自1920年5月在上海开始酝酿成立中国第一个无产阶级政党的早期组织——共产党早期组织，到9月上旬的正式成立期间，中国共产党的“乳名”开始为“社会党”“共产党早期组织”“共产党”，同年11月7日之后开始启用“中国共产党”的名称，直到1921年7月一大会议上，才正式定名为“中国共产党”。这个关于党的名称不断演化的过程，也正说明了中国早期马克思主义者对中国无产阶级政党的性质有一个不断深化的过程。而新中国名称的确定又何尝不是如此？

久思中，熟读中国史书的毛泽东，更把马克思、恩格斯、列宁关于国家学说的著作放到了枕边，认真地翻阅着。

马克思主义认为，革命的根本问题是政权问题。无产阶级在夺取国家政权后，应当用什么样的国家形式来保障革命的胜利果实，是一个十分重要的课题。十月革命胜利后，列宁用“苏维埃”的名称作为体现无产阶级专政的国家形式。现在，中国革命胜利了，中国共产党领导的国家政权又应当采取什么样的名称来体现其形式呢？

毛泽东仍在久久地思考着。

在近、现代社会，一个国家的名称，实际上是与这个国家的国体、政体密不可分的。国家的名字中，也就应体现该国的政权性质。对于这个“国号”问题，毛泽东和他的战友们是在作过不懈的努力探索后，才逐步确立了现今“中华人民共和国”这7个字的国号名称。就是这7个字，毛泽东所领导的中国共产党人和人民群众却付出了20余年的理论探讨和浴血实践，并在开国大典前夕作出了最后的决断。

早在1927年大革命失败后，以毛泽东为代表的中国共产党人开辟了以农村包围城市、武装夺取政权的道路，在农村红色革命根据地中建立起了共产党领导的工农政权。1931年11月，在江西瑞金成立了中华苏维埃共和国临时中央政府，毛泽东任主席。1935年12月，毛泽东根据日本帝国主义侵略中国的大环境和由此引起的国内阶级关系新变化，在中央政治局会议上将苏维埃共和国改称为人民共和国，后又改称为民主共和国，并为此制定了相应的政治、经济、外交、军事政策和策略。

1940年1月，毛泽东在著名的《新民主主义论》中初步为新中国的成立作了奠基性的理论探索，对未来新中国国家政权性质作了论述。他认为，现阶段中国的民主革命是新民主主义革命，革命的最初目标是建立新民主主义共和国，它既不同于资产阶级专政的资本主义共和国，也不同于无产阶级专政的社会主义共和国。至此，毛泽东在江西瑞金将新中国的名称放在了“共和国”的字义范围内，在经历了从“中华苏维埃”“人民”“民主”等定语后，到新中国正式建立前夕，又把即将诞生的新中国定义为“新民主主义”的共和国，但这距离后来正式确定的新中国名称的认识程度，还存在一定差距。

随着中国革命形势的迅猛发展，中国共产党人对建立新中国的认识，在解放战争转入战略进攻阶段后有了一个很大的飞跃。1947年10月，毛泽东进一步指明了由中国共产党领导的人民军队武装夺取政权、建立新中国的奋斗目标。他在为人民解放军总部起草的政治宣言中，提出了“打倒蒋介石，解放全中国”的口号，宣布了中国共产党的基本政治纲领，即：“联合工农兵学商各被压迫阶级、各人民团体、各民主党派、各少数民族、各地华侨和其他爱国分子，组成民族统一战线，打倒蒋介石独裁政府，成立民主联合政府。”这是毛泽东及其中国共产党人首次明确提出创建新型国家政权的基本模式，明确规定了新中国名称的政治含义。

1948年1月，毛泽东在为中共中央起草的《关于目前党的政策中的几个重要问题》中，对未来新中国的政权问题作出了更为明确的阐述。在这里，他对新中国的名称、国家政权的性质、国家最高权力机关，以及各阶级在政权中的地位等一系列带根本性的问题都作了明确的回答。指出：“这个人民大众组成自己的国家（中华人民民主共和国）并建立代表国家的政府（中华人民民主共和国的中央政府），工人阶级经过自己的先锋队中国共产党实现对于人民大众的国家及其政府的领导。”这标志着毛泽东关于成立中华人民共和国的理论及组织形式已趋于成熟。

3月20日，毛泽东首次对新中国的建立时间作出了展望，把新中国成立的诸多事项放在了议事日程的重要位置。他在《关于情况的通报》中说："本年内（指 1948 年），我们不准备成立中央人民政府，因为时机还未成熟。在本年蒋介石的伪国大开会选举蒋介石当了总统，他的威信更加破产之后，在我们取得了更大胜利，扩大更多地方，并且最好在取得一两个头等大城市之后，在东北、华北、山东、苏北、河南、湖北、安徽等区连成一片之后，便有完全的必要成立中央人民政府。其时机大约在 1949 年。"

在新一年的鞭炮声中，毛泽东在 1949 年元旦献词里代表中共中央对外明确宣布："1949 年将要召集没有反动分子参加的以完成人民革命任务为目标的政治协商会议，宣告中华人民民主共和国的成立，并组成共和国的中央政府。" 3 月，他在七届二中全会上又一次明确宣告："召集政治协商会议和成立民主联合政府的一切条件，均已成熟。""我们希望 4 月或 5 月占领南京，然后在北平召集政治协商会议，成立联合政府，并定都北平。"

7 月 1 日，为纪念中国共产党成立 28 周年，毛泽东特别写了《论人民民主专政》的文章，在这里进一步阐述了中国共产党建立新中国的立场，对"国体"和"政体"问题作了系统的论述，指出："人民民主专政的基础是工人阶级、农民阶级和城市小资产阶级的联盟，而主要是工人和农民的联盟，因为这两个阶级占了中国人口的百分之八十到九十。""人民民主专政需要工人阶级的领导。因为工人阶级最有远见，大公无私，最富有革命的彻底性。""总结我们的经验，集中到一点，就是工人阶级（经过共产党）领导的以工农联盟为基础的人民民主专政。"

毛泽东对新中国的经济形态也作了深入的探讨，认为新民主主义的经济形态将由社会主义性质的国营经济、半社会主义性质的合作社经济、私人资本主义经济、个体经济、国家资本主义经济 5 种经济成分构成，为新中国国家经济结构绘制了一幅激动人心的宏伟蓝图。

时光旋入 1949 年 5 月，随着人民解放军占领南京和毛泽东率领中共中央机关进驻北平，成立新中国的方案一个接着一个地摆到了毛泽东的案头。自然，毛泽东首先想到了即将诞生的新中国究竟应该取个什么样的名字的问题。"国号"的确定已经成了迫在眉睫的大事，必须尽快解决，再也不能拖延了。尽管在此时前后，中国共产党领导人和民主人士在演讲和写文章中，对即将诞生的新中国名称大多用的是"中华人民民主共和国"，但这毕竟是没有认真地统一过的说法，显得不够正规。

6月21日，中国人民政治协商会议筹备会第一次会议召开，会议分为6个小组，分别筹备中国人民政治协商会议的诸项事宜。第一小组负责拟定中央人民政府组织法，组长为董必武，副组长为张奚若。在讨论起草过程中立刻涉及了新中国的名称问题，这个问题不解决，其他协商事项就不好再通过。于是，“国号”问题成了代表们协商新中国成立事项所要解决的重大问题。

代表们各抒己见，发言甚为热烈。著名民主人士黄炎培、张志让等人主张用“中华人民民主共和国”的称呼，且呼声很高。

6月25日，小组举行第二次讨论，民主人士张奚若则令人耳目一新地提出用“中华人民共和国”的“国号”，并解释说明：“因为‘共和国’说明了我们的国体，‘人民’两字在今天新民主主义的中国是指工人、农民、小资产阶级和民族资产阶级这四个阶级的人，它已有确定的解释，这已经把人民民主专政的意思表达了出来，不必再把‘民主’两字重复一次了。”张奚若的这一主张当即得到了大多数与会代表们的赞同，毛泽东对此也表示赞赏，并提议将张奚若对新中国的这一命名提交即将召开的政协大会表决。

然而，还未等张奚若的提议正式提交大会，有些代表们却又提出了另外一种方案，他们的意见是：在赞成将“中华人民民主共和国”9个字简化为“中华人民共和国”7个字的基础上，将“中华人民共和国”再次简化为4个字，改为“中华民国”。此建议的提出是在政协会议期间的9月25日，这时距离开国大典仅有几天了，这使毛泽东甚感为难。

26日下午，周恩来、林伯渠受毛泽东的委托，特别与司徒美堂、张元济等30余位出席会议的老人座谈，对“中华人民共和国”是否可简称为“中华民国”进行深入的讨论。坚持用“中华民国”意见的代表们的理由，是说因为这4个字是孙中山先生领导辛亥革命经过浴血奋战得来的，而在座的代表中间有不少人是这次革命的参加者，对其是有着一种特殊感情的。这种意见的坚持者由于多数是著名民主人士，所以在大会上下议论将新中国命名为“中华民国”的代表也有一定数量，并在全体代表中一时也引起了思想波动。

这时，著名民主人士张元济却勇敢地站了起来，对将新中国命名为“中华民国”的意见发表了自己的看法。张元济是驰名中外的商务印书馆的创办人和总经理，是清朝光绪年间的进士，参加过戊戌维新，这时已83岁。他很动感情地先从怀旧情怀说起：“当年，光绪皇帝召见康有为的第二天，就在这中南海勤政殿里召见了我。‘新政’推行不久，便发生了政变。康有为、梁启超远走了，而我却被关进了‘天牢’，终身狱禁。所以，我这次应邀来出席新政协，到北平的第三天就提出要参观勤政殿。我在参观勤政殿后，曾感慨地说过，我与勤政殿一别就是52年了，周围的景致虽仍若当年，但今日的勤政殿可已不是当年的那座了。”

在这里，张元济老先生说这座勤政殿的“不一样”，主要不是指建筑形式上的不一样。这座勤政殿是在民国初年仿欧洲国会和西亚教堂的样式重新修建的，为“符合议会规则”取圆形穹隆建筑，大厅也修建成了圆形。张老先生所说的“不一样”确切地讲是指勤政殿如今换了主人，昔日的勤政殿在今日再也不是皇帝个人的消遣场所了。

因此，张元济老先生抚今思昔，感慨颇多，他继续说道：“我想不到在衰老之年，还能够看到中国的独立和新中国的诞生……自己能够参加这样的会议，真是荣幸极了，高兴极了。”张老先生的一席话，表面上好像是在谈与“国号”无关的题外话，讲勤政殿建筑形式和内容的变迁，而实际上正切中了主题，引起了很多人的深思。大家听了张元济回顾有关历史情况后，认识很快都发生了变化。经过热烈的讨论，原来坚持己见的一些代表们都觉得，不能再沿用“中华民国”的老称谓了，因为它被蒋介石集团用了20多年，名声不好。今天成立新政府，应当改变旧名称，以新耳目。大家并建议请周恩来就此向大会作说明。

到此为止，由张奚若提议的将新中国国名确定为“中华人民共和国”的议案，在几天后的中国人民政治协商会议上终于获得了全体代表的一致表决通过，大家当即把这一妥帖响亮的名称写入了起临时宪法作用的《中国人民政治协商会议共同纲领》，“中华人民共和国”的称谓正式公诸于全世界。

新中国的名称确定后，需镌刻一枚“中华人民共和国中央人民政府”的国玺。陈叔通受周恩来重托，来到上海找到西泠印社创始人之一的治印专家王福厂，王转荐赖力夫担任镌刻这一富有划时代意义国玺的光荣使命。赖力夫在早年曾为王福厂拉黄包车兼干杂务多年，耳濡目染，爱上了治印，暗中收藏王抛弃的印稿，后被王收为门徒，成为西泠印社的主将。赖力夫接受任务后，夜以继日地工作。

3天后，一枚体现着新中国尊严和权力的国玺，红彤彤的“中华人民共和国中央人民政府”印章，经赖力夫精心刻制后很快交付使用。

“孙悟空的金箍棒”差一点上了新中国的国旗

在中国古老的大地上，国旗的历史与外国一些发达国家相比是较短的。中国封建社会历代王朝的旗帜可说是五花八门，根本谈不上是国旗。直到清末，清王朝出于外交的需要，才把中华民族的图腾“龙”描画在旗帜上，权作大清帝国的象征。1895年2月，孙中山先生在香港召集干部会议，研究攻取广州的策略，其中议定采用青天白日旗作为中华民国的国旗，这面旗帜后来又被定为军旗。此后，在中国大地上又相继飘扬过青天白日满地红旗、十八星旗、五色旗、井字旗等所谓的“国旗”，可谓混乱至极。

1949年4月，国民党政府所在地南京被人民解放军占领，原飘在总统府上的青天白日旗被鲜艳的人民解放军军旗所代替。人民军队的军旗取代了蒋介石国民党政权的国旗，因为在那时新中国还没有成立，还谈不上有自己的国旗。

现在，新中国即将成立了，其国旗应当有个全新的设计。有人想得很简单，由于6月15日人民解放军的军旗式样刚刚正式颁布，有人就提出用这面曾取代南京政权总统府门楼上“国旗”的人民解放军军旗来代替新中国的国旗。或把“八一”两字去掉，或在五角星中加上一个“镰刀斧头”图案。有人当即表示不同意，说国旗和军旗、党旗不应互相代替，也不应雷同。这种把国旗设计看得非常简单的想法，毛泽东和大多数人也提出异议，认为中华人民共和国的成立是件大事，应当慎重考虑。于是，国旗的设计便作为筹备建立新中国的重大议题，提交到了新政协代表面前。

6月16日，中南海勤政殿内，新政治协商会议筹备会第一次全体会议由周恩来主持。他宣布：今天会议的一个重要议题，即是讨论新中国的国旗设计事项。会议决定成立“拟定国旗、国徽、国歌方案小组”，由马叙伦任组长，叶剑英、沈雁冰任副组长，张奚若、田汉、马寅初、郑振铎、郭沫若、翦伯赞、钱三强、蔡畅、李立三、张澜、陈嘉庚、廖承志等为小组成员，并特聘请徐悲鸿、梁思成、艾青为国旗图案初选委员会顾问。

国旗图案拟定小组立即展开全面工作，着手草拟国旗设计的意向性方案，准备向全国发出征稿启事。7月15日，《新政协会议筹备会为征求国旗、国徽图案及国歌词谱启事》在《人民日报》上发表，面向海内外公开征稿。

《启事》一发出，立刻引起了海内外的强烈反响，许多人都跃跃欲试，争取能为新中国作出点贡献。国旗的设计牵动着海内外亿万颗赤子之心，短短一个月，应征设计国旗的信函就有近两千件，图案三千多幅。这一幅幅经过精心构思的国旗图案，大多数来自全国各地，有的则来自马来亚、印尼、朝鲜以及遥远的美洲。应征者，有的是工人、农民、解放军官兵，有的是教师、教授和作家，有的是机关职员和自由职业者，还有的是港澳同胞和海外华侨。其中既有刚学绘画、未脱稚气的小学生，也有引证古书以文言文作说明的老学究。这一幅幅稿件，深寄着亿万华夏赤子对新中国的真挚感情，显示着中华民族强大的凝聚力和崇高的爱国主义精神。

一幅幅国旗设计图案稿件还在源源不断地从四面八方而来。

为了选好新中国的国旗图案，周恩来用了大量时间和精力，亲自参加和过问这项工作。8月16日，政协筹委会在北京饭店413号会客室，设立临时选阅国旗图案室，集中陈列所有收到的应征设计图案，展开全面选评。

从应征的国旗设计图案稿件看，其样式大致可分为四类：

一是旗面为红色，图案为五角星和交叉的镰刀斧头，解说文大意是：红色象征革命，五角星象征中国共产党的领导，镰刀斧头象征工农联盟的政权。评选组认为，这类构图立意虽好，却给人一种模仿苏联国旗的感觉。

二是旗面为红色，图案为五角星和嘉禾齿轮。评选小组认为，这类构图画面过于复杂化，不符合国旗式样应简洁、易制作的需求。

三是旗面为蓝、白两色或红、蓝、白三色，旗面左上方或中央布有五角星或镰刀斧头或嘉禾齿轮。评选小组认为，这类图案一半模仿美国国旗，又有一半模仿苏联国旗，不适宜采用。

四是旗面的三分之二为红色，三分之一为白、蓝、黄3色构成，配以红色或黄色五角星。评选小组认为，这类图案显得支离破碎，也不予采用。

从总的情况看，国旗拟定小组对收到的现有稿件设计都感到不甚理想，但从这些稿件中他们却有一个惊喜的发现，即这些图案中有一个共同的特点，就是绝大多数稿件图案中都有五角星，它说明毛泽东所缔造和领导的人民军队头顶上的那颗红五角星，已在全国人民心中打下了深深的烙印。也就是说，五角星图案在国旗上的重要地位显然应予确立。事实上，在当时的中国，五角星的确已经成了革命人民向往的标志，这反映出设计国旗图案式样的总体趋势，已是非五角星占主导地位莫属。

就在此时的半年前，同样是一颗诞生在重庆歌乐山国民党监狱中的五角星，也充分说明了这个问题。那颗狱中五角星是共产党员余祖胜秘密雕刻的，他先在监牢楼板上拔下一颗钉子，用了半个多月的时间，磨成了一把两寸长的小雕刻刀，用红色的塑料牙刷柄，雕刻成了一枚光彩夺目的红五角星。人民解放军横渡长江占领南京的消息传到狱中后，他在这颗红五星上刻上了英文字母“V”字，以表达欢呼胜利之情，并刻上了“CP”字母，表明了这位共产党员的忠贞气节。他在狱中以诗歌憧憬着光明的新世界：“总有一天，我们将站在这城堡上，高声宣布：太阳是我们的!”如今，新中国的太阳果然就要升起了！如果余祖胜烈士得知新中国征集国旗图案启事，也一定会把这五角星镌刻进国旗。

由此可见，五角星在广大民众的心目中，已是中国革命胜利的象征。这说明，在新中国成立前夕，不管国旗的式样怎样设计，五角星必将腾飞于国旗之上，这已经是人心所向。作为设计者，谁把握了这关键的一点，在此基础上再去发挥，谁就可能是成大业者。

9月22日，是新政协全体会议开幕的第二天，马叙伦、沈雁冰代表国旗拟定小组向政协会议主席团提出评选国旗方案设计征稿的报告，规定国旗图案的入选设计应具备4项标准：（1）中国特征（历史、地理、民族、文化等)；（2）政权特征（工人阶级领导的、以工农联盟为基础的人民民主专政)；（3）形式为长方形，长宽3与2之比，以庄严简洁为主；（4）色彩以红色为主，可用其他配色。

依照设计要求，国旗拟定小组认为在精选的30多幅图案中，最为合适的是“复字第1号”图案，有3种式样。这幅图案有些类似延安时期抗日军政大学的校旗，其构图是：红色旗面，下方三分之一处加一道、或二道、或三道黄色水波状条纹，旗面左上角缀有一颗大五角星。寓意是：红色象征革命，大五角星象征中国共产党领导的人民民主政权；一道黄色条纹代表黄河，二道黄色条纹代表黄河和长江，三道黄色条纹则分别代表黄河、长江和珠江，象征着中华文明的发源地和灿烂的华夏文化。

至此，国旗方案的选评拟定进入到了最后拍板阶段。然而，大家的意见却很难统一。张治中在他的回忆录中，对这段往事曾作了较详细的记述。

23 日上午，政协会议开始分组讨论，带有黄河图案的国旗方案备受代表们的赞扬和独钟，出现了一边倒的趋势。但是，就在这热烈的气氛中，政协特邀代表张治中却一语惊人，他对这个图案表示了不同意见，坦诚地说："在这一片鲜红的国土上画 3 道杠杠，会给人一种国土被割裂的不愉快感受，最好把这 3 道杠去掉，让祖国大地一片鲜红。"

但是，张治中的意见因大多数代表的反对而未被采纳。有的意见也说得在理，提出："若删掉这 3 道杠，整个旗面是有整体感了，但仅剩下一个大五角星孤立在那里，也就显得过于单调，而中国历史、地理特征又怎么体现？"

张治中面对这些反问，也不好作答。可观看其余的设计稿，都还不如这"黄河"图案。

毛泽东没有当众发言表态，但可看出他也倾向于这个"黄河"图案。而张治中却是越看这个"黄河"图案，越觉得不顺眼，可眼下又没有更好的设计图案来代替它。到此，图旗拟定小组只好决定先将这个"黄河"国旗图案提交大会讨论。因为开国大典日期临近，国旗方案必须赶快拿出来以交政协全体代表表决通过。

当天晚上，毛泽东和朱德宴请程潜、张治中、傅作义等 26 名国民党起义将领，周恩来、陈毅、李济深等应邀作陪。宴会在欢快融洽的气氛中进行，毛泽东谈笑风生，几次举杯提议，为起义人员响应人民和平运动立下的功绩干杯，众将领欢声笑语，激情溢于言表。

张治中深为眼前的祥和气氛所感染，但几个小时前关于国旗的事他却总放心不下，如鲠在喉，更由于他和毛泽东过去交往甚深，深知毛泽东的虚怀若谷和雍容大度，他决心鼓起勇气再向毛泽东力荐不能采用"黄河"国旗方案，宁缺而勿凑合，这可是万年大计啊！

张治中与毛泽东并肩坐下后，即带着探询的口气，悄声对毛泽东说："我有一件事想请教你。不过，你如不便公开使人知道你的意见，我当保守秘密。"

毛泽东微笑着点了点头，表示洗耳静听，让张治中继续说下去。

"主席，你同意哪一种国旗图案？"张治中一边紧盯着毛泽东，一边说。

毛泽东说："我同意一颗星一条黄河的。你怎样？"

张治中望着毛泽东，他是已经到了不吐不快的时刻，他有些激动地再次说明自己的观点："这国旗图案的设计可是件大事啊！我反对这个黄河图案，红色国旗代表着国家和革命，中间这一杠，不就变成分裂国家、分裂革命了吗？同时，以一杠代表黄河也不科学，老百姓会联想到是一根棍子，像孙猴子的金箍棒。"

毛泽东听完张治中的这番话，略为沉思后说："这倒是一个问题，有些人很主张采用这一图案，并且列举了很多的理由。我再约大家来研究研究，你看行吗？"

张治中说完了心中积淤半天的话，感到总算尽了自己应尽的责任，至于国旗方案是否改动，他几乎不再抱多大希望。因为开国大典在即，时间已经很紧张。

时间一晃两天又过去了，张治中对向毛泽东提出的国旗方案建议，也就更不再抱什么希望。

而实际上，这两天，毛泽东对张治中的意见非常重视，但也苦于从收到的国旗设计方案中再也找不到更为合适的图案，也就不好否定"黄河"图案。离预定的开国大典总共不到一周时间了，到那时总不能没有国旗吧？这国旗难道也要先搞一个代国旗，"代"的东西多了，难免别人说闲话。毛泽东也显得有些着急了！

就在这时，一份以五颗五角星组成的国旗设计图案征稿从江南姗姗飞到了北平，这使预选工作人员的眼睛为之大亮。

拟定初步入选的"五星红旗"图样送到了周恩来的办公桌上，他捧在手里，反复地看了一遍又一遍，高兴地对身边的工作人员说："好，好！我觉得很好，寓意鲜明深刻。这红旗象征着无数革命先烈用鲜血染红的大地；这一颗大的五角星和四颗小五角星，象征着中国各民族人民紧密地团结在共产党的周围。你们认为怎样？"

"是要比黄河的那幅寓意深刻得多，全面得多，也很美好大方。"工作人员也以欣赏的口气赞美道。

至此为止，国旗拟定小组共收到国内外应征稿 3012 件，经国旗初选委员会多次讨论、反复研究后，决定从这些应征来稿中精选出 38 幅草图，火速编成《国旗图案参考资料》，提交全国人民政协第一届全体会议讨论。

9 月 25 日，《国旗图案参考资料》送到了毛泽东的手中。"五星红旗"的设计图案立刻引起了毛泽东的注意，喜悦之情已表露出他肯定的意向，他说道："这个图案表示我们革命人民大团结，现在要大团结，将来也要大团结。"

这天晚上，毛泽东在中南海召开最后决定国旗设计图案的座谈会，特别邀请郭沫若、沈雁冰、马叙伦、徐悲鸿、洪深、艾青、梁思成等40多人参加。张治中也接到了毛泽东的邀请，当他得知是继续讨论国旗的事后，摇了摇头，仍表示对"黄河"图案的不满意，但也无可奈何，大多数代表都同意了，况且毛泽东也已倾向于"黄河"。张治中想到，自己的意见在这时也就只能代表着个人的意见而被束之高阁。

张治中走进了中南海，来到会场，站住一看，今天与会者都是一些满面春风的知名文化人、画家和艺术家，惟独自己是个军人，他一时有点不知所措。毛泽东非常谦和地与他握了握手，并请他入座。

座谈会开始后，身材魁梧的毛泽东站了起来，首先向大家说明国旗"复字第1号"构图的情况，然后说："我知道反对这'黄河'的，在大会里恐怕只占四分之一到三分之一，以四分之三或三分之二的赞成人数通过这幅图案是没有问题的，但是这样不够圆满。我们一定要选一幅让全体一致通过的才好。大家想想看。"

毛泽东说到这里，随手把印发的《国旗图案参考资料》翻到第32图，像是很随便地说道："大家看看第32图这幅。这是一幅五星红旗，表示工人阶级、农民阶级、小资产阶级和民族资产阶级在中国共产党领导下的大团结。"

"这个怎么样?"毛泽东指着图案征询大家的意见。

大家的目光一下子被吸引了过去，注视着毛泽东手中的图案：五角星闪耀在一片亮眼的火红中；星辰下，大地平旷，海阔天空。使人顿觉眼前一亮，大家异口同声地表示赞赏。

大家静听着毛泽东对这一国旗设计方案寓意的进一步说明：红色的旗面象征革命；旗面左上方的一颗大五角星代表中国共产党，形象地表达了"没有共产党就没有新中国"这一近代中国历史发展的结论；四颗小五角星代表现在我国人民所包括的四个阶级，即工人阶级、农民阶级、城市小资产阶级和民族资产阶级；每颗小星各有一尖正对大星的中心点，表示中国共产党领导下的革命人民大团结和以工农联盟为基础的人民民主专政政权。

这时，与会者中有几个人相继站起来，向毛泽东提出异议，说："这四颗小星代表四个阶级，假如将来进入社会主义，后面两个阶级没有了，国旗不是又要改吗?"

张治中根本没有想到毛泽东会采纳他的意见，此时的心情异常激动。他望着五星红旗，和其他人一样也在考虑着："是啊！这四颗小星到将来代表着什么呢？"

会场在一片短暂的寂静后，思维非常敏捷的毛泽东说道："大家看这样行不行，我们把图案的说明改一改，说五星红旗表现中国革命人民大团结，现在要大团结，将来也要大团结。现在也好，将来也好，又是团结，又是革命。怎么样？"

毛泽东的这一番话，使陷入苦思冥想中的与会者豁然开朗。

一片热烈的掌声说明了大家的心声。

接着，毛泽东就大五角星中的镰刀斧头提出了建议，认为一颗大星既然代表了中国共产党的领导，就可省略去大五角星中的镰刀斧头图案，使整个画面显得更加整洁和明亮。

五星红旗的图案就这样决定了下来，准备提交大会代表进行最后讨论表决。

政协编印的《国旗图案参考资料》，也立刻赶印，在开会时分发到了各位政协代表手中。重印的资料特别对第32号征稿作了部分修改：抽掉了大星中的镰刀斧头，既使图案简化，又避免给人以模仿苏联国旗的感觉，并修改了原说明中的部分内容。

9月27日，毛泽东在中南海怀仁堂召开的中国人民政治协商会议第一届会议上，把经过征集遴选出的《国旗图案参考资料》，正式提交给各民主党派、人民团体、爱国华侨和各民族的代表审议。中国人民政治协商会议第一届全体会议在雷鸣般的掌声中，经过正式表决，最后决定：五星红旗为中华人民共和国国旗。会场响起了经久不息的欢呼声。

全国政协会议一致通过决议："中华人民共和国国旗为红地五星旗，象征着中国革命人民的大团结。"

在大会上，毛泽东再一次宣布："五星红旗象征着中国革命人民的大团结。"

代表着中华人民共和国声誉、尊严和权力的五星红旗就这样诞生了！

次日，政治协商会议主席团公布了国旗制作方法说明，规定："旗面为红色，长方形，其长与宽为三比二，旗面左上方缀黄色五角星五颗，一星较大，其外接圆直径为旗高十分之三，居左；四星较小，其外接圆直径为旗高十分之一，环拱于大星之右。旗杆套为白色。"

在政协会议通过五星红旗为中华人民共和国国旗决议的当天，第一面国旗的制作任务便下达给了北京美术供应社。这个社的负责人立即作出决定，由技术好、在过去靠给人缝补浆洗仍难以度日的普通女工赵文瑞师傅缝制。赵师傅正为中国共产党把她一家从苦海里解放出来而找不到感恩的时机，所以，当她接受了缝制第一面五星红旗的光荣任务后，感到无比幸福和骄傲，当即表示："我一定代表单位的全体职工把红旗精心缝制好，这是全中国人民的希望。"为了使缝制的针脚整齐美观，她特地借来一台缝纫机，全身心地投入到紧张的工作中。

9 月 30 日下午，一面鲜红中泛着金光的五星红旗在赵文瑞师傅的手中缝制而成。这面旗面长 460 厘米，宽 338 厘米，用红色绸料做旗面，黄色缎料做五角星的红旗，即是第二天开国大典中毛泽东亲手在天安门广场升起的第一面五星红旗。

与此同时，从 9 月 28 日到 10 月 1 日这短短的几天里，赶制五星红旗的工作也相继在全国展开，成千上万面五星红旗插在中华人民共和国的国土上。

这时，全国人民都想进一步了解国旗的意义，纷纷写信到北京询问。为了回答这些问题和对国旗图案作统一的说明，经毛泽东审定，新华社于 11 月 15 日特刊登《答读者问》："中华人民共和国国旗旗面的红色象征革命，旗上的五颗五角星及其相互关系，象征着共产党领导下的革命人民大团结。四颗小五角星各有一尖正对大星的中心，这是表示围绕一个中心的团结。"

五星红旗终于如人心愿飘扬在天安门广场，飘扬在祖国大地。那么，他的设计者是谁呢？一般人都猜测着，这位能在众多的征稿中一举夺魁的人物，一定是位政治思想优秀，能充分把握新中国政权特点，具有出众美术设计技艺的杰出政治家或美工专家。直到一年多后，人们才逐渐知道五星红旗设计者的名字叫曾联松，他并不像人们原先猜测的那样是位政治家或搞美术设计的专家，他仅是一名普通的经济工作者，时任上海市合作总社调研科的科长。他之所以能设计出五星红旗，从另一个侧面也充分反映出了他对中国共产党、对新中国的炽热感情，说明了中国共产党所创建的宏伟事业深得人心。

曾联松于 1917 年 12 月 17 日出生在浙江瑞安一个普通知识分子家庭，1936 年考入中央大学经济系，由于他思想倾向于进步，于 1938 年 5 月在重庆加入中国共产党（两年后脱党，于 1985 年 11 月重新入党）。从其履历看，他并没有什么特别之处，在当时，他甚至连一个共产党员都不是。那么，他又是怎样设计出五星红旗的呢？

曾联松的设计思路大致可分为整体框架构思、颜色搭配、5星布局、旗面设计4个步骤。他在《我设计五星红旗》一文中这样写道：

“1949年5月上海解放时，我正在地下党领导的秘密经济新闻据点‘上海现代经济通讯社’工作，任务是为党中央提供国统区经济情报。由于完成了历史使命，全社都忙着办理结束事宜。7月14日，我偶于报端见到新政协筹备会刊登的公开征求国旗、国徽图案和国歌词谱的启事，细读之下，备受鼓舞。接连几夜，我辗转反侧，难以成眠，冥思苦想着如何设计。

如何根据设计启事所要求内容，既能表达多种特征，又能体现庄严简洁为主的基调呢？我一进入具体构思，便感到这不是易事。10多天里，时而浮想联翩，时而伏案绘稿，废弃的图纸有一大堆。我首先着眼于政权特征，要把中国共产党是全国各族人民的大救星、人民解放军是革命胜利的保证、广大人民团结在党的周围这个意思在国旗上表达出来。为此，我设计以红色象征革命；以一颗内含镰刀斧头的大五角星象征共产党，象征人民军队；以四颗小星代表广大人民，包括工人阶级、农民阶级、城市小资产阶级和民族资产阶级。每颗小星均有一个角尖正对大星的中心，大星引导在前，小星环拱于后，象征共产党领导下的人民大团结。”

这五颗星的整体框架构思，最终决定了曾联松在国旗方案竞选中的成功。后人怎能想到这五颗星的设计思想，竟是出自与毛泽东相关联的两本书呢？这1颗大星代表工人阶级政党中国共产党的领导的设计思路，是曾联松受在重庆上大学时读过斯诺的《西行漫记》一书的启示，书中有中国共产党领导人毛泽东头戴一顶缀有五角星军帽的照片。曾联松之所以又在大星中设计了镰刀斧头，是为了更加明确地表现党的领导。四颗小星的设计思想，得之于前不久毛泽东在7月1日发表的《论人民民主专政》一文，其中提到“人民”的概念包含有工人阶级、农民阶级、城市小资产阶级和民族资产阶级“四个阶级”，也即指全国人民。

曾联松的设计方案定下后，他连夜到文化商店买回了红、黄两色的蜡光纸。他选中了红、黄两种颜色，也决定只用这两种颜色：旗面用红色，似红霞一片，表现热烈，是热烈喜庆的色彩，是中国共产党自从在这片土地上兴起之后所打旗帜的不变颜色，象征着党所领导的革命；星星用黄色，似纯金闪闪耀眼，表现明亮，是光明普照的色彩，是聚居在这神州大地上黄色人种的不变肤色，象征着中国的民族性。整个五星国旗旗面的色彩搭配构图，表现了一种强烈而和谐完满的艺术美。

曾联松在他20平方米的宿舍内，开始了连他自己在当时都没有意识到的杰出创作，着手五颗星的布局。他把红色蜡光纸作底色，用黄色蜡光纸剪了许多大小不等的五角星。他在以五星结构象征政权特征的思路定下后，接着考虑如何表达中国特征。为简洁起见，力求寓意于五星之中。他将呈黄色的四颗小五角星结体排成椭圆形，整个结构像秋海棠之叶片，寓表祖国疆土领域东海岸椭圆形的版图，并兼指中国有文字以来4000年的文明历史和灿烂的文化。构思至此，曾联松开始得意起来。

最后设计旗面，即选定五颗星作为一个整体结构在旗面上的最佳位置。曾联松剪好大小五颗星，在旗面安排各种布局，注意大小呼应，疏密相间。最初时，他把五颗星放在旗帜的正中间，但从整个布局看，尤显呆板臃肿，天地不宽。而当他把五颗星放到旗帜的左上方时，顿感全局豁然开朗。

眼前闪闪星辰居高临下，金碧辉煌，映照大地，神州壮丽河山尽入旗帜赤色中，尽入江天辽阔的想象中。大星导引于前，小星环拱于后，似众星拱北辰；又大小呼应，疏密相间，给人以团聚、完整、饱满的感受。整个旗面如一幅画面，庄严而显华丽，简洁而不单调，雍容而具气势，明朗而不显萧疏，体现了思想性和艺术性的高度统一。

曾联松凝视着这个图案，兴奋得手舞足蹈起来。经过多少个不眠之夜的千思万虑，他终于精心设计出了五星红旗。他用蜡光纸剪贴成8开大小的两份样稿，将其中一份图案小心翼翼地装入信套，立即投寄给新政协筹备会，一份留作底稿。此时已是8月中下旬。

时隔不久，曾联松被组织上安排到华东供销合作事业管理局去工作。工作刚刚开始，属创业初期，他便整天忙于事务，投稿一事就放不到心上了。当知道五星红旗先在天安门前，继而在全国各地升起时，他心里既激动又惊诧，激动的是这个图案与他设计的几乎一样；惊诧的是大星中的镰刀斧头简化掉了。这个图案算不算自己设计的，曾联松无法判断。

1950年9月，曾联松因公赴京开会。会议期间，全国政协派人来找他，询问国旗设计情况。他如实介绍了当时的构思和投稿日期。几日后，他收到了新中国成立一周年的观礼请柬，编号是“台右97号”。他参加天安门观礼回到上海，兴奋的心情久久不能平静。11月1日，他即接到了中央人民政府委员会办公厅来函，打开一看是1137号文书，上写："曾联松先生：你所设计的中华人民共和国国旗，业已采用。兹赠送人民政协纪念刊一册，人民币五百万元，分别交邮局和人民银行寄上，作为酬谢你对国家的贡献，并致深切的敬意。"

从此，曾联松的名字与毛泽东在天安门广场升向湛蓝色天空的第一面五星红旗联系在一起。

排除天安门下的炸药与预演升国旗只升了半旗之谜

新中国政治协商会议筹备会议后，中共中央成立了以周恩来为领导的开国大典筹委会。8月初，一份《庆祝中华人民共和国中央人民政府成立典礼方案》，放在了中南海西花厅周恩来的办公桌上。几天后，周恩来在上面签署了"阅兵游行以在天安门前为好"的意见，并对开国大典中的各项工作做了分工部署。

大典总方案确定后，各部门按照分工迅速行动起来。筹委会副主任、北京市委书记彭真在人选上，特别指名调来华北军区宣传部长张致祥具体负责开国大典现场的布置和宣传工作。

张致祥当时在人民解放军中是个很有名的大知识分子，他在抗日战争初期毕业于孙中山创办的中国大学，后考上了清华大学的研究生，毕业后曾在平津地区从事中共地下党的工作，以后转到晋察冀军区。熟悉张致祥的人都知道，他这个人学问高，工作也很踏实，是个说干就干、要干就干好的人。他在接受了具体负责开国大典现场布置工作的任务后，即刻行动。更由于时间紧促，他的吃住和办公都在天安门后侧的西朝房。

仅几天时间，张致祥就从军内外召集请来了一批专家，全部赶到了天安门城楼现场。专家们听说是为开国大典工作，一个个都劲头十足，积极提方案，想办法，出谋划策。

各路"诸侯"现场办公，一幅开国大典的壮观场景开始在这些专家的头脑中形成，他们的目光从脚下的天安门城楼向广场延伸展开。

天安门修建于明朝永乐十五年（公元 1418 年）。那年，明成祖朱棣调集全国所有能工巧匠，大规模地在北京兴建宫殿。江苏吴县的蒯祥，以其精湛的技艺，被选为皇宫工程的建筑师。蒯祥生于木匠家庭，30 多岁便已是江南造诣很高的建筑名师。入宫后，他与另外几位著名建筑匠师一起，对明宫的建筑群进行了规划设计，表现了中国人非凡的聪明才智。

在今日看来，天安门广场以及故宫宏伟的建筑设计，仍令人叹为观止。如果从空中俯瞰全城，天安门城楼正位于北京古城的中轴线上。蒯祥等当年的建筑师们深刻领悟了古老中华文化的纲领和灵魂，领悟到了中华民族礼仪文明的核心与精髓，在这里特意地制造了在空间对比变换中产生的意境，即崇高感。使来到这里的人，身临其境，产生一种对皇帝无条件顺从的天命感。但这些古代建筑师们却很少考虑现代建筑中诸如实用效果、曲线变化、广场绿化、照明采光等因素，他们设计的准则，一切都为了使礼仪达到最佳效果，在视觉上接连引起到此地的人们心理变化上的 3 次高潮。

首先，进入南面大前门，是狭长的千步廊空间。之后，出现一处横向展开的广场，迎面矗立着高大的天安门城楼。城楼前，成对称的有 5 道汉白玉金水河桥、1 对石雕巨狮、1 对极富威严感和艺术感的华表，洁白的颜色鲜明地映现着暗红色的城楼基座，衬托出天安门的壮观和雄伟，对比效果非常强烈，在视觉上形成了第一个高潮。

接着，进入天安门。过端门，扑面映入眼帘的是雄伟宽大的午门高墙，呈现在来人面前的是一个需仰视才能观其全貌的纵深而封闭的空间，具有非常强烈的肃杀压抑气氛，在视觉上形成了第二个高潮。

最后，再经太和门步入太和殿前广场，使来人顿感面前一片威武壮丽：正前方巍峨的太和殿，是凌驾于周围一切建筑的宫殿，高大的 3 出阶白玉底座托起宏大的殿堂，使人到此完全进入特定的感觉状态，在视觉上形成了第三个高潮。

在这高潮迭起的肃穆氛围中，给人心理上造成了一种不敢对皇帝有二心的威严感。

天安门是蒯祥手中的杰作，在建筑完工后，他受到大家的一片称赞，被称为“蒯鲁班”。南京博物馆现存有一张北京皇宫的建筑详图，图中把蒯祥也画在了上面，以表彰他的业绩，也说明蒯祥在中国建筑史上不容置疑的重要地位。

从此，天安门成为举行庆典礼仪的最佳场所。明清时代，这里便是举行“颁诏”大典的特定地方。天安门前是一个“T”型广场，后来，在这里曾经发生过伟大的五四运动和“一二·九”学生运动。

雄伟壮丽的天安门，如今是北京的象征，是中华人民共和国的象征。但在1949年以前，由于列强入侵，内忧外患，兵马洗劫，年久失修，早已破烂不堪。偌大的广场更是零乱荒芜，杂草丛生，满目疮痍。中国人民不会忘记，1860年英法联军在焚烧圆明园的同时，也捣毁了天安门城楼上的门窗；1900年八国联军打破天安门西边的华表，至今圆柱上还留有弹痕；1937年日军铁蹄践踏天安门前的金水桥，以致这里到处伤痕累累。登城的甬道虽然很宽，也因失修太久，台阶和地面已经坑洼不平，严重剥蚀。荒草已在石级缝中扎根生长，摇曳在晚风中。如此皇宫重地给人的感觉是一片荒凉景象。北平和平解放前，这里一片狼藉，真让人难以联想到将在这里举行新中国的开国大典。

1949年1月，北平和平解放后，随着人民革命的胜利，这片高墙围成的皇苑禁地终于回到了人民的手中。人民政府开始着手北平全城的整治，特别是对故宫和天安门重点进行整修。因为原拟定中共中央机关搬到这里来，新中国的开国盛典也初步拟定在天安门和广场举行，天安门城楼将作为开国大典的主席台和阅兵台。

2月2日，中共华北人民政府财政部长戎子和奉命带着物资接管委员会正式进驻北平，开始了紧张的接管工作。3月初，戎子和突然接到后勤接管部的报告，说天安门的5个门洞，除中间1个敞开通行外，其他4个都封闭着，里面存放着不少武器弹药，其中还有一部分是黄色和黑色炸药。情况很危急，如果这些炸药一旦爆炸，别说是天安门、故宫，就是附近的建筑物也会被炸毁。

戎子和立即将这一紧急情况向叶剑英作了报告。

电话中，叶剑英的声音是很沉重和严肃的，他指示道：“这是很危险的！接管部要立刻组织力量，迅速将这些炸药从天安门城楼下清理出来，转移到别的地方。”

这一任务交给了接管部的霍嘉霖，他马上连夜组织人力、物力抢运这些炸药。当他们打开门洞一看，无不倒吸了一口冷气：“乖乖！这么多炸药放在市中心的位置，在眼皮子底下竟然没有被发觉！”大家争分夺秒、小心翼翼地将这些炸药搬出了洞口，抬上了大卡车，按时完成了任务。

从排除的炸药数量看，满满 4 个门洞内的炸药万一发生爆炸，那后果是不堪设想的。即使不伤人亡人，最起码故宫特别是天安门城楼也就报销了；半年之后的开国大典，以及新中国的国徽图案，真不知又该是个什么样子！

这个问题当即引起了市军管会的严密注意，有人在这里放这么多炸药的用意何在呢？

天安门城楼门洞内的炸药清除后，戎子和带着这个问题询问一个国民党起义军官："你们为什么要把这么多军火炸药选择放到天安门的城门洞内？"

那个起义军官回答："我们知道你们真要攻城，也不会炮击故宫，放在那里最安全。"

戎子和放心不下地赶到故宫，命令部队把每个角落严格检查了一遍，并亲自登上年久失修的天安门城楼检查，再没有发现隐藏的危险品后，才松了口气。

叶剑英以北平市军管会主任的名义，立即下令赶修天安门城楼、广场和故宫部分住房。人民解放军两个师的部队扛着打扫卫生的工具开到了这里，数百台汽车向城外倾倒垃圾。奋战两个多月，大典前夕，天安门城楼和广场旧貌变新颜：广场上堆积如山的垃圾搬掉了；城楼上厚厚的一层尘土清除走了；琉璃瓦楼顶的蒿草拔掉了。城楼内檐通贯着"中华人民共和国中央人民政府成立典礼"的横标，朱漆红柱重新油漆了一遍。重檐大殿的红柱彩绘和琉璃黄瓦交相辉映，显得富丽堂皇，溢彩流金。天安门城台下的 5 阙券门粉刷一新，城楼前金水河碧波荡漾，河上的 5 座汉白玉石拱桥、东西两侧威武的石狮和精美挺拔的蟠龙华表，都清洗一遍，焕发出异彩。

天安门的城台由于失修，墙皮原来脱落得很厉害，现在也穿上了红色的新衣，正中券门的上方悬挂着毛泽东的巨幅画像；原来蒿草遍地的天安门前用木杆、木板搭起了东、西两座简易观礼台，四周饰以红布和绸绢制作的花环；广场上破损的青色路石也修补完整。数千名青年团员、机关干部突击义务劳动，填平了坑洼，开辟了 1.7 万平方米的广场。

城楼上高悬着 8 盏垂金流苏的大红宫灯，两侧飘扬着数面鲜艳的红旗。这是由日本两位美术家岗野和森茂设计的。他俩根据中国人民过节喜爱张灯结彩的风俗习惯，特意提出了这个悬挂 8 盏大宫灯的方案。该方案被周恩来看中后，又从清宫档案中查找出了一个曾在宫中扎过宫灯的老艺人的姓名和住址，并在北京城中找到了这位老艺人。老艺人带着两名徒弟，在城楼上整整干了3天，终于在开国大典前一天，把8个流光溢彩的大宫灯挂上了城楼。

饱经风雨劫难的天安门重放光彩，迎候着中华民族史上庄严伟大的时刻。

开国大典的准备工作进入到了临战前的紧张阶段，有许多开国大典中的具体问题，摆到了负责这项任务的工作人员面前，必须马上解决，诸如："主席台如何布置才庄重?""广场上如何装饰更喜庆?""领袖像挂在什么地方?""扩音喇叭摆在哪里?""升国旗的旗杆立在什么位置?"等等。这些问题对大家来说都是第一次经办。

张致祥与专家们在现场边看边议，大家你一言、我一语，以主人翁态度为大典献计献策。特别是当大家谈到升国旗的事项时，意见很不一致，争论很激烈，问题的关键主要集中在如何远距离地升旗上。

有人建议："在旗杆下设两名经过特别训练的旗手，宣布升旗时，就向上拉。"

有人则不同意，说："那怎么行！国旗是新中国的标志，要由毛主席亲手来升！别人不能代替升旗！"

有人感到很为难，低语道："是啊！毛主席在天安门城楼上，离着旗杆那么远，怎么可能走下城楼，拉动绳子升旗呢?"

"我倒有一个办法，不知行不行。"一位30多岁的年轻人的声音很低，但他的这一句话却把大家的目光全部吸引了过来。这位年轻人名叫李岩，是军委电信总局派出的接管国民党联勤总部电信机械修理厂的军代表，并任该厂厂长。来开会前，王诤局长给他和厂工会主席赵占鳌打了招呼，指示他们要"千方百计完成任务，有困难直接找我"。

李岩用手比划着说："我们可以设计一个自动升降装置，把控制开关放在天安门城楼上。到时候，毛主席一按电钮，电动机启动，就能带动红旗上升了！"

大家异口同声地说："这是一个好主意！"

张致祥闻言当场表示赞同，对李岩说："就照着你的主意办，回去赶快搞设计！"

李岩见自己的建议被采纳了，感到格外兴奋，但也感到有一种沉重的压力。因为这升旗装置绝不是平常制作一件普通的电器。他在当场多数人对他的办法表示赞同时，却沉默了。

张致祥理解李岩，他果断地拍板说："就这么定了，上报中央。"

周恩来得知此事后，亲临现场作检查，并指示要做好两手准备，万一电动升不起来，就用人工拉上去。

关于制造升国旗装置和预演升国旗，在当前的史学界是有着多种说法的。尤其是对预演升国旗，在地摊文学中已被渲染得面目全非。笔者曾对此事作过调查和考证，但在此没必要对各种说法多加评论，只是认为林玉华的《五星红旗在天安门广场升起》写得可信，下面主要依据此资料对升旗一事作一介绍：

张致祥在决定利用电控的方法升国旗后，立刻召集与此有关的专家开会，研究具体工作细节的落实，会议从下午开到了次日黎明。东方破晓的时候，李岩急匆匆赶回工厂，他顾不得饥肠辘辘，顾不得困神缠绕，立刻把总工程师苏冶找来。

苏冶精明强干，性情爽朗，为人正直。中学毕业后，他毅然离开国民党统治的北平，奔赴延安的黄土窑洞。他自修英语和无线电技术，很快成为八路军自己培养的专家，美军住延安观察组使用的大功率电台，都由他负责维护保养。中共中央撤离延安前，李岩和苏冶奉命参加总部打前站。他们一起转战瓦窑堡，东渡黄河，到达太行山、西柏坡，进入北平，又一起接管了国民党华北最大的电信器材基地，完成了各项通信保障任务。

李岩对苏冶说："电动升旗在中国还没有先例，对我们来说更是大姑娘上轿——头一回啊！有困难吗？"

"让毛主席按电钮，升国旗，这可是开天辟地的事。任务交给我们很光荣。"苏冶的回答既没有说困难，也没有说不困难。

"任务很光荣，责任也非同小可。"李岩掰着手指说，"离开国大典只有几天了，时间紧迫，刻不容缓。我看这个任务就由你来负责，先收集材料，搞个设计图。"

"好，干起来再说！"苏冶回答得很干脆。

9 月 28 日，彭真兴致勃勃地来到天安门城楼，向正在忙碌布置庆典场地的工作人员传达了政治协商会议刚刚通过的关于国旗、国歌和定都北京的决议，大家个个欣喜若狂。彭真告诉张致祥，他已安排有关单位赶制开国大典用的国旗，市政建设局承担焊制旗杆的任务。

彭真关切地询问："自动升旗的机关解决得怎么样了？"

张致祥向彭真作了详细的汇报。

彭真离去时再三叮嘱说："各项准备工作要充分，预先多做几遍检查。正式使用时不得出任何差错。"

大家在听说国旗式样已经从数百种征稿中选定下来后，尤感自己负责的升旗任务责任重大，更是废寝忘食地加班加点工作。连日来，金水桥以南的广场中间，弧光闪闪，工人们昼夜奋战，终于焊接起了高22.5米的铁管旗杆。与此同时，苏冶和几位技术人员带着他们的自动升降设备和找来的器材，从北小街电机修配厂也来到这里。

自从苏冶接受李岩厂长交代的任务后，他几天几夜没有合眼，设计图很快搞出来了。他找来工务科的刘迪、杨明，机工股的杜文元、燕秀一起研究，然后钻进堆积如山的器材库里翻找材料。这里大多数都是缴获的日军和美军的装备，电机、开关和导线等一应俱全。

接着，李岩他们在工厂里进行模拟试验：操纵电控开关，滑轮带动拉绳，时而上升，时而下降，升到顶端和降到一定位置时电路就自动断开。初试的成功，给他们带来了喜悦，但那毕竟是在工作室里进行试验。当他们置身于天安门广场，要实地进行安装和操纵时，每个人的心情都是极不平静的。

在工人们的密切配合下，李岩和苏冶等人在旗杆上开始安装滑轮、拉绳和控制装置，用1马力的直流电动机作动力，另用齿轮变速器调整速度，直接安装在旗杆下面。然后，从旗杆底座引出一对电线，沿着"千步廊"御道的石缝铺设，过金水桥，一直伸向天安门城楼主席台。9月末，北平的天气虽已渐凉，但他们仍是干得汗流浃背，衣衫湿透紧贴在身上。

临近大典之日的天安门广场，午夜过后灯火通明，人群鼎沸。为了不影响市区的交通和秩序，阅兵游行合练预演都在午夜后进行。

苏冶站立在旗杆下，手握话机，急切地等待从天安门城楼上传出来的声音：

"预演升国旗!"

电路接通了，一面红旗飘上旗杆，在缓缓上升。苏冶的两眼紧盯着那面红旗，脉搏随红旗上升而紧张地跳动。

突然，意想不到的故障出现了，红旗停在16多米处，卷在滑轮上，任凭秋风用力地拍打，还是升不上去，也降不下来。

苏冶和战友们焦急万分，心头罩上了一层阴影，豆大的汗珠顺着前额向下淌。指挥部的负责人临时找来了一辆云梯车，但高度够不着，怎么办呢?

“看我的!”正在这时，一个工人装束的小伙子大喊一声，往手心里吐了两口唾沫，搓了搓手，纵身一跃，爬上了旗杆。

开国大典迫在眉睫。指挥部指示：“找出原因，迅速排除，确保万无一失。”

找到了症结，集中突破。天亮前，问题终于解决了。为预防万一，遵照周恩来的指示，大典之时，旗杆下站了几名工作人员，一旦电钮失灵，就用人工把国旗升上旗杆顶端。

后来人们传说，天安门前的国旗第一次升旗只升了半旗，那是因为中国人民在庆祝胜利的吉日良辰，没有忘记那些为共和国奠基的英灵，因而这面充盈着灵气的国旗在首次升起时自动升在半旗的位置，是在向成千上万的先烈们致敬。

升国旗的按钮开关，在天安门城楼上是安在开国大典时靠近毛泽东身后一根红柱子上的。但是，天安门城楼上的卫兵在最初却并不知道这个按钮是干什么用的，以为这是“麦克风”之类用来讲话用的东西，便没有在这里设特别岗哨。这事被负责开国大典的聂荣臻来此检查时发现了，他严厉地问道：

“这里为什么不设岗哨?”

“报告首长，麦克风前不用设岗。”在此负责执勤的警卫营副营长石玉玺立正回答。

聂荣臻听到这话，刚才还绷紧着的脸却露出了笑容，但仍用批评的口气说道：“你呀！你呀！你这副营长也真粗心大意。”

聂荣臻对石副营长很熟悉，前一天，就是这位石副营长遵照他的命令，亲自带着30多个战士到新修的观礼台上“蹦高”，试验是否牢固。现在，又一点一点地对天安门城楼进行安全检查。

“我现在告诉你，这是升国旗的按钮，事关重大。”聂荣臻对石副营长说。

“知道了！首长。我马上派专人警卫按钮。”一名卫兵随着石副营长的口令声快步跑到了按钮下。

聂荣臻满意地笑了，拍着石副营长的肩膀说：“是啊！这也不能怪你们。新中国成立后，我们该学的东西太多太多了!”

聂荣臻的这句话，不仅仅是说给在场的卫兵听的。新中国的缔造者将转变为建设者，前面的路的确还很长很长啊。

悬而难决的人民英雄纪念碑设计和国徽设计方案

9 月 30 日，是政协大会的第八天，也是最后一天。执行主席是刘少奇、李立三、沙千里和梁希等。这天，代表们选举了中国人民政治协商会议全国委员会，选举了中央人民政府主席、副主席及全体委员，讨论和通过了大会宣言，之后由朱德副主席致闭幕词，毛泽东主席宣布大会胜利闭幕。但是，大会主席团的活动到此并没有结束，这天的傍晚，政协大会的会场由中南海转移到了天安门广场，大会主席团的成员们在毛泽东的带领下，要在这里举行人民英雄纪念碑奠基典礼。

下午 6 时，出席政协会议的全体代表、首都各界群众代表 3000 余人来到天安门广场，参加人民英雄纪念碑奠基典礼仪式。镁光灯闪烁下，这些人民共和国的缔造者们，一个个精神抖擞地走了过来。他们是刚选出的新中国的领导人，他们中的许多人经历了辛亥革命、五四运动、南昌起义、秋收起义、广州起义等历次革命斗争，如今以普通一兵的身姿集合列队，整齐地肃立在天安门广场上，代表新中国为他们的战友，为中华民族无数的英烈和优秀儿女，为牺牲了的人民英雄们树立有形的巨碑。

站立在前排的有毛泽东、宋庆龄、朱德、李济深、刘少奇、周恩来、彭德怀、贺龙、刘伯承、陈毅、罗荣桓、林彪、聂荣臻、郭沫若等人。

在庄重而肃穆的气氛中，周恩来首先代表大会主席团致词，他说："我们中国人民政治协商会议第一届全体会议，为号召人民纪念死者，鼓舞生者，特决定在中华人民共和国首都北京建立一个为国牺牲的人民英雄纪念碑。现在，1949 年 9 月 30 日，我们全体代表在天安门外举行这个纪念碑的奠基典礼。"

全体代表脱帽静默，向为国牺牲的人民英雄们致哀。

接着，毛泽东宣读纪念碑碑文。这篇碑文是毛泽东亲自撰写的，并得到了全国政协代表的一致通过，他那一口浑厚、凝重的湘音通过麦克风传向四面八方："三年以来在人民解放战争和人民革命中牺牲的人民英雄们永垂不朽！三十年来在人民解放战争和人民革命中牺牲的人民英雄们永垂不朽！由此上溯到一千八百四十年，从那时起为反对内外敌人争取民族独立和人民自由幸福，在历次斗争中牺牲的人民英雄们永垂不朽！”

夜幕已经笼罩大地，如给英烈们披上了一层硕大无比的黑纱。毛泽东、宋庆龄、周恩来和各单位的首席代表走到纪念碑奠基石前，持锹铲土，表示对先烈们的崇敬。

神情严肃的毛泽东在默默地挥锹撒土，此刻的他想到了什么呢？说到为革命、为了新中国的诞生而献身的烈士，又有哪一家能与毛泽东的一家所付出的巨大牺牲相比呢？毛泽东一锹土一锹土地默默地铲着，他的亲人杨开慧、毛泽民、毛泽覃、毛泽建、毛楚雄等英烈的形象在他脑海中如波涛浪涌而过——

杨开慧，毛泽东的妻子。早年追求革命真理，反对封建礼教，积极参加革命活动。1920 年加入中国社会主义青年团。同年与毛泽东结婚后，积极协助毛泽东的工作。1921 年加入中国共产党。曾负责中共湘区委员会的机要和交通联络工作。1923 年，随毛泽东到上海中共中央工作。此后一直协助毛泽东在上海、韶山、广州、武汉等地进行革命活动。大革命失败后，从武昌回到长沙板仓，坚持地下革命斗争。1930 年 10 月，被国民党政府逮捕，同年 11 月 14 日在长沙浏阳门外识字岭英勇就义。时年仅 29 岁。

毛泽民，毛泽东的弟弟。1921 年春，从韶山家乡到湖南省立第一师范附属小学任校务工作，同年秋入湖南自修大学学习。1922 年加入中国共产党。1923 年任安源路矿工人俱乐部消费合作社经理。1925 年春到广州第五届农民运动讲习所学习。毕业后去上海，任中共中央出版发行部经理。1932 年任中央工农民主政府国家银行第一任行长。长征到达延安后任中央工农民主政府国民经济部部长。1938 年春，在准备去苏联治病途经新疆时，被新疆军阀盛世才挽留。经中共中央同意，他为了扩大抗日民族统一战线，留在新疆工作，任财政厅厅长、民政厅厅长。1942 年 9 月，被盛世才逮捕，于次年 9 月在迪化（今乌鲁木齐）被秘密杀害。时年仅 47 岁。

毛泽覃，毛泽东的弟弟。1918 年随毛泽东到长沙读书。1921 年加入中国社会主义青年团。1922 年入湖南自修大学学习。1923 年加入中国共产党，任中国社会主义青年团长沙地委书记处书记。1927 年参加南昌起义，在井冈山“朱毛会师”中起到了重要作用。1929 年任红军独立第五师师长和政委。1934

年主力红军长征后，任中共中央苏区分局委员、红军独立师师长，留在苏区内坚持斗争。1935 年 4 月 25 日，在江西瑞金黄膳口与国民党军激战中壮烈牺牲。时年仅 25 岁。

毛泽建，毛泽东的堂妹。1921 年经毛泽东介绍，入长沙伍家井崇实女子职业学校学习。同年加入中国社会主义青年团。1923 年加入中国共产党。同年秋到湖南衡阳省立第三女子师范学校任学生党支部书记。1926 年任中共衡阳县委妇女运动委员。1928 年湘南年关暴动后，任耒阳县工农民主政府妇界联合会主任。同年 5 月，率游击队在耒阳县夏塘铺与敌人战斗时，身负重伤被俘。后曾被井冈山游击队救出，但不久再次被捕，在狱中受尽酷刑。1929 年 8 月 20 日在衡山县马王庙坪英勇就义。时年仅 24 岁。

毛楚雄，毛泽东的侄儿，毛泽覃之子。其父牺牲时，他才 8 岁，是在毛泽东的影响和抚养下长大成人的。1945 年 9 月，在韶山参加了八路军三五九旅南下支队。1946 年 8 月，在化装前往延安途中，于陕西南部文家庙村遭到当地国民党保长和保丁的残酷杀害。时年仅 19 岁。

挥锹铲土的毛泽东还想到了什么呢？他也一定想到了那些如今长眠在地下、曾在他身边工作、日夜相伴的警卫员和马夫，他在这几天曾多次地向身边工作人员说道："老侯若是活到今天就好了！"年近 6 旬的马夫老侯于 8 个月前刚刚病故于西柏坡，他的死曾使毛泽东多次落泪。这位从长征路上就为毛泽东牵马、喂马的"老革命"，终因积劳成疾，竟然只差几个月，没能看到新中国的诞生。

挥锹铲土的毛泽东，把一锹锹的泥土洒落在人民英雄纪念碑奠基石上。

这天夜里，蒙蒙细雨洒过天安门广场，洒在人民英雄纪念碑奠基石新翻的泥土上，为祖国千千万万英烈致哀祭灵。

人民英雄纪念碑破土奠基典礼仪式后，纪念碑筹建小组即向全国征求纪念碑设计方案。梁思成是研究中国古建筑的专家，是中国一些重大建筑的主持人，纪念碑的筹建工作即由他具体负责。

纪念碑设计征稿启事发出后，到截稿日期止共收到了 170 多份方案，大致分为四种类型：一是平铺地面式；二是巨型雕像式；三是碑式；四是塔式。经过各团体代表、单位、在京的一些建筑师、艺术家和方方面面的会同评选，首先否定了平铺地面式的方案，但在用雕像式或碑式或塔式的建筑风格问题上发生了很大的分歧，成了这个问题争论的中心。

事实上，在纪念碑的形状上，在征稿前已经有了一种意见定势。这就是，由于政协会议在这之前已经通过了“碑文”，所以，既然有“碑文”，便必须有碑，在讨论用何种形式上，也就以镌刻文字为主题的“碑”的形式的意见占了上风。又由于毛泽东等中央领导人曾流露过对颐和园“万寿山昆明湖”碑和北海“琼岛春阴”碑的偏爱，也促使着“碑体”的定型向着后建成的碑形发展。经过许多次讨论，最后拍板议定，以“石碑”的形式修建人民英雄纪念碑。

碑形定下后，再回过头来议定安排“碑文”。考虑到“碑文”只能刻在碑的一面，碑石的另外三面也需有内容才好。反复议定的结果是，碑石的两个侧面不刻字，与碑身融为一体，“碑文”的背面拟请毛泽东题“人民英雄永垂不朽”8个大字。“碑文”的题写，经北京市委书记彭真建议，由写得一手极好颜体的周恩来手书。彭真并将毛泽东的题字定在向北的碑面上。

纪念碑的主要设计者之一、著名雕塑大师刘开渠回忆说：“当毛泽东主席将‘人民英雄纪念碑’的碑文送来以后，我便根据碑文的字数和碑身的大小，按比例打好一张格子送上去，请周总理书写碑文。时隔不久，周总理将书写好的碑文亲自送到工地，谦逊地说：‘我躲到北戴河练了一个星期的字，你看行不行？’”的确，周恩来在接受这一光荣的历史使命后，心情是非常激动的。他在新中国成立的初期，在工作异常繁忙的情况下，每天早晨起床后的第一件事，就是写一篇碑文，他一共写了40多篇，最后选用了他认为最为满意的一篇。

开国大典后，由于新中国百废待举，修建纪念碑之事一直等到1952年5月才正式纳入议事日程，并破土动工。成立了人民英雄纪念碑兴建委员会，彭真任主任，郑振铎和梁思成任副主任，范文澜负责为修建纪念碑专门成立的史料委员会。此后，纪念碑的修建又遇到了浮雕主题和碑顶形式两个久悬不解的难题。

纪念碑四周要做8块浮雕，其内容主题原则确定是从1840年鸦片战争爆发到1949年中华人民共和国成立这100多年历史中的重大事件。史料委员会最初提出了9幅浮雕主题方案，交毛泽东审阅。毛泽东在阅后指示：将“义和团运动”改为“甲午中日海战”，“井冈山会师”改为“八一南昌起义”，“平型关大捷”改为“延安出击”。

但是，在浮雕的具体人物设计上，究竟突出什么人物，把哪些人物雕刻上去，刻不刻党的领袖，这些问题却又一时无法确定。毛泽东得知后，明确指示：“涉及我党我军的浮雕内容，每个画面的人物只表现到连以下的干部，不能将高级领导人刻上去。”

当有人提议在浮雕中应有一幅反映毛泽东领导的秋收起义的内容时，毛泽东表示坚决不同意，坚持说：“还是刻八一南昌起义！不能再改动!”

后来，碑座四周的浮雕草案又多次送请党中央领导多方审查，多次反复修改，毛泽东对浮雕主题内容的第一次修改意见又有改变。到了最后，才定下了如今雕刻成的8幅图像，即：鸦片战争、金田起义、辛亥革命、五四运动、五卅运动、南昌起义、敌后武装、渡江战役。

浮雕主题确定后，碑顶的形式仍未确定下来。为了不影响施工进度，兴建委员会非常慎重地决定对碑顶形式暂作保留，一方面仍作继续讨论，一方面开始碑座基础的设计和施工。依照“碑体”既定方案，按照天安门广场拟定扩建为宽200至250米，由北面任何一点望过去，在空间透视上，纪念碑都应超过高约42米的正阳门城楼，由此计算得出纪念碑的高度应约40.5米。

纪念碑的修建工程很快铺开了，日见规模，但关于碑顶的形式仍未定下来。建筑师主张用“大屋顶”，雕刻家主张用群雕。反对采用“建筑顶”的人认为这种“大屋顶”的形象太古老；反对“群雕”的人的理由是雕像在40米的高空，无论远近都看不清楚。争论很激烈，看样子一时还很难有个统一的意见，但时间已是不能再等了。大家又想起了毛泽东，但毛泽东已有言在先，在具体建筑问题上还是要听专家的，可专家们的意见又是这样的各执一端。最后，还是彭真见专家们一时难以统一意见，而又不好再去请示毛泽东，只好自己拍板解决争执。彭真说：群雕的形式使主题混淆，与碑身不相协调，还是以中国传统式的大屋顶形式为好。彭真的如此见解，也就确定了如今建成的人民英雄纪念碑的碑顶形式。

在具体修建中，工艺大师们克服了一个又一个的困难，比如在将“人民英雄永垂不朽”8个镏金大字放大凿刻到碑石上，著名书法篆刻家魏长青发挥了丰富的想象力和创造力。

毛泽东所书“人民英雄永垂不朽”原稿每个字只有6.6厘米左右见方，要把这些字刻到那块高14.7米，宽2.9米，厚1米，重60余吨的巨大花岗岩碑心石上，遇到的第一个难题便是如何把原字迹放大20倍，这其中的一个“永”字就要高达2米。按当时较通行的做法，有人首先想到了以幻灯投影将字放大，但一经试验，题字却显得有些走样，失去了原来的神韵。

应邀参加建碑工程的魏长青被推荐出来解决这个难题。他仔细分析了毛泽东手书的特征，逆向思维，一改以往考虑问题只想到“从小到大”的定势，果断地确定以“从大到小”来解决难题，他首先采取手工放大的办法精心描绘，然后再将加工定型的大字用照相的方法缩小20倍，再与原作相互对照，精心修改，几经反复，直到与原作不差毫厘。

解决了字体的放大问题后，把这8个大字怎样刻到碑石上去又是一道难题，因为碑心石又硬又脆，下錾轻了凿不动石，下錾重了会出现崩边现象，凿出的字必定会出毛边，影响美观。魏长青根据自己多年的篆刻实践经验，建议用“蒙头露面”法解决这一难题，即先用胶皮覆盖在碑体上，然后将需要錾凿字体部位的胶皮挖下来，形成“阴文”轮廓，再以高压空气加金刚矿砂向花岗岩碑心石上急速喷射。如此反复“扫射”錾打，一个个边缘整齐的大字便被“勒石上碑”。

1958年4月，人民英雄纪念碑终于竣工落成。此时已距毛泽东破土铲动第一锹奠基土，过去了9个年头，由此也可见这一工程修建之不易。

人民英雄纪念碑动土于开国前，完工于9年后。与此类似的还有一件大事也是在开国前即已广泛酝酿，却终未能在开国时定下方案，这就是对国徽的设计。

1949年7月，《人民日报》登出了新政协筹备会向全国征求国徽的启事，明确提出了对国徽设计的要求：一是要有中国的特征；二是要有政权的特征；三是形式要庄严富丽。

截至8月20日，共收到国内及海外华侨寄来的国徽稿件112件，图案900幅。其中有清华大学营建系（现建筑系）的10多个方案，有中央美院张仃、张光宇、周令钊、钟灵等著名教授的方案。但这些方案经多次评选都感到不尽理想，也就未能被采纳。因此，在9月下旬的政协全体会议上，只通过了国旗方案和国歌词谱，国徽方案只好暂缺。为了解决这个悬而未决的问题，全国政协第一届委员会根据毛泽东的提议，决定邀请清华大学营建系和中央美术学院分别组织人力对国徽方案进行设计竞赛。

1950年元旦刚过，设计国徽的工作即全面展开。清华大学营建系的设计工作，由系主任梁思成教授亲自挂帅担任设计组长，组员有梁教授的夫人、建筑学家林徽因，画家李宗津，建筑专家莫宗江，建筑设计教师汪国瑜、朱畅中、胡允敬、张昌龄，以及研究中国古建筑的罗哲文等。为了要赶在第一个国庆节挂上新中国的国徽，他们都怀着极其兴奋的心情，废寝忘食、夜以继日地反复设计，推敲构思。梁思成、林徽因来回奔波于中南海和清华大学之间，抱病亲自动笔，和大家一道共同讨论、研究、修改。

设计者之一的汪国瑜在《忆我国国徽的诞生》一文中回忆道："我们从政权特征要求出发，用齿轮、稻麦穗、五星、绶带作为题材内容，体现在中国共产党领导下的工农联盟政权和全国人民的大团结。根据政协国旗国徽审查小组提出的要求，把天安门作为题材的一部分加进去，用以代表五四民主运动发源地，并作为新中国首都北京的象征。我们又从中国特征的要求出发，决定使用红、金二色互为衬托对比，体现我国吉寿喜庆的民族色彩传统。我们还从形式庄严富丽的要求出发，决定把天安门按建筑师的要求画成正立面图，把象征我国政权的五星红旗用做天空背景覆盖祖国大地，端正地放在国徽图案的正中轴线上，庄严对称，用以体现中华民族的轩昂气质。从造型形式上，我们也参考了各国国徽图案，并对我国古代的铜镜、玉璧、玉环等礼仪文物的装饰纹样及工艺效果进行了研究和借鉴。"

两个设计国徽小组都终于在全国政协第一届工作会议召开前分别制作出了国徽样品。

6月20日晚，全国政协国徽审查组又一次讨论国徽方案。毛泽东对此特别重视，委派周恩来亲自主持了这次讨论。梁思成先生因劳累过度卧病在床，指派设计小组的朱畅中代表他来参加这一会议。这天晚上，大厅的左边挂着清华大学设计的国徽草图，大厅的右边挂着中央美院设计的国徽草图。两张草图主题内容都是天安门，不同的是，清华大学设计的是正面投视图像，颜色是金色和红色两种；中央美院设计的是从侧面斜视的投视图像，颜色是五彩的。

会议上，两家各自说明了自己的设计思想和构图优点。互相介绍的比较结果是，清华大学的设计方案明显优于中央美院的设计。周恩来在会上广泛听取了审查小组全体成员的意见后，根据李四光、张奚若、邵力子等绝大多数委员的意见，指着清华大学的设计方案说："那么好吧，就这样定了吧！"并特别对图案上稻麦穗的设计提出了技术性的部分修改意见。周恩来的结论得到了与会代表的一致通过。

那么，周恩来为什么对图案中的稻麦穗看得那么仔细、要求那么严格呢？

说起来，这国徽上还有宋庆龄等人的一份功劳。

新中国建立前的宋庆龄，早就渴望着一个民主、自由、富强的新中国诞生。她曾寄希望于中华民国，然而，她的良好愿望随着孙中山的逝世和蒋介石的反革命政变而彻底破灭了。资产阶级共和国方案在中国屡遭破产，共产主义运动大潮在世界上日益高涨，中国共产党“野火烧不尽，春风吹又生”的蓬勃发展和民心所向，使宋庆龄从迷茫中看到了新中国的曙光。毕竟是存在决定意识，真理高于一切，她开始把理想中的新中国蓝图建设寄托于中国共产党。

那是在1943年的重庆，宋庆龄为欢送中国共产党驻重庆办事处的董必武返回延安，在官邸举办茶餐会，并邀请了周恩来夫妇、冯玉祥夫妇等。寒风中的山城，在风裹雪粒的抽打中颤栗着。室内，壁炉里的火正旺，大家手中各执一杯腾着热气的香茗，谈话正投机。虽然在座的10多个人党派不同，信仰不同，但在抗战卫国、振兴中华这个总目标下，结成了真诚的朋友。

当大家谈得热闹时，冯玉祥的夫人李德全忽然指着壁炉架上挂着的被炉火映照得金灿灿的两株稻穗，惊喜地叫道：“你们瞧，多好看哪！这两株稻穗简直像金子铸成的一样！”

这稻穗是宋庆龄在入秋后到农民家中访问时带回来的。这时，她很动感情地摘下稻穗，托在手中说：

“这比金子还要宝贵呢！”她从孙中山小时候没有饭吃讲到孙中山对农民的深厚感情。孙中山盼望着天下的人都有工作做、都有饭吃，本着这个精神制定了《建设大纲》。

周恩来这时也站了起来，接过稻穗充满激情地说：“孙夫人说的人人都有工作做、人人都有饭吃，这一天不会很远。中山先生在《建国大纲》中提出的这一理想，是一定会实现的。将来打下了江山，人民坐天下，一定要将这两株稻穗画在新中国的国徽上。”

宋庆龄含笑颔首，连声说：“谢谢，谢谢。”她那秀长的睫毛闪动着动人的光彩，仿佛看到了新中国的朝晖，看到了金灿灿的国徽。

时隔仅6年，宋庆龄的夙愿终于实现了，她亲自参加了新中国的筹建工作，那两株来自天府之国的稻穗伟姿，在周恩来的提议下，终于铸在了中华人民共和国的国徽之上。

全国政协会议通过国徽方案后，清华大学的国徽设计组成员兴高采烈，又立即根据周恩来在大会上的建议，对稻麦穗造型作细致的局部修改，重新绘制了整幅的国徽完整图案送交国徽审查小组。

6月21日，国徽审查小组的马叙伦、沈雁冰向政协全体大会提交了审查报告。23日，政协全体大会一致通过了国徽方案。28日，毛泽东代表中央人民政府，批准通过了政协关于国徽方案的建议。

接着，雕塑大师高庄先生担任了国徽正式浮雕图案的制作设计任务。他夜以继日地连续工作了70余天，终于在9月中旬完成了国徽浮雕造型的设计和制作任务。

9月20日，毛泽东以中央人民政府主席的名义向全国颁布了公布国徽的命令。

新中国的国徽拟定在第一个国庆节挂上天安门城楼。但是，石膏模型或木制的国徽在使用中经常出现破损现象，这使工作人员感到十分尴尬，也显得很不严肃。为此，制作金属国徽的任务在国庆节前夕下达到了沈阳第一机床厂。

9月底，沈阳第一机床厂19号铸造车间的铸造班长焦百顺，突然被厂党委书记喊到了办公室。党委书记说："现在有一项重要任务，需要你去完成，而且只准做好不许做坏。"

"什么任务?"时年36岁的焦百顺的精神显得有些疲惫，他已经连续几天为创高产而没有休息了。

"铸造国徽。"党委书记郑重地把一尊带有5颗星、天安门城楼、稻麦穗和齿轮的圆形石膏浮雕立体模型，轻轻地放在了桌子上，向焦班长交代任务。

"好，保证完成任务!"有着一手过硬铸造技术的焦百顺，一听这任务便来了劲头。

铸造国徽的第一道工序是做模型，这直接关系到铸件的质量。焦班长亲自翻砂做模型，力求使铸件平整光滑、纹理清晰、凹凸有序。但在刚开始时，做出的模型就是不过关，图案模糊，稻麦穗的粒不鼓、芒不显。焦班长和另外两位工人组成的国徽铸造小组经过多次实践和摸索，终于做出了合格的模型。第二道工序是向模型里浇铸由8%的铜和92%的铝熔化在一起的铜铝合金金属液，由于铜和铝的熔点相差很大，烧铸的火候很难掌握。但他们克服了技术上的一道道难关，在1951年4月初按要求分别铸造出了直径1000毫米、600毫米和400毫米的3种国徽共7枚。这年，在天安门广场隆重举行的五一庆典上，由沈阳第一机床厂工人铸造的第一枚直径1000毫米的金属国徽正式悬挂在天安门城楼上。标准的中华人民共和国国徽，第一次公开在广大人民群众面前一展风采。

大典前夕：神了！中共领导人在烈酒面前，个个也都是英雄豪杰！

毛泽东进入北平后，日常的工作重点是在抓紧新中国成立的筹备规划，对开国大典中的重大安排他都要亲自听取意见。在一次议定大典程序中，他特别提出：中华人民共和国中央人民政府成立的庆典，一定要有阅兵仪式，以此展示人民解放军强大的阵容，也象征着新中国的诞生是来自“枪杆子里面出政权”。他的这一提议，得到了中共中央和中央军委其他领导人的赞许和一致通过。

此时的毛泽东在瞩目党之大事、国之大事的同时，还细心地对身边的卫士作了新的安排。进京了，他让一部分给自己当了多年的卫士离开他的身边去学习，以使他们在新中国的建设中担负更重要的工作。对继续留下的卫士，他除了从生活上爱护外，还特别关心他们的成长和进步。他经常让身边的秘书给卫士们讲政治、讲形势，要求卫士们学习文化，抽空亲自为卫士修改笔记、调查报告和学写的诗歌，利用一切机会增加卫士们的知识。

毛泽东在散步时，常常提出一些问题让卫士解答，答对了就表扬，答错了就耐心解释。在毛泽东的住处有一个水池子，里面养了一些红鲤鱼，毛泽东在饭后散步时常喜欢到这里来看鱼。卫士们就寻找一点食物丢入池水中引诱鱼儿抢食。有一次，毛泽东问卫士张宝金：“你说鱼有没有班长？”

张宝金没想到毛泽东会问这个问题，一时答不上来。

毛泽东说：“你看，鱼在抢食时，前面总有一条大鱼，后面跟着一群小鱼，就像你们班长发了一个指令，你们都去干，是不是一样？”接着，他又从鱼的习性讲了关于鱼的许多知识。

有一次，遇到日蚀，毛泽东又问卫士：“为什么出日蚀，是不是天狗把太阳吃了？”这时，卫士们刚刚在机关文化学校学习自然，学了关于日蚀的原理，卫士张宝金按照课堂上讲的内容作了解释，毛泽东听了连连点头，并要张宝金回去给全卫士组的人讲。

毛泽东对卫士们的劳动也非常尊重，经常对卫士们做的事表示感谢。卫士张宝金在《在毛主席身边工作的日子》一文中写道：毛泽东有次对卫士说："你们好比我的保姆，我好比小孩，我要离开你们，我一天也活不下去。"

有时，毛泽东还就一些重大问题询问卫士们的看法。如对开国大典中的阅兵问题，他就多次向卫士提问："你们喜欢什么样子的阅兵形式?"卫士们由此也就猜测到，毛泽东这几天一定在思考开国大典中的阅兵之事了。他们从毛泽东办公桌上放的《阅兵典礼方案》，更加证实了自己的猜测。

开国大典的具体筹备工作，是于1949年6月在毛泽东和周恩来的亲自部署下全面展开的。进入7月后，中共中央成立了以周恩来为主任的筹备委员会，拟定了开国大典筹备工作细则，其工作主要有三大项内容：一是中华人民共和国中央人民政府成立典礼；二是中国人民解放军阅兵仪式；三是人民群众游行活动。决定典礼由林伯渠主持，毛泽东宣布中华人民共和国的成立；由朱德担任阅兵司令员，代总参谋长聂荣臻担任阅兵总指挥。下设阅兵指挥所，由杨成武任主任，华北军区参谋长唐延杰任副主任。

阅兵仪式在整个开国大典内容中占了很大的比重，从毛泽东到下面的各级指挥员对此都非常重视。对人民解放军来说，如此大规模的集体活动和合成还是第一次，是一个全新的课题。虽然不像在战场上那样真枪实弹地有流血牺牲的代价，但是受阅部队作为百万人民解放军的代表，要在一定的时间和空间内表现出人民军队一往无前的英雄气概，的确是不容易的。

杨成武和唐延杰从毛泽东那里领受任务后，首先在军委的统一部署下，主持起草了《阅兵典礼方案》，内容包括：受阅部队的选调、编组，阅兵程序，阅兵礼乐，受阅前的训练等。初步拟定阅兵式分为"检阅式"和"分列式"两个大部分，规定：检阅式，是指受阅部队在静止状态下，接受阅兵司令员的检阅；分列式是指受阅部队在行进状态下，接受党和国家领导人、各界人民代表的检阅。

《阅兵典礼方案》拟出后，毛泽东、朱德、刘少奇、周恩来和任弼时等中央领导人，在中南海接见了负责阅兵事宜的指挥员，特别听取了聂荣臻所作的有关阅兵仪式的基本设想和杨成武关于阅兵方案主要内容的汇报。

毛泽东在会上对阅兵事项作了详尽的指示，他说："我们历来主张慎重初战，这次阅兵也是初战，开国第一次嘛，一定要搞好。”其他中央领导人也在会上作了重要讲话。会议批准了阅兵指挥所拟定的《阅兵典礼方案》。

会后，杨成武即先从华北军区、平津卫戍区和有关军兵种抽调来一部分工作人员，着手建立健全了阅兵指挥所机构。对参加阅兵典礼的部队作了认真的挑选和内部议定：参加阅兵分列式的部队由陆、海、空三军组成，陆军部队来自第二十兵团，即平津卫戍部队；海军和空军的部队由这两个军种的指挥员推荐指定抽调。受阅部队总人数预定16500人。分列式的序列是：海军代表部队，由海军学校与华东舰队各一个排组成；陆军代表部队，由步兵师、炮兵师、战车师、骑兵师各一个组成，其中战车师包括摩托化步兵团、装甲车团、坦克团各一个；空军代表部队，飞机18架。（后来实际参加阅兵仪式部队与此计划稍有出入。）

为了圆满完成阅兵典礼，杨成武亲自带领阅兵指挥所的工作人员查阅了许多阅兵资料，到处求教。刘伯承司令员早年曾留学苏联，知道莫斯科红场阅兵的情况，他详细地向杨成武谈了阅兵的具体情节和注意事项，最后概括地说：“阅兵无非就是一种特定内容的礼仪，是一种形式。这种形式搞好了，目的也就达到了。归根到底一句话，马粪蛋外面光！”他的这一讲话和形象的比喻，使担负阅兵具体工作的人员心中有了个底谱。

陈毅司令员的解说更直截了当，他以富有鼓动性的声调说：“组织阅兵不难。没有什么了不起。多少大仗都打胜了，还愁搞不好一次阅兵？不就是队列吗？通过队列，把我们的军威显示出来，让中国老百姓看看，这就是我们新中国的军队。”

杨成武还访问了原国民党政府东北军的几位将军，了解他们以往阅兵的做法。当时在中国的苏联顾问，也向阅兵指挥所提出了一些很好的建议。阅兵指挥所根据各方面提出的建设性意见，对阅兵程序和细节进行了调整和补充，使原来的阅兵计划更趋完善。

7月底，受阅部队分别集结于北平市郊进行紧张的训练。根据阅兵要求，按军种、兵种划分了场地，由各部队长具体负责实施训练。

陆军代表部队的步兵方队由第二十兵团的第一九九师组成，他们来自天津警备部队，训练场指定在天坛围墙外的空地上，在训练场边临时架起的帐篷中宿营。骑兵代表部队由华北军区骑兵第三师组成，他们来自内蒙古大草原，由第六十八军参谋长宋学飞组织编队和训练，训练场地指定在北平市郊的沙河镇。炮兵、装甲兵等机械化部队的训练场地指定在西郊机场及其附近。海军方队的指战员多数是刚穿上海军服装的陆军战士，也有海校的教员，以及已经起义的原国民党海军官兵。担负空中受阅的空军部队飞行员，有来自人民解放军第一所航校——哈尔滨航校培养出的第一代飞行员，有从特殊地区归来的中共地下党员，也有已经起义的原国民党空军飞行员。受阅部队指战员们都有一种崇高的光荣感，为能代表人民解放军整体接受领袖们的检阅感到无比的自豪。

开国大典中阅兵关键环节的一个重要问题是互相协同，通信联络也就显得十分重要。周恩来把军委电信总局的王诤局长召到了办公室，说："新政协成立后，即成立中央人民政府。有关开国大典的通信联络、扩音设备方面的事情，由你们负责。务必严密组织，防止敌特破坏，这对国际和国内影响都很大。我们要用事实证明，共产党不但能打天下，而且能管好天下。"

王诤局长立即动员本局所有力量，投入到了天安门广场上的通信联络工作。首先分派技术专家傅英豪专门负责天安门城楼上的通信和扩音设备，在主席台中央安设了灵敏度较高的大理石炭质话筒，城楼两侧安设了美式"九头鸟"扩音喇叭。由于在当时没有条件在阅兵车上安装无线电设备，便在金水桥头石狮子前安设了固定的有线电话筒。对各受阅部队在行进中的联络，采取的是沿受阅部队依次排列的东长安街、崇文门内大街、台基厂大街和东交民巷，每隔100多米设立1名步谈机员，随时观察报告备受阅分队行进间的位置和情况。在靠近城楼的红墙下，总台领班员雷洪负责用美式步谈机，与各联络点的步谈机员通话，引导部队准确、有序地进入广场。

朱德亲自驱车到训练场看望受训的部队，给予部队很大的鼓舞，也与受阅部队建立了很深的感情。总司令与士兵们为了完成受阅任务，都不分职务高低，同时操练在训练场上。

有一次，朱德乘坐的吉普车在训练场上由于道路不平突然熄火，驾驶员怎么发动也启动不起来。参加训练的指战员走上前来，推起吉普车就走。朱德要从车上下来，指战员们说什么也不让总司令下车。

朱德在战士们的簇拥下，向前移动着，他说道："要是在开国大典那天这个样子就糟了。"

战士们回答："要是那天遇到这种情况，我们和今天一样推着你前进，你是我们的总司令嘛。"

“要得！那咱们这些土八路又要创造世界奇迹了！”朱德诙谐地说。

身兼数职的聂荣臻在阅兵工作上花费了很大精力，多次来到阅兵指挥所和训练场，事无巨细地亲自过问各种阅兵程序的落实情况，具体指导阅兵筹备工作。他多次反复强调说：“我们这支军队走过雪山草地，从金沙江到黑龙江，从长白山到南海边，英勇作战，用鲜血和生命换得了今天的胜利。我们在这次阅兵中，一定要展示这种精神风貌。”他下了一道极为严格的命令：在开国大典中万一遇到敌机轰炸空袭，受阅部队一律原地不动，保持阵容。就是炸弹掉在头上了也不准动。这一规定必须当做一条铁的纪律来执行。

夏日炎炎的季节，训练是很艰苦的，但指战员们没有一个人叫苦，也没有一个人怯场，都为能参加这一光荣的队伍而感到幸运，严格而刻苦地训练着，惟一担心的是到时因训练不合格参加不上这次受阅。特别是步兵方队的战士们，天天走队列，练习分解动作，这对刚从枪林弹雨中冲杀过来的指战员来说，算不得什么苦，但一些老兵却觉得天天走队列太单调和枯燥。他们半个月下来，大多数人就穿坏了刚发的新鞋，鞋底都已经磨穿了。

杨成武及时来到训练场，给大家鼓劲：“你们每人还得准备磨破 5 双鞋！军队，军队，是军都要有队，都要讲究队形、队列。古代讲战法，穆桂英大破天门阵，诸葛亮熟知八卦阵，那种阵实际上就是变化的队形，是队列的变化。孙子练兵也很重视队列。我军即使在打游击时，也同样讲队形，并且在 20 多年的浴血奋战中，养成了优良的作风、英雄的气概和崇高的品质。我们就是要通过特定的队形、队列，将这种好的作风、气概和品质展示出来，告诉全国和全世界人民，这就是打败国内外强大敌人的正义之师，这就是毛主席、朱总司令率领的英雄队伍！我们在开国大典中搞阅兵，其重要意义就在这里。”

大典筹备委员会对集会时各单位的位置都预先作了划定：天安门东、西两侧观礼台为机关团体；集会联合指挥部设立于西城台，阅兵游行指挥台设立于东观礼台上，另有 4 个指挥分站分别设立在广场四周；阅兵分列式的进行路线主要在以天安门为中心的向东向西各 200 米的长安大街上；除长安街中段为阅兵分列式的行进路线外，长安街中段南侧属于不参加分列式的武装部队集会区域，军乐队位于其中间部位；其后是以铁路工人为主的工人和农民集会区域；其余地方分别划归团中央、学生、工人和广大市民。人民群众的集会与游行，由中共北平市委和市政府负责组织。

临近大典前的几周时间里，各受阅单位的人员都在夜间来到这里熟悉集会位置和进行实地游行排练。9月的天安门广场，夜晚灯火通明，到处是人山人海，排练指挥声响成了一片，比白天还要热闹。参加受阅的人民解放军各军兵种在分训的基础上，进行了就地合练，然后，阅兵指挥所组织了在天安门前的实地合练。为了不影响市区交通，每次合练都在夜间进行，直到拂晓才结束。

阅兵指挥所对大典上可能遇到的种种意外情况都作了预测并准备了防备措施，如对队伍行进中车辆熄火和骡马失蹄、中途拉屎的处理等都作了准备，以确保万无一失。

时间转眼到了9月中旬，大典的各项准备工作基本就绪，毛泽东等中央领导人也夜以继日地工作着。而最使毛泽东感到难以应付的是各种宴会，有些宴会还非得他亲自到场不可，尤其喝酒，更使没有酒量的毛泽东感到成了一个包袱。此时的毛泽东，再也不是在延安窑洞中写文章或西柏坡树林中避暑的时候了，他的一言一行都已与中国的名称联系在了一起。

王鹤滨曾回忆说，开国大典前，宴会较多。在国宴开始时，警卫局的副局长便把他叫到面前，低声嘱咐说："不能让中央领导同志因饮酒过多而不能登上天安门，无论如何不能醉倒一个，你要想想办法。"

这一下可有点难为了王鹤滨，在这样热烈而又高兴的场合，他是不能"扫兴"地走到一个个中央领导人面前直截了当地劝说少饮酒的，又不能让他们喝醉，怎么办才好呢？

嘈杂的劝酒声中，王鹤滨急得额头上渗出了汗珠。

"如果有神奇的解酒药就好了。"王鹤滨思考着不让中央领导人醉酒的办法，他想到了平时常用的酒后用浓茶解酒的做法，浓浓的红茶水映现在他的脑海里。对呀！这浓茶的颜色多么像红葡萄酒，酒后喝茶解酒，不如现在即喝茶代酒，用白开水代替茅台酒也定会以假乱真。他终于想到了这个实在是没办法的办法，赶紧利用刚倒完的空酒瓶子迅速地装满了几瓶特制的"贵州茅台"和"通化葡萄酒"，专供中央领导人喝。

王鹤滨和几位中央领导人的卫士长当起了"招待员"，把"特兑美酒"倒进了中央领导的酒杯中。

党中央五大书记中，论酒量要数刘少奇的最小。但在这开国大典前夕的喜庆日子里，为了应酬嘉宾，又不能不喝，这就使他与别人互相祝酒中显得很被动。王鹤滨首先走到了刘少奇的身边，把特制的“通化葡萄酒”注入刘少奇的杯中。皱着眉头的刘少奇在与敬酒人“讨价还价”后，才把酒杯挪在嘴边，舌尖一触杯沿，他的嘴角便露出一丝对方不易发觉的笑意，放杯后，他向站在桌旁的王鹤滨颌首表示赞许和感激。

如此这般，刘少奇喝过那杯“通化葡萄酒”后，其兴致大发，竟然手举“茅台”白酒，主动向客人敬酒，在向来自苏联的远方客人敬酒时，举杯一饮见底。

周恩来的酒量是较大的，又由于多年外交活动的锻炼，在酒宴上是没有多少对手的。当他喝下了特制的“酒”后，立刻转过头来，用疑虑和严厉的眼光向突然间增加的“招待员”扫来，他认出了这些临时上场的“招待员”都是五大书记的卫士长，担心卫士长们在这种外交场合“不光明正大”的手法引起误会。周恩来的秘书何谦赶忙走上前去耳语几句作解释，他这才用缓和的目光回头看了卫士长一眼，没有说什么，继续喝特制“酒”。

毛泽东在喝下特制“酒”后，他的表情与刘少奇和周恩来则都不同，他好像什么事也没有发生，不动声色。

国宴在欢畅的气氛中进行着。

毛泽东、刘少奇这些平时酒量很小的领袖们，那晚上似乎都是海量，畅饮后仍都是脸不改色，谈吐清晰，思维敏捷。这使那些来自苏联等社会主义国家以喝酒著称的代表们大为惊叹：“神了！中共领导人在烈酒面前，个个也都是英雄豪杰！”

第五章

开国大典：
毛泽东升起第一面五星红旗，高呼：升得好

1949年10月1日，是中华人民共和国成立的喜庆日子。

金风飒飒中，古老的北京城在一片节日气氛中愈加显得青春焕发。巍峨的天安门城楼在朝霞中格外壮丽：洁白的金水桥栏杆，挺拔的华表，宽阔而庄重的红色宫墙，黄澄澄的琉璃瓦，都在晨光中飞英溢彩。

今天，盛大而隆重的开国大典即将在这里举行。

站在天安门广场上举目四望，开国大典的会场准备工作业已基本就绪：城楼墙上10面红旗迎风招展；“中华人民共和国中央人民政府成立典礼”的醒目横标，张挂在城楼正面玻璃瓦檐下；8只红色的大宫灯悬挂在横标下；毛泽东的巨幅画像挂在城楼中央；两幅大标语分别列于画像两边。参加大典的30万群众的入场地点在城楼前也都已划分好。此时，有许多工作人员还在天安门城楼上下紧张地、一丝不苟地检查着、忙碌着，他们渡过了昨晚的不眠之夜，又迎来了今日的霞光满天。

晨曦中，毛泽东也还在伏案工作，他又是一夜没有休息了。

“丁零零！”电话铃声把卫士李银桥召了过去。

“主席睡觉了吗？”是周恩来的声音。

“还没有啊。”

周恩来的声音大了一些，显得有些着急：“你们要催促他休息嘛，下午两点要开会，3点钟还要上天安门，你们要想办法劝他早些休息。”

李银桥看了看钟表，已是清晨6时，他悄悄地走进毛泽东的办公室，对仍在写着什么的毛泽东轻声说：“主席，周副主席刚才打来电话，让你马上休息。你现在休息吧，主席。今天要干的事还多着呢。”

毛泽东点了点头，表示听到了，仍是伏案疾书。他在继续修改今天开国大典上要宣讲的中华人民共和国中央人民政府第一号公告。公告的草稿早已拟出，但毛泽东仍一遍又一遍地反复看着：

“自蒋介石国民党反动政府背叛祖国，勾结帝国主义，发动反革命战争以

来，全国人民处于水深火热的情况之中。幸赖我人民解放军在全国人民的援助下，为保卫祖国的领土主权，为保卫人民的生命财产，为解除人民的痛苦和争取人民的权力，奋不顾身，英勇作战，得以消灭反动军队，推翻国民政府的反动统治。现在人民解放战争业已取得基本的胜利，全国大多数人民业已获得解放。在此基础之上，由全国各民主党派、各人民团体、人民解放军、各地区、各民族、国外华侨及其他爱国民主分子的代表们所组成的中国人民政治协商会议第一届全体会议业已集会，代表全国人民的意志，制定了中华人民共和国中央人民政府组织法，选举了毛泽东为中央人民政府主席，朱德、刘少奇、宋庆龄、李济深、张澜、高岗为副主席……”下面是委员们的名单及施政方针。

毛泽东默读着，又看了一遍，改动了几个字，直到认为满意了才站立起来，离开充满烟味的房间，来到院子中散步。他喜欢在每天工作完毕后，到院子中活动10分钟左右，再去睡觉休息。

仍在思考着问题的毛泽东在晨风中晃动着身体，甩甩胳膊，踢踢腿，作短暂的“体育运动”。然后，走回房间，洗澡，准备就寝。临上床休息前，他对李银桥吩咐道：“下午1点钟叫我起床。没事了，你去吧。”

毛泽东为了能精力充沛地出席开国大典，这天破例地早些睡下了，并准备早点起床，在以往他可都是要在下午3点过后才起床的。

卫士们陪伴毛泽东一夜没有睡觉，这时也仍不敢去休息。今天可是事关重大的一天啊！1点钟必须准时喊醒毛泽东，若等毛泽东睡醒后按电铃了，那就会误大事。

下午1时，卫士值班室内的电铃没有响。李银桥和其他几名卫士走进了毛泽东的卧室：“主席，主席，时间到了，1点了。”

“喔，这么快呀！”毛泽东揉了揉眼睛，慢悠悠地起身，依栏而坐。他一手端过卫士为他已准备好的热茶，一手拿过床上的报纸看着。他就这样在床上喝茶读报，待了半个小时，这是他多年来的一个习惯，即使在今天开国大典马上就要开始的一个多小时前，他也照样不误读报喝茶。

李银桥拿来了为毛泽东特意缝制的参加开国大典的“礼服”。若在封建社会，这衣服要算是“皇帝登基的龙袍”了，可毛泽东的这身衣服只不过是一般的呢子衣服而已。据李银桥回忆：“这是一套中山制服。料子是生活秘书叶子龙送来的黄色美国将校呢。我拿到王府井请王子清师傅做的。王子清从法国留学回来，专门剪裁服装。他工作的那个服装店就是王府井雷蒙服装店的前身。”

李银桥把衣服托到了毛泽东的面前，说道：“主席，1 点半了。穿衣服吧。”

毛泽东穿完衣服，便去洗脸漱口。吃过饭，稍事休息，就已经是 2 点了，他马上步行去勤政殿召开大典前夕的一次重要会议。

喜气洋洋的毛泽东穿着这套黄绿色的呢制服，出现在中南海勤政殿大厅，立刻引起了与会者的“刮目相看”。性格开朗的陈毅开口说道：“看哟！主席穿上龙袍了!”

毛泽东也向自己身上看了看，有些得意地笑着，没有说什么。

今天的会议，是中央人民政府委员会举行的首次会议。毛泽东主席，朱德、刘少奇、宋庆龄、李济深、张澜、高岗副主席和 56 名委员，先要在这里正式宣布就职。这时，勤政殿内，几位刚当选的副主席和中央人民政府委员会的全体委员已来到了这里。过一会儿，他们在宣布就职后，还要到天安门城楼，出席开国大典，宣告中央人民政府的正式成立。

毛泽东把早晨他修改好的《中华人民共和国中央人民政府公告》递给周恩来，这份公告实际上也是一份中央人民政府委员会任职名单，上面除列着主席、副主席的名字外，还列有新选举的所有委员的名字。周恩来一一看着这些熟悉的名字，他依次默读道：

“陈毅、贺龙、李立三、林伯渠、叶剑英、何香凝、林彪、彭德怀、刘伯承、吴玉章、徐向前、彭真、薄一波、聂荣臻、周恩来、董必武、赛福鼎、饶漱石、陈嘉庚、罗荣桓、邓子恢、乌兰夫、徐特立、蔡畅、刘格平、马寅初、陈云、康生、林枫、马叙伦、郭沫若、张云逸、邓小平、高崇民、沈钧儒、沈雁冰、陈叔通、司徒雷堂、李锡九、黄炎培、蔡廷锴、习仲勋、彭泽民、张治中、傅作义、李烛尘、李章达、章伯钧、程潜、张奚若、陈铭枢、谭平山、张难先、柳亚子、张东荪、龙云为委员，组成中央人民政府委员会，宣告中华人民共和国的成立，并决定北京为中华人民共和国的首都……”

今天，名单中的委员们大多数都集中到了勤政殿。

勤政殿内的会议结束后，毛泽东就急着要去天安门。叶子龙说：“主席，稍微休息一会儿，按时出发正点到天安门就行了。”

“好嘛，事情反正是一个接一个。我们打了几年的疲劳战，打出了一个中华人民共和国。今天是建国的第一天，又是一个疲劳战。我没有睡几个小时的觉，到天安门上还要连续站几个小时。看来，咱们的命运就是打疲劳战呀。”毛泽东乐呵呵地说，大家都也跟着笑了起来。

周恩来在一边接着说：“我们这是高效率的疲劳战，三年解放战争，消灭了敌军好几百万，建立了盼望已久的中华人民共和国，这个效率还不高呀？主席把这一切仅仅说成是疲劳战，这是多么伟大的气魄呀！”

2时50分，毛泽东和其他领导人在勤政殿门口登上汽车，出中南海东门，从故宫西华门向南拐弯，在中山公园后面进了故宫阙右门，往南直到天安门城楼的后边。这时，刘少奇、朱德、周恩来、宋庆龄、李济深、张澜、高岗，以及新当选的中央人民政府委员，也都先后在天安门城楼后下了车。5分钟后，毛泽东等党和国家领导人在此稍事集合，开始沿着天安门城楼西侧的古砖梯道，向城楼上面登去。

毛泽东笑吟吟地在卫士的搀扶下，一阶一阶地向上走着，并不时地在中途停顿一会儿，等候因年龄大而走在后面的领导人。

3时整，毛泽东迈上100个台阶，准时出现在天安门城楼。

“毛主席来啦！毛主席健步登上天安门城楼！”广播员激动地向等候在广场上的千万群众报告着。

顿时，天安门广场沸腾起来，30万群众高呼口号，热烈鼓掌，红旗飞舞。

金秋的北京，晴空万里，天高气爽。

从天安门城楼上往下望，广场上欢声雷动，是一片彩旗与鲜花汇成的五彩斑斓的海洋。广场正中，一根高22.5米的银色旗杆高耸入云，五星红旗即将首先从这里升起。

金水桥两边的左右观礼台上，一座站满了来自苏联等友好国家的客人，一座站立着指挥今日大典的指挥员和参加观礼的各方面负责人，他们也都面向天安门城楼起立鼓掌。

毛泽东向城楼下频频招着手。

在毛泽东和委员们都登上天安门城楼各就各位后，中央人民政府委员会秘书长林伯渠宣布：“开国大典现在开始！”

精神焕发的毛泽东走到麦克风前，以高亢有力的声音和特有的韵律，向全世界庄严宣告：

“中华——人民——共和国——中央——人民——政府——已于本日——

成立了!”

天安门广场上海潮一样的欢呼声和鼓掌声响彻云霄，人们沉浸在节日的狂欢中。

“请毛主席升旗!”林伯渠宣布下一项典礼议程。

身旁工作人员连忙小声提醒道：“升国旗。”

林伯渠接着对着麦克风再一次重新宣布：“请毛主席升国旗!”

“升旗的机关在哪里？……”麦克风前有人悄声言语，这声音也通过无线电传向世界。

此时，站在毛泽东身后专门负责电动升国旗的工作人员苏冶，早已做好准备，他动作迅速地把连着导线的电钮开关递到毛泽东手中。苏冶作为大会主席台的工作人员，在典礼一开始即站在毛泽东身后的朱漆圆柱旁，他今天的主要任务即是保障毛泽东操作电动升旗的开关。

3 时 10 分，毛泽东用力地按动了电钮。瞬间，电流启动了广场旗杆下的电动机，新中国的第一面巨幅国旗，如一轮红日冉冉升起……

金星闪耀的红色风帆，在万众欢腾中启航。广场上，人潮汹涌，所有参加开国大典的人，都把期待的目光投向了那银色的桅杆。人民解放军指战员整齐地把右手举向帽檐，向国旗致以崇高的军礼。

在《义勇军进行曲》的雄壮节奏中，鲜艳的五星红旗徐徐地升向旗杆顶端，映衬着朵朵白云，飘向蓝天。

“升得好!”毛泽东看着乘风而上的国旗，脱口高声喊道。这声音也通过麦克风传播了出去，全世界都听到了这个声音。

负责制作电动升旗装置的苏冶等人听到毛泽东这句话，顿时感到周身热血沸腾，欣喜激动的泪水夺眶而出。毛泽东这简短的 3 个字“升得好”，是对中国革命事业胜利的由衷赞叹，也是对制作电动升旗装置工作人员的崇高褒奖。

苏冶久悬的一颗心随着国旗的升起也就落了地，他注目国旗，为自己和同事们设计电动升国旗装置的成功而感到无比欣慰。（一年后，苏冶牺牲在抗美援朝战场上，他为五星红旗编织上了他最后的一缕金丝。）

一个独立、民主、和平、统一的中华人民共和国诞生了！中国的历史从此翻开了新的一页：这首页上镌刻的即是五星红旗升起的 1949 年 10 月 1 日。

广场上彩浪翻卷，人们眼噙晶莹的泪花，昂首望着五星红旗，静听着毛泽东激昂、豪放的声音：中国人民从此站立起来了！

毛泽东的眼睛也湿润了。

共和国啊！毛泽东理解你的价值，人民理解你的价值，为了这一天，有多少人流血牺牲，前仆后继，用身躯铺就了这条升旗之路。

城楼上，毛泽东开始有些动容，他的鼻翼微微翕动，泪水在眼窝里打着转转。他在竭力控制着自己，但他太激动了，大颗大颗的泪珠顺着脸颊滚落。

毛泽东啊！此时此刻你想到了什么呢？是韶山冲的那把油纸伞，是井冈山的那盏桐油灯，是大雪山上的那把辣椒面，是延安宝塔山下的读书声，还是在思念远去的导师战友、国际友人、骨肉亲朋？……

五星红旗啊！此时此刻你感觉到了什么呢？是厚重的潇洒，是壮歌的轻盈？你飘动的每一丝经纬，那可是祖国千山万水傲立于世界民族之林的钢筋铁骨；你辉映的每一线光色，那可是千千万万革命仁人志士抛头颅、洒热血的殷殷赤红……

历史不会忘记，公元1949年的北京，人民群众簇拥着五星红旗，簇拥着天安门城楼，簇拥着领袖毛泽东。天安门城楼上下，“中华人民共和国万岁！”“毛主席万岁！”的欢呼声如春雷滚动。毛泽东情不自禁地俯身栏杆外，伸手招呼着群众队伍，面对麦克风高呼：“同志们万岁！”“人民万岁！”

激昂的《义勇军进行曲》又响起了，象征着祖国当时54个民族和象征着组成人民政协第一届全国委员会54个单位的54尊大炮，向着湛蓝的长空齐鸣28响，代表着中国共产党28年史诗般的战斗历程。隆隆炮声震撼着天安门广场，震撼着神州大地，震撼着全世界。

礼炮响过后，毛泽东宣读中华人民共和国中央人民政府公告，广播里响起了洪亮而激越的声音：“……中华人民共和国中央人民政府委员会于本日在首都就职，一致决议：宣告中华人民共和国中央人民政府的成立，接受中国人民政治协商会议共同纲领为本政府的施政方针，选林伯渠为中央人民政府委员会秘书长，任命周恩来为中央人民政府政务院总理兼外交部部长，毛泽东为中央人民政府人民革命军事委员会主席，朱德为人民解放军总司令，沈钧儒为中央人民政府最高人民法院院长，罗荣桓为中央人民政府最高人民检察署检察长，并责成他们从速组成各项政府机关，推行各项政府工作。同时决议：向各国政府宣布，本政府为代表中华人民共和国全国人民的惟一合法政府。凡愿遵守平等、互利及互相尊重领土主权等项原则的任何外国政府，本政府均愿与之建立外交关系。”

五星红旗下，欢腾的人群载歌载舞，高呼着胜利的口号。

天安门广场的第一面五星红旗在毛泽东的巨手中升起了。这面鲜红的旗帜即飘扬在大河上下、大江南北，飘扬在向全国大进军的钢铁洪流中，飘扬在敌后游击战士的营地上。

新中国成立的消息传到了国民党反动派的监狱重庆渣滓洞，在黎明前的黑暗中被囚禁在这里的中共党员江竹筠和难友们，为祝贺新中国的诞生，他们面对敌人的枪口和刺刀，热泪伴着针线走，在铁窗中绣制五星红旗。

新中国成立的消息传到了前线，解放军指战员们个个欢欣鼓舞。当礼炮鸣响的时候，担负着向全国大进军战斗任务的各野战军正在途中，他们以师、团为单位整齐地排列在临时驻地的大操场上，人人精神抖擞，喜气洋洋。当听到毛泽东在北京天安门城楼向世界宣告中华人民共和国成立了的消息后，全场欢声雷动，振臂高呼，都激动得流下了滚烫的热泪：“我们要多打胜仗，坚决消灭祖国土地上残存的敌人，用实际行动祝贺新中国的诞生！”这喊声振奋着每一个指战员的心，震撼着大地。阅兵式结束后，部队继续向着前线开进。

五星红旗映红了祖国的山山水水。人们记起了 1930 年 1 月 5 日毛泽东在他那篇著名的《星星之火，可以燎原》的文章结尾所写的话，他曾这样预测中国革命高潮的到来，说：“它是站在海岸遥望海中已经看得见桅杆尖头了的一只航船，它是立于高山之巅远看东方已见光芒四射喷薄欲出的一轮朝日，他是躁动于母腹中的快要成熟了的一个婴儿。”如今，新中国的诞生，不正如呱呱坠地的婴儿，如乘风破浪的航船，如一轮光芒四射的朝日辉照天地间吗！

陆、海、空三军大阅兵

轰隆隆的礼炮声，如报春惊雷回荡天地间，到处都是欢声雷动。

神采奕奕的毛泽东在城楼上与周围的领导人静听着礼炮的鸣响，会心地笑着。有人细数：“1 响、2 响、3 响……”

随着礼炮的鸣响，毛泽东用手指轻轻地扶敲着身前城楼的栏杆，他不用细数，便清楚地知道这礼炮的响数准是28。因为这54门礼炮齐放28响，即是他亲自出的主意。

几天前，政协代表们对大典中应放多少响礼炮，曾有着不同意见。因为大家认为，放少了不能表达人民对新中国的真挚感情；但也绝不是多多益善，时间和礼炮的连续发射承受能力也都有限。有人说可按照宫廷礼仪，放8响，或凑个整数放10响；有人则说，若凑整数，放20响也可以；有人则建议，国外的最高礼仪是21响，我们的开国大典是新中国的最大事，也应该放21响。而毛泽东却有自己的见解，他主张放28响，理由是这象征着中国共产党28年的奋斗历程，28年间，无数中华民族的优秀儿女为了人民的解放事业洒尽了热血，一年一炮还能放不起？毛泽东并提议，要用54门大炮一齐放，这象征着当时全国54个民族的大团结。

毛泽东的这一主张得到了大家的一致赞同，并通过决议予以采纳。事后，有外国人得知这个与世界通常做法不同的礼炮响数，是毛泽东的主意后，感叹地说："仅从这多几响的礼炮声中，世界就应该知道毛泽东这个人的性格。毛泽东就是毛泽东！"

是的，这就是伟人毛泽东敢为天下先的独创胆识，是贯穿其一生"敢上九天揽月"的超人气魄在这件事上的具体体现，也是他事业成功的秘诀所在。若让他自己归纳成文字，这可从其在解放后给爱女毕业时的赠言中窥见一斑，他写下了格言式的4点表白："天将降大任于斯人也，必先苦其心志，劳其筋骨，饿其体肤，空乏其身，行拂乱其所为，所以动心忍性，增益其所不能；彻底的唯物主义者是无所畏惧的；道路是曲折的，前途是光明的；在命运的迎头痛击下头破血流但仍不回头。"由此每点都可见，无所畏惧的毛泽东具有极富挑战性的气质，54门大炮放28响的主意出自毛泽东，也就不足为怪了。因为他的主意总是独出心裁，比别人高出一筹。

现在，在天安门城楼上，就连《中华人民共和国中央人民政府公告》，一经从他的口中读出，也让人觉得别具韵味和感染力，使所有在场的人听后顿感回肠荡气，永久难忘。

3时25分，毛泽东宣读完了《公告》。城楼下再一次掀起了欢呼浪潮，海啸般的声音涌动在天安门广场和京城大街之间。

按照典礼程序，林伯渠秘书长接着宣布下一项议程："阅兵开始！"

为建立新中国立下了不朽功勋的人民解放军雄师劲旅、铁马金戈，在一声号令下，列队集合在天安门城楼前的街道上，等候检阅。

近月来，受阅部队为了接受领袖们的检阅，接受全国人民的检阅，要将人民军队20多年的战斗历程，在短时间内的分列式行进中显示出来，要将整个人民军队的风貌，通过有限的队列行动反映出来。他们昼夜苦练，不知付出了多少汗水和心血。在开国大典开始的10个多小时前，他们即奉命集结到了天安门广场附近。

昨天午夜时，阅兵总指挥所正、副主任杨成武和唐延杰受命向受阅的陆、海、空军代表部队下达了准备受阅的预先号令，规定了各部队入城路线和集结待阅位置等注意事项。各部队连夜开进，立即入城集结。10月1日，当朝霞托着红日冉冉从东方升起时，地面受阅部队已在市民们的不知不觉中列队集结在天安门东侧大街上。杨成武的阅兵总指挥所设在金水桥东侧的城墙根下，用有线电话与各受阅部队分指挥所建立了联系。

阅兵开始的号令发出后，着一身戎装的阅兵司令员朱德，走下天安门城楼。今天，他代表毛泽东等中央领导人首先检阅陆、海、空三军部队。

朱总司令在战争年代习惯着一身士兵灰布军衣，腰间常系一条旧黑皮带，脚蹬草鞋。今天，他代表着整个中国人民解放军的尊严和军威，特地穿上了一身新做的呢料军装，佩戴着“中国人民解放军”胸章，脚穿黑色皮鞋，显得非常威武。一辆美式敞篷汽车停候在城楼下，这辆“检阅车”是从一所艺术专科学校临时借调的，可算是当时北京市内高级的轿车了，是全市内仅有两辆这种车中的一辆。当时的三军总司令就是这样穷，连开国大典中用的检阅车都是打了“借条”的，人民共和国也正是从这“一穷二白”的家底中起步了。

容光焕发的朱德乘着敞篷车，从天安门城楼中间门洞缓缓驶出，通过了金水桥。

在朱德的脚下，这里原是清王朝的“天街御路”，从前只有皇帝坐十八抬大轿才能从这里通行。而今天，朱德这位农民出身的三军统帅，威风凛凛，从这“天街御路”上碾过。

迎候在桥南东华表下的阅兵总指挥聂荣臻，在检阅车开来后，跑步向前，向朱总司令致军礼并报告：“受阅的陆、海、空代表部队均已准备完毕，请总司令检阅!”

当时的检阅车上还装不起无线电话筒，“土八路”刚进城，一切都是从零开始。军委电信局只好事先派人在金水桥畔的石狮子前设置了固定的有线电话筒。聂荣臻总指挥的报告词和朱总司令的答语，通过“九头鸟”扩音器放大出去，震响在天安门广场和附近的街道上空。

聂荣臻总指挥也登上了朱德总司令的敞篷检阅车。

在《三大纪律八项注意》《军队和老百姓》《保卫胜利果实》等乐曲的连续鸣奏中，朱德总司令由聂荣臻总指挥陪同，同车出东三座门，沿着东长安街、东单广场，直到外国领事馆聚集的东交民巷，依序检阅列队于街道旁肃立严整的三军部队。

“祝同志们健康!”朱总司令挥动着右手向指战员们问好。

“祝总司令健康!”指战员们齐声响亮回答。

“中华人民共和国万岁!”

“万岁！万岁!”总司令和指战员们一问一答，有呼有应。这声音里有着战场上将士们冲锋陷阵的呐喊声，这声音里有着英雄们“为了新中国前进”的高呼声，这声音里有着统帅与士兵情意的互相交融。

检阅完毕，朱总司令回到天安门城楼主席台，宣读《中国人民解放军总部命令》，他讲道：

“我们中华人民共和国的武装部队，在反对美帝国主义所援助的蒋介石反动政府的革命战争中，已经取得了伟大的胜利。敌人的大部分已经被歼灭，全国的大部分国土已经解放。这是我们全体战斗员、指挥员、政治工作人员和后勤工作人员一致努力英勇奋斗的结果。我向你们表示热烈的庆祝和感谢。

但是现在我们的战斗任务还没有最后完成。残余的敌人还在继续勾引外国侵略者，进行反抗中华人民共和国的反革命活动。我们必须继续努力，实现人民解放战争的最后目的。

我命令中国人民解放军全体指战员、工作员，坚决执行中央人民政府和伟大的人民领袖毛主席的一切命令，迅速肃清国民党反动军队的残余，解放一切尚未解放的国土，同时肃清土匪和其他一切反革命匪徒，镇压他们的一切反抗和捣乱行为。”

接着，朱总司令带领全体指战员高呼口号：

“在人民解放战争中牺牲的人民英雄们永垂不朽！

中国人民大团结万岁！

中华人民共和国万岁！

中央人民政府万岁！

毛主席万岁！”

朱德的讲话结束后便是分列式。

此刻，是受阅指战员们最幸福也是最紧张的时刻。城楼上的党和国家领导人、各界民主人士在注视着他们，广场上的30万人民群众在注视着他们，全国各族人民都在注视着他们。

24小时前，政协会议的全体代表通过了给全体人民解放军指战员的慰问电，称赞道：“中国人民革命的特点是武装的革命反对武装的反革命。中国人民政治协商会议的召开和中华人民共和国的成立，首先是人民解放军全体将士团结全国人民英勇奋斗的结果。”

从当年的摄影照片和拍摄的纪录片镜头中，后人可以清楚地看到当时人民解放军受阅部队的雄风英姿——

一面火红的“八一”军旗在3名护旗兵的护卫下，伴着《军队进行曲》的雄壮节奏，引导受阅方队由东向西而来。

这是“八一”军旗第一次向全国人民公开亮相。过去，人民军队的军旗式样极不一致，进入解放战争以来，多数部队曾自发地打起了类似于红军时期缀有一颗大五角星的红旗，冲锋陷阵在前线。1949年年初，正在西柏坡指挥全国作战的毛泽东，即预见到全国胜利即将到来的新形势，指示解放军总部尽快拟定出制作军旗的方案，并要求：军旗上应有五角星和“八一”字样，象征党对军队的绝对领导，寓意八一南昌起义创建了人民军队。周恩来特别补充指出：军旗要以红色为主体，五角星和“八一”字样用黄色，旗杆要装上红缨枪的矛头，以表达人民军队的由来。6月15日，中国人民解放军军事委员会发布命令，正式规定了人民解放军军旗及军徽式样，继而推向全军。在开国大典前夕，“八一”军旗式样即已颁发于全军，但还没有在如此大的公共场合与人民见面。所以，当“八一”军旗在五星国旗的辉映下出现在天安门广场时，千万群众无不翘首相望，一睹军旗风采。

分列式的第一方队序列，是年轻的人民海军水兵代表分队。155名身着崭新水兵服装的海军战士，以“八一”军旗为前导，走在整个队伍的最前面，由东向西阔步行进。他们大都是刚刚穿上水兵服的原陆军士兵，现在都戴着白色水兵帽，帽后飘动着黑色缎带，身着蓝白相间的海魂服，显得格外潇洒英俊。当群众看到人民军队的第一支海军时，欢呼声再一次如浪卷潮涌。

强大的步兵师迈着刚劲有力的步伐走过来了，这是由陆军第一九九师全体指战员组成的方队。这支诞生在南昌城头的人民军队，经过血与火的漫漫征程，终于来到了天安门。冲锋枪营全是清一色的美制斯登式、汤姆式冲锋枪，随后是轻机枪营、重机枪营、步枪团、通信营、战防炮营、轻迫击炮营、重迫击炮营……8000余名指战员携带着在战场上缴获的各种武器，组成了12个方队，步伐整齐，气贯长虹，浩浩荡荡地开过来了。

第一九九师部队有着自己的光荣历史。他们在走过两万五千里长征路后，于1937年8月随大部队东渡黄河，开赴华北抗日前线。后在聂荣臻将军率领下，进入五台地区，开辟敌后抗日根据地。先后改编为晋察冀军区第一军分区一支队三大队，八路军第四纵队第十一支队、第十一军分区、第七旅、第五旅。先后参加了平型关大捷、百团大战，保卫张家口、正定、保北、太原、平津等16次战役，共作战182次，取得了俘敌中将以下19146人，毙伤敌人30539人，缴获各种火炮154门、各种枪15298枝的辉煌战果。1949年2月，这个旅改编为华北军区第一九九师。5月，进至塘沽至山海关一线沿海设防，卫戍京津，后接受了代表中国人民解放军陆军参加开国大典阅兵式的光荣任务。

现在，光荣的第一九九师指战员们，踏着《军队进行曲》的节奏，雄赳赳地走进了天安门广场，行进在旗如林、歌如潮的欢呼声中，行进在全国人民的注目期待中。

走在步兵师队列最前面的是该师师长李水清。这个来自井冈山下当年的小红军，在参军时曾因年龄小，连支红缨枪也分不到，在分配到一根木棍后，又闹着向连长要大刀。连长对他说："我的同志弟，别怄气，将来全中国都是我们的，还愁没有一把大刀？只要我们跟着毛委员，胜利很快就会到来。"连长的话很有预见性，20年后开国大典中的李水清师长身旁，已是轰隆前进的铁流。

李水清是光荣的，也是幸运的。他代表中国人民解放军陆军全体指战员接受了统帅们的检阅，接受了全国人民的检阅。后来，他在《五星红旗在天安门前升起》一文中激动地写道："我们是代表整个人民解放军部队接受党和人民的检阅的，那是我一生中最难忘的时刻。阅兵式是庄严的，盛大的，它给了我们光荣和自豪，我们将永远记住这一天，这是我们开国大典的一天，我们胜利的一天！我们来了，但还有许多同志没有来到这里，他们没有等到这一天就献出了宝贵的生命!”

紧跟步兵方队而来的是多兵种陆军代表部队。铁流滚滚中，炮管高昂，一派所向披靡的宏大气势。这支钢铁的队伍，是人民解放军在“大反攻”的硝烟中刚刚建立起来的。炮兵师、战车师包括摩托化步兵团在《军队进行曲》的军乐伴奏声中，相继开过来了。“九〇”野战炮、“一五五”榴弹炮、“四七”城防炮、“三七”高射炮、“七五”高射炮，在美式中型卡车和10轮大卡车的牵引下，双车并进，通过广场。

紧接着，在《坦克进行曲》军乐声和隆隆马达声的交响中，轻型坦克团、中型坦克团和装甲车团，以威不可挡的排山倒海之势，通过天安门检阅台前。战车方队的第一辆坦克车上写着“功臣号”3个大字，这是刚从敌人手中缴获的，又在攻打锦州和天津战役中荣立了战功的坦克。

油漆在炮车、战车身上的“八一”红星和白色轮圈，在阳光下闪闪发亮，士兵们挺胸站立在战车上，注目城楼，庄严敬礼，愈显分列式整齐一致，威武壮观。

当战车师行进到广场中段时，东方天空传来了震耳的轰鸣声，人民空军的第一支飞行中队像只只银燕穿行在蓝天。金水桥畔，天上地上，浑然一体，形成了雄伟的立体武装阵容，引得万众仰望，真是令人目不暇接。这种让飞机和坦克同时出现在阅兵场上的做法，是吸收苏联“老大哥”的经验，从而显示出人民解放军强大的武装力量阵容。人民空军的飞机分别以三机和双机编队，一批又一批地飞经天安门广场的上空。城楼上的毛泽东等中央领导人也兴奋地昂首注视着祖国领空的保卫者。(关于空军受阅详情，在下节再专门细述。)

人们的目光还未从渐渐远去的机影上收回，军乐队激越的《骑兵进行曲》又引出了壮观的骑兵师部队。“哒、哒、哒”的马蹄声，阵阵催耳，来自内蒙古草原的骑兵师开过来了。3个骑兵团和1个“三八”野炮营，共1920余匹军马，以浩荡的阵容，分6路纵队前进。各梯队军马的毛色与装具整齐划一，或全红，或全白，或全黑，分别组成了“红马连”“白马连”等方队，6马并行，以整齐划一的动作驰过天安门前。骑兵们身着草绿色军服，横枪挎刀，飒爽英姿，威风凛凛，引起群众队伍中暴风骤雨般的欢呼声。

威武的军队，列列行进在天安门前；精神抖擞的指战员，个个昂首挺胸。两个月前，他们刚从战火纷飞的前线赶来，身上还带着硝烟的味道。在他们的队列中，有来自井冈山的老红军，有在敌后坚持八年抗战的八路军、新四军，有来自黄河两岸的农家子弟，有来自渤海湾的渔民儿郎。在这幸福的时刻，他们的脑海里该有多少艰苦年代的画面在交替映现：是南昌起义、秋收起义、广州起义的猎猎战旗？是井冈山、长征路、延安窑洞的艰苦岁月？是反“围剿”、百团大战或仍在进行中的解放战争的血火战场？广场上的群众会说，这些都有。因为展现在天安门城楼前的是一部活生生的中国革命史，是他们用自己的热血和身躯托起了共和国的太阳。

检阅式和分列式共进行了两个半小时，受阅方队全部以相同的距离和速度，按照预定的时间通过了检阅台。这两个多小时，浓缩了中国人民解放军22年来的艰苦战斗历程，也预示了未来革命化、现代化、正规化的征途。毛泽东和城楼上的中央领导人不断地挥手、鼓掌。广场上几十万双眼睛都注视着受阅部队，把家乡的安宁、祖国的强盛重望，寄托在这些人民子弟兵代表的身上；把张扬国威、军威的千钧重担，放在这些忠诚战士化身的肩上。人们欢呼雀跃，喜悦自豪的欢呼波涛再次卷起一个又一个高潮。

开国大典阅兵式，在中国革命历史上留下了永久的辉煌，也留下了一代军人的荣光。它警示共和国新一代军人不要忘记新的历史使命，这就是要珍惜和保卫来之不易的胜利果实，把新中国建设得更加繁荣富强。

人民空军受阅：破世界先例，携弹通过天安门上空

开国大典中受阅的空中飞行部队，起飞自北京以南的南苑机场，在当时被人们称之为“南苑飞行队”。这个飞行队刚刚组建不久，飞机场也是刚从国民党军留下的烂摊子中接收过来的。

1948年年底，辽沈战役结束后，人民解放军东北航校先后派出几百名干部组成工作组，分赴各地接收国民党空军人员及其飞机和工厂。负责到北平开展接收工作的有两个小组：到西郊机场的是以后任华北航空处处长方华为组长的接收小组，组员有邢海帆、赵大海等人；到南苑机场的是以韩阳明为组长的接收小组，组员有刘善本、吕黎平等人。他们在战火中接收和保卫了

西郊机场和南苑机场，先后修复了1架B-24重型轰炸机，1架B-25轻型轰炸机，2架“蚊式”战斗轰炸机，3架P-51型战斗机，1架C-46型运输机，1架C-47型运输机，1架PT-19型教练机和1架AT-6型高级教练机，并接收了各种型号的航空发动机184台，接管了飞机、发动机备件库，无线电仪表库，修理厂和大型机库等，为以后的空军建设和开国大典中的空中受阅准备了至关重要的物质基础。

1949年6月，周恩来找到军委航空局局长常乾坤，指示他要立即在南苑机场组建中国人民解放军第一支航空战斗部队，以迎战经常来北平袭扰的敌机。

航空局长常乾坤是人民解放军中的航空专家，他于1938年以优异成绩毕业于苏联茹科夫斯基航空学院，1940年辗转回到延安。抗日战争胜利后，常乾坤跋涉千里到东北创建了人民解放军第一所航空学校，他和他的战友们用马拉着飞机开创了人民空军的艰苦创业史。现在，他在接受了建立航空战斗飞行部队的任务后，经过多方的考察和研究，很快拟定出了人民空军史上的第一份空军建设计划，呈交给了毛泽东。毛泽东在当天即审阅并批准了这个计划。常乾坤实现了自己多年的夙愿。

常乾坤立即组织一批国民党空军起义人员，克服重重困难，在各解放区昼夜抢修出了9架美国制造的P-51型野马式战斗机，后调来南苑机场集中，加紧战斗技术训练。当时，国民党军的8个飞行大队计有381架飞机，除不能起飞和需要修理的留内地外，其余能开得动的已全部飞往台湾和广州等国民党军占领区。

在常乾坤的指挥和全体空勤人员的积极努力下，到8月15日，各地修复的杂乱机种飞机陆续飞来北平集中。军委航空局见时机已经成熟，下令成立了“南苑飞行队”。

9月1日，中央军委召开开国大典阅兵会议，正式确定空军必须参加大典中的空中受阅。这时整个人民解放军空军能够安全起飞的飞机，仅有少得可怜的17架，此时已全部奉命集中到了南苑机场。中央军委决定倾其全部飞机参加开国大典受阅。并决定，自9月5日始，“南苑飞行队”每天出动4架战斗机值班，执行北平的防空任务。

常乾坤召集华北军区航空处和担任北平防空任务飞行队的负责人开会，正式下达和布置了开国大典中空中受阅的任务。邢海帆作为代理队长，担任空中受阅的总领队。

邢海帆接受任务后，心情非常激动。他思绪万千，回顾着自己10多年的飞行生涯。1937年抗日战争爆发后，邢海帆怀着打击日本侵略者、航空救国的激情，在昆明参加了国民党空军，学习飞行。毕业后，又以优异的成绩获得到美国学习的机会。回国后参加对日空中作战，曾任中美混合团（联队）飞行分队队长，击落、击毁日机8架。内战爆发后，他借故退出战斗部队，到航空学校当了教官，在这里与中共地下党组织建立了联系，于1947年加入中国共产党。1948年8月，他在党组织的帮助下，携儿带女，全家到了解放区。年底，即随解放军总参谋长叶剑英到北平参加接收国民党空军的任务。后又奉命到东北老航校组织P-51型战斗机飞行训练。1949年8月中旬，他接到让他带刚刚修复的7架P-51型战斗机飞抵北平的命令。任务是不仅要担负北平的防空任务，还要参加开国大典中的空中受阅。这时，原飞行队长徐兆文在训练中负伤，不能飞行。因此，军委航空局决定由邢海帆代理“南苑飞行队”队长，完成开国大典中的空中受阅任务。

“南苑飞行队”在接受了空中受阅任务后，立即展开各项准备工作。准备参加受阅的飞机机型，有P-51型战斗机、“蚊式”轰炸机、C-46型运输机和教练机，共17架齐集南苑机场。所指定的参加受阅的空中飞行员，在接到来自北平的命令后，迅速从全国各地赶到了北平南苑机场。其中有来自国民党空军的起义飞行员，如刘善本、阎磊、杨培光等，有在新疆学习飞行归来当教官的方槐、安志敏等，有刚从东北航校培养出来的年轻优秀飞行员林虎等。

刘善本是国民党空军的第一个驾机起义者，1946年，他在收音机中常常收听延安新华广播电台的广播，深受教育和鼓舞，决心脱离国民党军阵营，不再打内战。一天，他借运送无线电器材的机会，驾机飞到了延安，毛泽东在次日即接见了他，给予他很高的评价和鼓励，并即兴赋诗赞誉：“刘善本，性本善，驾驶飞机反内战。”在新中国诞生前夕的政协代表产生酝酿时，毛泽东和周恩来特别提议让刘善本出席政协大会。几天前，刘善本即光荣地出席了全国政协第一届会议，参与筹备新中国成立的各项工作，决策大事，并当选为全国政协委员会委员。

这些来自全国各地的飞行员，每个人都有着不同的经历，所驾驶的是不同的飞机。所以，要在短短的1个月时间里达到互相理解，配合默契，圆满地完成受阅任务，其难度是相当大的。但是，他们走到一起后，都能互相信任，密切配合，千方百计地保证全队整齐、准确地通过天安门上空。

队长邢海帆与地面指挥员和各分队长反复研究，制定了各种方案，对可能出现的最大困难都作了预测和应急准备。为了防备在开国大典中敌机的空袭，他们研究决定，在 P-51 型战斗机分队中，由分队长赵大海（一年后任飞行团长，牺牲在抗美援朝战场）和飞行员阎磊带弹飞行，一旦有敌情，即马上临空出击。因为仅在几个月前，国民党空军的 6 架 B-24 型飞机，曾对南苑机场实施狂轰滥炸，3 架 P-51 型战斗机突袭西郊机场，猖狂地擦着屋顶盘旋，扫射农舍和人群。一年多前，国民党军轰炸机突然袭击毛泽东的驻地城南庄，人们对此都仍记忆犹新。所以，不能不严加防备。

“南苑飞行队”为了使几种不同类型、不同速度的飞机能在空中保持好编队，他们经过反复飞行计算和图上作业，并多次进行演练，在认为切实可行后，先由队长邢海帆单独试飞。

这天，邢海帆驾驶一架 P-51 型战斗机从南苑机场起飞，由于没有导航设备，他全凭双眼观察地标和保持罗盘飞行。邢队长以通县的双桥广播天线铁塔为起点，按 270 度飞行，准确地通过了天安门上空。飞行结果与地面图上作业计算数据相吻合。试飞的成功，使每个飞行员的信心更加坚定了。

9 月 22 日，邢海帆在试飞成功降落南苑机场后，立刻在军委航空局的统一领导下，着手制定了《空军参加检阅计划表》，将受阅的机种、队形编制、飞行高度、距离和次序等分门别类地列入表中。并注明：P-51 战斗机和“蚊式”战斗轰炸机各两架在完成受阅后，即分别升空 1 万英尺和 1.2 万英尺，“担负北平、通州、良乡、大兴上空的警戒任务”。

9 月 23 日，“南苑机场飞行队”全队进行预演，参加受阅的 17 架飞机全部实地试飞通过天安门上空，按不同机型分为 6 个分队：由 9 架 P-51 型战斗机分别组成 3 个分队，成 3 个“品”字形编队，飞在最前面，由邢海帆带队；接着是第四分队的两架“蚊式”轰炸机，排成“一”字队形；后面是由 3 架 C-46 型运输机组成的第五分队；最后是由 3 架教练机组成的第六分队编成的“品”字队形。根据指挥部的决定，9 架 P-51 型战斗机完成第一波次飞行后，要再右转弯回过头接着教练机完成第二波次的飞行。如此，在地面看来，整个空中受阅飞机就不止 17 架了，而是 26 架。

预演中的飞机轰隆隆飞过中南海上空，正在这里参加政协会议的民主人士代表们有人惊恐地问：“怎么？哪里来的飞机？是不是敌机来轰炸了？”因为在一些民主人士头脑中，“小米加步枪”的人民解放军是没有飞机的，在已解放了的北平上空响起飞机的轰鸣声，那只有是国民党军的飞机来轰炸了。

周恩来自豪地高声告诉大家说：“这是我们人民解放军空军自己的飞机！”

“啊！好哇！”会场响起热烈的掌声和欢呼声。

“我们空军的飞机是来保卫我们政治协商会议的！”周恩来又向代表们说道。

整个会场欢声雷动，压过了空中的飞机轰鸣声。

开国大典这一天，尽管阅兵时间是在下午3时，但飞行员们在凌晨5时就来到了飞机旁。战斗机飞行员作好了保卫领空的起飞准备，其他飞行员作好受阅准备。17架飞机被装饰一新，红色的机头，机翼和机身上黄色镶金的“八一”红五星在朝阳下闪闪生辉。

由天安门城楼下通向南苑机场的专向电话已经开通，架设在城楼北侧的功率15W的短波电台和设立在城楼下房间内的V101型报话机，以及SCR284型收发信号电台全部进入工作状态，报务员谢跃恒、袁玉体等人分别负责与受阅部队和对空指挥台及南苑机场塔台的通讯联系。华北军区航空处在北京饭店楼顶上设置了航空指挥台，在东大桥、通县等地设立了防空电台，以防备敌人的空袭侵扰。

下午4时，空中受阅飞行部队地面指挥员油江，向南苑机场发出了“起飞”的命令，参加受阅的17架银鹰依次起飞腾空，然后按规定计划的航线、高度和速度出航，在北平市东南方向的通县上空编队集合，盘旋待命。

邢海帆回忆说：“4点35分，无线电里传来了‘空中受阅开始’的命令，这时，我带领这支空中受阅飞行部队，满怀信心地飞向天安门上空，接受党中央、毛主席和国家领导人的检阅。当时的队形是：飞在前面的是9架P-51型战斗机，高度920米，分为3个分队，各分队成‘品’字队形，第一分队长由我兼任，左右僚机飞行员分别是孟进、林虎；第二分队长杨培光，左右僚机飞行员是阎磊、王延州；第三分队长是赵大海，左右僚机飞行员是谭汉洲、毛履武；接着是由两架‘蚊式’轰炸机组成‘一’字队形的第四分队，高度760米，分队长是邓仲卿，飞行员王玉珂；他们后面是由3架C-46型运输机组成的第五分队，分队长是刘善本，同座飞行员杨宝庆，左右僚机飞行员是徐骏英、姚峻和谢派芬、王洪智；最后是由3架教练机组成的第六分队，高度550米，编成‘品’字队形……”

如预演时一样，他们根据指挥部的决定，邢海帆带领9架P-51型战斗机在完成第一个波次飞行后，又右转弯回过头接着教练机再完成第二波次的飞行。广场上的群众都在仰头细数着："1架、2架、3架、4架……17架……25架……"

天安门城楼上下的许多人在欢呼声中开始悄悄议论着："怎么？我们空军的飞机有26架呀！"天安门城楼上，一些原来知道新成立的人民解放军空军"南苑飞行队"仅有17架飞机的部分政协代表们，对空中此时出现的26架飞机顿时大惑不解。直到知道内情的毛泽东和周恩来等人向他们解释后，才恍然大悟。

隆隆轰鸣声滚过天安门上空，如从九天云霄落下一串串霹雳。

那些政协代表、民主人士们，尽管明白了在地面看来整个空中受阅飞机是26架的"秘密"，但还不知道空中的另一个秘密：他们根本不会想到，飞临头顶的银鹰，是破世界空军史上的先例，带了真枪实弹受阅飞行的。因为这时敌情非常复杂，如果遇到敌机来了再落地装炮弹，就来不及了。所以，才有了满载弹药的飞机通过检阅台的这有险无惊的一桩航空史上的奇迹。这些空中健儿们在完成空中受阅任务后，其中的4架战斗机便于飞临复兴门后，立刻升高空担负起了防空警戒任务。

也正因为如此，由于人民空军的充分准备和防范措施得力，想来破坏的敌机终未敢起飞。当电波中传来天安门广场上的大典活动后，有人建议出动飞机进行袭扰。蒋介石半天没有出声，最后摆着手说："算了吧，毛泽东不会没有准备。"

而此时的毛泽东，正站在天安门城楼上，仰视着天空中的机群，向着一架架银鹰用力地挥动着右手。广场上的千万群众欢呼雀跃，把帽子、毛巾、报纸等抛向了空中，地面上的欢呼声与空中的轰鸣声组成一曲激动人心的交响乐。

"南苑1号，注意高度。"

"防空2号报告……"欢畅的通讯声在北京上空传播。

人民空军胜利地完成了开国大典中的受阅任务，充分显示了强大的阵容和军威，为大典增添了耀眼的光彩。

这天晚上，朱德以人民解放军总司令的名义在北京饭店宴请陆、海、空部队三军代表。邢海帆、刘善本戎装未脱即赶到了宴会大厅。朱总司令特意来到空军席，高兴地对邢海帆说：“你们飞得很好嘛！从现在起，我才真正是陆、海、空军总司令了！”

从井冈山拼杀出来的红缨枪，在天安门城楼前演奏出新中国国歌

开国大典在一片雄壮的军乐声中进行。随着乐队指挥的手姿，中华人民共和国代国歌《义勇军进行曲》随着五星红旗的升起，在天安门广场气势磅礴地奏响。

中国人民政治协商会议之前，对于开国大典中奏什么曲子，曾有过激烈的争论。有人主张用德国的，因为世界阅兵曲子不是用德国式的就是用日本式的，因为这两个国家阅兵曲子的确听起来很有力，也很有节奏感；也有人主张用苏联的曲子，理由是社会主义国家应该“一边倒”；而大多数人则坚持用中国自己的曲子。一时意见纷呈，莫衷一是，谁也拿不定主意。由于这事关系重大，政协会议筹备委员会只好将这个问题先提交毛泽东、周恩来等中央领导人商议后再作最后决定。

毛泽东在得知这件事后，干脆利索地说：“这有什么可争议的，我们自己的开国庆典，当然要用自己的曲子，奏我们新中国的国歌。”然而，毛泽东在这时说归说，新中国的国歌又在哪儿呢？国民党政府“三民主义，吾党所宗”的国歌（1929年颁行全国为国民党党歌，1936年代国歌，1943年定为正式国歌），尽管是孙中山作的词，显然是不能再沿用了。

新中国，理应有新的国歌！

在毛泽东的提议下，政协筹备委员会立即向全国开始征集国歌词谱稿。但是，后来所收到的数以万计的国歌应征稿却都不尽人意。

距离预定开国大典的日子越来越近了，国歌仍未能定下来。

一些年纪大一些的著名民主人士，见在众多的征稿中选择不出满意的国歌后，一度曾把目光落在了过去的中国国歌词谱上。说来，中国古代的历代王朝是没有国歌的，中国始有国歌是在清朝末期向西方学来的。清末，中国的外交很频繁，清王朝在涉外场合上看到西方各国常常演奏国歌，作为国家

精神的象征。于是，清王朝出于外交的需要，让典礼院制定了国歌。1911年10月7日，中国的第一首国歌《巩金瓯》出现了，歌词是："巩金瓯，承天帱……帝国苍穹保，天高高，海滔滔。"然而，这首清王朝国歌出世仅3天，辛亥革命爆发，此歌竟成了清王朝彻底覆灭的挽歌。所以，尽管这首《巩金瓯》属中国国歌之首，但又怎么能作为共产党新中国的国歌呢？政协代表们很快就否定了个别人的这一建议。

有的民主人士又提出用孙中山为首的中华民国临时政府成立后的"国歌"，歌词是："亚东开化中华早，揖美追欧，旧邦新造。飘扬五色旗，民国荣光，锦绣河山普照。喜同胞鼓舞文明，世界和平永保。"提议人并提出将歌词中的"揖美追欧""飘扬五色旗"略作改动，但大多数代表对此仍表示不同意。

在政协的多次商讨国歌会上，民主人士和代表们可说是把能想到的能作国歌的词或谱都想到了，有的也提出了建议，但最终都没成定论。

这时，以画骏马而名扬天下的画家徐悲鸿和著名建筑家梁思成政协委员，在权衡众多国歌征稿都不令人满意的情况下，向毛泽东建议可先以《义勇军进行曲》代为国歌。

《义勇军进行曲》是一首硝烟和着鲜血谱成的英雄乐章，产生于民族危亡的1935年：革命戏剧家田汉在被反动派逮捕前把这首歌词仓促地写在了一张包装香烟盒的锡纸衬底上。后来，这片纸辗转传到了音乐家聂耳手中。聂耳在面临反动派迫害即将离国赴日本之前，以高昂的激情为这首词谱了曲，命名为《义勇军进行曲》，作为电影《风云儿女》的主题歌出现在全国人民面前。这首歌一经唱出，立即化作中华民族解放的动员令，成为催人奋斗"冒着敌人炮火前进"的号角。不久，这首在中国人民大众中脍炙人口的歌曲，又经著名黑人歌唱家罗伯逊演唱并灌制唱片，更是享誉世界，成为国际反法西斯战线一首令人闻之斗志昂扬的战歌。

所以，对《义勇军进行曲》较熟悉的毛泽东，在徐悲鸿、梁思成提出用这首歌曲作为新中国代国歌后，当即就积极表示支持。然而，在政协会议分组讨论时，有的委员则提出不同意见说，新中国就要成立了，而歌词中"中华民族到了最危险的时候"已经过时了，主张改词。

考虑问题十分细致和稳重的周恩来，对这个问题是早有所思的，他及时地发表自己的意见，提醒大家要居安思危、安不忘危，说："我们面前还有帝国主义反动派，我们的建设发展越快，敌人越嫉恨我们，想法破坏我们，你能说现在不危险了吗？倒不如留下这句词，使我们耳边警钟长鸣的好。”

周恩来的这些话使人豁然开朗。后经第一届政协全体代表一致通过，开国大典演奏《义勇军进行曲》，并借鉴国民党政府在国歌上“以代待正”的做法，政协大会决定在中华人民共和国未正式制定国歌前，先以田汉作词、聂耳作曲的《义勇军进行曲》为代国歌。（1978 年，经第五届全国人民代表大会第一次会议通过，将《义勇军进行曲》配上新词，正式定为中华人民共和国国歌。1982 年 12 月 4 日，第五届全国人民代表大会第五次会议决定，恢复《义勇军进行曲》为中华人民共和国国歌。）

一首激昂的新中国国歌，终于适时奏响在 1949 年开国大典的激动人心时刻。

新中国的一切都是新的，充盈在天际间的乐声是那样鼓舞人心，振奋精神。同时，人们注意到演奏乐器的人是新的，姿势也是新的，尤其是乐队指挥手中的指挥棒更是令人耳目一新。

人们哪知道，仅演奏新中国国歌用什么样的指挥棒这个问题，政协会议仍像讨论国歌一样，还特别召开会议，专门讨论究竟用何种指挥棒才能与新中国国歌相匹配。最后的决定是，不用以往皇家庆典时的指挥旗，不用当时国际流行的指挥棒，也不用很多人提议的小红旗，而是采用特制的指挥棒——红缨枪。中华人民共和国的成立是中国共产党领导之下武装夺取政权的结果，红缨枪最能象征新中国诞生的源头，更能与中国共产党为代表的中华民族优秀儿女为之奋斗的开国大典相协调。（新中国的军乐队自从在开国大典的历史胶片中定格后，至今仍沿用着用特制的红缨枪作指挥棒的定则。）

1949 年的金秋，天安门前的红缨枪指向苍穹，奏响了新中国强劲的乐章。

天安门前金水桥之南约 50 米处，以华北军区军乐队为主组成的联合军乐队格外惹人注目。500 名队员身着新军装，脚穿当时最时髦的翻毛皮鞋，手执闪亮的军鼓、铜管或木管乐器，列队城楼前。4 名副指挥目不转睛地注视着总指挥罗浪手中的红缨枪，全体队员的目光都集中到了队前各自指挥者的红缨枪尖上。

这支华北军区军乐队组建于 1947 年秋。那时，人民解放军晋察冀军区领导人在转移途中突然接到敌情通报，当即在马背上作出决定，指挥部队打响了清风店战役，一举歼灭蒋军嫡系第三军主力，活捉了军长罗立戎。就在这次战役中，国民党第三军名噪一时的军乐队被人民解放军俘虏过来，一大批

"洋鼓洋号"也就成了稀有的战利品。

晋察冀军区政治部根据聂荣臻司令员的指示，派文工团音乐队队长罗浪去接收这支军乐队。罗浪这个人身材长得虽不高，但很精干。他是一位南洋华侨的儿子，抗日战争初期从香港投奔延安，考入鲁迅艺术学院音乐系，跟冼星海学过指挥，以后分配到晋察冀抗敌剧社。他接受了这些"洋鼓洋号"战利品后，把被打散的国民党第三军的军乐队员又从各俘虏所和连队中重新召集回来，对年纪太大的军乐队员即发给路费让其回家，对年纪较轻的军乐队员就留下来进行集中整训，并从解放区和各根据地中又招收了40多名中小学毕业的青年，一同进行培训。到此算是正式成立了晋察冀军区乐队。在这支中国人民解放军的第一支军乐队中，军乐员年龄最小的仅15岁，年龄最大的一位生于光绪年间，时年已经70多岁。

毛泽东、周恩来等中央领导人得知人民解放军有了自己的军乐队后，十分高兴，亲自在进京的途中专程来到一个偏僻的小山村看过这支军乐队的演奏。毛泽东把大铜号提在手上，掂了掂重量，得意地说："看样子是庞然大物，其实不重嘛！我也能扛得起，可我吹不起。"周恩来兴高采烈地说："哈哈！我们有了自己的第一支军乐队了！"

北平和平解放后，军队乐随军进城。由于当时人民解放军总部没有军乐队，凡是演奏任务都毫无例外地交给了这支军乐队。9月27日，中国人民政治协商会议确定《义勇军进行曲》为代国歌后，毛泽东想起了在山村中见到过的这支晋察冀军乐队，说："国歌有了，还要吹打起来，壮我国威。"周恩来明白毛泽东所说的意思，连夜通知了军乐队。次日，军乐队紧张地投入到了突击演练中，由于离开国大典的时间仅有4天，已来不及搞合声配器了，他们只好采用大齐奏，加上简化的低音。

30日下午和晚上，军乐队连轴转，为政协会议闭幕式和人民英雄纪念碑奠基仪式进行了演奏，实际上也是临场训练。军乐队员们虽然历经连日来的高强度认真排练，但人人仍是精神饱满，把一首国歌演奏得气势恢宏，政协代表们对军乐队的排练如此及时和熟练无不惊叹和振奋。

10月1日上午，为了保证开国大典中的奏乐，军乐队奉命全体休息半天，但队员们都兴奋得难以入睡，他们一大早就起床开始擦拭乐器，整装待发。出发前，队里下了一道死命令：不管遇到什么情况，就是敌机的炸弹掉在脑袋上也不能动。

下午2时55分，毛泽东和一代开国元勋们来到天安门城楼下，稍事停顿后便按计划沿着城西侧的古砖梯道拾级向城楼上走来。军乐队总指挥罗浪目不转睛地眺望着天安门西城台，他手中的指挥旗和全体队员的动作都如凝固了一样纹丝不动。

负责向军乐队发信号的华北军区宣传部长张致祥，右手拿一条红绸子，站立在天安门城楼楼台的西南角上。当走在前面的毛泽东还差两步就要登上城台地的时候，张致祥对着广场上的罗浪，将红绸子用力地上下甩动了两次，发出了奏乐的信号。

心领神会的罗浪迅速摇动着他手中的红缨枪。顿时，大军鼓、小军鼓、短笛、长笛、黑管、木管、大号、小号、短号、长号各种乐器，一齐首先迸发出《东方红》强有力的奏鸣曲。欢声雷动的广场上，一片红旗和彩带飞舞的波涛，“东方红，太阳升，中国出了个毛泽东……”这首人们既熟悉又亲切的乐曲响彻天安门上空，响彻人们的心中。

“中华人民共和国中央人民政府已于本日成立了!”毛泽东走近麦克风前，庄严向世界宣告。

毛泽东洪亮的声音还在天安门广场上回荡，军乐队奏响了时代的最强音——中华人民共和国代国歌《义勇军进行曲》。由200件乐器组成的阵容强大的军乐队，伴随着罗浪手中红缨枪铁矛下丝穗的有节奏飘动，用音符把新中国的伟大诞生谱写在了史册上：

“起来！
不愿做奴隶的人们！
把我们的血肉，
筑成我们新的长城！
中华民族到了最危险的时候，
每个人被迫着发出最后的吼声。
起来！起来！起来！
我们万众一心，
冒着敌人的炮火前进！
前进！前进！进！
……”

天安门广场上万众群情激昂，随着豪迈、嘹亮的乐曲发出了波涛滚滚般的合声，大家唱起了这支英雄的壮歌、战斗的进行曲。中国人民反帝反封建的英雄气概和中华民族不屈不挠的奋斗精神，在乐曲中升华，融入几千年人类历史文明。

激昂的乐声，震撼人心，乐曲中，许多人流下了滚烫的热泪。军乐队指挥之一晨耕后来回忆说："我平时从来不哭，就是我的亲姐姐被日本鬼子枪杀，也没掉泪。可是那天，站在金水桥旁，正好对着毛主席、刘副主席、朱总司令、周总理，心情既兴奋又沉重。我也是从枪林弹雨中走过来的。现在居然站在开国大典的乐队指挥台上，五星红旗在我指挥的乐曲声中冉冉升起，天安门城楼上传来信号的一瞬间，我把喜悦、自豪，以及对牺牲战友的思念，全都倾注在手中的红缨枪上。一个有力的挥动，顷刻间，国歌的第一组音符像离弦之箭，直射苍穹，回荡在祖国上空。我一边指挥，一边清楚地看到，队员们一串串泪珠随着乐曲流淌，顺着圆号滚落，我的热泪也夺眶而出。"

按照开国大典程序规定："欢迎中央人民政府主席、副主席就位时，升国旗、鸣礼炮时，及主席宣读文告后，均奏国歌。"因此，10 月 1 日这天下午，军乐队的队员们是一曲接着一曲演奏，仅国歌就演奏了十余次。而且在开国大典这天，整个阅兵式和群众游行也都是在乐曲中进行的。他们随着总指挥手臂的有节奏起落，连续奋战，演奏着一首又一首的喜庆乐曲。他们在天安门广场连续站立演奏了四个多小时后，仍然精神昂扬。最后，军乐队在总指挥的带领下，一边演奏着《欢庆胜利》的乐曲，一边步伐整齐地通过天安门广场，接受开国元勋们的检阅。

大典后，毛泽东对军乐队在开国大典上的出色演奏倍加赞赏，高兴地对聂荣臻说："你们华北军区这个军乐队组织得好，组织得正是时机。现在不仅是大壮了我军威，更大壮了我国威。今后，我们应该成立千人的军乐团。"聂荣臻记住了毛泽东的后几句话，在新中国成立两周年的时候，他在原来军乐队的基础上又亲自指导筹建了新的大型军乐队，集中了华北、东北、华东、西南等军区及志愿军系统的乐队成员达 1500 人，参加了国庆演奏。毛泽东望着军乐团的庞大阵容，感慨地说道："士别两年，真是刮目相看。这么短时间就搞起来了，不简单啊不简单！"

天安门城楼下的意外枪声引来满天“礼花”

阅兵式之后，欢腾的群众游行队伍开始通过天安门前，向新的中央人民政府领导致意，接受检阅。

天安门前，欢呼的人潮一浪接一浪地翻滚而过。

城楼下，是一幅动人心弦的景象：万只白鸽飞向蓝天，象征着中国和平时期的到来。红旗如林，天地如画，歌声如涛，一片欢腾的人海中，千万民众如朵朵浪花在跳跃。北京全城的人都到这里来了，全国各条战线上的英雄代表们都到这里来了。游行的队伍似乎没有尽头，欢腾的人群似乎看不到边。这壮观的大典，千音的合唱，万众的手臂，把一个崭新的中国推向世界。

游行的人群中高呼“万岁”的声音一阵高过一阵，人们都争着仰头望着天安门城楼，以一睹领袖毛泽东的神采。

口号声传遍北京，传向全国，经久不息。

中国共产党经过28年的浴血奋斗，终于在今天完成了千秋大业；中国共产党人在牺牲了千千万万同伴后，最终换得了今天的荣光。

此时天安门城楼上的毛泽东，看了看围簇在他身旁的战友，对照每个人的名字，联想起一份由国民党开列的要接收共产党员加入国民党组织的“名单”。1923年，中共三大通过《关于中国共产党和国民党关系的决议》，决定全体共产党员以个人名义加入国民党，以推动国民革命的发展。后来，国共两党关系破裂，直到抗日战争爆发后，1938年6月3日，国民党中央监察委员会通过一项决议案，即恢复毛泽东、周恩来等26人的党籍。同日，毛泽东、周恩来、林伯渠、吴玉章、董必武、邓颖超、叶剑英等人即联名以“国共两党虽在政治上已告合作，但组织上两党关系是否恢复到民国十三年之办法并未商定”，且事前更未通知与征求本党中央及个人意见，郑重发表声明不予承认，并要求国民党中央于次日登报。几经交涉，国民党中央最后不得不声明撤销此案。

共产主义的坚定信念使以毛泽东为首的中国共产党人，最终会聚在今日的北京天安门城楼上。他们在这里的公开亮相，向全世界证明着中国共产党人的顽强生命力，向全中国人民昭示着只有中国共产党才能救中国的真理。由此，他们也赢得了人民群众的衷心爱戴和喊破喉咙的欢呼声，而其高呼频率最高的3个口号是："中华人民共和国万岁！""中国共产党万岁！"和"毛主席万岁！"。

这天下午，毛泽东从登上城楼到黄昏时已经连续站了三个多小时，在周恩来的再三劝说下，他才走进休息室坐了下来，与程潜等人交谈着。五分钟不到，周恩来走了进来，对毛泽东说："主席，游行的群众看不见你了，他们都停下来不肯前进了。看来你还得继续站下去才行。"

"好吧，疲劳也得去啊！"毛泽东笑着，又回到了主席台上。

在昨夜蒙蒙细雨后，这天的天气仍时而云影朦胧，光线不强，但由城楼下向上观望的视觉效果却很好。"毛主席，毛主席！"游行的群众踮起脚跟，看到了毛泽东。他们高呼着"中华人民共和国万岁！""中国共产党万岁！""毛主席万岁！"的口号，队伍又前呼后拥地向前移动了。

"毛主席"这亲切的声音，使毛泽东在今天听来很动感情，这称呼虽然已有近20年的经历了。毛泽东在井冈山时期，人们多尊称他为"毛委员""毛党代表""毛书记"，还没有人称他为"毛主席"，"毛主席"的称呼最早始于1931年11月7日，那天，中华苏维埃在江西瑞金叶坪村召开第一次代表大会，任弼时随毛泽东、朱德在大会主席台上就座。会议决定成立中华苏维埃共和国临时中央政府，选举毛泽东为政府主席，项英、张国焘为副主席。大会主持人任弼时在会上第一次称呼毛泽东为"毛主席"，并请毛泽东为大会题词。毛泽东提笔写了："苏维埃是工农劳苦群众自己管理自己生活的机关，是革命战争的组织者与领导者。"他的这一题词使参加会议的代表们激动万分，纷纷高声欢呼："毛主席，毛主席！"从此，"毛主席"这个称呼就诞生了。时至开国大典的今天，心情万分激动的广大人民群众则自发地高呼出了"毛主席万岁"的心声。

"毛主席万岁"的口号声响彻天安门广场，这使城楼上的毛泽东激情澎湃，他将上身探出了栏杆外，向潮水般的群众招手。城楼下的群众看到了这一场景，更是如狂如醉地高呼起"毛主席万岁"的口号。毛泽东这时走到麦克风前，高呼道："同志们万岁！人民万岁！"

原来由东向西游行走动的群众，在听到毛泽东这一振奋人心的声音后，又返身向天安门城楼下拥来，挤上了金水桥，向着城楼上的毛泽东高呼"万岁”，人群沸腾了。

“同志们万岁！人民万岁！”毛泽东再一次激动地高呼着。人民领袖与人民之间的感情交融在一起，整个天安门城楼上下出现了狂欢的高潮气氛。

陈毅看到眼前这令人热血沸腾的场面，无限感慨地大声说道：“看了这，总算此生不虚度！”

毛泽东也激动地说：“人民喊我万岁，我也喊人民万岁，这才对得起人民呀。”

这时，广场上华灯已大亮，工作人员尹荦笙给毛泽东搬来一把椅子，说：“主席，你太累了，请你坐下休息一会儿吧。”但毛泽东始终没有坐下，他换举着左、右手，直到晚10时过，他仍向欢呼的群众招手致意，走下主席台的台阶，沿着城楼上的通道走向城楼的东头，再走向城楼的西头。

这天，在天安门城楼上最为引人注目的女性，是站立在毛泽东身边的、新当选中央人民政府副主席的宋庆龄，她的穿着非常典雅、大方，始终都在微笑着，很少开口讲话。但是，此时此刻的她，心中却很不平静。她显得异常激动，不时地用手绢试着眼帘。她真是太激动了！每当她抬头望见广场上高高树立起的孙中山的巨幅画像，她的情感就再也遏制不住地引导着喜泪长流。她来到北京一个月来，深深为中国共产党的伟大事业所钦佩。在整个9月，她都为新中国的诞生日夜操劳着。孙中山最后的几句遗言是：“和平、奋斗、救中国……”宋庆龄正是为了新中国的开基立业，来到了这五星红旗升起的地方。

在政协闭幕大会上，宋庆龄曾作了热情洋溢的讲话，说：“今天，中国是一个巨大的动力，中国的人民在前进，在革命的动力中前进。这是一个历史的跃进，一个建设的巨力，一个新中国的诞生！我们达到今天的历史地位，是由于中国共产党的领导。这是惟一拥有人民大众力量的政党。孙中山的民族、民权、民生三民主义的胜利实现，因此得到了最可靠的保证。”“在中国历史上，这是第一次有这样一个广大代表性的人民集会，形成一个真正的统一战线，以执行共同纲领和组织一个真正的人民民主政府。”她的讲话赢得了满会场的热烈掌声。

人们评论“宋氏三姐妹”曾这样说：“霭龄爱钱，美龄爱权，庆龄爱民。”宋庆龄时刻想着世界上千千万万受苦受难的姐妹兄弟，过着节俭的生活。她的友人王安娜说：“丰裕的物质生活通常都与孙夫人无缘。她的两个姐妹以函购方式从美国买进奢侈品已成习惯，孙夫人对此曾直率地提出批评。”一次，为了急需用钱，她把自己的几件衣服交给廖梦醒去换钱。她的服装像她房间内的陈设一样简朴，而素色的中国式服装使她愈显出一种温柔与高雅的和谐，一种质朴的美，中国东方女性的美，心灵的美。路易斯·斯特朗描绘说：“她是我所知道的世界上最温柔、最高雅的女性。”

宋庆龄曾受过西方资产阶级民主思想的教育，并在那个社会生活了很长时间，不仅看到了资本主义比封建主义进步的性质，还看到了资本主义阴暗腐朽的一面。所以，她无论是在新中国成立之际，还是在几十年的政治生涯中，从没有提过要将中国“全盘西化”的政治构想，却断言社会主义和共产主义才是最现代的现代化。她对新中国和全人类的希望都寄托于社会主义与共产主义，并为这一目标而奋斗到最后一息。

由于她较早确立了共产主义的信仰，所以她在新中国成立时所设想的国家，早已不是她早年所追求的资产阶级共和国，而是要建立“中华人民民主共和国”。她认为，这种新型的国家制度不但能实现孙中山的三民主义，而且能发展到社会主义、共产主义，而在这新时期所实现的三民主义，也已经是“人民的民族主义、民权主义和民生主义”了。中国共产党发展生产的计划，正是把“孙中山所草拟的中国工业化的计划骨干，给予具体的内容”。

从这时起，宋庆龄作为中华人民共和国的重要领导人之一，与中国共产党亲密合作，进行了大量国务活动，开始了为建设新中国奋斗的重要篇章。之后，她虽然也担任过很多职务，但其中最重要的职务还是要数这时担任的职务，她是国家最高权力机关、以毛泽东为主席的中央人民政府委员会的6位副主席之一，这也无疑是中国共产党对她的无比信任。

本来，北京曾给宋庆龄留下了悲痛的记忆。但她这次到北京之后，感情却完全变了。她曾向上海人民这样描述说：这次到北京的感觉，与在1925年时所经历到的，“真是天壤之别”。那时，从个人的思想感情说，这里是孙中山先生不幸逝世的地方，从国家的角度讲，这座历史名城是各个帝国主义恶势力在中国横行霸道的基地，中国人的都市却没有中国人说话的地方。现在，这个地方全变了，成了“人民的讲坛”，我们听到了人民声震云霄的洪亮欢呼声。这里是新中国的诞生地，也是新中国的首都。这里的一切，特别是其伟大的思想，将影响全国人民。新的政府正在为中国人民创造一种新的文明。这一切，“真使我心里愉快”。她又说：“北京的整个空气，使每个人离开以后，都带了决心，要献出他的每一份力量，来保证中华人民共和国的成功。”

孙中山在晚年曾说，他积毕生经验悟出一个真理：中国革命的成功在于“唤起民众”，然而，他毕竟彻悟得太晚，未来得及付诸实践就去世了。而中国共产党则完成了孙中山要做的事，依靠民众，唤起了民众，实现了新民主主义革命在中国的完全胜利。对于这一点，宋庆龄在来到北京后可谓感慨万分，她的“民众观”也在这中国历史的巨变中发生了显著的变化，她从万众一心筹办开国大典的群众中，吮吸了新的力量。正如她自己所说：“我这一次的北行真是一个灵感。它使我认识了人民的力量。我看到了凭人民的力量，我们的具有历史性的政府诞生了。我亲眼看到由于中国共产党和伟大的领袖毛主席的正确领导和真正革命精神所获得的杰出成就。”

10月，对宋庆龄来说，是金色的。1922年10月，她与孙中山在日本举行婚礼，金秋的甜蜜果实，曾给她留下了许多美好的幸福回忆。如今，1949年10月，又给她心灵深处火红的10月锦上添花，收获了忆之不尽的欢乐。

1949年10月1日，历史永远记载着。在这五四运动发源地的广场上，宋庆龄看到了广场正前方耸立着革命先行者孙中山的巨幅画像。在这神州振奋、举国欢腾的喜庆日子里，孙中山和宋庆龄聚集在了天安门广场。宋庆龄欣慰地笑了。

宋庆龄穿着整洁的衣服，和毛泽东、朱德等领导人并排站立着，当第一面五星红旗在雄壮的国际歌声、礼炮齐鸣声中冉冉升起时，她眼睛里闪烁着泪花，激情在胸中涌荡：孙中山先生的革命遗愿实现了！她本人毕生为之奋斗的目标实现了！中国人民在中国共产党领导下，浴血奋战，为之英勇奋斗的伟大理想实现了！

参加开国大典，使宋庆龄心潮澎湃，她说：“这是一个非常庄严的典礼。但是在我的内心，却有一种难以抑制的欢欣。回忆像潮水般在我心里涌起来，我想起许多同志们牺牲自己的生命换得了今日的光荣。连年的伟大奋斗和艰苦的事迹，又在我眼前出现。但是另一个念头紧抓住我的心，我知道，这一次不会再回头了，不会再倒退了。这一次，孙中山的努力终于结了果实，而且这果实显得这样美丽。”

她对这一天夜晚的描述也充满了敬意和诗情：“火把通明，黑夜如昼。中国人现在学会唱歌跳舞了。”在新中国成立一周年时，宋庆龄又进一步论述了这一划时代日子的历史意义，说：“1949年10月1日，是一个可纪念的日子，一个有历史意义的日子，一个快乐的日子。它标志着解放了的人民、新生了的中国的开始。从那一天，我们跨过了一个新的世纪的门槛，走向未来，走向人民的时代。”

面对高高飘扬的五星红旗，宋庆龄高瞻远瞩，意味深长地说，中国人民要与全世界人民为世界和平紧密地团结起来，“让我们现在就着手工作，建立一个独立、民主、和平与富强的新中国，和全世界人民联合起来，实现世界的持久和平。”

开国大典，宋庆龄为亿万中国人民从此扬眉吐气，高声喝彩，容光焕发。

开国大典从下午的3时到晚上的10时，几乎都是在高潮中，有许多闪光的故事如串串珍珠镶嵌于历史的丰碑上。据林玉华《开国阅兵》一文介绍，开国大典中还有两件至今说法不一的事，即“包瑞德照相风波”和“施放礼花”。

开国大典正在进行中，阅兵游行指挥部的电话急促地响了，现场副总指挥唐永健一把抓起话机，耳机内传来急促的报告声：

“我是东交民巷。公安人员抓到一个美国人，未经许可擅自拍照我受阅部队。此人40多岁，中等身材，体态肥胖。经查问。名叫戴维·包瑞德，美军上校，曾经在延安待过两年，公安人员的意见是要收缴他的胶卷，给予曝光。请示如何处置?”

东交民巷，这是个令人敏感的地区。从1900年以来，这里一直是帝国主义的势力范围，驻满了外国列强的使领馆和兵营。在一幢幢鳞次栉比的洋楼里，曾策划过多少瓜分中国的罪恶阴谋啊！在清朝和国民党腐败政府仰人鼻息的岁月里，这里是不准中国老百姓随意走动的区域。而今天，全副武装的受阅部队从东长安街、台基厂大街一直排到东交民巷。威武的中国军人昂首挺胸，扬眉吐气，向着帝国主义分子瞥以蔑视的目光。那些高鼻子蓝眼睛，昔日里趾高气扬、不可一世的“洋老爷们”，今天夹起尾巴关上了大门，而惟有这名叫包瑞德的美国人却公开跑到外面照相，并且让人给抓住了。

戴维·包瑞德，唐永健听到这个名字感到很耳熟，随即记起此人是美军驻延安观察组的组长。抗日战争后期，唐永健在晋察冀军区曾接待过这个观察组派出考察的成员。当时，八路军在敌后广大战场上进行了一系列攻势作战，创建了广大的根据地，抵御了大部的敌人。美军统帅部当局，特别是美军中缅印战区司令部出于军事上的需要，向延安派出了观察组，代号“迪克西使团”。包瑞德在延安期间，曾对中国共产党领导人民抗战表示过同情，并向美国政府提出过一些有益的建议。但是由于罗斯福总统病逝后，杜鲁门政府推行扶蒋反共的政策，加剧了中国人民和美帝国主义之间的矛盾，对于包瑞德这样的美军外交官，中国人民不能不抱有戒心。

唐永健的脑海里瞬时间风云掠卷，包瑞德毕竟不是一名普通的外国人，对于他擅自拍照的行为如何处置，需要请示后再作决定。于是，唐永健放下电话，迅速地穿过城楼的宫门，持特别通行证一路“绿灯”地上了天安门城楼。

唐永健报告了阅兵总指挥聂荣臻。聂荣臻皱了皱眉头，示意让唐永健稍等片刻，径直朝毛泽东、周恩来走过去。

对毛泽东、周恩来和聂荣臻来说，包瑞德这个名字不算生疏。1944 年 7 月，包瑞德一行乘飞机抵达延安，周恩来就到机场迎接过。毛泽东还请包瑞德一起吃饭。朱德、彭德怀、聂荣臻、叶剑英等高级将领先后给观察人员介绍过八路军在各个战场上的情况。但在抗日战争胜利以后，美国当局撤走了观察组，转而支持蒋介石打内战，完全站在中国人民的对立面。

现在，历史已经作出了伟大的决断，中国人民胜利了。帝国主义送给国民党反动军队杀害中国人民的先进武器，已经乖乖交到中国人民解放军的手中。面对此情此景，包瑞德先生是喜还是忧呢？

聂荣臻将包瑞德拍照的经过，详细地向毛泽东和周恩来作了汇报。

周恩来听罢，以略带讽刺的幽默口吻说：“看来包瑞德先生还想继续履行他的‘观察员’义务。”随即以征询的目光望着毛泽东。

毛泽东从容不迫地将右手向外拂动了两下，操着浓重的湘音说道：“让他拍吧，莫要管他。我们这都是公开的嘛，就是拿给人家看的。人民胜利了，他愿意当我们的义务宣传员，欢迎嘛！”

周恩来抬了抬右手，对聂荣臻说：“那就赶快通知下边，不必干预，不要收缴，也不要曝光！”

聂荣臻点点头，露出了平和的笑容。

唐永健立刻通过指挥部的电话传达了毛泽东的意见。

一场包瑞德照相的风波就这样平息了。

入夜，天安门前天上地下，火树银花，载歌载舞，首都北京的军民在尽情地欢度中华人民共和国的第一个夜晚。10 月 2 日的《人民日报》这样描绘新中国的第一个夜晚："万朵彩色的礼花从四面八方腾向天安门广场的高空，首都沉浸在狂欢里了……"

文章中所说的"礼花"，实际上不是礼花，而是军用信号弹，是240多名信号兵为新中国编织的五彩绚丽的花环。中华民族自古以来就有施放焰火喜庆节日的传统，但在1949年前的中国，由于兵荒马乱，民不聊生，哪还有放礼花和焰火的心思，再说当时刚成立的新中国人民政府还来不及成立专门的礼宾部队。

当年受命执行施放"礼花"任务的负责人是原华北军区作战科长张桂文，他在接受任务后，带上参谋耿树萍、刘竞生跑遍了北京城，选了6个施放"礼花"的地点：北面在景山、琼华岛（北海），两边在太庙（劳动人民文化宫）、中山公园；南面在邮政管理局大楼（东交民巷西口）、银行公会大楼（西交民巷东口）。司放时抽调担负守卫任务的独立第二〇八师两个建制连为施放"礼花"的部队，进行严格的编组训练，由张桂文统一指挥。

所施放的"礼花"是苏制信号弹，有红、黄、绿、白、紫等颜色，在木箱上有俄文标记。当时，华北军区司令部没有俄文翻译，只有军务处的一位科长懂俄文，由他负责按颜色分类，搭配分发给信号兵。

金秋之夜，和风传送着阵阵醉人的花香。信号兵分别在北海、景山两个发射点进行试放。五颜六色的"礼花"在宝石蓝的天幕上竞相绽开，为临近大典的首都增添了浓重的节日气氛。

开国大典阅兵式一结束，群众游行便开始了。在苍茫的暮色中，欢腾的群众队伍燃亮了灯笼火把，广场变成了灯火的海洋。

张桂文的位置在东华表内侧金水桥旁的指挥台上。电话铃声响了，张桂文拿起电话，耳机里传来天安门上城楼指挥部首长的命令：施放礼花！

张桂文立即走到麦克风前，向部队发出号令。不料，意外的情况出现了，广场上的扩音喇叭一点声音也没有，他心里"咯噔"一下。事不宜迟，来不及向周围的人打招呼，按照预定的应急措施，他抽出信号枪，举向空中，"砰"的一声，一颗碧绿的信号弹带着长长的耀眼的光芒，腾空而起，划破了夜空。这突如其来的枪声，使周围的人不禁惊讶地向后一仰。

当人们还没有弄清是怎么回事时，瞬间，广场四周的6个发射点几乎同时轰然爆响。一簇簇五彩缤纷的信号弹骤然腾起，有的如喷射的彩泉，有的似怒放的花雨，有的像璀璨的明珠，叠织出奇光异彩的绚丽图案，把大典之夜点缀得壮丽辉煌。随着礼花的每一次飞落，欢呼声犹如海潮汹涌，一阵阵漫卷过新生的古城。

据当年的一份文件资料所载：国庆节晚间发射信号弹3万发，另有探照灯配合……到1950年国庆节，北京才真正使用上礼花弹，那是斯大林送给的。再后来，北京才用上了自己生产的礼花炮。

张桂文没有想到，他的那一枚辅助指挥的信号弹，竟成了开国之夜的第一颗礼花。

金色的10月，是收获的季节。中国人民经过百余年来的发愤和流血，终于在中国共产党的领导下，在20世纪40年代的最后一个秋天，收获了一个金色的10月。中国人民即将彻底熄灭长期弥漫在神州大地上的战火，进入和平时期，转入社会主义现代化国家的建设。

毛泽东说：正因为我进了京，我的亲友就不能进京工作

毛泽东进京了，但他始终没有忘记他所说过的坚决不当李自成的话。

北平和平解放时，华北人民政府财政部长戎子和在接管工作中，多次因公务遇到傅作义将军，两人是山西老乡，相互之间也较熟悉。有一次，傅作义对戎子和说："子和，我们国民党取得政权后，20年就腐化了，结果被人民打倒了。你们共产党比我们国民党好，执政后，肯定20年内不会腐化。可30年、40年以后是不是也会腐化？"

戎子和回答说："我们共产党人是劳动人民的精华，是特殊材料构成的，别说30年、40年，就是50年、60年也不会腐化。"

傅作义连连摇头，对此表示不相信。

毛泽东闻此事后，久久没有言语。傅作义的"摇头"换得了毛泽东的点头和深思，他向身边的工作人员讲起了在西柏坡时七届二中全会上所说的话，勉励大家不要被自己所打倒。

果然，新中国成立后，毛泽东自己所遇的"家务事"，最多的就是家乡的亲戚朋友纷纷给他写信或亲自来到北京，要求到中央机关谋个差事，或通过